D0642950

Caída mortal
Reapers MC

Joanna Wylde

Caída mortal
Reapers MC

Libros de seda

Caída mortal. Libro 5 de la serie *Reapers MC*.

Título original: *Reaper's Fall*.

Copyright © Joanna Wylde, 2015

© de la traducción: Eva Pérez Muñoz

© de esta edición: Libros de Seda, S.L.
Paseo de Gracia 118, principal
08008 Barcelona
www.librosdeseda.com
www.facebook.com/librosdeseda
@librosdeseda
info@librosdeseda.com

Diseño de cubierta: Books & Chips
Maquetación: Enric Rújula
Imagen de la cubierta: © Tony Mauro

Primera edición: abril de 2016

ISBN: 978-84-16550-01-2
Depósito legal: B. 9528-2016

Impreso en España – Printed in Spain

Queda rigurosamente prohibida, sin la autorización escrita de los titulares del copyright, bajo las sanciones establecidas por las leyes, la reproducción total o parcial de esta obra por cualquier medio o procedimiento, comprendidos la reprografía y el tratamiento informático, y la distribución de ejemplares mediante alquiler o préstamo públicos. Si necesita fotocopiar o reproducir algún fragmento de esta obra, diríjase al editor o a CEDRO (www.cedro.org).

Para Dawn Dawn y Colleen.
Todo escritor necesita tener a una enfermera y a una abogada a
mano, y yo tengo a las dos mejores del mundo.
Gracias

Agradecimientos

Gracias a todo el equipo de Berkley que ha hecho posible este libro, sobre todo a Cindy Hwang. Gracias también a Jessica Brock, una auténtica diosa en lo que a publicidad se refiere, que no solo trabaja al cien por cien para vender mis libros, sino que ofrece a mis grupos de lectores online unas pegatinas maravillosas que les encantan. (Yo también soy fan de las pegatinas, pero soy demasiado moderna y fabulosa para admitirlo en público.)

Le debo muchísimo a mi increíble agente Amy Tannenbaum, que estoy convencida es una superheroína encubierta. Algún día la pillaré a lomos de un unicornio, blandiendo una espada del color del arco iris contra todos aquellos que están en mi contra. (Bueno, seguramente no, pero se le da muy bien responder mis correos electrónicos y nunca se ríe de mí, ni de mis locuras.) Amy, ¡eres la mejor! Aunque estoy convencida de que ya lo sabes, pero nunca está de más repetirlo.

A mis compañeras de letras, que me mantienen cuerda (solo un poco) y sin las que no hubiera sido capaz de lograrlo. Gracias a Rebecca Zanetti, Cara Carnes, Kim Jones, Renee Carlino, Katy Evans y a la increíble Kylie Scott. Os adoro a todas, excepto a Kylie, a quien solamente tolero.

Todos los días recibo el apoyo de mis maravillosos amigos online, incluidos las Sweetbutts, los Junkies (¡Dino-power!), Hang Le, Kandan-

1

ce, Danielle, Lori, la otra Lori, Milasy y Lisa. Un simple «gracias» no abarca todo lo que aportáis a mi vida.

Gracias sobre todo a Matt «Boo» Hintz, que me ha enseñado todo lo necesario sobre pintura, carteles, pinturas plásticas y el mundo de las artes, y a Willie G. Todavía casi no puedo creerme que quisierais hablar conmigo.

Finalmente, gracias a mis muy sufridos marido e hijos, que me siguen queriendo a pesar de ser escritora. No sé cómo continuáis aguantándome, pero os lo agradezco muchísimo.

Nota de la autora

Gracias por dar una oportunidad a esta novela. Al igual que las anteriores entregas de la serie, esta historia la ha revisado una mujer que vive en un club de moteros en un intento de que resulte lo más fidedigna posible en este aspecto, aunque nunca dejo que la realidad se interponga inexorablemente en el camino de la historia que quiero contar, por eso, mientras escribía, he decidido hacer caso omiso de algunos detalles.

En este libro varios personajes utilizan indistintamente los términos «cárcel» y «prisión». En la vida real son dos lugares bastante diferenciados pero he preferido prescindir de dichas diferencias en favor de la variedad del lenguaje.

El rodeo es un deporte muy complicado que he descrito de una manera muy simple en aras de la brevedad. Por favor, tenedlo en cuenta.

Por último, me gustaría dejar claro que cualquier agente o funcionario al servicio de la ley que en mis novelas sea corrupto no es porque crea que los miembros de estos cuerpos lo sean en la vida real. Mis historias serían muy aburridas si no existiera ningún tipo de conflicto, lo que implica que alguien tiene que ser el antagonista. Debido a la temática de estas historias, los antagonistas a menudo son agentes de la ley, pero en la vida real siento el mayor de los respetos por todos los agentes y cuerpos de seguridad que arriesgan sus vidas a diario para proteger a los habitantes de Coeur d'Alene. ¡Muchas gracias por la labor tan encomiable que hacéis!

Prólogo

Callup, Idaho.

Actualidad

Painter

—¡Joder! —espetó Horse mirando al otro extremo de la atestada sede del club. Me detuve a medio camino de llevarme la cerveza a la boca y me di la vuelta para ver qué pasaba—. Painter, hermano, será mejor que mantengas la calma...

Ahí fue cuando la vi. Melanie Tucker.

No.

Aquello no podía estar pasando. Seguro que se trataba de una alucinación porque no podía imaginarme que fuera capaz de cometer semejante estupidez. En ese instante se me cayó la botella de la mano y se estrelló contra el suelo convirtiéndose en un montón de cristales rotos mientras caminaba con paso decidido en su dirección. A esas alturas lo veía todo rojo.

—Espera, hijo —gruñó Picnic.

Le respetaba como a nadie, incluso le quería como a un padre, pero en ese instante, nada de lo que dijera el presidente de los Reapers hubiera podido contenerme. Y todo porque la madre de mi hija estaba en la entrada de la sede, con los ojos abiertos como platos y una expresión de terror en el rostro. Sí, sabía perfectamente que había metido la pata hasta el fondo.

A su lado había un hombre. Un motero. ¿Un simpatizante del club? La envolvía con su brazo como si le perteneciera.

Sí. Tenía sus manos puestas en «mi» Melanie.

Pero, en realidad, no era mía. O, por lo menos, no lo llevaba siendo desde hacía mucho tiempo. Y porque así lo había querido ella. Aunque esa libertad que tanto ansiaba venía con una sola regla y acababa de romperla a lo grande. «Ningún motero.» Sin embargo, allí estaba con ese capullo, uno de esos imbéciles que se creían que por ponerse ropa de cuero ya eran alguien en este mundo.

En un club de moteros, nada menos.

Teníamos un problema. Un problema enorme. El terror en su cara estaba completamente justificado porque estaba a punto de presenciar un puto asesinato. Y no, no estaba hablando de forma figurada. En diez segundos tenía toda la intención de castrarlo y obligarle a comerse su propia polla a punta de cuchillo.

Noté cómo una mano me agarraba el brazo a modo de advertencia tácita; de nuevo, mi presidente intentando tranquilizarme. Me zafé de un tirón de él, rechazando lo que fuera que Pic quisiera decirme y me abalancé sobre el capullo sujetándole del cuello de la camiseta. Le arrastré salvajemente hasta el centro de la sala. Un coro de murmullos llegó hasta mis oídos y en la distancia oí gritar a Mel. Entonces le propiné el primer puñetazo y sentí un bienvenido y dulce dolor en los nudillos mientras todo parecía ir a cámara lenta.

Me encantaba pelear.

Sí, ya lo creo.

No solo por el placer que me producía la victoria, sino por el torrente de adrenalina, el dolor liberador y la increíble concentración que sientes cuando toda tu existencia se reduce a obtener un objetivo único y terrible. Era primitivo y a la vez hermoso y nunca me sentí mejor que en el instante en que vi caer al nuevo ligue de Melanie.

Continué golpeándole, transformando su cara en una masa de carne y deleitándome con el chorro de sangre que explotó de su nariz. Era tremendamente purificante ver cómo su vida se iba agotando. Oí más gritos a través de la neblina de violencia en la que estaba sumido.

Tenía que tratarse de Melanie. Seguro que estaba aterrada.

—¡Tú, gilipollas!

Sonreí, porque viniendo de ella sonaba jodidamente dulce. Me había insultado de diez mil maneras diferentes en los últimos años; maneras que abarcaban desde el odio más profundo a insultos susurrados entre beso y beso. Tenía razón, era un gilipollas total y absoluto, pero por una vez tendría que aguantarse y lidiar con las consecuencias.

Ella había sido la que había roto las reglas al traerlo aquí.

Ningún motero.

Sencillo, ¿verdad? La única condición que le puse. Ningún-puto-motero. Todo lo que tenía que hacer era mantener alejado su trasero de mi mundo, porque mientras no la viera chupándole la polla a ningún tipo, podía fingir que no estaba pasando.

No era tan complicado.

Unos brazos me rodearon; brazos fuertes que tiraron de mí, alejándome de mi víctima antes de que pudiera matarle. Entonces oí la voz de Puck en mi oído.

Mi mejor amigo. Puck, el que me había guardado las espaldas durante el año y medio que estuvimos en prisión. Le había confiado mi propia vida allí dentro y seguía haciéndolo después de todo este tiempo. Sabía que lo mejor era escucharle, pero tenía unas ganas inmensas de terminar con la vida de ese imbécil.

Me deshice de Puck dispuesto a conseguir mi propósito.

—No merece la pena, hermano —farfulló Puck. Melanie seguía gritando. Su ligue lloriqueaba como un niño pequeño, diciendo una y otra vez que no quería morir. «Sí, haces bien en rogar por tu vida, capullo»—. Si lo matas, no volverás a ver a tu hija. Sea lo que sea que pase con Mel, tienes que pensar en Izzy.

Mierda. Respiré hondo varias veces, intentando recuperar la calma mientras seguía encima de ese desgraciado, mirándole a él y a Melanie.

Tenía que centrarme.

Una imagen de mi hija, una niña preciosa con el pelo rubio y rizado, cruzó por mi mente. Izzy. Lo haría por ella. Me pasé una mano por la cabeza, sofocando la ira que me carcomía por dentro.

—Sacadlo de aquí —conseguí gruñir finalmente. Mientras el hombre rodaba hacia un lado, gimoteando como la nenaza que era, nadie se movió. El muy imbécil ni siquiera había conseguido ponerme un dedo encima. Una parte distante de mí se dio cuenta de que llevaba una cazadora de cuero con parches de Harley Davidson, pero sin los colores de ningún club. ¿Pero quién cojones se creía que era, entrando así a la sede de los Silver Bastards? Esto no era un juego—. ¡Sacadlo de aquí antes de que le mate!

—Joder —volvió a mascullar Horse mientras se adelantaba para agarrar al imbécil por las axilas. La gente se apartó abriendo un pasillo en cuanto empezó a arrastrarlo hacia la puerta.

Melanie me gritó de nuevo. Me volví y me acerqué a ella. Se acabó; estaba hasta las narices. ¿Quería jugar? Estupendo, porque a mí me encantaba hacerlo y ella sabía perfectamente que me gustaba jugar duro.

Melanie estaba a punto de darse un baño de realidad.

Pero en ese momento Picnic se puso delante de ella, se cruzó de brazos y me miró detenidamente.

—Ni de broma, hijo.

—No es asunto tuyo —gruñí. Además, tenía razón. ¿Y qué si su dama tenía cariño a esa bruja? Picnic se había interpuesto entre Melanie y yo demasiado tiempo y lo que estaba sucediendo ahora mismo no tenía nada que ver con el club. Melanie era «mi» problema y a nadie más le importaba lo que pasara entre nosotros. Ninguno de los allí presentes podía rebatirme ese hecho, incluido mi presidente.

—Ha sido ella la que ha venido aquí —le recordé.

—¡Ni siquiera sabía dónde íbamos! —chilló Melanie detrás de él— ¡Era una simple cita, gilipollas!

Otra vez volví a verlo todo rojo. Apreté la mandíbula.

—Es un puto motero. Has roto las reglas, Mel. Ven aquí ahora mismo.

—No —dijo Pic con expresión sombría—. Esta noche no estoy de humor para esto. Painter, vete a casa. Melanie, tú te quedas conmigo.

De pronto el ambiente se tornó frío como el hielo. Los hermanos —tanto los Silver Bastards como los Reapers— no nos habían quitado ojo de encima, pero ahora se respiraba una tensa quietud en el aire. El enfrentamiento entre mi mujer y yo se había transformado en una confrontación entre dos miembros de pleno derecho y no solíamos airear ese tipo de asuntos fuera de nuestras reuniones. Puede que Pic fuera el presidente, pero como dije antes, esto no era un asunto del club.

Tenía que hacerse a un lado y dejar que lo resolviera por mi cuenta. Ahora.

De repente, Mel le apartó de un empujón; no me preguntéis cómo se las apañó con lo menuda que era porque no tengo ni idea.

—¡Lo que hago no es asunto tuyo! —gritó.

Vi por el rabillo del ojo cómo Pic se encogía de hombros indicando que se daba por vencido.

—Que os den. Me tenéis harto.

Ya era hora. Miré a Mel y despacio, muy despacio, esbocé una sonrisa, disfrutando del momento en que se dio cuenta de lo que acababa de hacer. Aunque estuviéramos en la sede de otro club, los Silver Bastards eran hermanos de los Reapers. Pic se había interpuesto entre nosotros porque Mel estaba muy unida a su dama, pero acababa de perder la paciencia. Si hubiera cerrado la boca, puede que la madre de mi hija se hubiera ido de allí de rositas. ¿Ahora? No tenía la más mínima posibilidad.

—Te llevaré a casa, Mel —dije dejando entrever una ligera amenaza. Sonreí para mis adentros cuando vi cómo se le demudaba el rostro—. Ya hablaremos cuando lleguemos allí.... Por la intimidad y todo ese rollo.

Miró a su alrededor con los ojos muy abiertos. Conocía a la mitad de los hombres que allí había, pero en ese instante muy bien podían ser completos desconocidos. Ruger. Gage, Horse. Puck. Impasibles, todos le devolvieron la mirada. Ninguno de ellos movería un dedo para protegerla. No de mí.

—Joder... —susurró.

«Disfruta de tu dosis de realidad, nena.»

—Sí, tal vez terminemos follando —dije, pensado en su ardiente y dulce coño. Llevaba años sin sentirlo alrededor de mi polla, pero no había dejado de soñar con él ni una sola noche.

Me puse frente a ella en dos zancadas y la alcé en brazos. Melanie se puso a gritar como una loca, pero nadie hizo nada. Segundos después la tenía sobre mi hombro y la sacaba a la calle. Empezó a golpearme en la espalda, lo que me resultó de lo más adorable, pues sabía que no tenía ninguna posibilidad.

La pequeña Melanie había crecido y estaba sacando las uñas.

Llevaba cinco años bailando al son que ella me marcaba pero aquello se había terminado. Por lo que a mí respectaba, había perdido su libertad desde el mismo instante en que puso su trasero en la moto de otro hombre.

Ahora lo único que tenía que hacer era inculcarle un poco de sentido común.

Capítulo 1

Cinco años antes.
Sur de California, centro penitenciario del estado.

Querido Levi:

Algún día tendrás que contarme cómo empezaste a pintar. Tengo la sensación de que yo te lo cuento todo sobre mi vida, pero tú nunca me dices nada. Es un poco raro. Me he planteado dejar de escribirte en más de una ocasión porque me doy cuenta de que ni siquiera nos conocemos. (Sigo sin entender por qué has dejado que use tu automóvil todo este tiempo, pero te lo agradezco enormemente —me aseguraré de cambiar el aceite y todo ese rollo.) Pero entonces sucede algo y de pronto me apetece mucho contártelo, así que, aquí me tienes de nuevo, escribiéndote.

Si no quieres, no tienes por qué responderme. Sé que crees que soy una cría, pero ya tengo veinte años y me he independizado. He tenido que parar un segundo porque Jessica ha entrado en mi habitación (este semestre hemos alquilado juntas un apartamento). Por cierto, que sepas que me lo ha contado. Me refiero a lo vuestro. Dice que no significó nada, pero no dejo de pregun-

tarme si todavía piensas en ella en «ese» sentido. La verdad es que Jess lo está haciendo muy bien. Acabamos de terminar los cursos de verano y ha conseguido las máximas calificaciones en casi todas las asignaturas, ¡una pasada! Me siento muy orgullosa de ella, porque tiene problemas de aprendizaje y no ha debido de resultarle nada fácil. Tengo otra buena noticia relacionada con los estudios. Hoy me han dicho que me han concedido una beca completa, lo que significa que podré usar el resto de mi subvención para vivir. No tendré que trabajar este año, así que me voy a matricular en muchas más asignaturas. Si todo va bien, me transferirán a la Universidad de Idaho en enero. ¡Todo un semestre antes!

Y bueno... también ha pasado otra cosa que quería contarte. He conocido a un chico. Es muy simpático y cumplimos años el mismo día. ¡Qué gracia!, ¿verdad? Fuimos a una fiesta en su residencia y le estaban cantando Cumpleaños feliz; *entonces, Jessica me lo empezó a cantar a mí también y desde entonces hemos estado conociéndonos un poco más. Hemos tenido un par de citas y me ha pedido salir.*

¿Qué te parece?

¿Crees que es normal que alguien te pida algo así en tan poco tiempo? Sí, sé que debería hablarlo con Loni, pero se preocupa tanto... además, me interesa conocer tu opinión.

¿Empiezo a salir con él en serio? ¿Hay alguna razón por la que no debería?
Melanie.

P.D. Gracias por el dibujo que me enviaste. Es tan impresionante que cada vez que lo veo me parece estar allí mismo. Me encantan tus bocetos. No me imagino haciendo algo así, ni remotamente parecido.

Doblé la carta con cuidado y miré al otro lado del patio. Soplaba una brisa cálida —perfecta en realidad—, lo que me hizo pensar en Idaho, donde uno apenas podía sentarse en la calle para disfrutar de los rayos del sol.

Lo único bueno de estar en prisión era que ese invierno no se me había congelado el trasero. La gente de allí se pasaba todo el tiempo intentando escaparse unos días en busca de un poco de sol durante los meses más fríos, pero yo había resultado «agraciado» con unas largas vacaciones, y totalmente gratis. A lo lejos, Puck parecía deambular por el patio sin rumbo fijo, pero yo sabía que estaba distribuyendo su mierda y mi trabajo era vigilarle y asegurarme de que nadie notara nada mientras mi amigo hacía sus rondas.

Ahí fue cuando Fester, el príncipe de los imbéciles, vino hacia mí con una sonrisa de oreja a oreja.

—¿Has recibido una nueva carta de Melanie? —preguntó con ojos brillantes. Me encogí de hombros e intenté no prestarle atención. El idiota, junto con Puck, era mi compañero de celda y no había día en que no me planteara seriamente darle un par de palizas—. ¿Te ha mandado alguna foto? —Quiso saber mientras se relamía los labios.

Contuve un gruñido.

—Cierra la puta boca. Como vuelva a pillarte tocando una foto suya, te mato. Y no estoy bromeando, Fester. Puck y yo ya hemos planeado cómo hacerlo.

Su sonrisa se desvaneció al instante y me miró como si hubiera herido profundamente sus sentimientos.

«Jesús, ayúdame. Solo un corte... Eso es todo lo que quiero. Solo un corte para rebanarle la lengua.»

—No lo dices en serio.

No respondí porque ese hombre tenía la mentalidad de un niño de ocho años. Un niño de ocho años peligroso y depravado que llevaba cometiendo robos a mano armada la mitad de su vida, pero creedme, intelectualmente estaba en el límite. Puck siempre me decía que tuviera paciencia con él y yo lo intentaba. Os lo juro. Pero a veces tenía que luchar con todas mis fuerzas para no cortarle la lengua.

—He tenido una idea —dijo antes de colocarse a mi lado y apoyarse contra la pared.

—Cállate de una vez y márchate.

Frunció el ceño. Pasé de él hasta que se marchó arrastrando los pies como un cachorrillo herido. Continué vigilando a Puck mientras se dirigía hacia un grupo de cabezas rapadas. Me hacía gracia que, aunque a sus espaldas le llamaban mestizo, cuando Puck tenía algo para ellos estaban más que dispuestos a perdonar sus muchos pecados contra la raza aria. Hubiera soltado una carcajada si no hubiera estado tan ocupado asegurándome de que nadie le matara.

Solo dos semanas más.

Dos semanas en aquel agujero inmundo. Después regresaría a casa, a Coeur d'Alene. A mi moto, a mi club. A mis hermanos.

A Melanie.

A la preciosa Melanie que conducía mi automóvil porque la última vez que la vi, cuando la llevé a cenar, me sentí culpable por tener que marcharme tan de repente y no quería dejarla sin medio de transporte... Dios, pensé que solo se lo prestaría por un par de días y ya hacía un año. Pero ¿a quién quería engañar? Me gustaba la idea de que estuviera usando mi vehículo, de que pensara en mí todos los días. De que me debiera un favor.

Además, tampoco me hacía mucha falta el automóvil en prisión.

Me incliné y sentí la carta en el bolsillo. Entonces me pregunté qué coño debería decirle sobre el capullo que estaba intentando colarse en sus bragas. Lo que de verdad me apetecía era aconsejarle que le mandara a la mierda, que aquel tipo no era lo suficientemente bueno para ella. Era demasiado joven, demasiado tierna y demasiado guapa para cualquier desgraciado de veinte años que lo único que buscaba era metérsela. Quizá, cuando madurara, querría algo más que sexo de una chica, aunque yo tenía cinco años más que él y seguía igual.

Además, yo tampoco era nadie para opinar sobre el asunto. Melanie apenas me conocía. Como mucho, habíamos estado ocho horas juntos y creedme cuando os digo que no tuvimos precisamente un final feliz. La había llevado en moto a su casa, había visto una película y la había llevado a cenar para evitar que se viera metida de lleno en un asunto del club, y no fue una cena especialmente agradable, no como se merecía. No, esa chica no significaba nada para mí.

Joder.

Puck me miró y me hizo un gesto con la barbilla. Había terminado. Me separé de la pared y fui andando tranquilamente hacia él. Fester intentó seguirme, pero le detuve en seco con una mirada de desdén. Otro día más, exactamente igual a los muchos que había pasado allí los últimos trece meses.

Lo malo era que en el fondo sabía que no era igual.

Hoy me había enterado de que un capullo iba detrás de Mellie y no había nada que pudiera hacer al respecto. Puede que en ese mismo instante se la estuviera follando, penetrándola hasta el fondo mientras le decía lo mucho que la quería.

Jesús.

14

Seguro que terminaba enamorándose de él.

Mel:

¿Sabes? He estado enviándote esas putas cartas, pero todo ese rollo es mentira. Te pregunto por tus amigos, tus clases, cómo te va... Memeces, Mel.

Aquí tienes mi cruda realidad.

Ayer apuñalé a un tipo antes de que él pudiera hacer lo mismo conmigo. Puck y yo hemos vendido mierda a una panda de racistas que creen en la supremacía blanca y luego hemos hecho otro tanto con algunos mexicanos. Hoy en la cena hemos tenido pudin de postre.

Después, me he masturbado tres veces pensando en ti.

Y eso es todo a grandes rasgos. Todo un cuento de hadas, ¿verdad?

Pensar en ti es lo único que me mantiene cuerdo, lo que no tiene ningún sentido. Apenas te toqué, aunque todavía recuerdo tu olor cuando estuviste sentada a mi lado en el sofá. Estabas temblando bajo mi brazo. Sé que la película te asustó mucho y podía haberla cambiado en cualquier momento, pero así tuve la excusa perfecta para estar cerca de ti.

Ahí fue cuando empecé a plantearme en serio la idea de follarte.

Me imaginé empujándote contra los cojines del sofá, desgarrándote los jeans y penetrándote con tanta fuerza que sintieras mi polla hasta en la garganta. Esa es la clase de hombre que soy, Mel. Y esa es la razón por la que deberías mantenerte alejada de mí.

Si me das la oportunidad, voy a arrinconarte y follarte con tantas ganas que me va a dar igual lo mucho que quieras huir de mí. Sueño con ello todas las noches, me masturbo pensando en ello y hoy he querido matar a un hombre por tener las mismas fantasías contigo que las que yo tengo. Esa primera noche le prometí a London que no te tocaría, pero llevaba horas con la polla dura. Qué bien que llegara justo cuando lo hizo; te salvó el trasero, literalmente hablando. Tuviste suerte, ¿eh?

Cuando te llevé a cenar iba a portarme bien. Intenté ser bueno. Sé que no entendiste por qué te pregunté si querías salir a tomar algo. El club no quería que te interpusieras en su camino.

 15

Ese era mi cometido, mantenerte ocupada. Le había prometido a London que no te pondría un dedo encima, pero ella nos había estado mintiendo y me pregunté si eso era motivo suficiente para exonerarme de cumplir aquella promesa.

Te aseguro que hace tiempo que dejé de tener intención de cumplirla.

Estabas hablando y sonriendo y sonrojándote de la cabeza a los pies. Tenía la polla tan rígida que casi se me partió en dos cuando me puse de pie. Tuve que hacer acopio de todas mis fuerzas para no subirte a mi moto y follarte ahí mismo.

Me encantaría atarte y correrme en tu trasero y follarte la boca hasta que te atragantaras. Quiero que te recojas el pelo en dos coletas para sujetarte de ellas y mantenerte inmóvil mientras me haces una mamada. Quiero que gimas y grites mientras me lo das todo. Quiero ser tu puto amo. ¿Qué te parece, Mel? ¿Todavía te interesa saber lo que opino sobre que conozcas a otros chicos? Volveré pronto a casa. Deberías huir mientras puedas, Mel. Te haré cosas tan sucias, tan sucias, que nunca más volverás a sentirte limpia. Haré que me devuelvas el favor de la manera más ruda posible. Crees que eres mayor, pero no lo eres. Hay muchas cosas que puedo enseñarte.... Que puedo hacerte. Jesús, si tuvieras la más mínima idea, no volverías a escribirme jamás.

Yo que tú, me mudaría a Alaska.

Me cambiaría de nombre.

Te deseo buena suerte, porque te encontraré, te pillaré y te...

Joder.

Dejé el lápiz preguntándome en qué momento aquello me había parecido una buena idea. Por supuesto que no iba a enviársela. Le mandaría alguna nota educada y le diría que tuviera citas y se divirtiera todo lo que pudiera. Pero una parte de mí creyó que escribir lo que realmente pensaba me ayudaría a calmar mi obsesión por ella. En su lugar, lo que había conseguido era tener una erección de caballo. Otra vez.

Como siempre.

Empecé a romper la carta en trocitos porque no estaba dispuesto a que Fester la leyera. El muy capullo siempre escarbaba en nuestra basura como una rata. Puck tampoco debía leerla. Era mi hermano, el mejor hermano con el que hubiera podido soñar, tal y como me había demostrado miles de veces desde que nos encerraron, pero no había ninguna necesidad de que se enterara de lo calzonazos que me había vuelto.

Sí, claro... ¿A quién quería engañar?

Seguro que ahora mismo se estaba partiendo de risa con todo esto.

Me hice con otro trozo de papel, dispuesto a escribirle otra carta en donde le felicitara por sus buenas notas y le aconsejara que se echara un novio decente. Sin embargo, no me salieron las palabras. Supongo que porque estaba demasiado ocupado pensando en sus labios. Eran generosos y muy sensuales. Hechos específicamente por Dios para chupar una polla. Mi polla. Estupendo, ahora ya no solo tenía una erección, sino que, además, me dolía un montón. El pene acababa de convertirse dentro de los pantalones que llevaba en un pilar de hormigón desesperado por algo de acción.

—Te he hecho un dibujo —dijo Fester con una sonrisa bobalicona desde su litera, mientras me ofrecía un folio repleto de trazos naranjas y rojos. El rojo era la sangre que manaba de unos cuerpos que había dibujado, pero no tenía ni la más remota idea de lo que se suponía que representaban esas espirales naranjas. ¿Tal vez las voces de su cabeza?

Le gustaba hablar conmigo de su arte, como si tuviéramos algo en común. A veces casi podía entenderle. Espeluznante, ¿verdad?

—Deja a mi hermano en paz —ordenó con brusquedad Puck. Ya estaba preparado para pasar la noche leyendo un libro de historia. *Francotiradores de la II Guerra Mundial*. Le encantaba toda esa mierda—. Queda poco para que apaguen las luces. Guarda tus rotuladores y vete a dormir, capullo.

Fester soltó una risa tonta y yo me puse de pie dolorido. Mi litera estaba solo a tres pasos, pero cada uno me resultó más agónico que el anterior. Tenía tanta sangre acumulaba en la polla que creí que se abriría en dos. Me tumbé sobre la espalda y esperé a que las luces se apagaran.

Ahí era cuando me masturbaba.

Como todos.

Como encontrara algún resto de esperma de Fester en las fotos de Mel lo mataría. En serio. Las luces se apagaban con un ruido sordo como salido de una película. Nunca entendí cómo apretar un simple interruptor podía ser tan estruendoso.

Tan ominoso.

Segundos después ya tenía las manos bajándome los pantalones mientras alzaba las caderas. Mi polla saltó libre y me pregunté por enésima vez si sería capaz de mantener las manos alejadas de la entrepierna cuando regresara a casa.

Justo cuando empezaba a tocármela Fester soltó un gruñido.

Por Dios.

Dos semanas más.

Si tuviera un poco de decencia, la dejaría sola. Sí. Podía hacerlo. Además, seguro que aquí dentro la había idealizado. Los presos solían tener un montón de fantasías durante su estancia en prisión; fantasías que luego se desmoronaban en cuanto salían. Mel solo era una zorra más; una con mucho equipaje a sus espaldas. En realidad no la quería. Y por supuesto que no la necesitaba.

¿A quién cojones quería engañar?

Capítulo 2

Un mes después.
Coeur d'Alene.

Melanie

—**E**ntonces, ¿ni siquiera te ha llamado? —preguntó Kit con los ojos muy abiertos—. Sé que los hombres pueden ser muy complicados, pero te prestó su automóvil durante todo un año, te escribió un montón de cartas mientras estuvo en prisión... ¿y cuando sale se limita a decirle a mi padre que te pida las llaves para no tener que verte? Me parece muy raro.

—No quiero hablar de ese asunto —dije, lanzando una mirada letal a través de la mesa en dirección a Jess, la que estaba a punto de convertirse en mi exmejor amiga. A esa arpía parecía darle igual haberme traicionado.

«Zorra.»

—No te culpo —señaló Em mientras agarraba la botella de vino—. Tampoco me gusta hablar de Painter. Me comí la cabeza por él durante mucho tiempo. Estuve enamoradísima de él cuando era aspirante.

 19

—Porque tú se lo permitiste —sentenció Kit, empujando su vaso en dirección a su hermana para que volviera a llenárselo. Em le dio un manotazo y de pronto ambas empezaron a pelearse por la botella como dos crías en un jardín de infancia luchando por una galleta.

Volví a mirar a Jessica preguntándome cómo nuestro viernes por la tarde se había terminado convirtiendo en un festival del alcohol con dos mujeres a las que apenas conocía, porque Kit y Emmy Hayes estaban como dos auténticas cabras. Jess me devolvió la mirada con un encogimiento de hombros de «a mí no me preguntes» antes de llenar su propio vaso. Me hice con unas galletitas saladas del surtido de aperitivos que había traído Em cuando aparecieron en nuestro apartamento como por arte de magia. (Kit se había encargado de la bebida.)

—¡Ja! —se regodeó Em alzando la botella con aire triunfal—. Jódete, Kit. Bueno, volvamos al asunto que estábamos tratando. Estábamos decidiendo qué sería lo mejor para la despedida de soltera de London. Por el momento hemos hablado de salir por ahí a bailar y sorprenderla con unos *strippers*.

—No creo que a Reese le haga mucha gracia lo de los *strippers* —murmuré, salpicando migas por todas partes. Me había olvidado de que acababa de meterme una galletita en la boca. Por Dios. Tomé mi vaso de agua, bebí un trago... y casi me ahogué al sentir la garganta en carne viva. Me puse a toser como una posesa y de pronto tuve a Jess golpeándome en la espalda mientras las hermanas Hayes me miraban. Poco a poco recuperé la respiración. Seguro que tenía la cara roja como un tomate—. Esto no es agua —jadeé, mirando el vaso de plástico verde. Había bebido por equivocación del vaso de Kit (estaba claro que no le iba mucho el agua).

—Ya lo sé —comentó, asintiendo seriamente con la cabeza—. Así causa más efecto.

—¿Le estás echando vino al vodka? —preguntó Em.

—No, le estoy echando vodka al vino —explicó Kit—. Así me emborracho más rápido. Que papá vuelva a casarse es asqueroso. El alcohol me ayuda a sobrellevarlo.

Me recosté en la silla y miré alternativamente a ambas hermanas, sopesando la situación. Jessica y yo acabábamos de mudarnos hacía una semana. Nuestro nuevo apartamento era en realidad el lateral de una antigua casa de dos plantas. El lugar se caía a pedazos y tarde o temprano terminarían derribándolo para construir algún edificio moderno y espectacular. Mientras tanto, lo habían dividido en cuatro apartamentos: dos en el sótano y otros dos partiendo la planta principal por la mitad, dándole un aspecto de chalé adosado que me encantaba.

En la parte delantera teníamos un porche gigante y en la trasera, la puerta de la cocina daba a un patio sombreado rodeado de árboles. Allí habíamos colocado una de esas enormes bobinas para cable de madera que encontramos en un contenedor de basura, que hacía las veces de mesa y que era donde nos encontrábamos en ese momento, sentadas en unas viejas sillas de campo. Teniendo en cuenta que todavía no disponíamos de una mesa para el comedor, aquello era lo que quedaba más a mano. Tal vez podíamos meter la bobina dentro cuando empezara a hacer frío. Al igual que nuestra nueva casa, considerábamos la mesa todo un logro. London, la tía de Jessica que la había criado y que también me acogió cuando más lo necesitaba, y su hombre, Reese Hayes, insistían en que aquel lugar era una porquería.

Desde un punto de vista técnico, puede que tuvieran razón.

La casa tenía por lo menos un siglo de antigüedad, con pintura desconchada y una inclinación del techo del porche bastante inquietante en la que prefería no pensar, sobre todo porque mi dormitorio (una terraza cubierta) estaba justo encima de aquella desvencijada estructura. El agua caliente solo funcionaba la mitad de las veces y se volvía helada si alguien más abría cualquier grifo de la casa mientras te estabas duchando. Las paredes eran muy finas, tan finas que apenas podían sostener las chinchetas que usábamos para sujetar nuestros pósteres y el frigorífico emitía un ruido espeluznante que sonaba como el aliento de un asesino por la noche. (En realidad nunca había oído el aliento de un asesino por la noche, pero tenía mucha imaginación.)

Pero era nuestra.

Nuestra primera vivienda como adultas.

Y también teníamos unos vecinos estupendos (casi todos). En la otra mitad de la casa, vivían tres chicos que iban a la facultad del norte de Idaho, como nosotras. Eran ruidosos y un poco toscos, pero se habían mostrado dispuestos a compartir la parrilla que guardaban en el porche y habían matado una serpiente que aterrorizó a la chica que vivía en uno de los apartamentos del sótano. En la otra vivienda de abajo, vivía un tipo que nos resultaba un tanto sospechoso. Jessica creía que era traficante de drogas. Detestaba juzgar a alguien sin conocerlo, pero en la semana que llevábamos allí nunca había conocido a nadie que tuviera a tanta gente entrando y saliendo de su casa por la noche; entre las dos y las tres de la madrugada siempre había varios vehículos deteniéndose unos pocos minutos antes de seguir su camino.

Decidimos que era mejor no contárselo a Reese, porque lo más seguro sería que matara al chico... a no ser que estuviera en la nómina de los Reapers MC o algo parecido. Reese era el presidente del club de moteros y hasta ese momento no había conseguido averiguar a qué se dedicaba para ganarse la vida.

A veces, era mejor vivir en la ignorancia.

Kit y Em eran sus hijas... y por lo visto, ahora también nuestras mejores amigas. Jess me había dicho que estaban en el pueblo; los Reapers daban una especie de fiesta a lo grande por el Día del Trabajo e iba a venir gente de Washington, Oregón, Idaho y Montana. También nos habían invitado a nosotras en calidad de... lo que quiera que fuéramos de London.

Jessica era la hija de una prima de London, lo que la convertía en familia. Yo llevaba años siendo su mejor amiga y London me había medio criado, así que supuse que, en cierto modo, también era familia.

En realidad no era tan fácil ponerle nombre a una relación como la nuestra, aunque no por eso era menos importante. Por eso, cuando Loni me pidió que fuera una de sus damas de honor, me llegó al corazón. Ahora que se había liado con el presidente de los Reapers me di cuenta de que el mundo motero iba a formar parte de nuestras vidas. En otras circunstancias me habría planteado ir a la fiesta, pero no podía. Jess odiaba la sede del club y se negó a volver a poner un pie en ella. El último año había pasado por una experiencia muy traumática; no conocía todos los detalles, pero tampoco los necesitaba. Si mi amiga no quería ir, entonces yo tampoco iría. Nos quedaríamos en casa y nos dedicaríamos a estudiar mientras todos iban a la fiesta. O al menos ese había sido el plan original hasta que Kit, Em y su bebida, aparecieron en nuestra casa para hablar de despedidas de soltera.

—De acuerdo, centrémonos —dijo Jessica. La miré parpadeando; sentía que todo giraba ligeramente a mi alrededor. Aquel buen trago de «agua» me había afectado más de lo que pensaba—. ¿Estáis seguras de que London quiere que le organicemos una despedida de soltera? No creo que le haga mucha gracia.

—Toda mujer quiere una despedida de soltera —contempló Kit—. Y vamos a hacer esto bien. Reconozco que al principio no estuve muy

de acuerdo. Todavía me da un poco de grima pensar que duerme con mi padre noche tras noche.

—Mejor ella que no las chicas que solía llevar a casa —comentó Em, arrugando la nariz—. La mitad eran más jóvenes que yo. Un día incluso se folló a una que iba vestida de zanahoria. London ha supuesto un gran avance.

Jess y yo intercambiamos una mirada. «¿De zanahoria?»

«¡Pregúntale sobre la zanahoria!», articulé con los labios a Jess.

«Ni de broma», respondió ella en silencio.

—Muy bien, podemos llevarlo a cabo de dos formas —declaró Kit—. Podemos hacer todo lo posible para hacer feliz a London, o podemos dar el todo por el todo para poner a papá de los nervios, lo que me hará feliz a mí. Así que yo voto por esto último.

—La clave está en buscar algo que a ella le guste y que ponga de los nervios a Reese —declaré, metida de lleno en el asunto—. Podríamos conseguir algunos *strippers* y después enviarle fotos de ellos bailando con Loni.

—¿Podríamos usar The Line? —preguntó Jessica con curiosidad.

The Line era el bar de *strippers* que los Reapers regentaban. Había conducido hasta allí en alguna ocasión, pero lo cierto era que nunca había entrado.

—Pues sí, es una idea —dijo Kit—. No van a querer cerrarlo solo para nosotras y perder dinero, pero tal vez podamos convencerles de que organicen alguna noche especial solo para chicas. Así seguirían ganando pasta, nosotras haríamos la despedida de London, papá se pondría de los nervios... y todos contentos.

Me levanté despacio, tambaleándome un poco.

—Tengo que hacer pis —anuncié con solemnidad, más borracha de lo que creía. Tenía que haber comido más galletitas pero con la última casi me ahogo. ¡Malditos aperitivos inmundos!

—¿Necesitas ayuda? —preguntó Jess.

Aquel comentario consiguió que soltara una carcajada. Pues claro que no necesitaba ayuda. ¿Quién se había creído que era, una niña pequeña? Pero nadie más se rio y enseguida me di cuenta de que mi amiga estaba hablando completamente en serio, lo que me resultó todavía más gracioso así que empecé a reírme con más fuerza. Con tanta fuerza que al final terminé en el suelo.

—¿Seguro que no necesitas ayuda? —volvió a preguntar Jess.

Negué con la cabeza; el leve movimiento hizo que me mareara.

—No, creo que puedo apañármelas sola.

***

Tardé más tiempo del que pensaba, sobre todo porque eché el cerrojo de la puerta del baño de forma que luego me costó mucho abrir.

No volvería a beber del vaso de Kit en la vida.

—Así que todo lo que hizo fue mirarla y decir un simple «hola» —oí comentar a Jess cuando llegué.

Mierda. Había vuelto a hablar de Painter, el tema de conversación que menos me apetecía tocar sobre la faz de la Tierra.

Hacía dos semanas que había salido de la cárcel. Esperaba que me llamara, pero lo único que recibí fue un mensaje de texto de Reese diciendo que dejara el vehículo y las llaves en su casa. Nada más. No es que creyera que Painter me debía algo —por supuesto que no—, pero por lo menos me hubiera gustado agradecérselo. (De acuerdo, no es verdad, quería abalanzarme sobre él porque me volvía loca, pero también tenía mi dignidad. Me hubiera conformado con poder darle las gracias y tal vez hornearle unas galletas.)

—Hablemos de otra cosa —interrumpí.

—No, quiero oírlo —dijo Kit, arrastrando ligeramente las palabras—. Antes has conseguido distraerme, pero ahora que ya nos hemos decidido por los *strippers* podemos centrarnos en esto.

Solté un suspiro mientras me preguntaba si podía estrangular a Jessica. No, seguramente no. No era muy alta, pero sí más fuerte de lo esperado para su constitución. En un cuerpo a cuerpo yo sería la que tendría todas las de perder. Era mejor ceder ante lo inevitable y contárselo todo.

—Conocí a Painter el año pasado —empecé, pero inmediatamente después fruncí el ceño. No me gustaba hablar de aquello—. ¿Sabéis qué? Tengo hambre. ¿Por qué no pedimos una *pizza*?

—Lo haremos cuando nos cuentes toda la historia —dijo Kit en busca de carnaza—. Venga, desembucha, vamos. Quiero conocer todos los detalles.

Vaya un asco. Ni siquiera conocía bien a las hijas de Reese Hayes; solo habíamos coincidido en un par de ocasiones y siempre en vacaciones. Me sentía como una intrusa en casa de Reese, una sensación que empeoraba cuando estaban sus hijas. En la cena de Navidad del año anterior, me fui a mi habitación nada más terminar de comer con la excusa de que tenía que hacer una historia de voluntariado.

—Conocí a Painter el año pasado —repetí—. En realidad solo estuvimos juntos un par de veces. Entonces él ingresó en prisión y yo empecé a escribirle cartas.

—Le dije que me parecía una idea pésima —comentó Jess toda convencida—. No es un buen tipo, a pesar de que te prestara el automóvil.

—Es verdad —intervino Em—. Pero nada bueno.

—¿Queréis oír la historia o no? —pregunté antes de rellenarme el vaso con vino. Pensar en Painter me ponía de muy mal humor. No podía permitirlo.

—Continúa —dijo Kit, entrecerrando los ojos.

—Cuando se marchó a California me prestó su vehículo... Se suponía que solo sería por un par de días, pero entonces le arrestaron y le dijo a Reese que podía seguir usándolo. Le escribí para darle las gracias y supongo que así comenzó todo —expliqué—. Las cartas de Painter eran tan dulces... Y eso que solo le había visto un par de veces antes de que lo encerraran. Ni siquiera me trataba como a una niña. Era tan... protector. Al principio me sentí un poco estúpida al escribirle, pero en cuanto empezó a responderme me sentí especial. Hasta que un día, justo antes de que le soltaran, recibí una carta en la que me decía que le extrañaba que no saliera con nadie y que quizá debería tener más citas. Sentí como si me pegara una patada en el estómago. Supongo que conseguí engañarme y hasta ese momento no me di cuenta de lo encaprichada que estaba con él.

—Intenté advertirle —comentó Jessica con tristeza—, pero no quiso escucharme.

—Nunca lo hacen —replicó Kit también con voz afligida y cargada de razón—. Es verdad, si todos me hicieran un poco más de caso serían mucho más felices.

Miré a Em que puso los ojos en blanco.

—Bueno, sigue contando —ordenó Jess.

Solté un suspiro.

—Bien, después de aquella última carta no volví a saber nada más de él. Ni siquiera me llamó cuando regresó. Nada. Entonces, cuando nos mudamos a este apartamento el fin de semana pasado y Reese vino con alguno de sus chicos para echarnos una mano...

Las palabras se desvanecieron en cuanto empecé a acordarme. ¡Había sido tan humillante! Reese y Loni aparcaron la enorme furgoneta con la que vinieron y justo detrás apareció Painter, conduciendo su moto, junto con otro par de moteros más jóvenes no mucho mayores que yo. Le miré fascinada mientras detenía su Harley, pasaba su musculosa pierna por encima del asiento y alzaba la vista para encontrarse con mi mirada.

Estaba mucho más guapo de lo que recordaba.

Y mucho más fuerte. Supuse que había pasado parte de su confinamiento levantando pesas. Me fijé en su pelo, le había crecido un poco. La primera vez que lo vi, lo llevaba corto, peinado de punta y era tan rubio que dolía mirarlo. Ahora lo llevaba un poco más largo, no tan peinado y sin decolorar. Su tono natural. Sus pómulos se veían más afilados, sus rasgos más cincelados y duros y aquellos ojos azul claro escondían algo que daba miedo.

Me di cuenta de que no me estaba mirando, sino que más bien miraba «a través» de mí. Hasta ese momento había tenido la esperanza de que no se hubiera puesto en contacto conmigo porque estaba muy ocupado o algo parecido. Pero ahí fue cuando me di cuenta de que había sido una idiota.

—Lo único que me dijo fue un simple «hola» —expliqué a las hermanas Hayes—. Como si no me conociera de nada. Estaba claro que no quería hablar. Cuando le di las gracias por lo del vehículo se limitó a hacer un gesto de asentimiento y siguió caminando. Después nos ayudó a colocar nuestras cosas, pero os juro que fue mucho más amable con Jessica que conmigo.

Ese detalle me dolió especialmente porque conocía su secreto. Jessica y Painter se habían acostado juntos. O por lo menos se habían enrollado. Jess nunca me lo contó con pelos y señales, pero sabía que antes de que pasara por aquella experiencia traumática y sentara la cabeza, se la había chupado en algún momento.

—Mellie, eso no significa nada —dijo mi mejor amiga con suavidad—. Sabes que a Painter no le interesó en absoluto.

—¿Interesado en ti? —inquirió Kit con voz aguda—. Creía que esto era entre él y Melanie.

Cerré la boca al instante porque no era a mí a quien correspondía contar esa otra historia.

—Solía ser un poco salvaje —explicó Jess antes de tomar una profunda bocanada de aire—. El año pasado me emborraché y fui a una fies-

ta del arsenal. Allí me lie con Painter y otro tipo llamado Banks. London fue a por mí y me sacó de allí... y después, todo se fue a la mierda.

—Madre mía —dijo Em con los ojos como platos—. Pues no debes de gustarle mucho, Jessica, la verdad. Painter nunca se acuesta con las chicas que de verdad le interesan.

Abrí la boca sorprendida mientras Kit se inclinaba y se daba una palmada en la frente.

—Vaya tacto que has tenido —espetó.

Se me encogió un poco el corazón. Jess ya tenía bastante con todo lo que le había pasado, no necesitaba oír cosas como esa.

—Yo no tengo la culpa de que él tenga un complejo de virgen-puta —protestó Em.

—¡Quieres cerrar la boca! —siseó Kit—. Por Dios, Em, ¿qué coño te pasa?

—No pasa nada —dijo Jess, moviendo la mano con un gesto de indiferencia—. Lo siento, es que la idea me parece tan ridícula... Creedme, me importa una mierda si le gusto a Painter o no. Pero... ¿de verdad no se acuesta con las chicas que le gustan? ¿Qué narices le pasa?

—¿Cuánto tiempo tienes? —preguntó Em completamente seria—. Porque me va a llevar un rato contártelo todo.

Alcé una mano.

—¿Puedo decir algo?

—No —dijo Kit—. Em, no te enrolles y cuenta solo lo interesante.

—Estuve más de un año detrás de Painter —empezó Em—. Y yo también le gustaba. Todo el mundo me lo decía. Pero para él el club siempre era lo primero y era como si esperara que fuera una especie de chica perfecta y angelical mientras él se tiraba a todas las zorras del club que podía. Al final me harté y terminé con Hunter.

—¿En serio? —pregunté.

Em se ruborizó.

—Bueno... es un poco más complicado —admitió—. Pero sí que había algo entre nosotros y no se molestó en hacer nada al respecto. Está claro que le pasa algo.

—Lo que le pasa es que le gusta la idea de tener una relación pero no tiene las pelotas suficientes para intentarlo —rio Kit.

—No, lo que de verdad le sucede es que es un tipo complicado —intervino Jess un poco más seria—. Diría que es un soberano capullo, pero el verano pasado fue uno de los que me salvaron la vida y terminó

 27

en la cárcel por eso. Aunque eso no cambia las cosas. Painter es uno de los mejores hombres con los que puedes contar si tu vida está en riesgo y necesitas que alguien te salve. ¿Pero aparte de eso? No es uno de los buenos, Mel. No deberías hablar con él porque es peligroso. Todos lo son.

Kit y Em se movieron un poco inquietas. Por lo visto, ahora les tocaba a ellas sentirse incómodas.

—¿Te das cuenta de que estás hablando de mi padre y del hombre de Em? —preguntó Kit en voz baja. Jess le sostuvo la mirada sin ningún problema.

—Creo que sé de lo que hablo —replicó mi amiga con tono duro—. Y Melanie debería mantenerse lo más alejada posible de él.

—Algún día tendrás que contármelo todo —dije finalmente con tono suave.

Jess me miró y esbozó una sonrisa triste.

—El club me salvó —repitió—. Esa gente puede hacer cosas muy buenas, Mel. Pero no te dejes engañar por ese hecho y vayas a pensar que su mundo es idílico porque no lo es. Allí suceden cosas horribles.

Todas nos quedamos calladas mientras sopesábamos lo que acababa de decir.

—Deberíamos beber más —anunció Kit de pronto—. ¿Y dónde está la música? ¿Cómo se supone que vamos a planear una despedida de soltera sin música?

—Bien pensado —dijo Jess, notoriamente aliviada por el cambio de tema—. Pondré algo. —Se puso de pie y caminó por la hierba de nuestro patio trasero hasta el porche que daba a la cocina. Em y Kit no le quitaron los ojos de encima.

—¿Se encuentra bien? —preguntó Em.

—Siempre está bien. Ha pasado por mucho, pero está superándolo. Es una chica muy dura.

—¡Joder! —espetó Kit.

—¿Qué?

—Nos hemos quedado sin alcohol —anunció poniendo la botella boca abajo con cara triste. Su vaso también estaba vacío—. ¿Y ahora qué hacemos?

—Podemos ir a por más —señaló Em—, pero estoy demasiado achispada para conducir... ¡Mierda! ¿Qué hacemos?

—Tenemos un problema —replicó Kit—. Uno muy gordo.

—Podemos dejar de beber —tercié yo. Ambas hermanas me miraron estupefactas—. De acuerdo, podemos ir andando hasta Peterson's y comprar un poco más. Solo está a seis manzanas de aquí.

—Me gusta la idea —dijo Kit muy seria—. Se nota que eres una chica que sabe cómo pensar.

—Sí. Deberíamos quedárnosla —comentó Em—. Muy bien, ¿quién viene conmigo? Me apetecen unas patatas fritas y también esa salsa de queso que viene en una botella.

Kit frunció los labios.

—¡Qué asco! Todas esas mierdas que comes van a acabar por matarte.

—Y a ti te va a matar comer tanta polla —contratacó Em.

—Estás celosa porque yo he conseguido tener cierta variedad en mi vida —dijo Kit con tono despreocupado. A continuación me miró—. ¿Eres virgen? Em era virgen cuando conoció a Hunter. Todavía no se ha dado cuenta de que hay más penes ahí fuera. Por lo que sabemos, a su hombre podría medirle diez centímetros. Nunca te conformes con una sola polla, Mel.

Me eché a reír.

—Lo tendré en cuenta.

***

—Puede que necesitemos una de estas —dijo Kit, sacando una barra de salchichón enorme del refrigerador de la charcutería. Después, la sopesó con expresión pensativa. Aquella cosa medía por lo menos medio metro de largo y ocho centímetros de ancho.

—No soy quién para juzgarte —replicó Em con tono despreocupado—, pero no me parece muy higiénico. Harías mejor comprándote un consolador.

Solté un jadeo y miré a nuestro alrededor para ver si alguien nos había oído. Estábamos en el pasillo de la carne. En aquel supermercado no vendían bebidas muy fuertes, así que habíamos comprado varias botellas de vino junto con fruta fresca para hacer sangría. No tenía ni idea de para qué íbamos a necesitar tanta sangría, pero Kit había insistido mucho en ello. Ahora mismo estaba jugueteando con un limón y murmurando para sí algo sobre el escorbuto.

Sí, estaba más que claro que las hermanas Hayes estaban completamente chifladas.

—Compremos unas patatas fritas y vayámonos —dije. Estaba empezando a preocuparme cuánto nos iba a costar todo aquello. Gracias a la beca disponía del dinero suficiente para subsistir sin trabajar ese semestre... siempre que controlara el gasto hasta el último centavo—. Si queréis salchichón, podéis ir al Ironhorse y conseguir uno gratis de cualquiera de los chicos que van por allí.

Jess me miró con la boca abierta.

—Melanie, ¿de verdad acabas de decir eso?

—¿Qué? —pregunté—. Te crees que soy una especie de virgen trémula, pero no lo soy. Lo que pasa es que me preocupan más mis estudios y labrarme un futuro que andar acostándome por ahí con cualquiera. Pero eso no significa que sea una mojigata.

—Por supuesto que no lo es —declaró Kit orgullosa, rodeándome los hombros con un brazo—. Y esta noche vamos a enseñar a Painter lo que se está perdiendo por ser un puto cobarde. Hunter ha traído de Portland a unos cuantos de sus hermanos y vamos a presentártelos. Te lo vas a pasar de muerte y que le den a Painter si quiere seguir de brazos cruzados.

—No vamos a ir a la fiesta —le dije.

Kit negó con la cabeza lentamente.

—Claro que vas a ir —sentenció—. Alguien tiene que ponerle en su lugar.

Jessica y yo intercambiamos una mirada con los ojos muy abiertos. Mi amiga hizo un gesto de negación mientras articulaba con los labios: «¡Ni se te ocurra!».

—Tengo mucho que estudiar...

—Vienes a la fiesta y punto —repitió Kit con un brillo feroz en los ojos—. No te preocupes. No vamos a dejarte colgada en ningún momento. Pero hay que poner fin a esta mierda. No pienso permitir que otra chica languidezca durante años por un tipo que solo sabe esperar. Ya tuve bastante con aguantar a Em. Mi hermana se convirtió en una auténtica negada.

—Eh, que estoy aquí —apuntó Em.

—Ya lo sé —replicó Kit con un tono mucho más suave—. Y sabes que te adoro, hermanita. Ahora, pásame el salchichón.

***

Dos horas después, seguía sin saber cómo demonios había terminado delante del espejo, intentando decidir qué ponerme. No quería ir a esa fiesta, sin embargo ahí estaba, arreglándome y emperifollándome... y sintiendo un nudo en el estómago cada vez que imaginaba tener que enfrentarme a Levi «Painter» Brooks en su propio terreno.

Jessica entró en mi habitación con el ceño fruncido.

—Sigo sin poder creerme que vayas a ir —dijo—. Te van a comer viva en el arsenal. No tienes ni idea de cómo son sus fiestas.

—Kit y Em me han prometido que estarán pendientes de mí —le recordé—. Además, se trata de una celebración en plan familiar, no una de esas fiestas salvajes a las que te gustaba ir.

—Que no te engatusen —señaló Jess con tono sombrío—. En la sede de los Reapers no pasa nada bueno. Independientemente de que me salvaran o no la vida, los Reapers son peligrosos y me harías inmensamente feliz si te quedaras conmigo en casa estudiando.

Me volví para mirarla. De nuevo me maravilló el cambio tan radical que había experimentado mi mejor amiga durante el último año. Cuando íbamos al instituto estaba obsesionada con su aspecto, los chicos y salir de juerga. Ahora llegaba un viernes por la tarde y estaba apoyada contra el marco de mi puerta con unos holgados pantalones cortos de chándal, una camiseta de tirantes manchada y el pelo recogido en un moño desordenado. Ya no llevaba esos recogidos tan atrevidos y sensuales. No, con aquel peinado parecía como si le hubiera crecido un extraño y peludo mutante en la cabeza.

Volví a mirar mi reflejo en el espejo.

—Voy a ir de todos modos —dije, antes de alcanzar el vaso de sangría que me había llevado a la habitación—. Así que cumple con tu deber de amiga y ayúdame a arreglarme. ¿Esto me hace gorda?

Jessica lamió el helado de palo que se estaba comiendo y me miró detenidamente.

—No, pero te hace parecer una mujer de cuarenta años. Y no una de cuarenta en plan atractivo, sino como una vagabunda a la que acaban de llamar para hacer una entrevista de trabajo.

Ahora fui yo quien la miró.

—No sé cómo tomarme lo que me acabas de decir.

—Tómatelo como que deberías ponerte otra cosa. —Negó con la cabeza—. Mira, no interpretes esto como que estoy de acuerdo en que vayas a esa fiesta, porque sigo oponiéndome al cien por cien. Pero en serio, Mel. Eres una chica muy guapa, con ese pelo de color chocolate y esa piel tan bronceada que siempre tienes... Joder, si yo tuviera esos atributos... Bueno, desde luego no me quedaría aquí sentada viéndote cómo te arreglas para salir cuando yo me voy a quedar en casa estudiando toda la noche. No veo ninguna razón para ocultar toda esa belleza bajo la apariencia de una sin techo.

—Primero, creo que eso es ir demasiado lejos teniendo en cuenta los pelos que llevas —repliqué ahora también con el ceño fruncido—. Y segundo, eres tú la que no quiere ir, ¿recuerdas? Yo sí que quiero que vengas conmigo.

—Da igual. Anda, cámbiate de ropa.

Puse los ojos en blanco y volví a mirarme en el espejo. Jess tenía razón. Iba vestida para una entrevista de trabajo, no para una fiesta.

—No sé qué ponerme, ¿puedes dejarme algo?

Jessica se quedó pensando un momento mientras caminaba alrededor de mí, estudiando mi aspecto con ojo crítico.

—Puedo ayudarte, pero exijo obediencia absoluta, pequeño saltamontes.

—No importa...

—¡Silencio! —espetó ella, alzando una mano frente a mi cara—. No me distraigas. Tengo una idea... Necesitamos algo muy especial. Algo que haga que se arrepienta de no haberte hecho caso. Eso sí, luego no seas imbécil y vuelvas de rodillas con él.

—Nunca estuve con él.

—Razón de más para hacerlo bien. Si vas a ir a esa fiesta tienes que ir en plan cañón. Muy, muy sexi. Te prometo que, cuando te vea, se va a correr del gusto. Entonces harás que se arrastre hasta ti y luego le dejarás plantado y volverás a casa.

«¿Qué?»

—No quiero que se corra del gusto.

—¿Y ahora quién es la que vive engañada?

Suspiré porque, de nuevo, la muy bruja tenía razón.

***

Jessica fue muy rápida y quince minutos después volví a mirarme al espejo. Ahora sí que no parecía que fuera a hacer una entrevista de trabajo. Tenía que admitir que me había dejado muy guapa. Jess me había puesto un sujetador de realce negro junto con una blusa veraniega del mismo

color, de esas que caen por el hombro, unos brazaletes de plata en la muñeca y dos pendientes de aro grande. En la parte de abajo llevaba una falda de cuadros que era una mezcla entre un *kilt* escocés y una de esas minifaldas que suelen llevas las chicas en los colegios de monjas. El conjunto lo completaban un par de botas estilo militar.

—Puedes usarlas para dar una patada a Painter en los testículos si suelta alguna estupidez —dijo mi amiga con una sonrisa de oreja a oreja.

—¿Pero no debería llevar otra cosa? No sé... ¿tacones o algo así?

—Confía en mí, no necesitas llevar esos zapatos que piden a gritos un «fóllame». Tus labios bastan por sí solos para hacer que un hombre pierda la cabeza y tienes unas tetas fantásticas. No solo eso, Painter —pronunció el nombre con desdén— es un imbécil al que querrás dar más de una patada a lo largo de la noche y no querrás romperte un dedo en el intento. Además, los tacones se clavan en la hierba y un zapato plano no es una opción, lo que solo nos deja las plataformas o las sandalias. Y eso sí que arruinaría el efecto del conjunto que llevas. Las botas es lo que mejor te va.

Volví a estudiar mi reflejo. No parecía yo en absoluto, pero tenía que reconocer que la ropa le iba como anillo al dedo a mi pelo oscuro y al maquillaje ahumado de mis ojos. Era mitad patinadora sexi, mitad... ¡Qué sé yo! Desde luego alguien que no era Melanie... una chica casi temeraria.

—Sí, bueno. Es que me siento un poco rara.

Jessica se puso a mi lado y me rodeó los hombros con un brazo.

—Cuando me ayudaste con mi primer trabajo de literatura te escuché —explicó con voz seria—. Te hice caso porque tú sabes más que yo de eso. Se te dan muy bien los estudios. Ahora escúchame tú a mí. Puede que haya hecho un voto temporal de castidad, pero sé de chicos y de sexo. Esta ropa te queda de fábula. Eres preciosa. Me encantaría que pudieras verte como yo te veo.

Parpadeé a toda prisa, súbitamente emocionada. Entonces Jess se inclinó y me susurró al oído:

—Si fueras una puta, pagaría tu precio completo sin regatear, nena. Y sabes bien que no me gasto el dinero en cualquier cosa.

Me eché hacia atrás y Jessica se puso a reír.

—Lo que sé es que estás loca.

—Sí —replicó—. Yo soy la loca y tú eres la buena estudiante y todo ese rollo. Pero esta noche vamos a intercambiar los papeles. Tú saldrás y te divertirás, pero no te despegues de London, ¿de acuerdo? Y yo me quedaré en casa estudiando. Los vamos a dejar a todos estupefactos.

—Dejar estupefacto al personal es un objetivo muy noble —declaró Kit mientras entraba en mi habitación para unirse a nosotras—. London llegará enseguida. Ella nos llevará a la fiesta. Ha salido del arsenal para comprar más hielo y patatas; uno nunca tiene suficiente de ambas cosas. Buen trabajo con el atuendo, Mel.

—Lo ha elegido Jessica.

—Me lo he imaginado. Venga, vámonos. Hemos vuelto a quedarnos sin sangría y Em parece tener mucha sed. Dios sabe lo que será capaz de hacer en cuanto se entere de que me la he bebido toda mientras hablaba con su tortolito por teléfono. Cuando está sobria es muy violenta. Necesitamos más alcohol. Nuestra seguridad ante todo, ¿verdad?

***

—Esta es Mel —anunció con orgullo Kit mientras me empujaba hacia un tipo alto de pelo oscuro que lo llevaba recogido en uno de esos moños que tanto se estilaban ahora entre los hombres. (Lo que siempre me había resultado una incógnita. Un moño en un hombre en teoría no tenía que resultar sexi, sin embargo, a algunos les hacía todavía más atractivos de lo que ya eran.) Llevaba un chaleco de los Devil's Jacks y si no fuera porque, aparte de eso, iba con el torso completamente desnudo, me hubiera quedado contemplando absorta sus parches. Madre mía, qué pectorales...

Sé que os pareceré un poco frívola, pero si un agente de la policía me hubiera pedido que describiera su cara para un retrato robot, me habría quedado en blanco. Pero aquellos pectorales se grabaron en mi alma al rojo vivo.

—Mel es alguien muy cercano a la dama de mi padre —continuó Kit—. Es una chica muy simpática, así que pórtate bien con ella.

—Hola, Mel —dijo él con un toque de humor en la voz—. Soy Taz, de Portland.

—Taz pertenece a la misma sección que Hunter, el hombre de Em —informó Kit—. Es un gran tipo, ¿verdad, Taz?

—Todo un príncipe azul —acordó él—. ¿Te apetece tomar algo, Mel?

Asentí fascinada. Taz era muy, muy guapo. No, «guapo» no era la palabra exacta. Taz estaba buenísimo. Sí, aquello lo definía mejor. Era

34

muy atractivo. En el abecedario de los hombres cañón le daría una «H» de Hemsworth. Quería lamerlo entero, solo para comprobar si sabía tan bien como olía (sí, la que hablaba no era yo, sino la sangría). Tenía los ojos de un verde brillante y una medio sonrisa completamente encantadora. Cuando me puso la mano en la parte baja de la espalda y empezó a guiarme hacia la zona donde estaban los barriles de cerveza, estuve a punto de desmayarme.

Que le dieran a Painter. Tuvo su oportunidad y la dejó escapar.

En mi defensa os diré que no soy tan superficial, pero llevaba en aquella fiesta casi dos horas y aunque había visto de lejos al señor Brooks, él ni se había molestado en saludarme con la mano, mucho menos acercarse a hablar un rato conmigo. Solo se limitó a clavar la vista en mí durante un minuto y después se fue hacia Reese sin volver a mirarme.

Por lo menos, a London le había alegrado verme, aunque me di cuenta de que se disgustó un poco cuando no vio a Jess. Sabía que el verano anterior la habían expulsado del arsenal después de meterse en problemas en una de sus fiestas. Pero había superado todos sus líos desde entonces. Reese incluso la había invitado a alguno de los eventos familiares del club el invierno pasado.

Pero, que yo supiera, Jess no había vuelto a poner un pie en el arsenal y yo solo había estado en una ocasión, echando una mano a London con la comida. Hoy, Loni me había advertido que me quedara siempre en el patio, donde más gente había, y que le avisara en cuanto quisiera irme para que me llevara. Después, me había dado un abrazo y un beso antes de dejarme ir con Kit.

Para entonces Em ya nos había dejado y no se había separado ni un segundo de su hombre, Hunter.

—Está encoñada —me había dicho Kit—. Son patéticos. Si alguna vez me enamoro de alguien así, por favor, pégame un tiro. Mi padre tiene un montón de armas, puedes tomar prestada alguna de ellas.

Pasamos las dos horas siguientes juntas, dando vueltas por la fiesta. Kit se había criado en el arsenal y me presentó a todo el mundo. También estuvo de acuerdo con London en que era mejor que permaneciera en el patio, más que visitar el gigantesco edificio de tres plantas que teníamos a nuestras espaldas. A mí, más que una sede me parecía un castillo; por lo visto, se lo habían comprado a la Guardia Nacional.

Para mi sorpresa la fiesta me resultó de lo más familiar.

En su mayor parte.

Sí, había música a todo volumen y mucho alcohol, pero también niños correteando, riendo, gritando, haciéndose con todas las galletas que podían y bebiendo litros y litros de limonada.

Aunque no todo era de color de rosa. Había un montón de tipos con aspecto intimidante, rodeados de mujeres que llevaban menos ropa de la que estaba acostumbrada a ver. Alguien me dijo que el ambiente familiar terminaría en cuanto el sol se pusiera. Al menos Jess había acertado al escoger las botas; las pocas mujeres que vi con tacones altos estaban teniendo serios problemas a la hora de moverse en la mezcla de hormigón, grava y hierba que cubría la zona.

Las botas habían conseguido que me sintiera fuerte, alta y segura de mí misma.

Por eso, cuando Taz me sirvió una bebida y esbozó una deslumbrante sonrisa no me di cuenta de que Painter nos estaba mirando. Ni tampoco me di cuenta de que seguía en la fiesta cuando me tomé el segundo vaso. A decir verdad, lo cierto era que casi ni sabía dónde me encontraba. Digamos que estaba demasiado «contenta». Y por eso también me olvidé completamente de la advertencia de London sobre quedarme en el patio. A esas alturas más bien me había olvidado de todo. Había bebido antes, pero no tanto como ese día.

Me estaba divirtiendo un montón. No me extrañaba que Jessica se hubiera emborrachado tanto en el pasado.

—¿Quieres que demos un paseo? —preguntó Taz después de lo que me pareció una eternidad y un suspiro al mismo tiempo. Miré alrededor y me fijé en que estaba anocheciendo. Cada vez había menos niños correteando. Alguien había encendido una hoguera y la música sonaba más fuerte.

—Claro —dije, sintiéndome una aventurera. Quizá me besara. Eso le enseñaría al puto Levi Painter Brooks una cosa, ¿verdad? Que porque no estuviera interesado en mí no significaba que no fuera una chica sexi y divertida.

Taz me agarró de la mano y me llevó a lo largo del alto muro de cemento que rodeaba el patio hacia una puerta que había en la parte trasera. Estaba abierta, pero un hombre llevando un chaleco de aspirante estaba apostado allí, vigilando a todo el que entraba y salía. No le reconocí, aunque en cuanto me vio abrió mucho los ojos, se apresuró a sacar su teléfono y empezó a teclear como un loco.

—Esto es muy bonito —dije, mirando la gran pradera que encontramos al otro lado del muro. Al fondo se erguía una pendiente muy empinada pendiente cubierta de árboles, pero el lugar en el que estábamos parecía un parque. Un parque enorme en el que se habían colocado unas pocas tiendas de campaña y encendido otra hoguera.

—Nosotros hemos acampado allí —explicó Taz, señalando el otro extremo de la pradera—. Ven y te lo enseño.

Fruncí el ceño cuando sus palabras penetraron en la neblina que parecía haber inundado mi cerebro. Mi sentido de supervivencia cobró vida al instante, advirtiéndome con discreción pero a la vez insistentemente que escabullirme en la oscuridad con un tipo al que apenas conocía en una fiesta de moteros no podía ser la más brillante de las ideas.

Mierda. Me estaba convirtiendo en la antigua Jessica.

—Mel, ven aquí.

Conocía esa voz. Me volví despacio y me encontré con Painter, detrás de nosotros y con los brazos cruzados.

No se le veía muy feliz.

***

Viéndolo ahora en retrospectiva, el error más grave que cometí fue dejar que Kit entrara en nuestra casa esa tarde. A partir de ese instante, todo fue de mal en peor, como un tren a toda velocidad y sin frenos por un túnel oscuro que daba directamente a... bueno, a un motero completamente furioso.

¿Por qué estaba tan enfadado Painter? Ni idea.

Si ni siquiera me había dirigido la palabra durante todo el tiempo que pasé en aquella maldita fiesta. Había estado allí horas y siempre que le vi estaba hablando con chicas que parecían prostitutas con *jeans* súper ajustados y partes superiores de bikinis del tamaño de un sello.

No era que eso me importara. En absoluto. Podía acostarse con quien le diera la gana, porque... Mierda. Su mirada se clavó en la mía de tal modo que sentí que me abrasaba por dentro y os juro que todo alrededor de mí comenzó a dar vueltas. Cuando sucumbí a los ojos de Painter, cautivada, me olvidé por completo de Taz. Pero en cuanto me percaté de lo que estaba haciendo, me obligué a bajar la mirada, lo que no me ayudó mucho. Aquel hombre estaba hecho de puro músculo —de unos músculos deliciosos que ahora podía ver perfectamente, ya que lo único que llevaba bajo el chaleco de los Reapers era una ceñida camiseta de manga corta. Tenía las piernas cubiertas por unos *jeans* desteñidos que se ajustaban a sus muslos de una forma que hizo que me temblaran las rodillas. El atuendo lo completaban un par de botas negras desgastadas. Todo ello en conjunto lo convertía en alguien demasiado atractivo. En la fiesta me había intentado convencer de que no era tan fuerte —ni tan atractivo— como el hombre que había protagonizado mis más ardientes fantasías nocturnas. Nadie podía serlo.

Pero sí que lo era.

Su mirada voló hacia Taz y después regresó a mí. Sus ojos eran calculadores y fríos mientras empezaba a caminar en nuestra dirección. Por Dios, Painter no solo tenía un cuerpo de infarto, sino que también se movía de una forma extremadamente viril. Sí, aquel hombre era sexo en estado puro.

Recordé cada segundo que pasé con él el año anterior, cada toque, cada ocasión en la que me aferré a su enorme y poderoso cuerpo mientras su Harley rugía bajo nuestras piernas. Solo me había llevado en su moto tres veces, menos de treinta minutos en total... Y el único beso que compartimos me marcó para siempre.

Quería más, mucho más.

—Painter —dijo Taz, sacándome de mi ensimismamiento. Me había olvidado de que el amigo de Hunter también estaba allí.

—Taz. Yo que tú dejaría en paz a la chica. Está bajo protección.

—¿Es tuya? —preguntó el motero moreno con voz sorprendida—. Supongo que no ha debido de captar el mensaje, porque no la he traído aquí precisamente a rastras.

—Es una cría. Déjala en paz.

—Oye, no soy ninguna cría —protesté indignada—. En cuatro meses cumpliré veintiuno.

Taz soltó una carcajada grave.

—Ya la has oído. Que te den, Brooks.

Painter se acercó a mí con la expresión más dura que jamás había visto en su rostro.

—Mel, vuelve a la fiesta ya.

Me quedé petrificada, sin saber muy bien cómo reaccionar. Quería regresar a la fiesta, sí, pero no quería que Painter se saliera con la suya.

Mierda.

Ahora estaba atrapada entre dos hombres y como era una imbécil lo que más deseaba era olvidarme de Taz y abalanzarme sobre Painter allí mismo, en medio de una pradera, envolverle la cintura con las piernas y frotarme contra él como si fuera una puta ansiosa. Una puta muy, muy feliz.

¿Dónde narices había dejado mi autoestima?

Capítulo 3

Painter

Mel me miraba como si fuera un conejillo asustado. No pertenecía a este mundo y lo sabía. La muy bruja tenía que saberlo. Había evitado venir al arsenal durante todo el tiempo que estuve en prisión. Me lo había contado por carta, junto con otras miles de cosas. Seguro que creéis que a un tipo como yo le aburría leer sobre su vida. También me habían escrito algunas zorras del club; cartas llenas de sexo, promesas y fotos que deberían haber sacado de cuajo a Mel de mi cabeza. Pero nunca dejé de pensar en ella. Se convirtió en mi ancla. Entonces, cuando le dije que saliera por ahí y se buscara un novio, dejó de escribirme, y cuando regresé a casa decidí a propósito comportarme como un cabrón con el asunto del automóvil. Tenía que hacerlo.

Era lo correcto.

Pasé la primera semana en Coeur d'Alene sin saber nada de ella, luchando con todas mis fuerzas por no caer en la tentación. Hasta que Pic me dijo el sábado que las chicas necesitaban ayuda con la mudanza y sucumbí. Ese día, aunque mantuve las manos alejadas de ella —me limité a saludarla con un somero «hola»— fue una auténtica tortura. Estaba mucho más guapa de lo que recordaba, más llena, había pasado de ser preciosa a convertirse en una belleza en toda regla, con esa piel tan tersa y bronceada, el pelo oscuro y piernas tan largas diseñadas específicamente para envolverme la cintura.

Cuando se inclinó delante de mí para levantar una caja de cartón estuve a punto de reventar la parte delantera de los pantalones.

El desgraciado de mi presidente estuvo todo el tiempo riéndose a mi costa, mientras que London entró en modo madre protectora total. En una ocasión le había prometido que dejaría a Mel en paz; una promesa que, en mi opinión, ya no estaba en vigor por la forma en que había mentido al club.

Aunque si había una cosa que tenía clara era que no había soportado todo un año con dolor de huevos para que ahora Taz se lanzara en picado a robarme la recompensa.

—London te está buscando, Melanie —mentí—. Te dijo que no te marcharas de la fiesta, ¿recuerdas? Y lo hizo por una razón. Aquí fuera no estás segura.

—Estás completamente segura conmigo a tu lado, nena —dijo Taz con un brillo de diversión en los ojos. No creía que estuviera seriamente interesado en ella, pero sí se notaba que estaba disfrutando molestándome. Capullo. Era uno de los hermanos de Hunter y no les caía especialmente bien. Puede que Em fuera ahora la dama de Hunter, pero hubo una época en la que, si yo hubiera querido, habría sido mía sin pensárselo. Y él me odiaba por eso.

Un sentimiento que era mutuo. Ese imbécil me había quitado a la hija de Picnic. Aunque ahora que tenía a Mel delante... Joder, no tenía ni idea de qué era lo que había visto en Em.

—Debería volver a la fiesta —dijo ella lentamente.

«¿No me digas?»

—Estupendo —dije antes de agarrarla del brazo y atraerla hacia mí. Oí la risa de Taz mientras la arrastraba, no hacia la puerta trasera del muro que daba al patio, sino hacia la oscuridad. Mel tropezó un par de veces y cuando vio que doblábamos la esquina trasera empezó a tirar de mí.

En esa zona nadie podría vernos.

—Oye... —dijo. No le hice caso. Todavía estaba demasiado alterado para prestarle atención. Podía olerla en medio de la oscuridad. En serio. No porque llevara algún perfume intenso ni nada parecido, sino porque era ella. Olía a naranjas con un toque especiado, un aroma muy agradable que... ¿Pero qué cojones me pasaba?

—Oye... —repitió, esta vez tirándome con más fuerza del brazo. Me detuve en seco y le di la vuelta con rudeza. Ella dio un paso hacia atrás, golpeándose con el muro—. Por aquí no se va a la fiesta.

—Es que no vas a volver a la fiesta.

Ladeó la cabeza y me miró. Cuando arrugó la nariz vi la confusión en sus ojos vidriosos por el alcohol consumido. Estaba completamente seductora.

—Cuando haces eso con la nariz pareces un conejo.

—Y tú pareces un asesino en serie —replicó con el ceño fruncido—. Creía que London me estaba buscando y por aquí no vamos bien.

—Te he mentido. Lo hago a menudo. —Clavé la vista en su boca. Alcé el brazo y la agarré de la barbilla antes de recorrer aquellos labios con el pulgar. Nuestras miradas se encontraron. No sé si se le aceleró el pulso, pero el mío sí que lo hizo. ¡Y a qué velocidad! ¿En qué coño estaba pensado al escribir a esta chica? Era una muchacha preciosa y perfecta que tenía por delante una vida mágica e increíble y en lo único que podía pensar era en tumbarla en ese suelo polvoriento y enterrar mi polla en todos sus agujeros.

Gritaría mientras me la follaba; soltaría los mismos gritos sensuales con los que había fantaseado mientras estuve encerrado.

Me odié a mí mismo.

—¿Y por qué me has mentido? —preguntó en un susurro.

—Para alejarte de Taz. No estás a salvo con él.

Mel arrugó la frente confusa, su cerebro se movía tan despacio que prácticamente pude ver los engranajes girando detrás de sus ojos. Puede que en circunstancias normales fuera de lo más inteligente, pero esa noche estaba bastante ebria. Kit. Kit y Em. Seguro que eran las responsables de todo esto.

Me incliné más todavía, quedando a escasos centímetros de ella. Inhalé su aroma. Durante un segundo me tambaleé por las inmensas ganas que tenía de sucumbir a la tentación...

—Me hablaron de ti —susurró.

—¿Quiénes?

—Las otras chicas. Kit, Em. Jessica. Sé cómo actúas —continuó. Alzó una de las manos, rozándome el pecho. El fuego me recorrió las entrañas; si antes la había querido, ahora estaba desesperado por ella. Era tan suave, tan tierna... tan perfecta.

Entonces sus palabras penetraron en mi mente.

—¿Qué has dicho?

—Que me hablaron de ti —repitió. Sus ojos descendieron hasta mis labios—. Me dijeron que tenías un complejo de virgen-puta.

Me quedé inmóvil.

—¿Un qué?

—Un complejo de virgen-puta —repitió de nuevo con voz seria—. Te gusta tirarte a las chicas más sucias y pones a las decentes en un pedestal para que permanezcan puras y perfectas. Eso no está bien, Painter. No hay ni vírgenes, ni putas. Todas somos personas.

Sus palabras me descolocaron por completo. ¿De qué coño estaba hablando? Que no quisiera arrastrarla a esta vida dura y llena de mierda que llevaba no significaba que tuviera ningún complejo. ¿Y quién cojones se creían que eran las hermanas Hayes para opinar al respecto? No sabía qué me ponía más furioso: que hubieran hablado con ella sobre mí o que no se hubieran esmerado más a la hora de asustarla.

«Mel no tendría que haber estado aquí esta noche.»

—Kit y Em están locas, y esa amiga tuya, ¿Jessica? Es como dos trenes chocando de frente. Tú no perteneces a este mundo, Mel.

—¿Y a cuál pertenezco?

—A un mundo en el que encuentres a un buen hombre que te trate como a una reina y se deje la piel para hacer que tu vida sea perfecta el resto de tu existencia —espeté prácticamente con un gruñido.

Abrió los ojos sorprendida.

—¿Y si no quiero tanta perfección?

—Pues has tenido muy mala suerte, porque eso es lo que vas a tener.

—¿Perdona? —Su tono se endureció. Percibí un destello de ira en sus ojos.

Bien. Tal vez así se le despejaría la cabeza lo suficiente para marcharse de allí.

—Te voy a llevar a tu casa y no vas a volver aquí jamás. Y mantente alejada de Em y Kit. Algo que también deberías hacer con Jessica. Además, ¿por qué estáis compartiendo apartamento?

—¿Qué quieres de mí? —preguntó en voz baja. Sus labios se movían contra mi pulgar que parecía haber cobrado vida propia y había empezado a acariciarle la boca sin mi permiso. Tomé una profunda bocanada de aire y contemplé su rostro. Dios, era preciosa. Piel bronceada, espesas y oscuras pestañas, y todo ese pelo que anhelada enredarme en la mano mientras me la follaba.

Si se lo hubiera cortado mientras estaba en prisión no sé si hubiera podido soportarlo.

—Verás, quiero que te vayas y no vuelvas nunca —dije sin contemplaciones.

Se estremeció y, durante un instante, creí que se daría la vuelta y saldría corriendo. Pero entonces sacó la lengua y empezó a lamerme el pulgar. Caliente. Caliente y húmeda. Y cuando lo tomó entre sus dientes y se lo metió en la boca, la cabeza me empezó a palpitar. Está bien, no solo la cabeza. Podía sentir perfectamente toda la sangre bajándome a la polla, que se me puso dura como una piedra, empujando contra la parte delantera de mis *jeans*.

Los ojos de Mel me sostuvieron la mirada mientras me succionaba el pulgar y me clavaba los dedos en el pecho. Esos labios... eran suaves y gruesos; se los veía perfectamente bien alrededor de mi dedo, pero estarían mucho mejor chupando otra cosa. Entonces me agarró de la muñeca con la otra mano, se sacó el dedo de la boca muy despacio y me dio un último y travieso lametón con la lengua.

—Painter —dijo a continuación—, quiero que me escuches con mucha atención —Seguía mirándome a los ojos, pero ahora su expresión resultaba más severa. Joder, me encantaba cómo sonaba mi nombre en sus labios—. Creía que eras mi amigo, pero te deshiciste de mí sin mirar atrás. Y cuando intenté darte las gracias por dejarme usar tu automóvil me trataste como si fuera una leprosa. Actuaste como si todas esas cartas que nos escribimos no significaran nada para ti. Me dolió, Painter. Me dolió mucho. Seguro que cuando esté sobria lamentaré haberte dicho esto, pero ahora mismo me siento mejor que bien haciéndolo, así que escúchame.

Ahora fui yo el que abrí los ojos. ¿Quién narices era esta chica? Mel no se caracterizaba precisamente por tener agallas, al menos no de este tipo. Pero por lo visto sí que las tenía, porque estaba claro que todavía no había terminado.

—En lo que a mí respecta, no tienes ningún derecho a decirme lo que puedo o no puedo hacer —espetó lentamente mientras me empujaba con el dedo en el pecho—. Nunca. Me lo estaba pasando de fábula hasta que te metiste de por medio. Ahora voy a dejarte y voy a seguir divirtiéndome sin ti. Y si no te gusta la idea, te jodes.

***

Había perdido la cabeza.

Era la única explicación posible a lo que acababa de salir de mi boca. Un momento... Había otra. Me había poseído un demonio. Parpadeé despacio y di las gracias a Dios por el muro que tenía a mis espaldas, porque sin él no creo que hubiera podido seguir en pie.

Me di cuenta de que aquello era el producto de estar borracha de verdad. Aunque había bebido antes, solo había llegado a achisparme un poco. Pero esa noche fue diferente. Sabía perfectamente a lo que me enfrentaba. Sabía que Painter era un tipo enorme y peligroso. Y también sabía que decirle aquello, a solas y en medio de la oscuridad, no era muy buena idea.

Pero me dio igual.

Hablando de liberación... Cuando vi cómo se le ensombrecía el semblante, ¡me reí! No lo pude evitar, me hizo tanta gracia que Don Motero «Malote» se quedara sin palabras porque yo tenía razón y él no, que...

—No tienes ni idea de a lo que te enfrentas —gruñó. Extendió el brazo y enredó la mano en mi pelo con fuerza, obligándome a acercarme a él. Después se inclinó hacia mí y sus ojos buscaron mi rostro con la mandíbula tensa—. ¿Crees que esto es un juego, Mel? Ni siquiera Em y Kit son tan estúpidas como para escabullirse en plena noche con un tipo al que no conocen.

—¿Como Jessica hizo contigo? —le pregunté, envalentonándome—. Eres un hipócrita.

—Razón de más para mantenerte alejada de mí. Tienes que ir a casa y quedarte allí.

—¿Has escuchado alguna de las palabras que han salido de mi boca? —inquirí, frustrada porque se estaba comportando como un imbécil y le había lamido el pulgar y... Em tenía razón, Painter era un acomplejado. Pero yo no estaba interesaba en que me colocaran en un maldito pedestal. Quería lamerlo de la cabeza a los pies, no quedarme en un púlpito que representara la virtud femenina—. Ahora sé bueno y deja que me vaya. Volveré a la fiesta y seguiré divirtiéndome. Tú puedes ir a follarte a alguna zorra si estás cachondo o a rezar a la Virgen María si te sientes culpable por algo. Pero a mí, déjame en paz.

Me apretó el pelo con más fuerza y con su otro brazo me acercó bruscamente a él. Me pegó a su cuerpo y nuestros rostros volvieron a quedar a escasos centímetros. ¡Uf! Así de cerca era todavía más grande.

—Escúchame tú ahora —dijo con la voz más grave e intensa que jamás le hubiera oído—. ¿Te das cuenta de que Taz podía haber hecho lo que quisiera contigo aquí fuera? Él no forma parte de nuestro club y tú no eres propiedad de nadie. Si no haces uso del puto sentido común que tienes estarás completamente desprotegida y a merced de cualquiera.

—Taz parecía un chico muy simpático —susurré, envuelta en su calor y fuerza. De pronto me percaté de que nadie sabía dónde me encontraba en ese momento. De acuerdo. Puede que Painter tuviera su parte de razón; haberme ido con Taz en plena oscuridad había sido una estupidez porque le conocía todavía menos que a él y tenía la impresión de que aquel interludio con mi «amigo por correspondencia» no iba a terminar nada bien. De pronto, me puso la mano en el trasero, me alzó y me empotró contra el muro. Me aferré a sus hombros y envolví las piernas alrededor de su cintura.

Dios bendito.

Mala idea o no, no recordaba haber estado más excitada en toda mi vida. ¿Cuántas veces había soñado con algo así? La boca de Painter descendió hasta mi oreja, mordisqueándome el lóbulo con la fuerza suficiente como para que me doliera. Al sentir su protuberancia entre mis piernas una ardiente necesidad estalló en mi interior. Olía tan bien... Giré las caderas, buscando desesperadamente más. Painter gruñó.

—Joder —masculló, más para sí mismo que para mí—. ¿Sabes lo que podría hacerte en este instante? Por Dios, Mel. Aquí nadie te oiría gritar. Podría desnudarte y follarte hasta que no supieras ni quién eres, quisieras o no.

Durante un instante fui incapaz de respirar. «Podría desnudarme y follarme hasta que no supiera ni quién soy.» Algo en mi interior se contrajo. (Sí, mi vagina. Fue mi vagina.)

—¿Y si no quiero gritar?

Volvió a gruñir y echó la cabeza hacia atrás para mirarme. Después se pasó la lengua por los labios y quise besarle con tal desesperación que pensé que moriría.

«Hazlo.»

Sin pensármelo dos veces, tomé su rostro y pegué mi boca a la suya. Se quedó inmóvil durante un momento, pero segundos después volvió a tirarme del pelo, ladeándome la cabeza mientras tomaba el control de aquel beso.

Ahora es cuando os digo que un coro de ángeles descendió del cielo y un grupo de unicornios empezó a darme vueltas por la cabeza mientras yo tenía un orgasmo instantáneo contra el muro del arsenal. Esto es lo que siempre sucede en los libros, ¿pero qué os puedo decir? No hubo ningún unicornio, aunque estoy bastante segura de haber oído a los ángeles cantar y sí, definitivamente mi cuerpo empezó el dulce camino hacia el clímax. Las caderas de Painter empujaron contra mí y se me endurecieron los pezones al tiempo que su pecho me aplastaba y su lengua me invadía.

Entonces cambió de posición y su miembro encontró el punto exacto para hacerme temblar. Lo quería dentro de mí con tanta intensidad... Su contacto estaba haciendo maravillas en mi interior. Sentí cada uno de mis músculos retorciéndose. Enredé los dedos en su cabello, saliendo a su encuentro con las caderas. Cuando me apretó el trasero con más fuerza sentí que estaba al límite y...

Maldición. MALDICIÓN.

No estoy muy segura, pero creo que alcancé a ver un unicornio. Tenía que ser el alcohol. Fui recuperándome poco a poco. Painter seguía besándome, con más suavidad aunque sabía que él no había tenido ningún orgasmo. No, su pene todavía estaba duro y listo para presentar batalla. Sin embargo, se separó de mí y me bajó al suelo con la respiración entrecortada. Me tambaleé un poco mientras estiraba la mano hacia abajo, en busca de la protuberancia entre sus piernas y apreté.

—No —replicó con la mandíbula tensa—. Tengo que llevarte a casa.

Sin embargo, su cuerpo no estaba de acuerdo porque sus caderas empezaron a empujar contra mi mano, rogando por más. Volví a apretar, ascendiendo y descendiendo por encima de los *jeans* sobre su considerable longitud, preguntándome a qué sabría.

Decidí que no quería esperar a comprobarlo, así que me arrodillé.

Aquello debió de activar algo en su interior porque me agarró de los brazos, me obligó a ponerme de pie y me alejó de él con un áspero empujón. Me tambaleé hacia atrás y tropecé con la rama de un árbol, lo que hizo que perdiera el equilibrio y terminara cayendo sobre la maleza.

—¿Alguna vez has oído la frase de «no, significa no»? —espetó, mirándome con lo más parecido al miedo que jamás había visto en su rostro—. Estoy seguro de que lo he leído en algún póster o algo parecido. No te quiero así, Mel.

La caída no fue lo suficientemente contundente para quitarme el aire de los pulmones, pero esa sola frase lo consiguió de un plumazo. Mierda. Me había abalanzado sobre él y lo había disfrutado. Él no quería que lo hiciera y sin embargo yo no había cejado en mi empeño. Había un nombre para la gente que hacía ese tipo de cosas.

«Pero lo que has sentido entre las piernas no era precisamente una queja, guapa. Eso era una polla queriendo meterse en tu interior a toda costa.»

No. Aquello no era una excusa válida, porque a pesar de lo que su cuerpo dijera, su cerebro no había estado de acuerdo. Y encima, me había arrodillado para hacerle una mamada y él me había rechazado.

Dios mío, qué patética que era.

—Lo siento —susurré, con unas ganas enormes de vomitar. ¿Por qué había bebido tanto? El alcohol me había transformado en una imbécil.

Painter se acercó a mí y me ofreció una mano.

—Venga, vamos —dijo con la voz todavía tensa—. No quería tirarte al suelo. Jesús, ¡qué desastre!

—No pasa nada —murmuré, deseando encontrar algún sitio en el que pudiera lamer mis patéticas heridas antes de llamar a London y pedirle que me llevara a casa—. Siento haberte besado. De verdad.

—Voy a sacarte de aquí. Joder. Tienes que mantenerte alejada de mí, Mel. No puedo lidiar con esta mierda. La próxima vez, ven con un arma, así será mucho mejor para los dos.

***

Lo que siguió fue un ejercicio de absoluta humillación, mezclado con unos cuantos giros horribles y nauseabundos y coronado con una euforia fuera de lo normal. ¿Por qué? Porque Painter decidió llevarme a casa en su moto.

Me había olvidado de lo grande e intimidante que podía resultar su Harley negra y dorada. Sí, la había visto aparcada en la calle el fin de semana en el que hicimos la mudanza y sabía que no era ninguna moto de *cross*, pero de cerca parecía aún más grande... más real. Más aterradora.

Más sexi.

¿Por qué tenía que ser sexi?

Painter pasó la pierna por encima de su moto y se sentó. A continuación me hizo un gesto para que me uniera a él. Subí y me situé detrás mientras intentaba colocarme la falda a duras penas, pero él me tomó las manos e hizo que me agarrara a su cintura con fuerza. Madre de Dios.

Abrí las manos, sintiendo la potencia de los músculos de su estómago bajo la camiseta y apoyé la cabeza contra su espalda. Mi cara quedó pegada a los colores de los Reapers y pude aspirar el olor a cuero de su chaleco.

¿Cómo podía estar tan avergonzada y excitada al mismo tiempo?

Painter puso en marcha el motor y la Harley cobró vida entre mis piernas (y que conste en acta, cualquiera que os diga que una moto no es una máquina fálica es que nunca ha montado en una). Antes del beso, habría dado lo que fuera por volver a pasear en aquella Harley. Por desgracia la noche no había podido ir peor y, en ese momento, lo único que quería era meterme en la cama y taparme hasta las orejas.

Con mucha, mucha suerte, tal vez todo lo sucedido solo se quedara en una pesadilla sin pies ni cabeza.

El viaje duró un suspiro. Salimos del arsenal y cuando quise darme cuenta estábamos enfrente de mi casa. Bajé de la moto y fui directa a la puerta de entrada, rezando para que Jessica me hubiera dejado un helado. En ese momento, lo necesitaba, era lo único que me serviría para ahogar mis penas.

—Mel —me llamó Painter desde detrás.

—Gracias por traerme —respondí, negándome a mirar hacia atrás o aminorar el paso.

—¡Mel! —repitió ahora con voz más alta.

Me detuve de mala gana y me volví para mirarle. El giro hizo que casi me cayera de nuevo al suelo. Decidí que no me gustaba estar borracha. Nada estaba yendo bien y hacía mucho tiempo que había dejado de ser divertido.

—¿Qué?

—Manda un mensaje a London y a Kit —su voz casi sonó tierna—. Para que sepan que estás bien. Diles que te traje a casa.

—Oh...

Me sentí un poco avergonzada porque no se me había ocurrido pensar en aquello. (No volvería a emborracharme en la vida. No se me daba nada bien.) Saqué el teléfono y vi varios mensajes. Mierda. El primero era de London, de hacía unos tres cuartos de hora.

LONDON: Pásatelo bien, pero ten cuidado, Mel. Taz es muy guapo... pero también un mujeriego.

Quince minutos después.

> LONDON: No he visto dónde te has ido. ¿Estás bien?

Y finalmente...

> LONDON: Me tienes preocupada, Mel. Por favor, envíame
> un mensaje para saber que estás bien.

Tenía que ser la peor no-hija del mundo. Justo después tenía otro mensaje de Kit.

> KIT: London se está volviendo loca y alguien me ha dicho
> que te has ido con Taz. Ten cuidado. Besos.

Mierda, mierda, mierda...

> YO: Lo siento. Estaba cansada y decidí irme a casa. Painter
> me ha traído en moto. Estoy bien. Ya nos veremos. Muchas
> gracias por la invitación.

Miré hacia la calle, donde Painter todavía estaba parado encima de su moto, observándome. Moví alegremente los dedos en señal de despedida (¿Por qué has hecho eso? ¡Pareces una auténtica mema! ¡Uf!) y seguí mi camino hacia la puerta. Saqué la llave, pero me detuve en el umbral unos segundos. Antes de que le diera tiempo a salir huyendo de nuevo, corrí por la hierba del jardín hacia él. Todavía teníamos un asunto pendiente.

Painter ladeó la cabeza y me miró con curiosidad.

—Gracias por haberme dejado tu automóvil mientras estuviste en prisión —dije despacio, sosteniendo su mirada—. Fuiste muy amable y me ha venido muy bien.

—De nada —respondió él. Una extraña emoción cruzó su rostro.

Hice un gesto de asentimiento, regresé a la puerta y volví a sacar la llave. Mientras entraba en casa, oí como la Harley cobraba vida de nuevo.

Jessica había tenido razón en una cosa. Había cometido un tremendo error yendo al arsenal.

Capítulo 4

Encontré a Jess en el sofá, estudiando con el portátil y comiendo regaliz rojo. Su moño todavía parecía un mutante peludo y tenía apoyada una lata de Red Bull a su lado, en el desvencijado brazo del sofá. La música sonaba de fondo; su mezcla habitual de *upbeat dance* y bandas juveniles. Aunque adoraba a mi amiga, la música que le gustaba hacía que quisiera extirparme los oídos.

En cuanto me vio abrió los ojos y me señaló con un dedo acusador.

—¡Tú has echado un polvo! ¡Eres toda una fulana!

«¡Uf!»

—¿Perdón? —pregunté completamente confundida

«Dios, debo de estar más borracha de lo que pensaba.»

—Que-has-echado-un-polvo —repitió, apuntando con el dedo en mi dirección para dar mayor énfasis a sus palabras—. Se te ha corrido el pintalabios. Seguro que conociste a algún chico y le hiciste una mamada, ¿verdad? ¿Él también hizo lo propio ahí abajo? Yo diría que sí por el brillo que tienes en los ojos...

—¡No!, no he hecho ninguna mamada a nadie. Solo...

Me detuve al instante y tragué saliva. Un momento. ¿Por qué estábamos hablando de esto? Más aún, ¿de verdad quería contarle lo que había pasado con Painter? Parpadeé lentamente, al tiempo que pensaba qué decirle, cuando Jess rompió a reír.

—Mellie, eres tan transparente... —Puso los ojos en blanco—. Ya sé que no te has acostado con nadie. No te enfades por haberte tomado un poco el pelo. Siempre te pones tan roja... Es muy divertido, porque nunca te tiras a nadie en una fiesta. Siempre te portas muy bien.

Fruncí el ceño y me dejé caer en el sofá a su lado. No sabía muy bien si sentirme ofendida porque creyera que no me había liado con nadie o agradecer a Dios que no sospechara nada. Me incliné hacia delante e intenté desatarme las botas, lo que resultó más difícil de lo que pensaba, pues mis dedos no fueron lo suficientemente ágiles.

—Solo porque se me den bien los estudios no significa que no pueda tirarme a nadie —le recordé—. ¡Ni que fuera virgen!

—Solo te has acostado con tres chicos, ¿verdad? —preguntó, arqueando una ceja.

Asentí e hice una mueca pensado en el último. Con ninguno de ellos había compartido una experiencia inolvidable, pero con John llegó a dolerme. Ese chico tenía una puntería terrible, absolutamente terrible.

—¿Y cuándo fue la última vez que echaste un polvo? —preguntó.

—Pues hace ya tiempo —reconocí.

—Desde que conociste a Painter.

Me encogí de hombros. No iba dignarme a contestar. Eso solo la alentaría aún más.

—Estás en un callejón sin salida y lo sabes —dijo, agitando la mano en señal de rechazo—. Necesito que te pongas las pilas y des un poco de acción a tu vida. Desde que hice mi voto de castidad, solo puedo contar contigo, Mel. Lo eres todo para mí.

Me miró con adoración, poniendo ojos de cachorro abandonado.

Le saqué el dedo corazón y volví a sentarme sobre los cojines del sofá. Apoyé los pies en la mesa de café que compramos en la tienda de segunda mano St. Vinnie. Era horrible y estaba llena de golpes, pero era lo suficientemente sólida como para poder dejar en ella una *pizza* y un paquete de seis latas de cerveza, que era lo único que tenía que importarnos (al menos, según Jess).

—No eres tan lista como piensas —murmuré—. Las cosas no son como crees.

—Me sorprende que Loni no haya entrado a saludar cuando te ha dejado —comentó, acercándose más a mí—. Siempre lo hace.

—No me ha traído Loni —repuse con evasivas. Todavía me sentía muy avergonzada por lo que había pasado. No me gustaba mentir a Jes-

sica, pero no estaba preparada para abordar el asunto. Aún no. Sobre todo, teniendo en cuenta que ella también había ido a una fiesta en el arsenal, y no precisamente familiar, y había llegado mucho más lejos con Painter de lo que llegué yo.

Supongo que le vine bien cuando estaba aburrido y entre rejas. ¿Ahora? Ya no tanto. Miré a Jess, preguntándome qué habría pasado exactamente entre ellos. Siempre me había dicho que se «liaron», ¿pero qué se suponía que significaba aquello? También me había dicho que no me preocupara, que no había sido nada... Pero Jessica era una chica espectacular. Despampanante. Y aunque era un poco más joven que yo, me llevaba décadas y décadas de experiencia. No me extrañaba que Painter no estuviera interesado en mí.

No era su tipo.

—¿Entonces quién te trajo? —inquirió, frunciendo el ceño—. Em y Kit no pudieron ser porque estaban borrachas. ¿Fue Hunter? ¿O se lo dijeron a algún aspirante?

Pensé en mentirle... inventarme un nombre o algo parecido. Jess tenía déficit de atención, así que lo más seguro era que se olvidara del asunto, salvo que cometiera la estupidez de decirle...

—¡Oh, Dios mío! ¡Te trajo Painter! —Me acusó de repente—. Puedo ver la palabra culpa escrita en mayúsculas en tu cara. ¿Qué coño pasó? Mierda.

—Sí —admití despacio. ¿Por qué no contarle la horrible historia al completo?—. No está interesado en mí. No me hizo caso, igual que el día de la mudanza. Pero entonces conocí a otro chico y...

—¿Qué? —inquirió.

Cerré los ojos intentando pensar, pero volví a abrirlos inmediatamente después, pues la habitación había empezado a dar vueltas. Durante un instante, creí que vomitaría.

—Me alejó de él y me dijo que no pertenecía a ese mundo —continué—. Nos pusimos a discutir... lo tenía a escasos centímetros de la cara... y él me agarró del pelo... así que le besé.

Jess frunció el ceño.

—No es un buen tipo —dijo—. Sí que ha hecho algunas cosas buenas, tengo que reconocerlo. Pero esos moteros son peligrosos, Mel. Te lo llevo diciendo desde hace mucho. Mantente alejada de él.

No era la primera vez que teníamos esa conversación; se puso hecha una furia cuando se enteró de que nos estábamos escribiendo. De pronto un horrible pensamiento cruzó por mi mente. Ya lo había tenido antes, pero nunca se lo había preguntado en voz alta porque no lo veía apropiado.

Esa noche, sin embargo, estaba demasiado desinhibida.

—Tengo que saber algo... —empecé, sin saber muy bien cómo expresarlo en palabras. «Oye, Jessica, ¿te apetece seguir acostándote con mi no-amigo-por-correspondencia?» Mmm... No, aquello no sonaba muy bien. ¿Cuál era la manera más diplomática de preguntar a tu mejor amiga si quería tirarse al chico del que estabas secretamente enamorada pero al que no le interesabas porque te veía como a una cría?

Todavía no me lo habían explicado en mi clase de lengua.

—¿Qué? —preguntó. Cerró el portátil y se apoyó contra un lateral del sofá—. Déjame adivinar. Te estás devanando los sesos para ver cómo puedes preguntarme con el mayor tacto posible si todavía me pone Painter, porque esa es la clase de chica que soy, ¿verdad? ¿Una que siempre está buscando a alguien con quien acostarse?

Empecé a toser, sintiéndome una auténtica zorra por haber pensado siquiera en eso. Pero aquello era precisamente lo que me había estado carcomiendo por dentro durante un tiempo, lo que no era nada justo, porque Jess había cambiado mucho.

Era ese «mucho» lo que me más me preocupaba.

—Tal vez... Me di cuenta de que, durante la mudanza, te llevó aparte para hablar contigo un rato...

—No sé si echarme a reír o tomármelo como un insulto.

—¿Echarte a reír? —pregunté con voz débil.

Jessica apoyó la cabeza en mi hombro y suspiró.

—Primero, he hecho un voto temporal de castidad.

—Sí, pero nunca dijiste cuánto duraría y tienes que reconocer que eres una persona muy impulsiva —señalé. Ya que habíamos empezado a hablar del tema, ¿por qué no seguir?—. Por lo que sé, tu voto podía haber terminado hoy mismo.

—Anótate un tanto —dijo, volviendo la cabeza para sonreírme. Oh, menos mal. No estaba enfadada. Pero tampoco había respondido a mi pregunta—. No te preocupes. Aunque Painter estuviera interesado en mí, que no lo está, nunca le tocaría, Mel. En realidad le importo una mierda. Además, para mí tú estás por encima de cualquier estúpido motero. Y que sepas que estoy esforzándome mucho en controlar mis impulsos. Sé que tengo un largo camino por delante, pero no me está yendo nada mal. Reconoce que he disminuido al menos un veinticinco por ciento mi cuota de problemas.

Me reí. Sentí tal alivio que estuve a punto de marearme.

—Sí, tengo que admitirlo. Yo más bien diría que un treinta. Y lo hubiera aumentado a un cuarenta de no ser por el incidente con la barra de hierro.

Jessica volvió a suspirar.

—Sí. No estuve muy fina. Aunque, ¿te cuento un secreto? —Se volvió hacia mí y esbozó una sonrisa de oreja a oreja.

—Sí.

—Sé que les dije a Reese y a Loni que lo sentía, pero volvería a hacerlo sin pensarlo. El capullo se lo merecía. Prácticamente tuve un orgasmo cuando por fin conseguí romperle el parabrisas. Cualquier día de estos me tomaré la revancha por lo del sexo.

Me miró moviendo ambas cejas y yo fingí una mirada severa estilo Reese.

—No ha tenido ni puta gracia, Jess —dije, imitando el tono y repitiendo las palabras exactas del presidente de los moteros—. Si a ese mierdecilla no le acojonaran tanto los Reapers, ahora mismo estarías en la cárcel. La próxima vez dejaré que te arresten.

—Lo siento, Reese —replicó, agachando la cabeza y mordiéndose un labio—. Supongo que perdí el control. Hablaré con mi orientador a ver qué podemos hacer...

Ambas estallamos en carcajadas; un gesto no muy considerado por nuestra parte, pues Reese era un buen hombre. No solo estaba loco por Loni, sino que nos trataba a Jess y a mí como a sus propias hijas.

—Yo también tengo un secreto que contarte —admití cuando nos calmamos un poco y dejamos de reírnos.

—¿Ah, sí?

—Loni también creyó que se lo merecía. Le oí decir a Reese que si tú no le hubieras destrozado el parabrisas, lo habría hecho ella. Y a Reese también le cabreó bastante.

—¿En serio? —preguntó Jess claramente sorprendida—. Virgen santa.

—Sí, le dijo que hablara primero con él si quería romper algo, que mandaría a algún aspirante por ella porque no quería que se hiciera daño. Entonces empezaron a besarse y me marché antes de que me entraran ganas de vomitar con tanta demostración pública de cariño.

Casi se le cayó la mandíbula al suelo.

—Pues sí que es un buen hombre —musitó.

Asentí, agradeciendo que todo volviera a estar bien entre nosotras.

—Siento haberte hecho esa pregunta.

—Lo sé.

Esbozó una triste sonrisa. Su mirada todavía escondía secretos sobre los que no podía evitar preguntarme.

Sabía que lo que le había pasado estaba relacionado con el motivo por el que Painter había ido a la cárcel. Le había escrito, preguntándole qué quería que hiciera con su automóvil y él me respondió con un dibujo muy divertido en el que salía mirando con cara de confusión y asco a una bandeja de comida de la prisión.

Alcé la cabeza y miré el techo mientras reflexionaba sobre todo aquello. ¿De verdad habíamos sido amigos?

—Jess, sé que todo el mundo dice que los Reapers están metidos en cosas muy gordas —dije en voz baja—. ¿Crees que los rumores son ciertos? Si Reese es un buen hombre, quizá...

Jessica soltó un sonoro suspiro.

—Sí, Mel, los rumores son ciertos —repuso con tono sombrío—. Sea lo que sea que te imagines, es peor. Mucho peor. Confía en mí.

Parpadeé a toda prisa. ¿Por qué narices se me habían humedecido los ojos de pronto? Ya había sufrido suficiente como para llorar por un chico.

No, no por un chico. Painter Brooks era todo un hombre. Jess se hizo con el mando a distancia y encendió la televisión que nos había comprado Loni como regalo inaugural de nuestra nueva casa junto con tres grandes bolsas de comida. En la pantalla apareció uno de esos estúpidos programas de telerrealidad. Después de un rato me acordé de que necesitaba un helado, así que fui a la cocina a por uno.

Por desgracia para mí, Jess ya se había comido el último. Tomé en su lugar un yogur griego y volví a sentarme en el sofá, contemplando a un montón de mujeres ricas discutir sobre cuál de ellas llevaba la peor vida.

Ja. Tal vez deberían juntar a una de ellas con mi padre, para que supieran lo que era de verdad la «realidad».

Capítulo 5

Painter

No me molesté en volver a la fiesta.

Taz estaba pidiendo a gritos un puñetazo y tenía la sensación de que no sería capaz de controlarme si veía de nuevo su cara. Lo que no nos vendría nada bien; puede que los Devil's Jacks ahora fueran nuestros aliados, pero la historia entre ambos clubes no era precisamente idílica. Pic siempre estaba «bromeando» sobre matar a Hunter, el hombre de su hija. Lo último que necesitaba era que yo echara más leña al fuego.

Así que ahí estaba, sin ninguna compañía un viernes por la noche y con los huevos más azules que el trasero de un pitufo a pesar de que había conseguido que me hicieran una mamada antes de que Mel apareciera en la fiesta. Ahora que la había visto —y sentido contra mi cuerpo— no podía negar la realidad. Esa chica era diferente. Especial. Solo con tocarla me sentía mucho mejor que follándome a cualquier otra, y no quería sentar la cabeza. Sentí el amor verdadero.

Sabía que tarde o temprano ese pequeño enamoramiento pasaría.

Hubo un tiempo en el que creí que Em era la mujer perfecta para mí, pero tardé mucho en dar el primer paso y la perdí. En ese momento, pensé que mi mundo se derrumbaría. Sin embargo, no fue así. Ahora mismo no sentía nada cuando la veía, a pesar de que en aquella época había estado convencido al cien por cien de que estaba enamorado de ella.

Sí, lo que quiera que fuera que sentía por Mel, también pasaría.

Aparqué la moto en el callejón que había detrás de mi nuevo hogar, una antigua cochera que ahora se dividía en dos plantas: la de arriba con un apartamento y la de abajo con un garaje. Estaba solo a cuatro manzanas de la casa de Mel; pura coincidencia. Claro, el hecho de que me decidiera a buscar algo justo en el centro después de que les ayudáramos con la mudanza no había tenido nada que ver.

Abrí la puerta y encendí las luces del garaje que estaban dispuestas en el techo con ganchos conectados por una larga cadena. Subí las escaleras, saqué una cerveza del frigorífico y volví a bajar porque estaba demasiado nervioso como para irme a dormir.

Una vez abajo me acerqué al tablero contrachapado de roble que había estado preparando y toqué la superficie para ver cómo había quedado el acrílico semi-mate. Estaba seco. Llevaba trabajando en aquello cerca de una semana. Ahora por fin estaba listo, lo que significaba que podía comenzar con la primera pintura que hacía de verdad desde que salí de prisión. Entre el trabajo —tanto el legal en el taller de chapa y pintura como los chanchullos que hacía para el club— y buscar un sitio donde vivir, había estado muy ocupado.

Y esa noche pintar era exactamente lo que necesitaba.

Me quité el chaleco con los colores del club, alcancé el taburete con ruedas de taller y lo coloqué debajo de mi mesa de trabajo, donde me esperaban mis pinturas junto con los pinceles que compré para reemplazar los que perdí cuando me encerraron. Un par de damas fueron a mi antiguo apartamento para recoger mis cosas después de que me arrestaran, pero no sabían cómo guardar los pinceles para que se conservaran en buen estado y tuve que tirarlos. Estos no eran tan buenos como los anteriores, pero eran lo mejor que ahora podía permitirme y no quise esperar.

Una hora después decidí tomarme un descanso. Mientras me terminaba la cerveza contemplé el contorno del símbolo de los Reapers que había empezado. Me habían pedido que hiciera una especie de mural para la capilla. En un primer momento pensé en pintarlo sobre la pared, pero Pic sugirió que lo hiciera en un tablero para poder moverlo y ponerlo donde quisiéramos. Me pareció una buena idea; además un tablero como aquel duraría décadas.

60

Lo cierto era que me sentía de maravilla volviendo a pintar.

Y aunque no tuviera a Mel, al menos tenía esto. Algo en lo que era muy bueno. En prisión había hecho algunos diseños para varios hombres. Ahora que estaba fuera, ya había hablado con un par de ellos para decorar sus motos. Uno era de esos tipos que solo montaba los fines de semana, con un montón de dinero y al que no le importaba tener la moto fuera de circulación un par de semanas mientras terminaba el trabajo.

Supongo que algunos de nosotros vivíamos para la carretera más que otros.

Aunque, mientras me pagara, me daba igual lo que hiciera con su moto.

Subí la música y volví a centrarme en el tablero. Estaba quedando bien. Muy bien. Tal vez debería seguir el consejo de Bolt y abrir una página web para mostrar mi trabajo y así conseguir más clientes. De pronto, se me ocurrió que un artista con su propio negocio podría ser el tipo de hombre con el que Mel podría plantearse un futuro. Jesús, tenía que dejar de pensar en ella.

Nunca estaríamos juntos.

Ya iba siendo hora de que lo superara.

***

¿Justin Bieber cantando en mi dormitorio?

¿Pero qué coño...?

Parpadeé, miré al techo e intenté despabilarme mientras trataba de averiguar a quién tendría que matar para poner fin a semejante sacrilegio. Después de lo que me pareció una eternidad, el ruido cesó. Me di la vuelta y me tapé la cabeza con la almohada. ¿Qué delito habría cometido para merecer un suplicio como aquel?

Entonces empezó de nuevo.

Joder, se trataba de mi teléfono. Alargué la mano para alcanzarlo y vi una foto del dedo corazón de Puck parpadeando en la pantalla. Sí, reconocí aquel dedo de inmediato porque llevaba más de un año viéndolo por lo menos diez veces al día, además de que era la forma habitual con la que Puck solía darme los buenos días en prisión. Fruncí el ceño y pulsé el botón de aceptar la llamada.

—¿Te gusta tu nueva melodía? —preguntó mi mejor amigo.

—Vete a la mierda, capullo —conseguí gruñir. No era mi mejor insulto, pero todavía tenía aletargado el cerebro.

—Veo que alguien no echó un polvo anoche —replicó. Casi podía oler su regocijo. Gilipollas—. Te vi salir con Mel y no volviste. Me has decepcionado, hermano.

Colgué y tiré el teléfono a un lado de la cama. Me sentía como la mierda. Pintar durante toda la noche era peor que emborracharse, por lo menos en lo que a resaca se refería. Recordaba haberme ido a dormir a las seis de la mañana y según el despertador eran las nueve. Antes solía tomar algún refresco para terminar de despertarme del todo, pero mi estancia en prisión había conseguido desintoxicarme de ese hábito y quería continuar del mismo modo, así que no me daría ninguna alegría.

Justin empezó a aullar una vez más. Resignado, volví a aceptar la llamada.

—¿Cómo coño conseguiste acceder a mi teléfono? —quise saber.

—Porque adiviné la clave, capullo. Te conozco demasiado bien, no puedes ocultarme nada. De todos modos te he llamado por una razón, así que no se te ocurra volver a colgarme como si fueras una adolescente dolida, ¿de acuerdo?

—Tienes treinta segundos.

—En media hora empieza la reunión con los tres clubes —explicó, ahora con voz seria.

—Creía que era esta tarde.

—La han cambiado. Algo ha pasado. Creo que Boonie tiene que marcharse antes, así que han decidido celebrarla a las diez.

—Cojonudo —Me froté los ojos. Mierda, estaba agotado—. Te veo allí.

Colgué y volví a tirar el teléfono sobre la cama. Miré al techo. Varias manchas de infiltraciones se superponían en patrones circulares por lo que tuve la sensación de que cuando empezara el mal tiempo las cosas iban a ponerse bastante húmedas. En realidad, me daba igual; el garaje que tenía debajo era el estudio perfecto y eso era lo único que me importaba.

Bieber comenzó a berrear de nuevo, contaminando el aire que respiraba. Mataría a Puck, decidí. Así le haría un favor a la comunidad.

—¿Qué quieres ahora? —pregunté nada más responder.

—Nada. Pensé que tal vez querrías volver a oír la canción.

—Te odio.

—Lo sé.

***

En cuanto conseguí despejarme lo suficiente el trayecto hasta el arsenal no fue tan malo. El aire fresco me vino fenomenal. Aquella iba a ser la primera gran reunión a la que acudiría desde que salí de la cárcel. Por supuesto que cuando llegué a casa me hicieron una fiesta de bienvenida, pero fue en plan familiar. Mucho más seguro así, teniendo en cuenta lo que pasó con Puck en el sur.

Hoy tendríamos representantes de los Devil's Jacks, los Reapers y los Silver Bastards. Entre los tres clubes abarcábamos la mayor parte de Idaho, Montana, Oregón y Washington. No tenía conocimiento de ningún asunto urgente, pero llevaba bastante tiempo sin estar al día.

El arsenal estaba atestado de gente, aunque no tenía ni idea de cómo habían conseguido madrugar tanto después de la fiesta de la pasada noche. Aparqué la moto y fui hacia la entrada principal. Fuera había un grupo de Silver Bastards, Puck incluido. Mi amigo tenía un aspecto de lo más saludable y descansado. Por lo que sabía, no había pasado toda la noche de juerga; todavía se estaba comiendo la cabeza por lo que había ocurrido con aquella chica en California.

No podía culparle. Había sido un asunto bastante escabroso.

Esas últimas semanas desde que volvimos a casa, le había echado de menos, sobre todo por la noche. Sí, ya sé que suena un poco raro, pero llevábamos un año siendo uña y carne, solos él y yo. Vigilando nuestras espaldas sin bajar la guardia para que nada malo nos pasara; supervivencia en estado puro. Y la hermandad que crea ese tipo de situaciones no desaparece así como así.

—¿Cómo te va? —pregunté mientras me acercaba a él.

—Llevando una vida de emoción y desenfreno constante —ironizó con tono seco—. Ayer me saqué un nuevo permiso de conducir. Tuve que esperar una eternidad y la zorra que estaba a mi lado no paró de hablar ni un segundo. Aun así, es lo más emocionante que me ha pasado desde que llegué a casa... Puede que tengamos que replantearnos nuestro futuro.

—Callup es un pueblo pequeño ideal para vivir —le sonreí—. Seguro que te acostumbras a irte a la cama a las siete de la tarde. Por supuesto, siempre puedes volver a Montana. Me encanta tenerte por aquí, pero si no eres feliz, ¿por qué quedarte?

Se encogió de hombros.

—Siento que todavía tengo asuntos pendientes.

—Sí, y uno de esos asuntos es una chica menor de edad, así que supéralo y sigue adelante. A no ser que se trate de amor verdadero —me burlé—. El amor verdadero merece cualquier sacrificio, ¿no? ¿Incluidas tus pelotas?

—Que te den —espetó, golpeándome el hombro.

Le devolví el golpe pero no fuimos más allá. Por mucho que me gustara pelearme con él, ese no era el momento.

—Me alegro de volver a verte —me saludó Boonie, el presidente de los Silver Bastards—. Puck nos ha contado todo lo que hiciste por él en prisión.

—Fue algo recíproco —admití—. Hubiera sido mucho peor sin él allí. Y conseguimos salir con vida.

—Bueno, te lo agradecemos enormemente.

—Es un buen hermano.

Vi a BB venir hacia nosotros. El enorme aspirante ya debería ser miembro de pleno derecho, pero tuvo que dejarnos una temporada para cuidar de su madre moribunda. Cáncer.

—El presidente dice que es hora de empezar —informó—. Están esperándoos en la sala de juegos.

Entramos tranquilamente. Pasamos por el salón principal que hacía las veces de bar y sitio para pasar el rato. Ocupaba la mitad delantera de la planta baja, junto con una cocina en la parte trasera izquierda, las oficinas en el centro y un taller del mismo tamaño que la sala principal en la parte trasera.

El lugar no estaba tan mal como cabía esperarse después de haber celebrado una fiesta tan grande la noche anterior. Había botellas vacías aquí y allá y un sujetador colgando de la lámpara que alumbraba la mesa de billar. Vi a unas cuantas mujeres deambulando de un lado a otro, limpiando y recogiendo. No conocía a ninguna de ellas, lo que tampoco me sorprendió ya que todavía no estaba completamente integrado en la vida del club. A ninguna se le veía madera de dama. De pronto, vi a la chica que me había hecho la mamada en la fiesta. Me hizo un gesto con la mano a modo de saludo. Yo me limité a alzar ligeramente la cabeza pero evité cualquier contacto visual; no quería alentarla.

La sala de juegos estaba en la segunda planta a la derecha. Cuando subimos las escaleras, la mayoría de los hermanos ya estaban allí. Puck y yo encontramos un sitio libre en la zona de detrás y nos apoyamos contra la pared para observar. Mi amigo solo llevaba tres semanas siendo miembro de pleno derecho de su club y quería mantener una actitud discreta durante la reunión. Igual que yo.

Picnic recorrió con la mirada la estancia, flanqueado por los presidentes de otras secciones y clubes que habían venido a pasar el fin de semana, incluidos Deke, Hunter y Boonie.

—Gracias a todos por venir. En estos dos últimos años hemos tenido un montón de conflictos. Las cosas se complicaron y algunos hermanos tuvieron que pasar un tiempo en prisión —inclinó respetuosamente la cabeza en nuestra dirección—. También perdimos a otros tantos por el camino. Por eso, es bueno que de vez en cuando nos divirtamos juntos, aunque tampoco podemos perder la oportunidad que nos brindan ocasiones como esta para hablar de negocios. Deke y Hunter van a ponernos al día sobre cómo va el asunto del cártel y después hablaremos sobre algunos proyectos nuevos. ¿Deke?

El presidente de los Reapers de la sección de Portland dio un paso adelante y se cruzó de brazos mientras examinaba la sala.

—Los Jacks se han hecho fuertes en el sur —empezó—. En Portland hemos pillado a varios miembros del cártel, pero tengo entendido que ya no están en Washington. La Grande se mantiene firme, cubriendo el corredor central. Por mucho que deteste admitirlo, los Jacks han hecho un buen trabajo. Y no tengo mucho más que contar... ¿Algo que quieras añadir, Hunter?

Ahora fue el turno del hombre de Em de dar un paso al frente. Le miré pensativo, intentando decidir si ahora le odiaba menos que antes. Hacía tiempo que había superado lo de Em; de hecho, apenas pensé en ella mientras estuve en prisión. Cualquiera pensaría que eso era motivo suficiente para limar asperezas entre Hunter y yo, pero no. Todavía le cortaría encantado la garganta a ese capullo arrogante.

Me miró directamente, con ojos duros.

—En primer lugar, quiero dar las gracias a aquellos que han estado una temporada en prisión por el club —dijo, saludándome de forma burlona. «Imbécil»—. Todos sabemos que el cártel se recuperará con el tiempo y volverá a ir a por nosotros, pero, por ahora, la mayoría de sus integrantes han decidido quedarse al sur de la frontera de Oregón. En su momento también tendremos que decidir si queremos seguir luchando por el territorio. Eso es algo que compete a los clubes y ahora mismo estamos postergando hacer planes más sólidos al respecto. Estamos infiltrando gente entre nuestros aliados del sur, pues no estamos muy seguros de si podremos confiar en ellos a largo plazo.

Puck y yo intercambiamos una mirada ya que nuestra estancia en prisión nos había abierto bastante los ojos en lo que respectaba a ese asunto. Nuestros «aliados» no servían para nada.

—Painter, ¿quieres compartir con todos nosotros lo que me comentaste ayer sobre el tiempo que estuvisteis encerrados? —preguntó Pic como si acabara de leerme la mente.

Asentí, aunque hice una ligera pausa antes para pensar qué iba a decir exactamente.

—Está bien, todos sabéis que en la prisión en la que estuvimos también había miembros de nuestros clubes aliados —señalé—. Unos pocos Longnecks, algunos de los Bay Brotherhood y uno de los Nighthawk Raiders. Los Longnecks son pura mierda, siento expresarlo de ese modo. No se podía confiar en los que estaban dentro, y ahora que he visitado una de sus secciones creo que esa impresión puede ampliarse a todo el puto club. Los Brotherhood parecen fuertes, pero ahora mismo están pasando una época bastante mala. El tipo de los Nighthawk resultó interesante...

Puck y yo volvimos a intercambiar una mirada. Hice otra pausa, contemplando la mejor manera de explicarles lo de Pipes, nuestro contacto en la cárcel.

—Puck, ¿quieres intervenir? —pregunté.

—Sí, claro —dijo él—. Pipes estaba solo y, teniendo en cuenta la relación de nuestros clubes, se unió a nosotros bastante rápido. También le habían condenado por tráfico de armas. Y aquí viene lo interesante. Ya sabéis que llevan un tiempo introduciendo y trayendo mercancía desde la frontera de Canadá, ¿verdad? Bueno, pues según Pipes, están asfixiando la ruta desde el lado canadiense.

Picnic y Boonie no se mostraron sorprendidos, a diferencia de Hunter. Vaya, por lo visto Pic no le había informado de antemano. Supongo que los Hayes no eran el epítome de la familia unida. Lo que tampoco me sorprendía; aunque yo tenía mil razones para no sentir ningún cariño por aquel capullo, no eran nada comparadas con las de Pic. A todos nos constaba que ni el mismísimo Jesucristo hubiera sido lo suficientemente bueno para ninguna de las dos hijas de Reese Hayes, por lo menos en lo que a él respectaba.

Rance, el presidente de los Reapers de la sección de Bellingham, dio un paso al frente. Por supuesto que estaba al tanto de lo que Puck y yo teníamos que decir. Se lo habíamos contado todo a Pic y Boonie y sabía que después Reese se había puesto en contacto con Rance. Al fin y al cabo su sección era la que más cerca estaba de Hallies Falls, donde operaban los Nighthawk. Ahora era yo el que sentía curiosidad por saber lo que opinaba al respecto.

—Hemos oído rumores —dijo—, y llevaba un tiempo sospechando que algo pasaba. No pagaban cuando debían, la mercancía desaparecía... ese tipo de cosas. Alegaban que habían tenido problemas con algunos policías de la zona, gajes del oficio, pero no parecía que estuvieran contándonos la verdad. Ahora tengo una idea mejor de por dónde van los tiros. Cuéntales el resto, Painter.

—Por lo visto ha entrado en escena un nuevo jugador en la Columbia Británica —proseguí—. Se llaman a sí mismos club, pero según Pipes son solo una panda de volados que se han comprado unas cuantas motos y parches, pero que no tienen nada que ver con una hermandad como los clubes. Del estilo a lo que sucedió en Quebec, ¿os acordáis? Ahora están luchando contra los Nighthawk Raiders por controlar el tráfico trasfronterizo. Le preocupa que todo su club se vaya al garete y pierdan sus parches.

—¿Por qué no acuden a nosotros en busca de ayuda? —preguntó Hunter con el ceño fruncido—. Es el tipo de asuntos que a uno le gustaría hablar cara a cara, pero no teníamos ni idea.

—Pipes cree que su presidente, Marsh, se ha aliado con los tipos de Columbia —repliqué—. No solo está introduciendo en el club a nuevos hermanos leales a él, sino que está dejando al margen a los que llevan más tiempo. No están votando ninguna decisión y tampoco se han hecho elecciones. Pipes dice que intentó desafiar a Marsh, pero lo único que consiguió fue que le dieran la patada y le dejaran tirado. No le ha contado nada a la policía, pero sí que nos ha pedido ayuda. Está desesperado. Sabe que si el club cae, perderá toda protección en la cárcel.

—Mal asunto —murmuró Boonie—. ¿Alguna idea?

—Deberíamos ir a ver qué pasa —comentó Bolt, el vicepresidente de nuestra sección. Tenía la misma edad que Picnic y eran amigos de toda la vida. De no ser por Bolt, yo no estaría en el club. Le conocí a los diecinueve años, mientras cumplía mi primera condena. Era un novato en prisión y estaba muerto de miedo. Le di lástima y me enseñó cómo sobrevivir allí dentro, protegiéndome cuando le necesité. Antes de entrar en prisión tenía una moto, pero no sabía una mierda sobre la cultura motera. Cuando salí, dos años después, estaba preparado para entrar en los Reapers. Bolt movió algunos hilos y lo siguiente que supe era que estaba en el arsenal haciendo trabajos ocasionales y ganándome un puesto en el club.

Aquello fue lo mejor que me ha pasado en la vida, sin ningún género de dudas.

—Iré yo —anunció Gage, levantándose en silencio. No me sorprendió en absoluto. Había sido nuestro sargento de armas hasta el año pasado y no reculaba ante nada. Había llevado The Line los dos últimos años y sabía que últimamente estaba un poco inquieto—. Iremos en plan tranquilo, sin que nadie sepa quiénes somos, el tiempo suficiente para enterarnos de qué está pasando. Sería bueno que me acompañara alguien más.

—¿Qué os parece? —preguntó Pic, mirando a los demás presidentes.

—Me parece bien —señaló Boonie—. No tienen por qué enterarse. Si al final no es nada importante, no sabrán que estuvimos allí, y si resulta que tenemos que tomar medidas, no quiero ponerles sobre aviso.

Rance asintió.

—¿Tienes a alguien en mente para que te acompañe, Gage? Conocen a la mayoría de los hermanos de Bellingham, así que no podemos ser de mucha ayuda.

Gage me miró de manera inquisitiva.

—¿Qué me dices de ti, Painter? Conoces la situación de primera mano y has estado fuera de circulación una temporada. Es menos probable que alguien te reconozca. Sé que estás en libertad condicional, pero podemos encargarnos de eso.

—Claro —respondí, reorganizando los planes que tenía para esa semana. Debía trabajar en el taller, pero como Pic era el jefe, aquello no supondría ningún problema.

—Perfecto, ya lo organizaremos todo cuando terminemos aquí —repuso él.

—Vayamos entonces al siguiente punto —dijo Pic—. Tenemos que hablar sobre lo que está pasando cerca de Whitefish...

Le escuché a medias, mientras recordaba las conversaciones que había mantenido con Pipes en prisión, por si se me había pasado algún detalle importante.

—¿Quieres que os eche una mano? —inquirió Puck en un susurro—. No tiene pinta de ser muy peligroso, pero nunca viene mal contar con alguien que os vigile las espaldas.

Me gustaba la idea, la verdad, pues me había acostumbrado a tener a Puck a mi lado.

—Deja que hable con Gage. A ver qué le parece.

***

Una hora más tarde terminamos la reunión. No quisimos alargarlo mucho; al fin y al cabo, se trataba de un fin de semana de fiesta más que otra cosa. Cuando me disponía a marcharme Gage me hizo un gesto para hablar conmigo.

—Puck se ha ofrecido a venir con nosotros —le dije—. Andamos un poco justos y no nos vendría mal que nos acompañara uno de los Bastards.

Gage frunció el ceño.

—Preferiría que no. Sé que es un buen chico, pero si metemos a un segundo club el asunto se complica. Si viene uno de los Bastards, los Jacks también querrán que nos acompañe uno de sus chicos y antes de darnos cuenta nos habremos convertido en un grupo de diez. Ahora mismo el asunto solo incumbe a nuestro territorio y me gustaría que siguiera así.

—Me parece bien. —Entendía su razonamiento, aunque no me gustaba. Puck era un buen tipo para cubrirte las espaldas. También lo era Gage, por supuesto. Había sido nuestro sargento de armas por una razón. Era como un muro de ladrillos. Fuerte, peligroso y completamente leal al club—. ¿Cuándo nos vamos?

—Pronto. Ya he hablado con Pic para que ponga a otro al mando de The Line. Llevará un tiempo y no quiero dejarlos colgados. Ahora estoy pensando en alguna excusa con la que poder establecerme allí, pero que también me permita ausentarme siempre que lo necesite sin levantar sospechas... No me gusta ir de incógnito, pero en este caso creo que es lo mejor.

—Ya veo. ¿Crees que nos llevará mucho tiempo?

—No tengo ni idea —respondió—. ¿Cómo te cuadra? No te necesitaré en todo momento, pero sí quiero que estés conmigo al menos parte de lo que dure la misión.

—Claro, sin problema —repuse. Me llevaría algunos cuadernos y material de dibujo. Llevaba mucho tiempo sin pintar en serio, no me iba a morir porque pasara un poco más—. ¿Y si decimos que eres camionero? Así puedes ir y venir, te permitirá alejarte de la vida del club y te proporcionará una excusa para montar en moto cuando estés en el pueblo. Además, tenemos un camión que podríamos utilizar; Pic permitió a Pace Howard que aparcara su tráiler en la parte trasera del taller mientras esté en el ejército y le prometió vigilarlo y usarlo para que no se deteriorara.

Gage asintió pensativo.

—No es una mala idea —dijo—. Hablaré con Pic a ver qué le parece. Bueno, ¿cómo te va? Llevas dos semanas fuera, ¿no?

—Bien. —Y era verdad. Excepto por la situación con Melanie, en general estaba contento—. Mi agente de la condicional es Torres y como el club lo tiene untado sabe cuál es su lugar. Se supone que no puedo salir del estado, pero él me cubrirá sin problemas.

—Muy bien entonces —dijo—. Hablaré con Pic. Avísame si surge alguna complicación con lo tuyo y planeamos el resto mañana o el lunes.

Asentí y bajé a la planta principal del arsenal. Ahora había más gente. Desde de la cocina me llegó el olor a desayuno y me imaginé que estaban haciendo lo de siempre: cocinar y luego servir la comida en el patio. Tal vez llegaba a tiempo de comer algo.

Fuera pillé un plato y me puse huevos, jamón y patatas fritas. Después me dirigí a la mesa en la que estaban Ruger, Horse y Duck. Acababa de sentarme cuando Kit Hayes (la hermana maligna de Em y os aseguro que no la defino así a la ligera) se colocó a mi lado.

—Esta noche vamos a ir a la feria —anunció—. Unas cuantas de nosotras queremos ver el rodeo y tomar esas rosquillas que espolvorean con azúcar. Vuestras damas, Sophie y Marie, también quieren ir, pero no vendrán si no lo hacéis vosotros. ¿Qué os parece?

—Fijaos cómo intenta hacernos creer que nuestra opinión cuenta —masculló Duck, inclinándose sobre mí. No pude evitar esbozar una sonrisa. El viejo ya andaba en los sesenta y aunque siempre mostraba respeto, solía quedarse en la sede la mayor parte del tiempo.

—A mí, ni me mires. Está aquí para reclutar a Horse y Ruger.

Kit me miró.

—No seas memo —espetó, arqueando una ceja—. Queremos que venga todo el mundo, pero sé que Marie no irá si no va Horse y lo mismo le pasa a Sophie con Ruger. Creen que hay mucho lío en el arsenal y que deberían quedarse a echar una mano.

—Es que hay mucho lío —intervino Horse con tono seco—. Tenemos a un montón de invitados acampados y habrá que hacerles la cena.

—Una cena que también pueden comprar en la feria. —La sonrisa de Kit se ensanchó de forma siniestra—. Y no solo eso, aquí hay un montón de mujeres que no van a ir y que pueden encargarse. Además, el rodeo tampoco termina muy tarde. Después podéis volver y continuar con la fiesta. ¡Ni que estar sentados en el patio bebiendo fuera algo del otro mundo! Lo hacéis constantemente. El rodeo solo viene una vez al año.

Ruger soltó un suspiro.

—Lo mejor es que nos rindamos ya mismo.

—Calzonazos —dije, aunque sabía que mi hermano nunca tuvo la más mínima oportunidad. Cuando las chicas Hayes se empeñaban en algo, nadie podía hacerles frente. Y por lo visto, ahora estaban empecinadas en ir a la feria.

—Por cierto, Painter —contempló Kit. Os juro que me miró agitando las pestañas con fingida inocencia—. Melanie va a venir con nosotros, así que si prefieres quedarte aquí, mejor. Estoy segura de que no quiere verte el pelo.

Pequeña zorra. Ahora no me quedaba más remedio que ir.

Fingí no hacerle ni caso y me llevé un trozo de huevo a la boca. Kit soltó una carcajada y se alejó por el patio, seguramente en busca de nuevas víctimas.

—No sabes lo que me alegro de que esa muchacha se fuera a vivir a Vancouver —canturreó Duck—. La quiero como si fuera mi hija, pero es una experta en ir soltando mierda allá por donde va. Me imagino que irás a la feria, ¿verdad?

Miré fijamente mi comida, como si estuviera fascinado por el dibujo del kétchup sobre las patatas.

Duck soltó una carcajada a modo de respuesta.

***

—Por favoooooooor... —gimoteó Kit mientras se arrodillaba frente a mí. Nos había pillado a Jess y a mí con la guardia baja en el porche delantero («Nota mental: cuando las chicas Hayes estén por aquí mejor no salir fuera, ni siquiera abrir la puerta») y nos había pedido con un despliegue total de dramatismo que fuéramos al rodeo con ella porque «¿quién si no va admirar los culitos tan prietos de esos *jeans*?».

Cierto, pero no tenía intención de ir con ella. Además, tenía que entregar un trabajo y ya había hecho bastante el ridículo la noche anterior. Evitar a los Reapers estaba en el puesto número uno de mi lista de prioridades; sin embargo, ahí estaba Kit, de rodillas con todo su esplendor a lo Bettie Page.

Detrás de ella, en plena calle, estaban aparcados nada menos que cinco Devil's Jacks liderados por Hunter, el hombre de Em.

Sin presiones, ¿verdad?

Por el rabillo del ojo pude ver cómo Taz se bajaba de la moto y empezaba a caminar en mi dirección. Madre mía. Mis mejillas ardieron en cuanto los recuerdos de la noche anterior invadieron mi mente.

Alcohol. El alcohol era mi mayor enemigo. El alcohol y la familia Hayes.

Taz se detuvo a mi lado y me rodeó el hombro con un brazo.

—¿Seguro que no queréis venir? —preguntó—. Comida frita. Mierda de caballos. ¿Qué más se puede pedir?

Jess le miró, enarcando una ceja.

—No te va mucho eso del rodeo, ¿verdad?

Taz se echó a reír.

—Las motos no dejan montones de mierda allá por donde van. Creo que esto resume lo que realmente pienso del asunto.

Jess sonrió de oreja a oreja, lo que me sorprendió sobremanera ya que no era precisamente fan de los moteros.

—Soy Jessica —dijo.

Oh, oh. Acababa de usar su voz sensual de «estoy disponible». Hasta ahí llegó el voto de castidad.

—Venís con nosotros, ¿sí? —preguntó una esperanzada Kit, centrando toda su atención en Jess. Esa chica podía oler el punto débil de una persona a kilómetros de distancia.

—Podríamos hacer un esfuerzo, ¿no crees, Mel? —inquirió Jess con fingida inocencia.

La miré estrechando los ojos.

—Claro —repliqué con tono seco—. Estoy deseándolo.

Taz soltó un bufido y me apretó el hombro.

—No muestres tanto entusiasmo —murmuró en mi oído—. No se te vaya a romper algo.

—Muy bien, id a por vuestras cosas —dijo Kit, saltando y sonriéndonos toda orgullosa. Ahora que habían fijado una fecha para la boda se estaba tomando muy en serio eso de que éramos una nueva familia. Después de ese fin de semana, no veía el momento de que todo terminase. Diciembre me parecía demasiado lejos—. Todo el mundo os está esperando.

—De acuerdo —repuso Jess alegremente antes de agarrarme del brazo y tirar de mí para alejarme de Taz—. Estaremos listas en cinco minutos como mucho.

***

—Pensaba que odiabas a los moteros —le recordé en cuanto entramos en casa—. Y cinco minutos no es mucho tiempo para arreglarnos. Por no mencionar que, como ya sabes, tengo que entregar un trabajo esta semana.

—Ese trabajo puedes hacerlo en media hora como máximo —señaló—. Y estás muy guapa tal y como estás. Solo te hace falta un poco de brillo en los labios e ir a por tus cosas. En cuanto a lo otro, he estado replanteándome la idea que tenía sobre los moteros...

—¿Ah, sí? ¿Desde cuándo?

—Desde que he visto a Taz. Está buenísimo. Y ahora dime, ¿hay algo entre vosotros que deba saber? Sé que viniste a casa con Painter, pero ahí fuera le he visto muy pendiente de ti. En circunstancias normales diría que significa algo, pero a estos chicos les gusta toquetear tanto que no lo tengo del todo claro.

Vaya.

—Estuvimos juntos anoche durante un buen rato —admití—. Pero no estoy buscando nada más, ya tengo bastante lío en la cabeza con lo de Painter. No necesito preocuparme por otro motero. Por mí, te lo puedes quedar para ti sola.

—Perfecto —dijo, lamiéndose los labios—. Llevo siendo una buena chica demasiado tiempo. Creo que ha llegado la hora de entrar de nuevo en el mercado.

Pobre Taz.

El hombre estaba jodido. Literalmente hablando. Aunque tuve la sensación de que a él no le importaría demasiado.

Exactamente cuatro minutos y cuarenta y nueve segundos después, estábamos fuera. No tenía mi mejor aspecto, pero tampoco estaba mal. Unos *jeans* cortos, una bonita camiseta de tirantes y un par de viejas botas de vaquero que mi madre se dejó cuando se marchó.

No eran gran cosa como herencia, pero sí que tenían su utilidad.

—Bueno, ¿con quién nos montamos? —preguntó con cierta timidez Jess cuando salimos fuera.

—Yo tengo sitio —dijo un motero alto y desgarbado de pelo oscuro y con tatuajes alrededor del cuello. Le sonreí, pensando en aceptar su oferta, pero Taz volvió a poner un brazo sobre mi hombro.

—Ella viene conmigo —anunció. Em y Kit intercambiaron una mirada y Jessica ocultó su decepción colocando un brazo sobre el hombro de Don Tatuaje.

—Me encantaría ir contigo —comentó, desplegando todo su encanto. Era espeluznante la facilidad con la que podía deshacerse de su fachada de niña buena. Había olvidado lo rápida que era.

Puede que Jess fuera un poco mayor y más lista, pero seguía siendo Jess.

Solo tardamos cinco minutos en llegar al recinto ferial; tiempo más que de sobra para darme cuenta de que Taz tenía unos abdominales de lo más apetecibles. Los voluntarios encargados del rodeo nos habían indicado que aparcáramos en una gran explanada que había detrás de los establos. Cuando llegamos ya había por lo menos treinta motos, custodiadas por los respectivos aspirantes de los Reapers, los Silver Bastards y los Devil's Jacks. Mientras caminábamos hacia la entrada Taz me agarró de la mano como si fuera lo más normal del mundo... lo que me emocionó y asustó al mismo tiempo. Al fin y al cabo no era el hombre con el que quería estar, pero ¿qué clase de mujer no disfrutaría yendo de la mano en público con un espécimen masculino tan atractivo?

«¿Desde cuándo te has vuelto tan superficial?»

Mierda. Me di cuenta de que tenía que terminar con aquello antes de que empezara, así que aparté la mano.

—¿Podemos hablar un momento? —pregunté.

—Claro —respondió antes de hacerse a un lado para dejar que el resto nos adelantara.

Jess me miró enarcando una ceja pero no le hice caso.

—¿Qué sucede? —quiso saber Taz. Alcé la vista y contemplé sus rasgos casi perfectos, ese pelo recogido hacia atrás y la forma en que sus ojos rezumaban sexo. ¿De verdad iba a desalentar a un hombre como aquel? ¿Acaso me había vuelto loca?

Lo más seguro.

—Mmm... supongo que no hay una forma más fácil de expresarlo, pero anoche estaba muy borracha... —empecé.

—Ya me di cuenta. —dijo él con una sonrisa.

Sentí cómo me ruborizaba. No volvería a beber tanto en la vida. Sabía que, en comparación con otras personas, no había sido para tanto, pero detestaba perder el control de ese modo. Mi padre solo hacía tonterías cuando estaba borracho.

Yo era mejor... o por lo menos quería serlo. Justo después de sobrevivir a ese viaje a la feria.

—Ahora mismo no estoy interesada en ninguna relación...

La sonrisa de Taz se ensanchó aún más.

—Me parece perfecto. Yo solo quiero echar un polvo —dijo sin rodeos. Y aunque esas palabras hubieran podido ofender a cualquiera, de alguna manera, viniendo de él, hicieron que sintiera que solo estaba siendo honesto conmigo—. Sé que contigo no tengo la más mínima posibilidad. Pero a tu compañera de piso se la ve muy dispuesta y le está sacando de quicio vernos juntos. Seguro que Painter viene más tarde, así que puedes usarme para cabrearle. Cuando estalle y te lleve consigo, tu amiga estará lista para consolarme por mi pérdida. De ese modo todos salimos ganando.

Le miré estupefacta.

—No me puedo creer que acabes de decirme algo así —conseguí decir tras unos segundos—. No tienes vergüenza.

—La vergüenza no va conmigo —dijo, irradiando confianza por los cuatro costados—. Solo tienes que seguirme el rollo. Será divertido y al final tú te irás a casa con Painter y yo me tiraré a tu amiga.

Parpadeé.

—¿Te das cuenta de que voy a contárselo todo en cuanto tenga ocasión? —conseguí decir. Taz esbozó una sonrisa que invitaba a pecar sin miramientos.

—Cuento con ello —repuso—. Se nota que le van los problemas. Me ve como un desafío. Cuanto más le adviertas sobre mí, más fácil será.

Fruncí el ceño. No sabía cómo sentirme.

—Venga —dijo—. Estoy hambriento y Em dijo que aquí hacen una barbacoa de puta madre. Te invito a cenar. ¿Qué te parece?

Asentí, todavía confusa. No sabía cómo tomarme lo que me había dicho. Lo que sí tenía que reconocer era que tenía razón en una cosa: la barbacoa de la feria era increíble... y en ese momento estaba famélica.

Capítulo 6

Painter

La feria era un asco.

Taz se había presentado con Melanie a su lado y yo me había pasado las dos últimas horas deambulando por los distintos puestos, observándolos e hirviendo por dentro porque el muy capullo estaba haciendo todo lo que podía para joderme.

Imbécil.

Cada vez que ella se daba la vuelta, él hacía un movimiento de caderas o fingía agarrarla del trasero. Sacaba la lengua. Se llevaba la mano a la entrepierna... Lo típico de un puto pervertido. Hunter también estaba metido en el ajo, burlándose de mí en silencio en cuanto tenía ocasión. Mis propios hermanos habían resultado ser unos inútiles. Horse se limitó a poner los ojos en blanco y cuando por fin decidimos ir a la carpa de la barbacoa, Ruger comentó que si no había tenido las pelotas suficientes para reclamarla como mía, debería dejarla en paz.

Con amigos así, ¿quién quería enemigos?

La noche se estaba haciendo interminable. Me importaba una mierda el rodeo. Sí, era una forma decente de entretenerse, pero no hubiera ido allí de no ser por Melanie. Intenté llamar su atención, pero no me miró en ningún momento. Sabía que era consciente de mi presencia, porque de vez en cuando se sonrojaba. Seguro que todavía le avergonzaba lo que había pasado la noche anterior. Lógico. Pero cuanto más la veía con Taz, más difícil me resultaba mantener las distancias.

Se merecía a un hombre que fuera perfecto y ese capullo no lo era.

Por lo menos la comida estaba bastante bien. El recinto ferial disponía de un centenar de sitios para comer, pero el asador con barbacoa era el mejor. Si necesitaba una prueba que demostrara que me había vuelto loco, la obtuve cuando llegué a la fila. Delante de mí había una preciosidad que fingió tropezarse conmigo de forma accidental. Y hubiera aprovechado la ocasión de no ser porque estaba completamente pendiente de Mel y del hecho de que Taz no pudiera quitarle las manos de encima.

Diez minutos más tarde me dirigía hacia las largas mesas que habían dispuesto fuera de la carpa, llevando un plato de costillas con ensalada de patatas y pan de maíz. Me senté en un extremo. Horse se puso a mi lado, flanqueado por Marie. Ruger y su dama, Sophie, se sentaron enfrente, dejando mucho espacio para el resto. Muy pronto, Kit, Em y Hunter se unieron a nosotros, seguidos de Taz y Melanie. Las chicas empezaron a reírse cuando llegó Jessica.

Esta última parecía haber hecho buenas migas con Skid, el mejor amigo de Hunter. Puede que no me cayera muy bien, pero desde luego se merecía a alguien mejor que ese capullo. «Será mejor que no la pierda de vista.» Miré alrededor y me fijé en que Horse también estaba pendiente de Jess y Skid. Después clavó la vista en mí y ambos intercambiamos una conversación silenciosa. Jess era muy joven. Ambos la vigilaríamos. Taz se puso de pie.

—¿A alguien le apetece un trago? —preguntó, mirándome directamente—. Las chicas tienen pinta de estar sedientas. Será mejor que vaya a pedir una ronda.

El muy imbécil estaba intentando volver a emborrachar a Mel.

—Yo solo quiero agua —repuso ella.

Reprimí una sonrisa. «Jódete, imbécil. Te tiene bien calado.»

***

La cena duró una eternidad. Entre la incesante cháchara de Kit y las pequeñas pullas de Taz no sé ni cómo aguanté. Después de recoger los platos, todo el mundo se fue al baño.

Taz se puso a mi lado, silbando alegremente mientras orinábamos. Ahí fue cuando decidí que estaba hasta las narices. Al salir, le hice un gesto para que me siguiera detrás del puesto más cercano para mantener una charla privada. Lástima que se tratara de la caseta del *sheriff* del condado de Kootenai; el lugar menos indicado para asesinar a alguien. Qué mala suerte la mía.

—¿A qué estás jugando? —pregunté, usando el tono más calmado que pude.

—¿Te lo estás pasando bien, Brooks? Me gusta mucho Mel. Tiene un coño precioso. —Crujió sus nudillos con expresión pensativa—. Luego, cuando me la esté follando mientras tú te la machacas, me aseguraré de que tomes unas cuantas notas, para que sepas un poco de qué va el asunto.

Si me hubiera dicho eso mismo hacía un año me lo habría cargado allí mismo, sin importar que solo una lona nos separara de seis policías. Pero si algo me había enseñado estar en prisión era a controlarme. Puck y yo prácticamente habíamos estado solos en California y no podíamos permitirnos el lujo de actuar movidos por la ira. No si queríamos seguir con vida.

Así que hice acopio de todo ese autocontrol tan arduamente adquirido para no abalanzarme sobre él.

Y lo logré.

—Se acabó —dije sin emoción alguna. Me negaba a jugar su juego.

Taz enarcó una ceja.

—¿El qué?

—No seas imbécil, sabes a lo que me refiero —repliqué, cansado de toda esa mierda—. Ella no significa nada para ti, así que en cuanto nos reunamos con el resto se queda conmigo.

—¿Y por qué crees que va a ser así?

Esbocé una lenta sonrisa mientras llevaba la mano hasta el cuchillo de supervivencia que siempre llevaba enfundado en la cadera.

—Como le pongas un dedo encima, te destriparé en plena feria delante de todos. Morirás y la paz entre nuestros clubes acabará; todo porque no has querido apartar las manos de una chica que te importa una mierda. ¿De verdad quieres que todo termine así?

Se puso serio.

—Te estás marcando un farol. Sé que estás en libertad condicional. Volverás a la cárcel e iremos a por ti desde dentro —dijo lentamente.

Me encogí de hombros, casi deseando que me plantara cara. Claro que no quería pasar el resto de mi vida pudriéndome en una celda, pero matar a ese cabrón tal vez lo valiera.

—Puede —repuse, ofreciéndole la mejor de mis sonrisas—. Supongo que solo hay una forma de que lo descubras.

—¿De verdad empezarías una guerra por esa chica?

Me detuve a pensarlo.

—Sí.

Taz negó con la cabeza lentamente y finalmente alzó las manos en señal de rendición.

—Quédatela. Yo ando detrás de su compañera de piso. Solo quería fastidiarte un poco.

Sentí cómo se me relajaban los hombros. Lo habría hecho sin dudarlo; le habría matado si volvía a tocarla. Jesús.

—Deberías buscar ayuda —dijo Taz. Parecía preocupado.

—¿Te refieres a un loquero? —pregunté, reprimiendo una sonrisa—. Sí, ya hablé con uno en prisión. No nos llevamos muy bien.

—Estaba pensando en una buena puta —replicó con una sonrisa—. Qué más da un coño que otro. Caliente, húmedo y apretado, eso es lo único que importa, ¿no?

Mierda. ¿Por qué había tenido que decir eso? Ahora solo podía pensar en el coño de Mel, que estaba completamente convencido era material de primera calidad en todos los sentidos.

En ese momento sonó mi teléfono. Lo saqué y encontré un mensaje de Horse.

> HORSE: ¿Todo bien? Todo el mundo ha vuelto a las mesas.
> YO: Voy para allá.

Volví a mirar a Taz.

—¿Todo arreglado?

Él asintió.

—Sí, sí —respondió él—. Pero en serio, deberías reclamar a esa chica. Ese tipo de locura puede resultar muy peligrosa si das con el tipo equivocado. Y así los demás también sabríamos cómo están las cosas antes de hacer nada.

Fruncí el ceño porque no estaba preparado para dar ese paso. Todavía quería lo mejor para ella. Alguien agradable, con un trabajo estable,

que la llevara de viaje a Hawái cada dos años y le lavara el automóvil los sábados por la mañana. Por desgracia, cada vez que me imaginaba a aquel hombre, terminaba muerto bajo mis pies.

Tal vez era cierto eso de que tenía un complejo.

***

Cuando nos unimos al resto, el rodeo estaba a punto de comenzar. Aunque no era un gran aficionado a ese deporte, no podía negar que ver a un tipo intentando permanecer sobre una de esas enormes reses durante ocho segundos tenía su aquel. Y las reinas del rodeo tampoco estaban mal con esos *jeans* tan ajustados. Me acerqué a Mel y esbocé una sonrisa siniestra.

—Taz está ocupado —le dije, pasando por alto el hecho de que el susodicho se encontraba a menos de dos metros de nosotros, sin hacer absolutamente nada—. Te quedas conmigo el resto de la noche.

Se puso a toser, ahogándose un poco, así que le di un ligero golpe en la espalda mientras el resto del grupo no nos quitaba ojo de encima, claramente divertidos con nuestro pequeño asunto sentimental.

—¿Es que no tenéis una vida con la que entreteneros? —pregunté molesto.

—No —respondió Kit con los ojos bien abiertos—. Continuad.

Puto engendro del diablo.

Mel la miró y le sacó el dedo corazón. Joder, eso me puso a mil. Los altavoces cobraron vida en un poste alto que había en el recinto ferial.

—Amigos, el rodeo comenzará en unos quince minutos. Ahora es el momento de comprar alguna bebida o aperitivo y tomar asiento.

Todos se dirigieron hacia las gradas, perdiendo su interés en nosotros. Menos mal. Taz se puso al lado de Jessica, un detalle que no sorprendió especialmente a Mel. Interesante. Además, si Taz se liaba con Jess, una cosa menos por la que preocuparme. Puede que el tipo fuera un capullo, pero al menos no era un puto sociópata como Skid.

Habíamos llegado demasiado tarde para pillar buenos asientos, pero todavía quedaba mucho espacio en la parte superior de las gradas cubiertas. Haciendo caso omiso de los ceños fruncidos de nuestros acompañantes, llevé a Mel hasta el final. Después me senté entre ella y el resto del grupo, mirándole el trasero todo el tiempo.

—Voy a por una cerveza —anunció Horse—. ¿A alguien le apetece una?

Asentí y levanté las caderas lo suficiente para sacar la cartera que llevaba unida a una cadena. Extraje un par de billetes y se los di. Horse y Marie bajaron las escaleras en dirección a la barra, junto con Kit, que se encargaba de suministrar alcohol a las masas casi con fervor religioso. Eso dejó un espacio considerable entre nosotros y el resto del grupo que me vino de maravilla.

—Sabes que Taz es un mujeriego, ¿verdad? —dije a Mel con los ojos puestos en la arena, donde las reinas y princesas del rodeo montaban en círculos, preparando a sus caballos. Se ruborizó y se negó a mirarme. Sí, todavía seguía avergonzada por lo sucedido la noche anterior.

—En realidad no es asunto tuyo... pero sí, soy consciente de ese detalle —susurró—. Reconozco que anoche estaba borracha y me comporté como una imbécil en el arsenal, pero ahora estoy sobria y normalmente no soy tan tonta.

—No creo que seas tonta —señalé—. Solo quería advertirte.

—Creo que ya me advertiste lo suficiente anoche. Estoy aquí porque Kit casi me ha obligado a venir. Esa chica es maquiavélica.

Mi polla cobró vida al recordar aquella «advertencia». Respiré hondo y me advertí mentalmente que abalanzarme sobre ella en público sería considerado como una violación de mi libertad condicional, seguro que sí.

—¿No se supone que las chicas siempre os apoyáis las unas a las otras? —pregunté, luchando contra la oleada de lujuria que se había apoderado de mí—. Y que conste que creo que Kit es la reencarnación del demonio. Esa bruja se pasó años haciendo de mi vida un infierno.

Melanie soltó una risita encantadora antes de mirarme con timidez a través de sus pestañas.

—Si ese es el caso, ¿cómo te convenció para venir a la feria?

Me aclaré la garganta, sin querer entrar en detalles. Ni loco iba a contarle la verdad.

—¿Importa? —Volví a mirar a la arena. ¿Dónde cojones se había metido Horse con la cerveza?

—Siento mucho lo de anoche. De verdad —dijo ella con voz tan baja que casi no pude oírla.

—¿Qué? No, no te preocupes por eso. —Deseé no haber sido tan duro con ella. Estupendo, ahora esa palabra había conseguido que pensara en otras «durezas» que quería introducir en ella. La noche anterior había estado tan excitado y ella estaba allí, de rodillas en la hierba, a oscuras... igual que en las miles de veces que me había masturbado imaginándomela. No me quedó más remedio que ponerle fin... aunque tuviera que hacerle daño.

—Estabas muy borracha. No quise aprovecharme de ti.

Joder, había sido un imbécil.

—No te aprovechaste de mí. Déjalo ya. Sin daño no hay castigo.

—De acuerdo —susurró.

Nos quedamos sumidos en un silencio incómodo. Quería preguntarle por sus estudios, por cómo le iban las cosas con Jess y su vida juntas... También quería saber si al final salió con el capullo del que me escribió; ese que quería ir en serio con ella demasiado pronto.

El mismo acerca del que le aconsejé que le diera una oportunidad porque era un puto masoquista.

—Vuestra cerveza —dijo Horse, pasándome dos botellines de Bud—. Que aproveche.

Después se sentó a mi lado. Le miré y vi cómo Marie se acurrucaba sobre su costado. Dios, hacían una pareja estupenda. Me entraron ganas de vomitar. Abrí un botellín y se lo di a Mel, que me miró sorprendida.

—Anoche estaba demasiado borracha —me recordó—. Creía que estabas enfadado por eso.

Sí que lo había estado. Y mucho. Sobre todo porque Taz estaba tocando algo que me pertenecía. Pero claro, ella no me pertenecía y nunca lo haría. Abrí el otro botellín y le di un buen trago.

—Haz lo que te dé la gana. —Me encogí de hombros—. Me da igual.

Su rostro se ensombreció y apartó la mirada. «Deja de comportarte como un capullo, imbécil.» Le agarré de la mano, con la intención de darle un pequeño apretón o alguna otra tontería similar. Sin embargo, en cuanto le toqué la piel mi cerebro sufrió un cortocircuito. Era tan cálida y suave... Quería meterme dentro de ella, y no de la manera en que estáis pensando, pervertidos.

Bueno, sí, también quería hacer eso.

—Lo siento —le dije con voz suave—. Lo que quería decirte, Mel, era que me daba igual si te tomabas o no la cerveza. Soy un capullo, pero no tengo ninguna intención de fastidiarte la noche.

Esbozó una leve, casi temblorosa sonrisa mientras sus dedos envolvían los míos y me daba un pequeño apretón que os juro que fue directo a mi polla.

Los altavoces volvieron a la vida.

—Por favor, pónganse en pie para recibir a Josina Bradley, de Coeur d'Alene, que será la encargada de cantar el himno nacional —anunció el presentador antes de que los jinetes entraran al galope en la arena con banderas estadounidenses apoyadas en los estribos. Todos los presentes que llevaban sombreros de vaquero se los quitaron cuando las reinas y princesas del rodeo se detuvieron en una larga fila en el centro de la pista, con la misma precisión que los hermanos del club cuando montábamos en grupo.

En cuanto sonó la música, tomé a Mel de la mano —eso era lo que hacían los amigos, ¿no?— y la sostuve así todo el tiempo que duró la canción y el himno nacional canadiense que le siguió. A nuestro alrededor la gente empezó a animarse, pero nosotros nos quedamos en silencio. Supongo que os podría contar lo difícil que es disimular una erección frente a una multitud de personas o las diferentes formas en que comencé a imaginármela follándomela. Justo ahí y en ese momento. En las gradas. En el baño.

En la caseta del sheriff... Oh, sí.

Os prometo que fue así. Sin embargo, aquello no fue lo que más me marcó. Lo que mejor recuerdo de todo fue tenerla a mi lado, sujetando su mano, oliendo su aroma y sabiendo que estaba a salvo, perfecta y preciosa.

Y que esa noche, era toda mía.

***

Melanie

Estaba como en un sueño, allí sentada al lado de Painter, agarrada a su mano mientras contemplábamos el rodeo. Por supuesto que seguía avergonzada por lo sucedido en el arsenal, pero su presencia parecía colmar ese extraño anhelo que llevaba sintiendo desde el momento en el que le conocí, como una especie de ansia dolorosa en mi interior que por fin se veía satisfecha. (Bueno, no del todo satisfecha, pero ya sabéis a lo que me refiero.)

Al lado de él, toda la gente del club reía, hablaba y aplaudía. Nosotros, sin embargo, nos quedamos en silencio. No sabía nada de él, pero tenía miedo de abrir la boca y meter la pata, de romper esa especie de

84

hechizo en el que parecíamos habernos sumido. Así que me senté y me quedé mirando la prueba de lazo y la carrera de barriles, saboreando cada segundo que pasaba en su presencia. Era plenamente consciente del costado de su pierna presionando la mía y sentí cada centímetro de la calidez y fuerza que emanaba de su extremidad con tal intensidad, que de haber tenido el coraje suficiente, habría extendido la mano y clavado los dedos en ella. Pero conseguí controlarme; ya me había puesto bastante en evidencia las últimas veinticuatro horas.

Cuando Painter me rodeó con un brazo me dije que debía disfrutar de aquel contacto; al fin y al cabo estaba oscureciendo y empezaba a tener frío. (Mentira, estábamos a casi treinta grados y estaba sudando, pero ¿qué podía hacer una chica en esas circunstancias?)

Durante uno de los descansos, sus dedos comenzaron a acariciarme el hombro. Todo alrededor olía a él. Un atisbo de sudor masculino que me resultó de lo más seductor. El cuero de su chaleco. Un ligero aroma a cerveza; no demasiado, pues solo se había tomado un par en el transcurso de la noche.

Quería inclinarme sobre él y olisquear su cuello.

Los Devil's Jacks y los Reapers que estaban con nosotros se fueron animando cada vez más y haciendo más ruido, aunque no tanto como para resultar molestos; sin embargo no me pasó por alto la manera en que la gente intentaba guardar las distancias con nosotros. En realidad lo entendía. Todavía recordaba lo que sentí la primera vez que vi a London con Reese; me pareció un monstruo. Pero, entonces, el monstruo me acogió y me dio un hogar, así que no era la más indicada para juzgar a nadie.

Apoyé la cabeza en el hombro de Painter y antes de darme cuenta me dejé llevar mientras él seguía acariciándome el brazo. En un momento dado, le puse la mano en el muslo, a pesar de las buenas intenciones que había tenido anteriormente. No era que fuera a manosearle, pero sí que quería sentirlo. Sus fuertes y potentes músculos se tensaron bajo mi tacto. Y cuando digo que se tensaron me refiero exactamente a eso. No estaba nada relajado, ni siquiera un poco. Painter era fuerza y poder contenidos esperando a liberarse en un estallido de violencia o... Mejor no pensar en ello.

Dios, cómo le deseaba.

Cuando empezó la monta del toro, ya había caído en la neblina inducida por Painter. Miré con ojos adormilados cómo las grandes camionetas Dogde Ram entraban en la arena para retirar los barriles.

 85

—Damas y caballeros, ha llegado el momento que estaban esperando. ¿A alguno de los presentes le gusta la monta del toro?

La multitud gritó enardecida, aplaudiendo mientras la música sonada a todo volumen por megafonía.

—En el rodeo del norte de Idaho siempre dejamos lo mejor para el final y esta noche veremos a diez valerosos hombres enfrentándose a los ocho segundos más peligrosos de todos los deportes. En primer lugar tenemos a James Lynch, llegado desde Weezer, Idaho. Este es su tercer año en el circuito y esta noche viene dispuesto a conseguir un premio. ¿Le animamos a conseguirlo?

A nuestro alrededor la gente comenzó a gritar de nuevo y la música volvió a subir de volumen. Me senté un poco más erguida y observé cómo dos hombres entraban andando y se colocaban a ambos lados de la puerta contra la valla trasera, listos para la acción. Uno de ellos me resultó familiar, aunque a esa distancia no podía asegurarlo del todo. Segundos después la puerta se abrió y el toro salió enloquecido con Lynch encima, agarrándose con todas sus fuerzas al pretal con una mano y alzando la otra al aire mientras el inmenso animal intentaba quitárselo de encima. Me quedé sin aliento, contando en la pantalla cómo pasaban los ocho segundos más largos de la historia.

Casi lo había conseguido, cuando el toro se retorció y Lynch salió volando por los aires. Uno de los hombres que habían estado flanqueando la puerta se interpuso al instante entre el animal y el jinete caído para distraer con su cuerpo a la bestia. El otro, agarró al hombre y le ayudó a ponerse de pie.

Dios bendito.

Lynch corrió hacia la valla y saltó sobre las barras metálicas, donde otros hombres le estaban esperando para tirar de él. Unos jinetes irrumpieron en la arena y fueron hacia el toro para obligarlo a entrar por la puerta que había al otro extremo.

Todo aquello duró como mucho veinte segundos.

—Otra vez será, James —anunció el locutor—. Ahora vamos a dar un aplauso a los muchachos que se ocupan de la seguridad en el rodeo y que están esta noche con nosotros. Acabáis de verlos en acción. Estos atletas tienen encomendada una tarea de lo más difícil, porque de ellos depende proteger a nuestros competidores cuando caen al suelo. Además, lo hacen a la vieja usanza. Esta noche es especial para uno de ellos... pues por primera vez durante este fin de semana, está actuando para el

86

público de su localidad. Chase McKinney es de Coeur d'Alene, nacido y criado en este mismo pueblo. Chase, ¿cómo te sientes al estar aquí esta noche?

El público gritó extasiado mientras uno de los vaqueros alzaba la mano, saludando hacia las gradas antes de levantar el pulgar hacia la zona donde se encontraba el locutor. En ese momento entendí por qué me había resultado tan familiar; habíamos ido juntos al instituto, aunque él era unos años mayor. Cuando yo entré, era uno de los estudiantes de último curso. No es que le conociera mucho, pero sí que estaba acostumbrada a verlo en nuestro centro de estudios. Más allá de Painter, vi cómo Em y Kit se ponían de pie, riendo y gritando como monos enloquecidos.

—El siguiente es Gordo Gallagher, un experimentado jinete de Calgary, Alberta —continuó el presentador al tiempo que Chase retrocedía hacia la puerta—. Esta noche va en busca de puntos y premios en metálico. Seguro que se alegrará si logra irse a casa con ambos. ¡Denle una calurosa bienvenida al estilo del Norte de Idaho!

Todos volvimos a gritar y aplaudir. Y así sucesivamente fuimos viendo cómo jinete tras jinete intentaban mantenerse encima de las distintas reses los ocho segundos de rigor. Solo lo consiguió la mitad, por lo que los vaqueros que se ocupan de la seguridad estuvieron bastante ocupados. Uno tras otro, se interpusieron entre los toros y los competidores, protegiendo a los vaqueros con sus cuerpos. ¿Por qué narices querría alguien exponerse de esa manera a propósito?

Era una auténtica locura.

Aunque yo también me estaba volviendo un poco loca mientras los dedos de Painter me recorrían los hombros y brazos y presionaba su pierna contra la mía. Cuando le llegó el turno al último jinete de la noche, estaba sumida en una bruma de deseo que no desaparecería así como así.

—Damas y caballeros, un aplauso para Cary Hull —exclamó el presentador—. Verán, hemos dejado lo mejor para el final, ya que Cary es el ganador del rodeo del año pasado. Desde entonces, se ha convertido en uno de los finalistas del circuito y lleva esperando toda la noche para mostrarles de lo que es capaz.

En la arena Hull se colocó sobre la rampa listo para montarse encima del toro. Entonces la bocina sonó y hombre y bestia irrumpieron en el centro de la pista.

Al principio no me di cuenta de que algo iba mal. Se suponía que en un rodeo los toros daban sacudidas. Pero este parecía más salvaje, más enloquecido que los otros. No es que sus ojos estuvieran brillando enrojecidos —no era algo tan ominoso—, pero sí que daba miedo. El vaquero se aferraba a él como si le fuera la vida en ello, flanqueado por Chase y su otro compañero, que intentaban anticipar el próximo movimiento del animal.

Y ahí fue cuando todo se fue al garete.

De pronto, el toro dio un salto enorme, mucho más alto de lo que jamás había visto. Tan alto que no parecía real. El cuerpo del jinete voló, dando una voltereta en el aire. En teoría, ahí era cuando debía caerse al suelo, pero no lo hizo. El toro volvió a sacudirse y en esa ocasión el jinete se desplomó sobre uno de sus flancos, lo que enfureció aún más a la bestia.

Hasta ese instante, creía que Hull se aferraba al animal por pura testarudez, pero me di cuenta de que estaba atrapado, sacudiéndose impotente mientras el toro intentaba matarlo. La multitud se quedó en silencio. La bestia volvió a rebelarse, con mayor ímpetu esta vez, huyendo de los vaqueros que intentaban flanquearlo desesperadamente. Chase corrió por un lateral, tratando de alcanzar al jinete mientras su compañero distraía al animal.

No funcionó.

En menos de un segundo, el toro bajó la cabeza dispuesto a propinar una embestida mortal y cargó contra Chase, que le agarró por los cuernos, lanzándose hacia arriba y sobre su espalda en un movimiento que no creí humanamente posible. A continuación golpeó con fuerza al animal —sobre la cresta de su espina dorsal— y consiguió atrapar la cuerda que mantenía enganchado al jinete. Entonces todos contemplamos horrorizados cómo el toro volvía a saltar.

Hull consiguió liberarse, rebotando al caer contra el suelo.

Enrabietado, el toro se impulsó hacía atrás, girando en el aire y estrellándose con fuerza sobre un costado.

Justo encima de Chase.

Capítulo 7

El vaquero estaba muerto.

Tenía que estarlo; nadie sobreviviría a algo así.

Todos observamos consternados cómo el toro luchaba por incorporarse. Cuando por fin lo consiguió, se volvió hacia Chase, que seguía inmóvil en el suelo. El otro vaquero que estaba allí para su protección se apresuró a interponerse entre ambos, captando la atención de la bestia. La enorme cabeza de aquel animal giró mientras el hombre corría por la arena, a menos de un metro de los letales cuernos. Después, seguido de cerca por la res, saltó sobre una barrera de metal, donde varias manos se apresuraron a tirar de él para ponerlo a salvo.

Había conseguido distraer al monstruo, pero solo durante un breve instante. Ahora el animal se volvió hacia el cuerpo inerte de Chase, resoplando y escarbando con furia. Nos quedamos en silencio. Debajo de mí había una madre con un niño en su regazo al que empujó la cara contra su torso para que no viera lo que se preveía sería un funesto desenlace. Si por algún milagro Chase hubiera sobrevivido al primer ataque, no tenía la más mínima oportunidad frente a este.

Ahí fue cuando el animador del rodeo entró en acción.

Se había pasado la mayor parte del evento animando a la multitud junto con el presentador, con bromas y trucos de magia entre prueba y prueba, coqueteando con las chicas y, en general, haciendo un sinfín de tonterías. Ahora estaba mortalmente serio, a pesar del maquillaje y la ropa de vivos colores que llevaba. Corrió hacia el toro, agitando las manos y gritando, hasta que la bestia se volvió hacia él... y dejó a Chase.

El toro cargó contra él, pero el payaso consiguió esquivarle y comenzó a dirigirle hacia el centro de la arena. A continuación saltó sobre un barril y se metió en él. El animal embistió con un bramido contra el barril, haciendo que rodara a toda velocidad, pero en ese momento entraron al trote varios jinetes sobre caballos, alejando a la res del animador atrapado. El toro intentó volver a embestir contra su nueva víctima, pero fuera en la dirección que fuese, lo único que encontraba era a los jinetes esperándole.

Centré la atención en Chase, que seguía tendido en el suelo completamente inmóvil. Detrás de él estaba Hull, rodando con expresión agónica pero mucho más vivo que mi antiguo compañero de instituto. Los enfermeros entraron en la arena y corrieron hacia las víctimas mientras los jinetes formaban un muro en torno a ellos. Después, guiaron al toro hacia el otro extremo de la arena, donde una puerta se abrió, creando un corredor de seguridad por el que el animal entró a galope. Deseé con todas mis fuerzas que pudieran contenerlo sin problemas; ya teníamos suficientes heridos. Una ambulancia entró desde el otro lado y segundos después oímos la voz del presentador a través de la megafonía.

—Damas y caballeros, esta era la última prueba de la noche. En circunstancias normales, ahora anunciaríamos a los ganadores y procederíamos a la entrega de premios, pero los organizadores del Rodeo del Norte de Idaho han decidido que, debido a lo sucedido, es mejor dar por finalizado el evento. También me han comentado que intentarán informar sobre el estado de salud de Chase McKinney en cuanto tengan noticias. Ahora, vamos a proceder a limpiar la arena. Hasta entonces, por favor, tengan presente a nuestros atletas del rodeo en sus pensamientos y oraciones.

Observé en silencio cómo los enfermeros atendían a Chase. A Hull ya le habían colocado en una camilla y lo estaban metiendo en la ambulancia. A diferencia del vaquero que formaba parte del equipo de seguridad, se movía y era consciente de lo que pasaba a su alrededor. Painter cambió de posición a mi lado y me di cuenta de que me había acurrucado contra él y que le estaba clavando las uñas en el muslo.

—Lo siento —susurré, soltándole. Le froté ligeramente la pierna para aminorar el daño que le hubiese podido causar con las uñas, pero él me agarró de la mano y me detuvo. Mierda, le había estado masajeando a escasos centímetros de la entrepierna. A eso se le llamaba tener estilo.

—¿Crees que vivirá? —le pregunté en voz baja.

Me dio un fuerte apretón.

—No lo sé. Habrá que esperar a ver qué pasa.

—Damas y caballeros, por favor, vayan abandonando el recinto. Normalmente les diría que espero que hayan disfrutado del espectáculo, pero en lugar de eso voy a volver a pedirles que recen por Chase y su familia. Que Dios bendiga a todos y cada uno de ustedes y que Dios bendiga a los hombres y mujeres que han participado esta noche en el espectáculo.

***

Tardamos unos tres cuartos de hora en abandonar las gradas y regresar a las motos. La gente iba más o menos tranquila. Em y Kit se habían agarrado de la mano y susurraban entre sí mientras comprobaban sus teléfonos de vez en cuando.

Cuando por fin conseguimos salir de las gradas y llegar hasta la zona principal del recinto ferial, Hunter se acercó a Painter y a mí. Ambos se miraron tan fijamente que llegaron a preocuparme; la tensión entre ellos resultaba palpable.

—¿Te encargas de llevarla a casa? —preguntó después de unos segundos Hunter, haciendo un gesto en mi dirección—. Vino en la moto de Taz, pero tengo entendido que se va a ir con Jessica. Em y Kit quieren ir al hospital; creo que se ha organizado una vigilia con velas. Em dice que no lo conocía bien, pero fue compañero de Kit y creo que está bastante afectada.

—Sí, ya me ocupo yo —repuso Painter, apretándome la mano—. ¿Tú también vas al hospital?

Hunter hizo un seco gesto de asentimiento y miró a Kit con el ceño fruncido.

—Creo que va a ser una noche larga.

Al pensar en Chase tumbado en la arena, me estremecí. Le había visto en el instituto, aunque no recordaba haber hablado con él.

—Sí —acordó Painter—. Salid ya. Yo me encargo de Mel, no te preocupes por eso.

Hunter asintió de nuevo. Me lanzó una rápida mirada antes de volver con Em y su hermana.

—Claro —dijo antes de marcharse.

Observé cómo se alejaba y me acerqué un poco más a Painter.

—¿Quieres ir a la vigilia? —preguntó.

Me detuve a pensarlo un instante.

—No —dije tras unos segundos—. Sería un poco falso por mi parte. Casi no le conocía... pero sí que quiero salir cuanto antes de aquí. Hay mucha gente que no ha presenciado el rodeo y se están divirtiendo en la feria. No me parece correcto quedarme después de ver lo que hemos visto.

—Pues despidámonos entonces.

Continuó dándome la mano mientras decíamos adiós a los hermanos del club y sus damas, casi como si fuéramos una pareja de verdad. Sí, sé que aquello debería haberme hecho sentir incómoda, pero no fue así. Jess estaba pegada a Taz, murmurándole algo. Cuando fui a decirle que me iba y le di un abrazo me susurró al oído.

—¿Te importa si lo llevo a casa esta noche?

No sabía cómo tomármelo; por supuesto que tenía todo el derecho a llevar a casa a quien quisiera. Solo esperaba que no estuviera cometiendo ninguna estupidez.

—¿Estás segura? —susurré a mi vez—. Creía que eras feliz dejando las cosas tal y como estaban.

—Ahora mismo la verdad es que no quiero estar sola —replicó, atrayéndome hacia sí.

Sí, la entendía. Lástima que no tuviera a nadie interesado en venir a casa conmigo.

***

Me aferré con fuerza a Painter mientras conducía de regreso al centro. Olía de maravilla y con él me sentía bien... más segura. En circunstancias normales, estaría completamente pendiente de él, pero en ese momento estaba demasiado ocupada recordando el cuerpo inerte de Chase sobre la arena. ¿Saldría con vida de aquello?

Nunca había visto morir a nadie.

Entramos por mi calle y me preparé mentalmente para despedirme de él. No sabía en qué punto estábamos, ni siquiera si volvería a verle. ¿Habría supuesto esa noche un punto de inflexión entre nosotros? Estaba claro que Painter ya no fingía que no éramos amigos... ¿pero entonces qué se suponía que éramos?

Entonces vi la moto de Taz aparcada enfrente de casa. De todas las noches que Jess podía haber escogido para dejar a un lado su celibato, ¿por qué tenía que ser precisamente esa? Necesitaba hablar con alguien y obviamente mi mejor amiga no iba a estar disponible...

Painter detuvo la moto y justo cuando empecé a levantar la pierna por encima del asiento me puso una mano en el muslo.

—¿Taz se va a quedar un rato? —preguntó en voz baja y tranquila.

—Sí, Jess me ha dicho que le había invitado —contesté un tanto incómoda.

Él frunció el ceño.

—¿Quieres dar una vuelta? No me apetece irme a casa todavía.

—Me parece una idea estupenda —susurré. Tal vez no era la única que no quería quedarse sola.

—Agárrate —dijo—. A pesar de lo que ha pasado, hace muy buena noche. Deberíamos sacarle el mayor provecho posible.

***

Fuimos hacia el sur, hacia Moscow, y luego nos dirigimos hacia Plummer para conducir por el extremo sur del lago. Cuando por fin detuvo la moto en un aparcamiento de grava rodeado de árboles, no tenía ni idea de qué hora era. El motor de la enorme Harley dejó de rugir, dejándonos con el suave canto de los grillos y las ranas.

—¿Quieres que vayamos hasta el agua? —preguntó—. Está justo después de estos árboles.

—De acuerdo.

Me bajé de la moto y caminamos por una pendiente cubierta de hierba hasta una larga playa de arena que quedaba entre los árboles. La luna despedía un brillo radiante, trazando un rastro de plata sobre el ligero oleaje. En diversos puntos percibí unas sombras oscuras flotando sobre el agua. Tardé un minuto en darme cuenta de lo que realmente eran. Troncos.

—¿Te apetece que nos sentemos un rato a mirar las estrellas? —preguntó Painter.

Miré alrededor y vi un parche de hierba en pendiente sobre la arena que parecía perfecto.

—¿Qué te parece allí? —indiqué. En silencio, nos tumbamos muy cerca del otro pero sin tocarnos. Aunque podía sentirlo perfectamente.

 93

Sentir su calor, su presencia y la inquebrantable tensión que corría entre nosotros todo el tiempo, quisiéramos reconocerlo o no—. Nunca había visto nada igual. No creo que nadie pueda superar que un toro le caiga encima de esa forma.

Se quedó callado durante un buen rato.

—La gente puede superar muchas cosas. Aunque no tenía muy buena pinta.

Su voz no reflejó mucha emoción, lo que me confundió un poco. No dejaba de darle vueltas a lo que había pasado en el rodeo y asumí que Painter estaría tan impactado como yo... que quizá también necesitaba hablar.

—¿No te ha afectado ni un poco? —pregunté en voz baja.

—He visto un montón de mierda como esa, incluso peor. No me lo tomo a la ligera ni tampoco disfruto viendo a un hombre sufrir, pero uno no puede permitirse el lujo de involucrarse emocionalmente.

—¿En prisión?

—Sí, en prisión —respondió después de un minuto.

Ninguno de los dos habló durante un rato. Me quedé mirando el cielo, contemplando cómo una estrella fugaz lo atravesaba.

—Y en el club —agregó—. Allí también suceden cosas. Aunque a nadie se le ocurre lanzar toros a sus enemigos.

Aquello me pilló tan de sorpresa que solté una carcajada nerviosa, pero inmediatamente después me mordí la mejilla, sintiéndome fatal.

—No me puedo creer que me haya reído de eso.

—No pasa nada. Cuando el mundo se te viene encima de esa forma tienes que reírte. De lo contrario, te vuelves loco. Es mejor no pensar demasiado en ello, por lo menos eso es lo que yo hago.

Me volví y me apoyé sobre un codo para mirarlo.

—¿Así que simplemente desconectas cuando algo te afecta? —pregunté mientras estudiada su rostro bajo la luz de la luna. Las sombras suavizaban sus rasgos, haciendo que todavía se viera atractivo, pero menos intimidante de lo habitual. También me miró, pero sin revelar nada—. Me encantaría poder hacer lo mismo. Hay algunas noches en las que me quedo despierta durante horas, preguntándome por qué mi madre se marchó y me abandonó.

—Solamente me centro en aquello que requiere mi atención —señaló. Extendió la mano y me tocó un lado de la cara. Requerí de todo mi control para no volverme hacia su palma y frotarme contra ella como un gato. Me quedé sin aliento, expectante...

Un momento. ¿Por qué me estaba tocando de ese modo? No tenía sentido. Me había dejado bastante claro que no quería nada más de mí que una simple amistad.

—No deberías hacer eso —susurré—. Solo somos amigos, ¿recuerdas? Anoche fuiste bastante claro al respecto.

—Los amigos pueden tocarse —murmuró. Las palabras quedaron suspendidas entre nosotros, tentándome. Quería inclinarme sobre él y besarle. Trepar encima, frotarme contra él, montarle y hacerle cosas que seguro serían consideradas deshonestas en el conservador estado de Idaho—. Deja de mirarme así.

—Así, ¿cómo? —pregunté.

—Como si quisieras...

Dejó de hablar y se lamió los labios mientras su mirada bajó hacia los míos. Iba a besarme. Empecé a cerrar los ojos, anticipándome al momento... cuando su teléfono sonó, rompiendo el hechizo.

Painter parpadeó; al igual que yo. Ambos nos habíamos dejado llevar por el momento.

—Debería echar un vistazo para enterarme de qué se trata —dijo—. Podrían ser noticias de Chase.

«Chase.» ¿Cómo podía haberme olvidado de él? ¿Un hombre se estaba muriendo y yo en lo único que podía pensar era en darme un revolcón? Un hombre con el que había ido al instituto. ¿Pero qué me pasaba?

Me eché hacia atrás al tiempo que Painter sacaba su teléfono. La pantalla emitió un brillo obsceno en medio de la oscuridad.

—Es un mensaje que Em ha mandado al grupo —dijo—. Está vivo. Por ahora se han reunido unas trescientas personas en la vigilia, pero siguen aumentando cada minuto que pasa. —Entonces añadió—: Ahora mismo le están operando.

Al imaginarme la angustia por la que estaría pasando su familia, me estremecí. Tenía que ser una sensación horrible no poder hacer nada más que esperar sentado a que te dijeran si tu ser querido iba a vivir o morir. ¿Y si hubiera sido Painter? La idea me dejó congelada y cerré los ojos deseando que desapareciera de mi mente.

—¿Tienes frío? —preguntó él—. Anda, ven aquí. Te daré calor.

No, no tenía frío, y tocarlo sería una idea pésima. Fuera lo que fuese lo que estaba pasando entre nosotros, no mejoraría si le tocaba. Pero solo pensar en sentir la calidez de su cuerpo alrededor del mío, la fuerza

 95

de sus brazos... por no mencionar ese ancho y sólido pecho. Lo deseaba. Dios, cómo lo deseaba.

Además, él se había ofrecido.

—Gracias —susurré, acercándome a él. Segundos después estaba acurrucada en el costado de Painter, con uno de sus brazos debajo de la cabeza. Me había convertido en una extensión de su cuerpo y no tenía espacio suficiente para colocar el brazo, así que me moví un poco nerviosa, pero él me agarró la mano y la dejó en su pecho, justo al lado de la suya.

Nuestros dedos no llegaron a tocarse, aunque sí que lo hubieran hecho si hubiera deslizado el dedo meñique un centímetro.

Painter inclinó la cabeza sobre la mía... ¿me estaba oliendo el pelo? Oh, Dios, sí que lo hacía. Aquello me estaba matando. Moví la pierna inquieta, porque me hubiera encantado subirla encima de él y sentarme a horcajadas sobre su muslo. En lugar de eso, me controlé y permanecí inmóvil. ¿Y ahora qué? Tenía que encontrar algún tema de conversación porque aquello era demasiado raro y estresante.

—Bueno... ¿y cómo te va todo ahora que has vuelto? —pregunté—. ¿Qué tal el trabajo? Dijiste algo sobre que te estaban guardando un puesto en el taller, ¿no?

—Sí, estoy allí. Me encargo de hacer los diseños —explicó—. Ya sabes, de las motos, los vehículos y todo ese rollo. Muchos son para miembros de distintos clubes, pero también para tipos de ciudad que juegan a ser moteros los fines de semana y quieren que les tuneemos las motos. Y también están los putos ricachones que vienen para que les adaptemos auténticas reliquias. He hecho algunos diseños de motos y automóviles que hemos colgado en las paredes y que parecen gustar a la gente. Tengo a dos hombres que me han pedido que les haga un retrato, aunque ahora mismo estoy con un proyecto para el club. Una especie de regalo de «encantado de volver a estar en casa» para el arsenal.

—¿Nunca te has cabreado con ellos por lo que pasó? —quise saber.

—¿Con quién?

—Con el club. Desconozco por qué te detuvieron en California, pero está claro que tenía que ver con los Reapers. ¿No te molesta que te pusieran en esa tesitura?

Al ver que no respondía de inmediato pensé que quizá me había excedido con aquella pregunta. Sin embargo, cuando estaba a punto de disculparme, volvió a hablar.

—Sí y no —dijo—. Detesto el hecho de que hubiera algo que teníamos que solucionar y que yo fuera el que saliera perjudicado. Pero no estoy enfadado con mis hermanos. Ellos hicieron su parte y yo la mía. Tuve la mala suerte de que me pillaran, pero ese el riesgo que tienes que correr. Podría haberle pasado a cualquier otro.

Me quedé pensando en lo que acababa de decir.

—Entonces, ¿volverías a hacerlo?

—Bueno, intentaría no exceder el límite de velocidad —dijo con una risa grave—. A Puck y a mí solo nos detuvieron por ir a más de sesenta kilómetros por hora en una zona en la que solo se podía ir a treinta. Después de pararnos fue cuando se encontraron con las armas. ¿Aparte de eso? Sí, volvería a hacerlo. Era necesario. Si no hubiéramos actuado como lo hicimos, tu amiga Jess no seguiría viva. ¿Crees que el resto de su vida no merece la pena a cambio de un año de la mía?

Mierda.

—¿Así que fuisteis allí para salvarla? Algo me imaginaba, pero ella nunca me ha contado lo que pasó de verdad. Nadie habla de ello.

Painter soltó un suspiro.

—Estoy muy a gusto contigo —admitió—. Me siento seguro, pero necesito cerrar la puta boca. He hablado demasiado. Solo lamento que me pillaran, nada más. Es lo que hay. Espero no tener que volver nunca.

—¿A qué te refieres con no volver? —pregunté tensa—. No tienes que volver. Te soltaron. Ya has cumplido tu condena.

Él se echó a reír y sentí su brazo subir, acariciándome la espalda en un intento de calmarme.

—No te preocupes, nena. No tengo pensado volver. Pero estoy en libertad condicional, ¿recuerdas? Lo que significa que me han dejado salir antes bajo la condición de que no seguiré por el mal camino y cumpliré las normas. Como me pillen saltándome un simple semáforo volverán a encerrarme en una celda y punto.

Le empujé en el pecho y alcé la vista para ver su rostro. Nunca me había planteado la posibilidad de que tuviera que volver a la cárcel; la mera idea me producía un ataque de pánico.

—Tienes que tener cuidado —le dije, mortalmente seria—. ¿Está el club pidiéndote que hagas algo por lo que puedas volver a prisión? No tienes por qué hacer lo que ellos dicen, Painter.

Esbozó una enorme sonrisa y continuó acariciándome la espalda mientras negaba con la cabeza.

—Gracias por preocuparte —dijo—. Pero el club no me obliga a hacer nada, Mel. Soy un hombre adulto, puedo cuidar de mí mismo. Las cosas no funcionan así.

—¿Así cómo?

—Pues que para ellos no soy ninguna mascota con la que puedan jugar a su antojo. Todo lo que hago es por decisión propia. Sé que hay clubes que obligan a sus miembros a seguir sus órdenes ciegamente y que no les importa sacrificarlos como corderos en el matadero. Pero los Reapers son mis hermanos, estamos los unos para los otros y decidimos todo por votación. Si no quisiera formar parte del club, no lo haría. Yo también soy un Reaper y lo sabes. Este es mi mundo. Estoy muy orgulloso de mi parche y haría cualquier cosa para protegerlo.

Me miró con intensidad, con ojos fríos y duros. Noté cómo la mano que tenía sobre la espalda se tensaba, como si estuviera dispuesto a defenderse con uñas y dientes.

—Pero tendrás cuidado, ¿verdad? —pregunté.

Hizo un gesto de asentimiento.

—Sí, claro que tengo cuidado. Pero también soy uno de los miembros más jóvenes y no tengo familia ni nada parecido. Cuando hay problemas que resolver siempre me presento voluntario. Todos los hermanos lo hacen, pero algunos tenemos menos que perder que otros.

Cerré los ojos, intentando deshacerme del dolor que se había instalado en las profundidades de mi alma y apoyé la cabeza en el suelo para no tener que mirarle.

—¿Te refieres a los hombres que tienen dama? —Aunque ya conocía la respuesta.

—Damas, familias... Los que tienen hijos hacen su parte, pero no voy a quedarme de brazos cruzados mientras un hermano con ese tipo de responsabilidades asume riesgos innecesarios. Y otros tantos tienen trabajos que son importantes, y aunque nunca eluden dar un paso al frente, no podríamos reemplazarlos si algo les pasara. Horse, por ejemplo, es un puto genio de las finanzas y Ruger puede construir cualquier cosa. Necesitamos ese tipo de habilidades. Mi trabajo consiste en proteger al club y parte de ese trabajo incluye proteger a los hermanos que mantienen al club con vida.

—Es una locura —dije—. ¿Y qué pasa con tu vida? Vamos, habla. ¿Acaso no importa?

—El club es mi vida, Mel.

«Vaya lavado de cerebro.»

Su mano siguió acariciándome con dulzura mientras hablaba, lo que me puso de los nervios porque lo que de verdad quería hacer en ese momento era golpearle o gritarle... o por lo menos darle un buen sermón, pero no sabía por dónde empezar. ¿Tal vez las cinco razones por las que estar en la cárcel era un asco?

Aunque supongo que él lo sabía mucho mejor que yo.

En lugar de eso volví a acurrucarme contra él y me obligué a no pensar en lo que acababa de decir; había otras muchas cosas que requerían mi atención. La cálida brisa de la noche. Las ranas. La manera en la que me pasaba la mano por la espalda, relajándome y distrayéndome. Entonces sus dedos llegaron hasta el borde de mi camiseta. Subió la mano unos centímetros hasta que noté su piel desnuda contra la mía. Se me hizo un nudo en el estómago.

—¿Por qué haces esto? —pregunté, casi con desesperación.

—¿Hacer qué?

—Tocarme. Estás enviando señales demasiado inequívocas para ser alguien que no está interesado en mí.

Se detuvo al instante, aunque movió la mano que tenía en el pecho para atrapar la mía.

—Nunca dije que no me interesaras —replicó en voz baja, con el tono un poco tenso—. Solo que te merecías algo mejor.

—Dios, eso resulta tan frustrante. —Me aparté para mirarlo fijamente—. Pasaste de mí cuando saliste, anoche conseguiste que tuviera un orgasmo y ahora me estás metiendo la mano por debajo de la camiseta mientras me dices que me merezco algo mejor. ¿Alguna vez te has planteado ir a un psiquiatra? Porque creo que necesitas uno.

Emitió una risa baja. Su mano continuó descendiendo por mi espalda, hasta la parte más baja.

—No, pero esta misma noche alguien me ha dicho que debería buscar ayuda profesional.

—Bueno, quizá deberías hacerlo —dije de manera entrecortada. Le miré—. Porque lo cierto es que estás jugando conmigo y no es muy agradable que digamos.

—Nunca he pretendido ser «agradable» —dijo con voz áspera—. Y nunca te he prometido nada, Mel. Recuérdalo. Nadie te ha obligado a venir en mi moto esta noche, no te he puesto una pistola en la cabeza. ¿Qué cojones quieres de mí?

—La verdad —espeté—. Empecemos por ahí. ¿Qué narices quieres tú de mí?

Soltó una carcajada grave y siniestra.

—Mejor no hablemos de eso.

—Oh, claro que sí. —Le apunté al pecho con el dedo—. Porque estoy harta de este tira y afloja contigo. Vamos a solucionar esto aquí y ahora. De lo contrario, llévame a casa. O también puedo llamar a alguien para que venga a buscarme.

Painter me miró con ojos entrecerrados y después me agarró con fuerza de la mano.

—No vas a llamar a nadie. Yo te llevaré a casa cuando esté listo. ¿Quieres respuestas? ¿Te parece esta una buena respuesta? Quiero esto...

Me obligó a bajar la mano por su estómago hasta llegar a su entrepierna. Se me aceleró el pulso. Después frotó mi mano contra su pene, que estaba duro y bien dispuesto para presentar batalla. Alzó las caderas y enredó los dedos con los míos, apretando más su miembro.

El deseo se apoderó de mí.

—Quiero follarte —reconoció con un intenso y áspero susurro—. Quiero follar tu coño, follarte la cara y me estoy planteando seriamente follarte también el trasero. Quiero encerrarte y jugar contigo... A veces me imagino siendo tu dueño y todo lo que te haría si intentaras escapar. Jesús, no tienes ni idea.

Me empujó la palma de la mano con fuerza hacia la parte superior de su erección, retorciendo las caderas bajo mi toque. Me puso la otra mano en el trasero y me lo agarró con ímpetu. Alcé la pierna y la coloqué sobre él, lo que resultó ser una posición perfecta para que mi clítoris rozara su muslo.

Dios, ¿por qué llevábamos puesta tanta ropa?

—Oh, joder —murmuré, dejando caer la cabeza sobre su hombro. Me masajeó las nalgas, buscando el camino hacia la entrepierna de mis pantalones. ¿Por qué había abierto la boca? No, un segundo, ¿por qué no me habría puesto una falda?

Durante todo ese tiempo, se aseguró de que tuviera los dedos sobre su polla y le acariciara por encima de los pantalones, mientras sus dedos danzaban entre mis piernas. Tenía unas manos grandes, fuertes, que sabían cómo excitar a una chica, pues el mundo a mi alrededor empezó a girar... hasta que me soltó la mano y me agarró de la nuca para obligarme a mirarle.

—Pero esta es la cruda realidad —susurró—. Quiero todo eso... te quiero entera... pero durante una semana. Entonces me aburriré o encontraré otro entretenimiento y dejaré de llamarte. Así soy yo, Mel. Soy el tipo que nunca llama y que no se arrepiente porque le importa una mierda a quién haga daño. Tú, sin embargo, sí que importas, y no me preguntes por qué porque no tengo ni idea. Y si algún imbécil te hiciera lo que sueño con hacerte yo cada noche, lo mataría al instante. Como no soy ningún idiota, es mejor que no hagamos nada. ¿Lo entiendes?

Ambos habíamos dejado de acariciarnos, aunque su pene todavía palpitaba bajo la palma de mi mano y tenía los dedos clavados en mi trasero, manteniéndome pegada a él, mientras asimilaba sus palabras.

—¿De verdad me harías todo eso?

Apretó los labios.

—Sí, Mel. De verdad. Nos lo pasaríamos de muerte unos días, tal vez una semana. Y después me aburriría y te dejaría tirada porque soy así. Pero eres la única amiga que he tenido en la vida y me preocupo por ti, así que no quiero hacerte ningún daño. ¿Tan malo es?

Me había quedado sin aliento, dividida entre la alegría por haberle escuchado decir que éramos amigos y la rabia porque creyera que tenía tanto poder sobre mí como para dejarme destrozada. Al final opté por dejarme llevar por la indignación... mucho más intensa.

—¿Sabes qué? —dije—. Entiendo que no vayamos a tener una relación a largo plazo... pero no me trates como a una cría. Soy una mujer adulta capaz de tomar sus propias decisiones. Si me haces daño, será porque yo lo permita, no por ti. No tienes tanto poder sobre mí, capullo.

Painter me miró con los ojos abiertos mientras sus labios esbozaban una lenta sonrisa. Lo que me dejó absolutamente confundida.

—Dios, eres increíble. —Me soltó el pelo—. Te necesito, Mel. Necesito demasiado tu amistad como para arriesgarme a perderte. Sé que no he podido hacerlo peor a la hora de explicártelo, pero si supieras lo importante que eres para mí... Dios, eres una de las pocas cosas que me mantuvo cuerdo en prisión. Pensar en ti, recibir tus cartas... Encontraremos la manera, nena. Lo conseguiremos.

—Odio a los hombres —mascullé alejándome de él y tumbándome sobre la espalda. Miré al cielo. ¿Cómo podía alguien ser tan cruel y dulce al mismo tiempo? Porque era dulce. Os juro que a pesar de las ganas que tenía de estrangularle, había conseguido que se me derritiera el corazón.

Pero todavía no estaba dispuesta a perdonarle. Aún no.

—Y quítame el puto brazo de debajo de la cabeza. Los amigos solo se abrazan si son muy íntimos.

Capítulo 8

Painter

El viaje de regreso duró una eternidad y cada minuto fue una auténtica tortura pues a mi espalda tenía a Mel, completamente pegada a mí, tan deseable y tan vedada a la vez.

A veces me gustaría no conocerme tan bien. Lo más fácil hubiera sido mentirle, pretender que era distinta a las demás. Pero no lo sería y odiarme por mi forma de ser no cambiaría el modo en que terminaría todo aquello. Si la quería en mi vida más que para un par de semanas, no podía follármela. Así de simple.

Cuando llegamos a Coeur d'Alene, todavía le estaba dando vueltas a cómo me las iba a arreglar para mantener las manos alejadas de ella. Entonces recordé que Taz estaba en su casa y como no confiaba una mierda en ese imbécil, decidí llevarla a mi apartamento. Sí, cerrad la boca y ahorraos el comentario.

Ya sé que soy un imbécil.

***

—Me imaginé que esta noche no querrías estar sola en casa —dije en cuanto apagué el motor. Mel se separó de mí despacio y se bajó de la moto. Me esperaba una protesta, incluso que se pusiera furiosa por no haberla llevado a su casa. Pero, en lugar de eso, esbozó una tímida sonrisa que me pilló por sorpresa. Supongo que el viaje había sido lo suficientemente largo como para que pudiera pensar y calmarse.

—Gracias. Lo cierto es que no me apetecía mucho tener que aguantar a Jess y a Taz mientras se enrollaban. A él no le conozco mucho, pero a ella le encanta gritar.

Las palabras cayeron sobre nosotros como una pesada losa, porque en teoría yo también debía saberlo. Pero en realidad no tenía ni idea, pues la única vez que estuvimos juntos la boca de Jess estuvo muy ocupada con... Oh, joder. Aquello no pintaba nada bien.

—Mira...

—Lo sé...

Tosí mientras Mel soltaba una risa nerviosa y miraba a todas partes excepto a mí.

—Muy bien, hablemos del asunto y terminemos con él de una vez por todas —dije. Era inevitable. Pasé la pierna por encima de la Harley y me dirigí a la puerta lateral del garaje mientras buscaba las llaves.

—¿De qué? —preguntó.

Me volví hacia ella y enarqué una ceja. Aunque no podía asegurarlo del todo, por la escasa luz del porche, hubiera jurado que estaba avergonzada. Daba igual. Nuestra relación ya era lo bastante complicada como para meter a la sobrina de London.

—Ya sabes. Sobre Jess y yo. Te contaré lo que pasó porque está claro que sientes curiosidad. ¿No te contó los detalles?

—Mmm, no mucho —admitió frunciendo el ceño. Abrí la puerta y busqué la perilla que había al lado para encender la luz. Encontré el interruptor y la estancia se iluminó gracias a las seis luces de trabajo que colgaban del techo—. Sé algo, pero no tengo muy claro si quiero conocer el resto. Es un poco... Oh, madre mía...

Entró en el interior y echó un vistazo a todo mi estudio. A lo largo de las paredes había varios bancos de trabajo estrechos con partes de motos y mis materiales de pintura. Allí estaba el mural que había empezado para el arsenal, pero me había olvidado de otra pintura a medio terminar que estaba apoyada sobre la pared. Había estado trabajando en ella cuando me arrestaron. Ahora no estaba en las mejores

condiciones (las mujeres hicieron todo lo que pudieron, pero no sabían cómo guardar ese tipo de material para que se conservara de la mejor manera posible) y todavía estaba dudando si la iba a tirar o no.

Vi cómo Mel se acercaba y la contemplaba con los ojos muy abiertos. Me coloqué detrás de ella.

—Eres muy bueno. —Se volvió para mirarme.

Sonreí.

—No entiendo por qué te sorprende tanto. Sabías que me dedicaba a esto.

—Lo siento. Creía que pintabas llamas en las motos y cosas por el estilo, pero esto es arte de verdad. ¿Dónde aprendiste a pintar así?

—He ido aprendiendo aquí y allá —respondí—. Y según el diseño, lo que ves en una moto también es arte. No te creas que cualquiera puede hacerlo.

—Lo siento —repuso—. No pretendía insultar a nadie.

—No te preocupes, te entiendo. Solo quería aclararlo. —Me pregunté cómo se vería completamente desnuda y cubierta de pintura. Seguro que magnífica—. Fui a un montón de clases de arte en el reformatorio. Eran muy básicas, pero los profesores siempre terminaban interesándose en mí y me enseñaron muchas cosas. Cuando salí también me matriculé en varias clases. Aunque en California solo me dediqué a hacer bocetos; allí no impartían clases de arte ni nada por el estilo.

—Pues me gusta mucho lo que haces —reconoció.

Se me hinchó el pecho de orgullo. Y sí, también tenía otra cosa hinchada. No hace falta que entremos en detalles.

—Gracias. —Fui hacia las escaleras—. Vivo en la planta de arriba. No es nada del otro mundo, pero sí un sitio bastante tranquilo.

Por suerte no llevaba allí el tiempo suficiente como para ensuciarlo todo a conciencia. No es que me preocupara mucho impresionar a nadie, pero por alguna razón tampoco quería que creyera que era un cerdo.

—Bueno, pues esta es mi casa —anuncié, encendiendo la luz. Mel miró alrededor y no pude evitar preguntarme qué le parecería. No era muy grande; solo un pequeño salón con una cocina americana y un dormitorio con baño. Aunque teniendo en cuenta que me había pasado un año viviendo en una celda de tres por dos metros y medio, compartida con otros dos compañeros, me parecía un palacio—. El espacio de abajo para montar un estudio fue lo que me convenció.

—Está fenomenal. —Se volvió hacia mí con esa sonrisa tímida que conseguía llegarme directamente a la polla—. Es decir, es una porquería, pero es tuyo y me gusta.

Me eché a reír y ella hizo otro tanto sentándose en el sofá.

—Qué bonito —dijo al pasar la mano por la desteñida tapicería marrón—. Muy *vintage*. Juraría haberlo visto la semana pasada en la tienda de segunda mano Idaho Youth Ranch.

—Ni lo confirmo, ni lo desmiento. ¿Quieres beber algo? Tengo agua y cerveza.

—Una cerveza estará bien —respondió. Me hice con un par de cervezas frías y me senté a su lado. Me gustaba tenerla allí. Me sentía bien y mal al mismo tiempo... y también un poco raro.

—¿Te apetece que veamos una película? —preguntó ella, señalando hacia la televisión. Tenía una que estaba bastante bien; una con esas pantallas planas gigantes que me compró el club como regalo de bienvenida cuando salí de la cárcel.

—Claro. —Alcancé el mando a distancia. No tengo televisión por cable, pero Ruger me ha instalado uno de sus aparatos para que pueda ver un montón de cosas—. ¿Qué te gustaría ver?

—Ninguna de miedo —se apresuró a decir.

Cuando recordé la primera noche que pasé con ella en casa de Pic volví a reír. Era tan joven y la había visto tan asustada y vulnerable que me entraron unas ganas enormes de comérmela entera.

Todavía quería hacerlo.

—Todavía sigo sin creérmelo. Se suponía que tú y Puck teníais que cuidar de mí y me pusisteis una película de miedo. Así no se consigue que una chica se sienta a salvo.

—Está bien, nada de películas de terror —acordé, aunque la idea de tenerla acurrucada contra mí un par de horas mientras se moría de miedo fue tremendamente tentadora. «¡Cuidado, imbécil!»—. ¿Qué te parece *Star Wars*?

—¿Te gusta *Star Wars*?

Me encogí de hombros.

—A todo el mundo le gusta *Star Wars*. Sabes, estoy convencido de que Han Solo era un motero.

Se rio.

—¿Un motero del espacio?

—¿Ves? Dicho así parece una estupidez.

—Yo quería ser la princesa Leia. Era tremenda —señaló ella antes de dar un sorbo a su cerveza. Observé cómo envolvía la boca del botellín con los labios y cómo tragaba y el líquido le bajaba por la garganta. Una imagen demasiado sensual para mi comodidad. Después dejó la cerveza sobre la mesita con un pequeño tintineo y soltó el mayor eructo que había oído en mi vida.

—Joder —comenté asombrado—. No sabía que las chicas pudierais eructar de esa manera. Impresionante, Mel. Impresionante de veras.

Sonrió.

—Somos amigos —dijo—. Y los amigos no tienen que preocuparse por esas tonterías. Déjame adivinar, ¿a que nunca has tenido una amiga antes?

—En realidad, no —admití—. Estoy un poco asustado.

Asustado y, por desgracia, también excitado.

—Deberías estarlo. Puedo hacer el alfabeto entero.

Maldición. Me hubiera gustado verlo.

—Entonces, ¿vemos la película o no?

—Sí, veámosla —respondí. Busqué en las distintas opciones hasta encontrar *Star Wars* y la puse. Cuando las palabras del inicio empezaron a desplazarse sobre la pantalla, me recosté en el sofá. Mel estaba a menos de quince centímetros de mí. Lo suficientemente cerca como para que pudiera alcanzarla, enredar los dedos en su cabello y besarla hasta dejarla sin aliento.

En lugar de eso, me quedé sentado, tan caliente como el mismo infierno, mirando cómo Luke Skywalker se quejaba porque quería ir a por unos alternadores.

—¿Te encuentras bien? —preguntó.

—De puta madre.

***

Me desperté con la luz del sol dándome en los ojos. Parpadeé molesta e intenté recordar dónde estaba; en mi habitación no, desde luego. La cama en la que me hallaba no era la mía y el techo con humedades que tenía encima tampoco me resultaba familiar. Giré la cabeza y me encontré con Painter, durmiendo a mi lado, con el rostro a escasos centímetros del mío. Entonces me acordé.

Dormido sus facciones resultaban mucho más suaves.

Sí, seguía pareciendo el mismo motero peligroso, pero ya no tenía esa expresión burlona o calculadora a la que me tenía tan acostumbrada. Y no solo eso, también parecía mucho más joven. Era mayor que yo, no mucho más, pero en ese instante hubiera pasado perfectamente por un estudiante de instituto.

Bajé la mirada y lamentablemente descubrí que estaba vestido. Por lo visto, igual que yo, porque noté cómo se me clavaba el aro del sujetador. También necesitaba ir al baño con urgencia, lo que me suponía un problema ya que, si me movía, Painter se despertaría y volvería a transformarse en el motero letal de siempre.

Me hubiera encantado extender la mano y trazar cada rasgo de su rostro con los dedos, sentir los ásperos pelos de su barba matutina. Pero sólo éramos amigos y aunque la noche anterior hubiéramos pretendido ser otra cosa durante un instante, los amigos no se tocaban así.

Abrió los ojos.

—Hola —saludé.

—Hola.

Nos miramos durante unos segundos en silencio.

—¿Has dormido bien? —preguntó—. Te metí en la cama porque supuse que no estarías muy cómoda en el sofá. Aunque después también terminé aquí porque ese sofá es una mierda. Espero que no te importe.

—No, no. No pasa nada —dije, intentando sacar el mayor provecho de todo aquello. Puede que no estuviéramos destinados a ser pareja, pero eso no significaba que tuviera que dejar de gustarme como persona. Seguía siendo el mismo tipo que me había mandado caricaturas, chistes y palabras de ánimo cuando alguna asignatura se me atravesaba—. Como amiga, me hubiera odiado por ser la culpable de que no durmieras bien.

Sonrió de oreja a oreja.

—Aprecio el gesto. ¿Te apetece desayunar algo?

Miré alrededor, preguntándome qué hora era. ¿Dónde estaba mi teléfono? Algo sonó, extendí la mano y recogí el suyo del suelo. Ahí fue cuando me di cuenta de que la cama era solo un colchón.

—Tengo que irme —informó con el ceño fruncido—. Me ha surgido algo.

—No te preocupes. —Pensé con nostalgia en el desayuno que me había ofrecido. Había decidido que uno de los beneficios de la amistad era que podías darte un atracón en casa de tus amigos siempre que quisieras. En ese momento, me apetecían unos panecillos con salsa de carne y en casa solo tenía cereales.

—Te llevaré a casa —dijo antes de salirse del colchón.

—Puedo ir andando, vivo solo a unas pocas manzanas.

Negó con la cabeza y me ofreció una mano para ayudarme a que me levantara.

—Te llevaré a casa —insistió—. Dame diez minutos para una ducha rápida.

—Muy bien. ¿Quieres un café o alguna otra cosa? Puedo preparar algo mientras te duchas.

—No, tengo que irme.

***

Los diez minutos se me hicieron eternos, sobre todo porque olvidé ir al baño a orinar antes de que empezara a ducharse. Con la luz del día su casa parecía aún más pequeña y el sonido del agua corriendo no me ayudó en absoluto. Pero como bien dicen, no hay mal que por bien no venga. Y es que cuando una está en pleno baile del «me meo viva» es muy difícil ponerse cachonda, incluso aun sabiendo que detrás de aquella puerta endeble estaba él completamente desnudo. No, en ese momento centré todos mis esfuerzos en no sufrir ninguna incontinencia urinaria.

Encontré mi teléfono al lado del sofá, así que fui a por él buscando desesperadamente una distracción. Era muy temprano. Vaya. Tenía un mensaje de Jess de hacía una hora.

> JESS: ¿Estás viva? Parece que alguien no ha dormido en
> casa esta noche. ¿Estás con Painter? Ya hablaremos de eso.

Solté un suspiro y respondí.

YO: Estoy en su casa pero no por lo que crees. Solo somos amigos. ¿Qué tal con Taz?
JESS: Ha resultado ser de lo más útil. Me folló duro y luego arregló el fregadero porque no paraba de gotear. Ahora me está haciendo el desayuno.
YO: Guau. Parece todo un manitas.
JESS: No me van los manitas. He decidido que a partir de ahora mi voto de castidad será solo mental. Así podré acostarme con quien quiera, pero permaneciendo fiel a mis principios. ¿Vienes ya a casa?
YO: Sí, dentro de un rato.
JESS: A ver si consigues tener un órgano.
YO: ¿Qué?
JESS: Nada. Quería decir un orgasmo. Mierda, esto sería más divertido sin el puto corrector. Nos vemos.

—¿De qué te ríes? —preguntó Painter, saliendo del baño.

Le hubiera contestado de buena gana pero había perdido la capacidad de respirar o formar palabras coherentes. Iba vestido solo con un par de *jeans*, sin ninguna camiseta. Si a eso le añadías el hecho de que llevaba el pelo húmedo y despeinado y por sus pectorales y abdominales todavía se deslizaban algunas gotas de agua, os podéis imaginar por qué.

Qué injusticia. Qué injusticia más grande.

Conseguí recuperarme y le miré frunciendo el ceño.

—Ponte algo más de ropa —dije mientras hacía un gesto hacia el dormitorio—. Si vamos a ser amigos, tienes que ir un poco más decente.

Enarcó una ceja.

—Los hombres vamos sin camiseta todo el tiempo —señaló con un tono de lo más razonable.

Me crucé de brazos y le taladré con la mirada.

—La amistad solo funcionará si nadie cruza los límites —declaré—. Y tú ahora mismo estás fuera de ellos. Ponte una camiseta, ¿de acuerdo?

Me sonrió y se fue pavoneándose hacia la habitación, dejando la puerta abierta.

Capullo.

***

Horas después, esa misma tarde, todavía tenía la esperanza de que, ya que nos habíamos perdido el desayuno, nuestra amistad conllevara salir a cenar. Entonces sonó el teléfono.

PAINTER: Hola. Tengo que irme durante una o dos semanas. No sé exactamente cuánto tiempo. Si quieres, puedes mandarme algún mensaje o llamarme si surge algo.

Yo: ¿Desde cuándo nos mandamos mensajes?

PAINTER: Desde que puedo tener comunicación por escrito que no haya sido revisada antes por un funcionario de prisiones. Ya sabes, para asegurarse de que no me enviabas ningún mensaje cifrado sobre la dominación del mundo o algo parecido en tus cartas.

Yo: ¿Entonces no captaste los mensajes en clave que te mandé? Pensaba que saltaban a la vista. Primero tenías que hacerte con las armas, luego con las mujeres...

PAINTER: No me extraña que la revolución fracasara. Aunque mejor así. Con la suerte que tengo me habrían arrestado el primero.

De acuerdo, no iba a salir a cenar. Pero al menos ya no nos sentíamos tan incómodos el uno con el otro. Esto de ser amigos no era tan malo.

Capítulo 9

Painter

—**B**ueno, cuéntame un poco más del tipo —preguntó Gage, mirando hacia la carretera.

Llevábamos conduciendo alrededor de cuatro horas y sabía que a estas alturas teníamos que estar cerca de Hallies Falls. Lo que también me parecía estupendo, porque estaba más que listo para bajar de la cabina de aquel puto camión. Cuando sugerí que se hiciera pasar por un camionero de esos que recorren largas distancias, me pareció una buena idea. Proporcionaba a Gage la excusa perfecta para ir y venir, un lugar en la parte trasera para dormir si lo necesitaba... todo ventajas. Pero no pensé en lo pequeño que era aquel espacio para descansar ni que me sentiría atrapado en él.

Los lugares reducidos me recordaban a la prisión.

Al igual que hablar de Pipes.

—Estaba en el mismo módulo que nosotros —empecé—. Tendrá unos treinta años y dada la alianza entre nuestros clubes, juntarnos con él nos pareció lo más normal. Se hizo aspirante a los dieciocho, su padre era miembro de pleno derecho. Las cosas empezaron a torcerse cuando su antiguo presidente murió hace un par de años. En esa época Marsh era su vicepresidente, ahora es el presidente. Es bastante raro que nunca le hayamos visto en ninguna reunión o fiesta.

—Sí, eso sería motivo suficiente para que se encendieran todas las alarmas —acordó Gage—. Se supone que somos aliados, pero nunca ha venido a ninguno de nuestros encuentros. Sabía que Rance estaba pendiente, por eso nunca le di mucha importancia. Siempre ha sido una alianza rentable. Por extraño que parezca, en cierto modo me alegro de que haya pasado esto. Me ha dado una excusa para alejarme de The Line.

—¿Qué le pasa a The Line? —pregunté con curiosidad.

Gage se frotó la barbilla pensativo y respondió:

—Supongo que me aburría. Estaba buscando alguna razón para apartarme de él una temporada. Por muy divertido que parezca estar rodeado de tetas y traseros desnudos todo el rato, esas tetas vienen con sus buenas cuotas de problemas. Me estaba quemando.

Me eché a reír, pues nadie podía negar que tuviera razón.

—Tengo la sensación de que esto nos mantendrá ocupados una temporada —continuó—. Este asunto requiere que veamos qué está pasando y yo necesitaba un cambio de aires. No ha podido llegar en mejor momento.

En cuanto entramos en las afueras de la localidad redujo la velocidad. Los edificios comenzaron a aparecer a ambos lados de la carretera, no muy lejos del área de servicio para camiones en la que teníamos planeado pasar la noche. Nuestras motos iban acopladas a un remolque trasero, junto con unos pocos muebles y utensilios (lo justo para poder instalarnos en algún apartamento o vivienda). Habíamos estado discutiendo sobre si era buena idea o no plantear el inicio de la misión de esa forma; aparecer con un remolque con muebles y motos nos haría llamar la atención. Pero aquello no tenía por qué ser necesariamente malo. Necesitábamos relacionarnos con el club y cuanto antes, mejor. Gage se haría pasar por un camionero que estaba buscando una nueva base de operaciones tras un divorcio difícil. Yo sería su primo, que le acompañaba para echarle una mano a la hora de instalarse.

Si jugábamos bien nuestras cartas, sabrían que habíamos llegado a la zona, pero tampoco se fijarían mucho en nosotros. Solo seríamos un par de independientes que no suponían ninguna amenaza para su club.

Justo delante vi las luces del área de servicio. No era tan grande como me esperaba —parecía más una gasolinera que otra cosa—, aunque sabía por su página web que tenían una tienda con duchas en la parte trasera.

Gage llevó el enorme tráiler detrás del edificio, al aparcamiento destinado a los camiones. Nos detuvimos y miramos a nuestro alrededor.

—Esto no está muy concurrido que digamos —comenté.

—Tiene una población de unos tres mil habitantes —repuso Gage—. Es un sitio pequeño, pero no tanto como para no se den cuenta de cuándo llega un forastero. Rance me ha estado poniendo al tanto. Suele dejarse caer por aquí cada dos semanas para echarle un ojo a Marsh.

Hice un gesto de asentimiento. Rance era un tipo inteligente. Podíamos confiar plenamente en la información que nos había pasado.

—Rance cree que la mejor manera de llegar a Marsh es a través de su hermana, Talía. Por lo visto, cada dos por tres está llevando un novio nuevo a casa. Ella y Marsh están muy unidos y él hace la vista gorda al respecto. Incluso deja que los lleve a la sede del club, lo que me parece un error. Aunque a nosotros nos puede venir de perlas. Será una buena forma de recopilar información.

—No me jodas —dije—. ¿Tienes pensado tirártela o esa tarea recaerá sobre mí?

Gage resopló.

—Así iremos directos al grano, ¿no crees?

—Nos ahorrará tiempo —repliqué.

En ese momento sonó mi teléfono. Bajé la vista y vi que se trataba de un mensaje de Mel.

> Mel: Jess ha vuelto a traer a Taz esta tarde. Voy a estrangularla. Resulta que Taz también es un chillón.

Solté un bufido. No me emocionaba demasiado que Taz estuviera en su casa, aunque al menos, no se la veía interesada en él.

—¿Qué pasa? —preguntó Gage.

—Es un mensaje de Mel —respondí—. Dice que Taz grita mucho mientras folla.

—En serio... ¿Tengo pinta de querer saber algo así?

Me reí.

—No. Taz se lio con Jessica la noche del rodeo. Me pregunto qué pensará Pic.

—Creo que ya se ha dado por vencido en eso de controlar la vida de sus chicas —replicó Gage—. ¿Por qué te está mandando Mel un mensaje? Pensaba que no había nada entre vosotros.

—Supongo que somos amigos —repuse, un tanto incómodo con aquella palabra.

—Si sois amigos, entonces no te molestará que me la folle, ¿no?

Estuve a punto de morder el anzuelo... hasta que me fijé en la medio sonrisa de capullo que intentaba ocultar.

—Que te den. Bueno, ¿cuál es el plan?

—Vamos a echar un primer vistazo a cómo están las cosas —dijo—. Encontrar algún sitio para instalarnos y luego ya veremos. ¿Te parece bien?

—Claro —contesté, tratando de no pensar mucho en cuánto tiempo estaría lejos de Mel—. Pero prefiero no tener que tirarme a la hermana.

Gage volvió a resoplar.

—Pero si todavía no la has visto.

Agarró su teléfono, buscó en la pantalla y luego me lo pasó para que pudiera ver una foto. Joder, la chica era espectacular. Pelirroja con el pelo largo, unos ojos verdes deslumbrantes, sonrisa blanca y radiante. Ah, y no me hizo ningún daño a la vista que tuviera unas tetas enormes y que la mitad de ellas sobresalieran de la diminuta parte superior del biquini con la bandera estadounidense que llevaba. Sus piernas estaban cubiertas por unos *jeans* ultra cortos desteñidos, con el primer botón desabrochado.

Madre mía.

—La he sacado de Instagram —explicó Gage—. A esa chica le encanta publicar fotos de sí misma. ¿Sigues sin querer tirártela?

Volví a contemplar la foto. Estaba muy buena, no se podía negar. Pero en realidad no me iban las pelirrojas. Prefería las morenas. A ser posible con el pelo color chocolate y la piel un poco más bronceada de lo que esa chica conseguiría en su vida.

—Sí. A menos que no te veas con las fuerzas suficientes. Sé que eres mayor que yo, así que si necesitas alguna de esas pastillas azules...

—Eres un gilipollas —replicó riendo mientras estacionaba el camión en una de las plazas de aparcamiento más céntricas—. Muy bien, allá vamos. Intenta no cagarla mucho.

—¿Cagarla cómo? ¿Por existir? Creía que solo estábamos aquí para ver cómo iban las cosas.

—Solo actúa con normalidad.

Solté un bufido y abrí mi puerta. Ya veríamos si podía o no sacar adelante la misión.

***

No tardamos mucho en tener preparadas las motos; después fuimos por la antigua carretera que llevaba al pueblo, que había sido sorteada por la autopista años atrás. Me resultaba raro conducir sin los colores de los Reapers. Antinatural. El pequeño centro de la localidad tenía dos cafeterías, obviamente en competencia la una con la otra. En un extremo estaba Clare's, que despedía un marcado estilo retro. En el otro estaba el Hungry Chicken, con todo el aspecto de ser un establecimiento de medio pelo. Aparcamos en la calle, entre ambos.

—Ese —dijo Gage, haciendo un gesto con la cabeza hacia el Hungry Chicken—. Seguro que allí les van más los cotilleos.

—Y también servirán más comida —apunté, señalando el cartel publicitario que tenían a un lado en el que se anunciaba un inmenso desayuno que servían todo el día. Estupendo.

Antes de empezar a andar echamos un último vistazo a las motos. Me pregunté si Gage se sentiría tan incómodo como yo con ese paseo. Me había quitado todos los símbolos y señales que pudieran identificarme como un Reaper y tenía la sensación de ir desnudo sin ellos. Entendía que teníamos que ir de incógnito, pero no me sentía bien. Estaba acostumbrado a llevar mis colores con orgullo y me traía sin cuidado si a alguien le suponía cualquier problema.

Cuando abrí la puerta de la cafetería de un empujón nos recibió un acogedor sonido de campanillas. Era solo media tarde, así que no había muchos clientes dentro; apenas un par de tipos sentados en la barra con un café en la mano y una mesa llena de chicas que se reían tontamente mientras se tomaban unos batidos.

—¿Venís a comer? —preguntó una mujer de mediana edad que salió de la barra en dirección a nosotros. Tuve que hacer acopio de todas mis fuerzas para permanecer impasible, pero os juro que era la viva imagen de la típica camarera de este tipo de cafeterías que salía en los dibujos animados. Pelo rubio recogido de forma que parecía una colmena. Labios de un rojo brillante y ojos pintados con una sombra azul tan intensa que podía haber sido una luz de neón. Todo aquello, junto con el uniforme rosa que llevaba, la convertía en la mujer menos atractiva que había visto en mi vida. Y no me refiero a que no fuera guapa, es que era literalmente un esperpento. Estuve a punto de hacerle una foto solo para poder comprobar más tarde que era real y no producto de mi imaginación.

—Tenemos nuestro desayuno especial —informó ella—. Incluye tres huevos, la carne que escojáis, patatas fritas, una tostada y una taza de café que podéis rellenar todas las veces que queráis. La mejor comida de la zona.

—Suena estupendamente, la verdad —señaló Gage sin pestañear. La camarera le sonrió, un gesto que transformó su rostro haciéndolo menos grotesco.

—Sentaos donde queráis —dijo—. Tenemos muchas mesas libres.

Asentí y me dirigí hacia una que había cerca de la ventana, que nos ofrecería una buena visión de lo que sucedía en la calle y que a la vez nos permitiría quedarnos en un lado de la cafetería. Gage se colocó en el lado que daba a la pared, y a mí me dejó al otro, a la vista de todo el mundo —algo que detestaba— pero había sido nuestro sargento de armas durante casi una década. Alguien a quien no querrías cabrear, si entendéis a lo que me refiero.

Me senté y miré a la calle. Los edificios eran antiguos, con mucho carácter. El que estaba justo enfrente de nosotros estaba construido con una especie de arenisca y encima de sus ventanas se podía leer «Farmacia Reimers» con el símbolo Rx. Pero los Reimers debían de haber desaparecido hacía tiempo, porque lo que había debajo era el escaparate más femenino que hubiera visto jamás. Había cosas de porcelana, antigüedades y juguetes pasados de moda en la parte delantera, junto con algunas mesas pequeñas con unas patas tan delicadas que parecía imposible que pudieran sostener el peso de un hombre hecho y derecho. Como las de las antiguas heladerías.

Sobre la ventana había un letrero que decía: «Salón de té, antigüedades y bombonería Tinker».

Hice un gesto con la cabeza hacia él.

—¿Has visto eso? —pregunté a Gage. Miró a la tienda.

—Sí. Es algo distinto.

—Entonces, muchachos, ¿queréis pedir el especial? —quiso saber la camarera. Soy lo suficientemente hombre para reconocer que me dio un susto de la leche. No solo la tenía a escasos centímetros de mí, sino que se había acercado a nosotros sin hacer ni un ruido. Me quedé contemplando su sombra de ojos neón, hipnotizado.

Joder.

¿Era humana?

—Sí, tomaremos dos especiales —dijo Gage, ofreciéndole una de esas sonrisas que hacía que a las mujeres se les cayeran las bragas—. ¿Puede servirme ya el café? Ha sido un día muy largo.

La camarera esbozó una encantadora sonrisa forzada y yo solté un suspiro, deseando regresar cuanto antes a Coeur d'Alene para poder estar con Mel.

***

Cuando la camarera terminó de anotar nuestro pedido —teniendo en cuenta lo habladora que era, le llevó un tiempo— un Mustang descapotable de color rojo se detuvo fuera de la cafetería. El vehículo era una belleza, pero lo que realmente me llamó la atención fue la mujer que lo conducía cuando se bajó de él y salió a la calle. Pelo largo y oscuro, gafas de sol, labios pintados de un rojo intenso, piel pálida... Desde el lugar donde me encontraba no pude adivinar su edad, pero sus curvas me dijeron que no se trataba de una adolescente precisamente.

Entonces se fue hacia la parte trasera del Mustang y se inclinó para abrir el maletero, logrando que destacara la silueta de un trasero perfecto envuelto en una falda estrecha a la altura de las rodillas con una abertura en la parte posterior.

—Joder —susurró Gage—. ¿Quién es?

—Tinker Garrett —dijo la camarera que había vuelto a acercarse sigilosamente por detrás—. Es la dueña del salón de té de enfrente —explicó con un tono ligeramente sarcástico y despectivo.

Gage y yo intercambiamos una mirada.

—Pues no tiene pinta de ser la dueña de ningún salón de té —señaló Gage, azuzándola a que continuara.

La camarera hizo un gesto de desdén.

—Se mudó a Seattle después del instituto. Se creía que era la mejor. Entonces su marido la dejó y volvió arrastrándose al pueblo. Ese negocio que tiene no puede darle suficiente dinero para vivir; no tiene muchos clientes. Si queréis saber mi opinión, creo que está metida en algo.

Gage me miró, torciendo la boca. Me incliné hacia la mujer y le hice la consiguiente pregunta para que siguiera hablando:

—¿Y de qué cree que se trata ese «algo»? —inquirí con ojos abiertos—. ¿Alguno... «malo»?

Gage se puso a toser. Estupendo. Estaba tratando de no reírse con tantas fuerzas que seguro que terminaba atragantándose.

—Tengo mis sospechas —volvió a escupir con desdén—. Se viste como una puta... Y he oído que a veces va a bailar a Ellensburg. Le gusta

 119

salir con universitarios. ¿Cómo se las suele llamar? ¿Asaltacunas? Es una vergüenza.

Gage se dio la vuelta, sacudiéndose con los hombros.

—Es bueno saberlo —dije completamente serio—. Nos mantendremos alejados de ella.

—Mejor —replicó la camarera mientras asentía cargada de razón—. Solo Dios sabe la porquería que debe de estar vendiendo en ese lugar. Me juego el cuello a que esos bombones llevan droga dentro. Marihuana.

Volví a mirar a través de la ventana y contemplé cómo el trasero perfecto de Tinker Garrett se contoneaba al alejarse.

No me pareció que fuera una traficante de drogas. ¿En cuanto a lo de asaltacunas? Ya veríamos.

***

Melanie

La semana posterior al accidente de Chase fue un tanto extraña. Al final sobrevivió, pero todavía le quedaba una larga recuperación por delante. Aunque todo el mundo parecía triste y decaído, se unieron para ayudarle en todo lo que fuera posible. Incluso hubo un grupo de niños que montaron un puesto de limonada en medio de nuestra calle para conseguir algo de dinero. A pesar de que a veces me sentía hastiada de vivir en Coeur d'Alene —no era una ciudad grande con tanto bullicio como el que podían tener Portland o Seattle—, cuando algo sucedía, a todos nos gustaba echar una mano. Kit organizó una de esas recaudaciones *online* para ayudarle a pagar sus facturas médicas.

Y a ese estado general de pesimismo había que añadirle el hecho de que llevaba días sin saber nada de Painter. Al principio le había enviado un par de mensajes, pero dejé de hacerlo al ver que no respondía.

—¿Crees que habrá perdido el teléfono? —me animé a preguntar por fin a Jessica. Era jueves por la noche y entre ambas habíamos construido nuestro particular centro de estudios. Jess había encontrado una mesa el martes y la había traído a rastras hasta casa, enseñándomela con orgullo como una niña a la que le hubieran dado su primer dólar.

Ahora estaba tan repleta de libros que cualquiera hubiera pensado que la teníamos desde hacía meses.

—Sí, estoy totalmente convencida de que lo ha perdido —dijo, tecleando como una posesa sobre su portátil—. Seguro que tenía toda la intención de llamarte, porque es lo que suele hacer siempre, pero se ha olvidado por completo de cómo usar los mensajes de texto, correos electrónicos, redes sociales o cualquier otro medio de telecomunicación.

—No tienes por qué ser tan zorra —masculé, taladrándola con la mirada.

Suspiró y se recostó en la silla.

—Lo siento. Taz tampoco me ha llamado ni se ha puesto en contacto conmigo. Creo que hoy odio a los hombres. Sobre todo a los moteros. Que les den a todos ellos.

—¿Dijo que te llamaría? —pregunté.

Asintió.

—¿No es lo que siempre dicen?

***

El viernes me di por vencida y fui hasta el apartamento de Painter. Nada, ningún signo de vida. Como en ese momento solo era capaz de compadecerme de mí misma, decidí ir a una cafetería y darme el gusto de tomarme un *brownie* con una gruesa capa de dulce de leche. Y estaba en mitad de ello (sin dejar de mirar el teléfono, rezando para que me enviara algún mensaje) cuando tuve mi gran revelación.

Era totalmente absurdo.

Allí estaba yo, una mujer de veinte años con todo el potencial del mundo, sentada en una cafetería y metiéndome una bomba de calorías para el cuerpo por culpa de un hombre. Solo me faltaba empezar a cantar *All By Myself* y comprarme un gato para completar el estereotipo.

¿Qué demonios me pasaba?

Mi vida era un asco cuando me fui a vivir con London, pero ella me dio una segunda oportunidad. Me había dejado la piel, trabajando sin parar para labrarme una nueva vida. No era perfecta, pero sí bastante buena. Tenía una beca completa en la universidad y un futuro prometedor y allí estaba, atiborrándome de chocolate.

Se acabó.

Agarré el teléfono y envié con furia un mensaje a Jessica.

Yo: ¿Qué estás haciendo ahora mismo?

JESS: Trabajando en los preparativos de la feria de mañana. Sigues siendo voluntaria, ¿verdad? Kit sigue por aquí y ha dicho que me echará una mano, pero necesito a más gente.

Oh, mierda, en medio de mi desdicha por lo de Painter me había olvidado por completo.

YO: Por supuesto que sigo siendo voluntaria. Estoy impaciente. ¿Qué quieres que haga?
JESS: Que pintes caras.
YO: ¿Recuerdas lo mal que dibujo?
JESS: Solo quiero que pintes patitos, mariquitas, lagartos y tonterías de esas. Ya sabes, en las mejillas de los niños. No puede ser muy difícil.
YO: Se me da fatal pintar.
JESS: Tengo un libro que te puede ayudar. Solo tienes que seguir las instrucciones. Súper fácil.
YO: ¿Y no puedo encargarme de la máquina de palomitas o algo similar?
JESS: Gallina.
YO: Sí, soy una gallina. Lo reconozco.
JESS: Deja de ser una nenaza. Esta noche te dejaré algunas pinturas para que practiques.

Miré el teléfono con el ceño fruncido; Jess siempre solía endilgarme cosas difíciles e incómodas que no quería hacer. La odiaba.

YO: Está bien, pero me debes una.
JESS: Anótalo en mi cuenta ☺

Ahí estaba esa carita, guiñándome un ojo, riéndose de mí... Suspiré y me terminé el *brownie*. Había decidido que no volvería a ser patética nunca más, pero tampoco podía dejar a medio terminar aquel apetitoso dulce y mi triste atracón. Ni siquiera quedaba lo suficiente para envolverlo y llevármelo a casa.

YO: Si me pongo gorda como un melón, será por culpa de Painter.
JESS: Estás como una cabra, pero te quiero, cabeza hueca.

Y aquello bastó para que volviera a sonreír. Alcancé mi bolso y el teléfono y me fui caminando hacia la facultad. La clase no empezaba hasta dentro de una hora, pero si me daba prisa podría adelantar algo de trabajo en la biblioteca.

No dejaría que Painter siguiera afectándome tanto. La vida era demasiado corta.

***

A las once de la noche de ese mismo viernes estaba sola (en la oscuridad) frustrada por una mariquita.

En realidad, ni siquiera era una mariquita de verdad.

Bajé la mirada hacia el pequeño folleto de instrucciones, tratando de averiguar cómo algo tan supuestamente simple —pintar un inofensivo insecto en seis sencillos pasos— me había sobrepasado de esa manera. Llevaba intentándolo cuarenta y cinco minutos, dibujando horribles pegotes rojos, negros y blancos una y otra vez en un interminable círculo de incompetencia. Algunos parecían alienígenas, otros troles mutantes, pero no cabía la más mínima posibilidad de que a ninguno de ellos lo confundieran con una mariquita.

Ni siquiera con una mariquita aplastada... que hubiera sido atropellada varias veces.

Seguro que Jess me iba a poner a parir una y mil veces, porque las instrucciones eran tan sencillas que cualquier imbécil podría seguirlas. Maldición. Tiré el pincel sobre la mesa y fui a la cocina para servirme un vaso de agua. A lo lejos oí un débil golpeteo seguido por el extraño aliento de un asesino en serie cortesía del frigorífico. Me di la vuelta, convencida de que estaba a punto de morir asesinada.

Nada.

Regresé de puntillas al comedor, donde los cadáveres de mis fallidas mariquitas me esperaban con un silencio acusador.

Entonces, volví a oír el golpeteo; ahora con mayor claridad. Había alguien en la puerta... Como era de esperar, esa noche estaba sola porque Jessica se había ido a ver a Taz cuando más la necesitaba, dejándome desamparada para que pudieran terminar con mi vida. El mismo Taz que, después de haberse tirado una semana sin llamarla, de pronto había tenido que resolver un «asunto urgente» en el arsenal. Un asunto tan sencillo que solo había tardado una hora y le había dejado el resto de la noche libre para pasarla con Jess. Por supuesto que no me lo había creído ni por un instante, y así se lo dije a ella. Estaba claro que el tipo tramaba algo, pero mi amiga insistió en que ya era bastante mayor para saber lo que se hacía.

Fui hacia la puerta, deseando por enésima vez tener una mirilla. En su lugar teníamos que mirar por la ventana para ver quién había fuera, lo que Jess siempre se apresuraba a señalar nos convertía en un objetivo fácil si alguien quería dispararnos o golpearnos con un palo de *hockey*. Me armé de valor y corrí ligeramente la cortina para ver a...

Painter.

Durante un segundo me emocioné como una imbécil. Entonces recordé que había dejado de gustarme hacía una semana. Puede que no estuviéramos saliendo juntos, pero creía que éramos lo suficientemente amigos como para por lo menos saber cómo se encontraba. ¿Acaso se había roto todos los dedos como para no poder responder a un simple mensaje de texto?

—¿Qué tal? —pregunté fríamente en cuanto abrí la puerta.

Se quedó mirándome en silencio, contemplando mis rasgos, el tiempo suficiente para que empezara a sentirme incómoda. Una parte de mí quería balbucear nerviosa, llenar aquel silencio, pero conseguí controlarme y mantener la boca cerrada. De ahora en adelante sería yo la que dictara las normas.

—Siento no haber estado en contacto —dijo.

—Contigo esa parece ser la tónica general —señalé, intentando hacerme la dura—. Sé que solo somos amigos, pero desapareciste de la faz de la Tierra. ¿Qué quieres?

Se encogió de hombros. Entonces esbozó una sonrisa tan dulce y encantadora que casi hizo que me olvidara de todo. Casi...

—Se me averió el teléfono —explicó—. Estaba fuera, por un asunto del club, así que me hice con uno de esos teléfonos desechables con los que ni siquiera puedes enviar mensajes de texto. Además, tampoco tenía tu número.

«Claro. ¿Ves? ¡Tiene una buena excusa!» La parte más estúpida y crédula de mi cerebro estaba lista para creerse cualquier cosa que me dijera. No. No, no, no, no, no.»

—¿No tienes el número de Picnic? —pregunté con tono razonable—. Él sabe cómo ponerse en contacto conmigo.

Painter amplió su sonrisa avergonzado.

—No me lo hubiera dado. Dice que soy una mala influencia y que debería mantenerme alejado de ti.

No podía estar más de acuerdo. Painter era una mala influencia. Ahí estaba, en mi puerta, después de casi una semana sin saber nada de él y en menos de un minuto ya estaba socavando mi instinto de supervivencia.

—Entra —dije, cediendo ante lo inevitable—. Sigo creyendo que te has comportado como un auténtico capullo, pero aquí tienes la oportunidad de resarcirme. Tengo que aprender a pintar animales pequeños en las caras de los niños para mañana.

—¿Qué? —preguntó sin comprender.

—Jessica tiene una feria mañana por la mañana. Trabaja con niños en el centro social, en el programa de necesidades especiales. Me preguntó si quería ofrecerme como voluntaria y como soy una idiota le dije que sí sin saber qué era lo que tenía que hacer exactamente. Ahora tengo que pintar caras y no tengo ni idea de cómo hacerlo. Si has venido aquí para pasar el rato, échame una mano.

Me siguió hasta el salón y se detuvo junto a la mesa para estudiar mis patéticos resultados.

—¿Qué se supone que es eso? ¿Una ardilla follándose a un dinosaurio?

Suspiré, obligándome a mirar el papel. Me hubiera encantado mandarle a la mierda, pero tenía razón. Aquello parecía más una ardilla tirándose a un dinosaurio de lo que quería reconocer.

—Es una mariquita.

Silencio.

No le hice caso y me senté en la silla antes de dar un golpecito al odioso pincel con un dedo.

—Es espantoso.

—Lo sé.

—No, en serio, es horrible. No entiendo cómo a alguien se le puede dar tan mal dibujar algo. Cualquier cosa.

—¿Crees que se pondrán a llorar? —pregunté, sintiéndome un poco mal. Una parte de mí esperaba que aquellos dibujos no fueran tan horrorosos como parecían.

—¿Quién? ¿Las mariquitas? Pero si ni siquiera tienen ojos, nena. No pueden llorar. Aunque seguro que están llorando por dentro...

Le saqué el dedo corazón y esbocé una sonrisa reticente.

—No, los niños. ¿Cómo se supone que voy a pintarles la cara si soy incapaz de dibujar en un maldito papel?

Se sentó en el extremo opuesto de la mesa.

—Bueno, en realidad no es tan difícil —empezó a decir, pero le detuve alzando una mano.

—Mira a esas mariquitas a la cara cuando digas eso —sugerí—. ¿Te parecen fáciles?

Sus labios se curvaron mientras negaba con la cabeza.

—No sabes lo que me está costando no hacer ningún chiste de índole sexual con las mariquitas.

—Ni se te ocurra —ordené, luchando con todas mis fuerzas para no reírme yo también—. Además, tampoco están bien desde el punto de vista anatómico. Y bien, ¿crees que puedes ayudarme? Los amigos suelen echarse una mano.

«Y también responden a los mensajes para que los demás no crean que les han asesinado o algo parecido.»

—Sí que puedo —dijo antes de extender la mano para recorrer con un dedo mi nariz. Durante un instante, me olvidé hasta de respirar—. Empecemos con la pintura. Siéntate y vayamos paso a paso.

Media hora más tarde lo estaba haciendo mejor. Era cierto que pintar caras no era tan difícil, pero por algún motivo había dejado las pinturas demasiado líquidas, por lo que no se fijaban bien.

—Lo estás haciendo muy bien —apuntó Painter mientras miraba como daba pinceladas verdes sobre el papel—. Eso sí que parece un lagarto.

Consideré aclararle que se suponía que era una flor, pero decidí añadir un par de ojos y dejarlo como estaba. Aun así, había conseguido pintar un buen número de arco iris, mariquitas y nubes, de modo que supuse que podría salir airosa con los niños siempre que no les ofreciera muchas opciones.

Alcé la vista y sonreí. Estaba muy cerca de mí y tenerlo tan próximo siempre me hacía muy feliz, aunque sabía que no debería.

—Y bien, ¿puedes decirme dónde has estado esta última semana?

Su expresión cambió.

—¿Por qué quieres saberlo?

—No te pongas tan a la defensiva, solo quiero empezar una conversación. —Decidí arriesgarme e intentar pintar un Pokémon. Jess me había dicho que a los niños les volvían locos y el amarillo no parecía demasiado difícil. Admirada por esa repentina inspiración, coloqué la mano sobre la mesa con la palma hacia abajo y comencé a trazar la silueta de Pikachu sobre la piel en vez de en el papel—. Vaya, así es distinto

—dije, mirándole de nuevo—. Es más difícil porque la piel se mueve más que el papel. Bueno, ¿dónde has estado? ¿O no puedes decírmelo?

—No debería —admitió con los ojos fijos en mi mano. Me mordí el labio, centrándome en conseguir dibujar los pequeños puntos negros de la oreja derecha. Perfecto—. Asuntos del club. Eso sí, voy a estar fuera las próximas semanas y quizá la cosa se alargue. No sé cuánto durará.

Fruncí el ceño y me dispuse a mojar el pincel en pintura roja para colorear las mejillas.

—¿No estabas en libertad condicional? —inquirí—. ¿No puedes meterte en un lío si se enteran que estás yendo de un lugar a otro?

Me pilló totalmente desprevenida al agarrarme de la barbilla y obligar a que le mirara.

—No soy como esos tipos con los que vas a la universidad —dijo con intensidad contenida—. Mi vida no es como la de ellos. No quiero que te preocupes por mí, Mel, porque aunque estoy teniendo cuidado, no siempre voy a seguir las reglas.

Tragué saliva, hipnotizada por su mirada.

—Pero tampoco quieres que vuelvan a encerrarte, ¿verdad?

—Claro que no —dijo—, pero tampoco voy a dejar que el miedo me impida hacer lo que tengo que hacer. Si con esto te sientes mejor, te aseguro que no estoy cometiendo ninguna locura y que no voy solo. Solo se trata de comprobar cómo va cierta situación. Si la cosa se pone seria, me sacarán de inmediato porque mis hermanos no quieren que vuelva a prisión. Que sepas que lo estás poniendo todo perdido.

Me eché hacia atrás y bajé la vista para comprobar que el pincel ya no estaba sobre mi mano sino emborronando la hoja con los dibujos de animales que tanto me había costado dibujar.

—Esto es un asco —dije. Y no me refería precisamente a la pintura.

—Es lo que hay —contempló, encogiéndose de hombros—. Y tampoco puedo hablarte de ello. Solo tienes que pedírmelo y me iré de aquí para dejarte en paz. No estoy tratando de volverte loca, Mel, pero no puedo dejar de ser lo que soy.

Volví a tragar saliva y tomé la decisión de obviar aquel asunto... por ahora.

—¿Puedes enseñarme a dibujar una flor?

Asintió y me quitó el pincel de los dedos despacio.

—Primero tienes que empezar sobre una superficie limpia —explicó, antes de agarrarme de nuevo por la barbilla y volver mi mejilla hacia él. Después mojó el pincel en pintura verde y lo subió hasta mi cara. Sentí el frío tacto de la pintura sobre la piel, a pesar de que ardía por dentro—. Los trazos largos y seguidos mantienen el color uniforme —continuó, deslizando el pincel sobre mi cara hasta llegar a la barbilla. Estudié su expresión. Se le veía plenamente concentrado mientras trazaba una nueva línea. Tenía unos ojos tan azules, tan claros y llenos de luz. Sabía perfectamente que era un chico malo, pero me negaba a admitir ese hecho en el hombre que tenía sentado frente a mí.

—¿Me ayudarás mañana? —pregunté. Enarcó una ceja—. Me refiero a lo de pintar caras. ¿Te apetece acompañarme a la feria? Se te da mucho mejor que a mí.

Una extraña expresión cruzó su rostro.

—Soy un delincuente, Mel. No creo que les guste que vaya.

—Mucha gente delinque —dije con vehemencia—. Que hayas estado en la cárcel no significa que no puedas acudir a ningún tipo de evento comunitario el resto de tu vida. Bueno, excepto los agresores sexuales, supongo, pero tú no lo eres. ¿Por qué no ibas a poder participar como voluntario en ningún acto social? ¿No eres amigo de Bolt? Su dama es Maggs, ¿verdad? La coordinadora del programa. Pues su hombre ha ayudado un montón de veces. Incluso el club se encargó de organizar una recaudación de fondos para el programa el año pasado.

Painter me miró pensativo.

—¿Te he contado alguna vez que conocí a Bolt en prisión? —Hice un gesto de negación con la cabeza—. La primera vez que estuve allí. Me ayudó a encauzar toda esa mierda e hizo que me uniera al club. Es un buen hermano.

—Bien, pues ese hermano tan bueno va a ir mañana a la feria, así que si él puede estar, tú también. Y seguro que saben cómo aprovechar tu ayuda. Si están tan desesperados por ponerme a pintar, no tiene que ser tan malo.

Soltó una risa grave.

—Anótate un punto. Me has convencido. ¿Contenta?

Sí. Por supuesto que lo estaba.

—Gracias —dije con una enorme sonrisa que se desvaneció en cuanto le vi frunciéndome el ceño.

—No muevas la cara. Estoy trabajando.

—Sí, señor —dije, intentando relajarme. No sabía qué estaba dibujando, ni tampoco me importaba. Cada pasada era como si con el dedo

me recorriera la piel, enviando escalofríos que despertaron una ardiente necesidad en mi interior. Se acercó un poco más. Sus ojos estudiaban mis rasgos para después escoger un color, absorto en su trabajo.

Era bastante injusto, ya que diez minutos más tarde me había pintado la mayor parte de la cara (lo que no me suponía ningún problema) y tenía las bragas bastante húmedas. Aquello último sí que era un gran inconveniente, porque por lo que pude observar, para Painter yo no era más que otra superficie sobre la que pintar.

—Alza la barbilla —susurró.

Hice lo que me decía, estremeciéndome cuando el frío pincel me acarició el cuello.

—¿Qué estás haciendo?

—Extendiendo la pintura —respondió, sonando casi distante—. Me estoy divirtiendo y todavía no quiero parar. Es más, ¿por qué no te desabrochas la camisa y te la quitas? Así tendré más espacio para trabajar.

Me eché hacia atrás y le miré.

—Eso ha sonado como el argumento de una película porno de las malas —señalé, dividida entre la risa y la frustración, porque en el fondo estaba deseando desnudarme delante de él.

Bueno, en realidad lo que quería era que él se desnudara, pero me habéis entendido, ¿verdad?

—Querías que te enseñara a dibujar. —Frunció el ceño—. Y eso es lo que estoy haciendo. Además, tienes puesto el sujetador. Te aseguro que me habría dado cuenta si no lo llevaras. Así que no es como si te quedaras desnuda. Y deberías dejar de ver porno malo. El bueno es más difícil de encontrar, pero merece la pena.

Abrí la boca para responder, aunque la cerré inmediatamente después porque ni loca iba a discutir sobre la calidad del amplio espectro de películas pornográficas. Eso sí, no me quedaba más remedio que darle la razón respecto al sujetador. Solía ir en biquini a la playa, así que aquello sería lo mismo.

(Sí, sabía pensar con lógica. Solo estaba cachonda, no era estúpida.)

Empecé a desabrocharme la blusa, fingiendo que no me estaba dando cuenta de que sus ojos me seguían los dedos como si le fuera la vida en ello. Además, si yo estaba sufriendo, lo justo era que él también lo hiciera.

Noté cómo Painter contuvo la respiración cuando me quité la blusa, deslizándola lentamente por mis hombros y espalda. Sabía que tenía un cuerpo aceptable. No era tan espectacular como el de Jessica, pero cuando me arreglaba podía ser resultona. Aun así, no estaba acostumbrada al tipo de admiración que vi en sus ojos.

La prenda cayó al suelo y volví a sentarme, enderezando la espalda. Gracias a Dios que esa mañana me había puesto un sujetador decente. Negro con encaje, que se ajustaba perfectamente a mis pechos. No era uno de esos tan sensuales que te realzaban el busto, pero tampoco uno sencillo de algodón blanco.

Painter extendió la mano y pasó de nuevo el pincel por mi cuello, bajando esta vez hacia la clavícula. Volví a estremecerme. Cuando hizo lo mismo en el otro lado, sentí cómo se me empezaban a erizar los primeros pelos de los brazos.

—¿Tienes frío? —preguntó con un ronco susurro.

—No.

Sus ojos me miraron ardientes y creí percibir en ellos el mismo anhelo que se estaba apoderando de mi ser.

—Bien.

A partir de ahí todo se volvió borroso. Me mantuvo la cabeza hacia arriba, negándose a que viera lo que estaba pintando mientras trazaba patrones por encima de mi pecho y sobre el estómago. Excepto por el dedo que de vez en cuando me sostenía la barbilla, nunca me tocó directamente la piel. Solo sentía el suave y frío pincel recorriendo mi carne una y otra vez de forma enérgica.

Después de lo que me parecieron horas, me tenía dada la vuelta, sentada a horcajadas sobre la silla, dispuesto a pintarme la espalda. A esas alturas todo mi cuerpo gritaba de necesidad, aunque también me había sumido en una extraña sensación de quietud. Como si estuviéramos en una realidad paralela donde solo existiéramos él y yo y aquel pincel recorriéndome la piel.

Bajó hasta el omoplato y deslizó el tirante del sujetador hacia un lado. Oí cómo se quejaba por lo bajo y después pasó por la zona una toallita de papel húmeda.

—¿Quieres que me lo quite? —pregunté en apenas un murmullo.

Capítulo 10

Painter

Me quedé mirando la espalda de Mel, preguntándome si había oído bien. Sí, claro que quería que se quitara el sujetador.

En aras de la pintura, por supuesto.

Aquello versaba sobre arte, no sobre comportarse como un puto pervertido que solo quería echar un polvo. Ni lo más mínimo.

—Sí, eso estaría bien —respondí como si tal cosa, extendiendo la mano izquierda para desabrocharle la prenda antes de que cambiara de idea. Mierda. Debería haber dejado el pincel y hacerlo con las dos manos; no hacía falta anunciar a los cuatro vientos todas las veces que había hecho aquello antes. Mel no dijo nada, solo se limitó a quedarse quieta, sujetando la parte frontal de la prenda contra su pecho, mientras yo le bajaba cada uno de los tirantes.

Su espalda se extendía ante mis ojos en un lienzo perfecto. Era ligeramente fibrosa, estrechándose en la cintura para después volver a ensancharse en las caderas. Llevaba unos *jeans* cortos que le caían sueltos por la parte baja de la espalda, proporcionándome un atisbo de raso negro de su ropa interior. Ojalá hiciera juego con el sujetador que acababa de quitarle. La prenda era perfecta; sensual pero a la vez dulce y casi virginal comparada con lo que llevaba la mayoría de las mujeres que conocía. No era que Mel fuera virgen... había estado con ella lo suficiente para darme cuenta de que tenía algo de experiencia.

Y aunque no debería preocuparme —no tenía intención de acostarme con ella—, saber que había estado con otros en cierto modo me supuso un alivio. Menos presión para no cagarla; lo que tampoco importaba porque de ninguna manera íbamos a hacer nada juntos.

Joder, eso de ser amigos era un asco. Por primera vez no me quedó más remedio que reconocer que tal vez aquello no terminara de funcionar bien.

«Vaya, ¿y cuándo te has dado cuenta de eso, capullo? ¿Cuando se ha quitado la blusa o cuando le has desabrochado el sujetador?»

Hundí el pincel en la pintura, recordándome que al día siguiente tendría que levantarme temprano para comprar más. Casi había terminado la verde y la roja y llevaba buena cuenta de la amarilla y morada. Estaba pintando flores. Montones de flores, una cascada de ellas como a la que a uno le gustaría ver en la selva. Exuberantes, bonitas, turgentes y mortíferas, como Mel. Un sinfín de enredaderas en las que enmarañarme y quedarme prisionero hasta que nada más me importara...

Cuando empecé a dibujar en la parte posterior de su cuello, levantó un brazo y se retiró el pelo.

—¿No tienes uno de esos chismes? —pregunté.

—¿Chismes?

—Sí, chismes para el pelo. Te lo puedo recoger.

—Ah sí. Tiene que haber uno en la mesa de café.

—Vuelvo enseguida.

Fui hacia el salón y encontré una goma púrpura sobre la mesa justo al lado del teléfono de Mel que acababa de iluminarse avisando que tenía un mensaje de texto.

Os juro que no lo leí a propósito.

> JESS: He oído que Painter ha vuelto y que ha ido a casa a buscarte. No le dejes entrar o te mataré con mis propias manos. Besos.

Fruncí el ceño, apagué el teléfono y lo tiré sobre el sofá. Debió de caer entre los cojines, no supe exactamente dónde.

Mel podría leerlo más tarde.

Sí.

No había necesidad de preocuparla por algo que seguramente ni siquiera fuera un problema.

***

Melanie

Era una estupidez.
Una completa y absoluta estupidez.

Estaba sentada en medio del comedor, temiendo cada trazo del pincel porque tarde o temprano iba a derrumbarme y las cosas terminarían mal. Pero me sentía tan bien... Además, tampoco estábamos haciendo nada malo. Solo pintar. Y Painter era todo un artista; había podido vislumbrar un trozo mientras iba a por la goma para el pelo y me dejó estupefacta la desenfrenada explosión de enredaderas y flores que había pintado en mi piel como si fuera un lienzo.

Era increíble. Casi parecía irreal. Que los mismos pinceles responsables de las «Mariquitas de la Muerte y el Desmembramiento» pudieran crear algo tan magnífico como aquello escapaba a mi entendimiento. Supongo que aquello era obra del puro talento.

Eso y la técnica.

Me pregunté si era consciente de lo bueno que era. Seguro que si vendía aquellas pinturas a las personas adecuadas, sacaría mucho más dinero que lo que fuera que hiciera para el club. Aunque lo más probable era que no se tratara de dinero. ¿Qué le tendrían haciendo y cuáles eran las posibilidades de que aquello le llevara de regreso a la cárcel?

—Deja que te recoja el cabello. —La suavidad de su voz envió un escalofrío por todo mi cuerpo. Todavía sostenía las copas del sujetador contra mi pecho, como si de alguna manera pudieran protegerme.

Suponiendo que quisiera que me protegieran.

—Gracias —susurré cuando empezó a peinarme con los dedos los enredados mechones. Llevaba el pelo más largo de lo que debería. Me hacía ilusión creer que estaba tan fascinado como yo. Porque a pesar de su insistencia en que solo éramos amigos, incluso yo era lo suficientemente inteligente para saber que los chicos no se sentaban a pintar flores sobre sus amigas platónicas semidesnudas un viernes por la noche. Se inclinó sobre mí. ¿Me estaba oliendo el pelo?

—Casi he terminado —susurró él. Su cálido aliento me rozó ligeramente la oreja.

Entonces mi cabello quedó recogido en una especie de coleta/moño y Painter volvió a alzar el pincel, listo para volver a torturarme.

***

Painter

Terminé demasiado rápido.

Los colores originales se habían acabado, obligándome a hacer mi propia mezcla. Creo que así obtuve un mejor resultado; hacia el final los verdes eran más oscuros, proyectando algo mucho más sombrío, casi tormentoso.

Lleno de frustración.

Bien, porque así era exactamente como me sentía. Me había pasado más de dos horas pintando sobre el cuerpo perfecto de Mel. Ahora tenía la polla como un diamante, tan dura que podía partir cualquier cristal. Quería empujarla sobre la mesa y penetrarla hasta que la pintura desapareciera por culpa del sudor...

Dios.

Tenía el pene a punto de estallar.

—Ya puedes mirarte —dije, poniéndome de pie.

Ella también se levantó de la silla con torpeza, sin soltar la parte frontal del sujetador de raso negro de sus pechos, lo que no tenía ningún sentido.

—Hay un espejo en la habitación de Jessica —informó.

Al pasar a mi lado me rozó y al notar su brazo me estremecí por dentro. Normalmente solía concentrarme mucho mientras pintaba, pero tenerla tan cerca había sido todo un suplicio. Mel empezó a subir las escaleras, pero después se detuvo y se volvió para mirarme con el ceño fruncido.

—Venga, corre, ¿no vienes?

«¿Correr? No, no me correré hasta que tenga tus labios donde quiero tenerlos.»

—Mmm... Sí, claro —logré decir—. No estaba seguro de si querías que te acompañara.

Me miró con tal intensidad que os juro que vi cómo las chispas saltaban entre nosotros. Está bien... no las vi, es una forma de hablar, pero sí que percibí que había algo entre nosotros, como si estuviéramos unidos por una cuerda —no, mejor por la tensa cuerda de un piano— que temblaba y palpitaba con cada latido de mi corazón.

Mel se dispuso a subir las escaleras y yo la seguí con los ojos pegados al femenino bamboleo de sus caderas. Sus piernas no estaban nada mal y ver mis dibujos por todo su cuerpo hizo que sintiera algo extraño. No tengo ni idea de cómo describirlo, pero me gustó. Un montón. Era como si me perteneciera. Si pudiera tatuarla con mis marcas de forma permanente...

No, tatuarle el rostro no era una buena idea. Pero pensar en mis dibujos fijos en su espalda y poder contemplarlos mientras envolvía las manos sobre su cintura y la follaba por detrás...

Uf.

—Este es el baño. —Señaló la primera puerta que había nada más subir las escaleras—. Y esa es la habitación de Jessica. La mía está al final del pasillo, justo encima del porche.

Me fijé en su puerta. Quería ver dónde dormía, pero Mel fue directa a la puerta de Jessica y la abrió. El dormitorio estaba lleno de pilas de ropa tiradas sobre una alfombra de pelo verde y los pósteres caían medio pegados de las paredes. Tenía la impresión de que las paredes eran tan débiles que no se podía colgar nada de ellas. Aquel lugar parecía tan sólido como un nido de avispas.

—El espejo está detrás de la puerta —apuntó Mel.

En cuanto vio su reflejo se quedó inmóvil, estudiando su imagen. Me paré detrás de ella. Retorcidas líneas de color verde caían por su cuerpo, salpicadas de exuberantes flores que se abrían y desvanecían en un patrón que me hubiera gustado conservar para siempre.

No, a quien de verdad quería conservar era a ella.

Dios, merecía que me pegaran un tiro, porque en ese momento lo único que ansiaba era corromperla. Corromperla y después encerrarla para que ningún otro hombre pudiera verla... y mucho menos tocarla.

—Es precioso —susurró, tocándose la cara.

Alcé la mano y la coloqué sobre su hombro. Ella cubrió la mía con la suya y nuestros dedos se entrelazaron. En cuanto clavé la vista en el espejo y contemplé cómo sus ojos me miraban ardientes todo mi mundo cambió.

Me había enamorado de Melanie Tucker.

Y no se trataba de un encaprichamiento de adolescente como el que había sentido por Emmy Hayes. No, aquello era mucho más profundo; tan intenso que casi me dolía. Era como si los zarcillos que había dibujado en su cuerpo se hubieran extendido hacia el mío, hundiéndose en mis entrañas y uniéndonos ambos con tanta fuerza que si alguna vez intentara arrancármelos, moriría.

Estaba jodido hasta puntos insospechados, porque amaba locamente a esa chica... pero ella no era para mí.

—Hola —le susurré.

—Hola —murmuró a su vez ella.

—Creo que deberíamos...

De pronto la puerta se abrió, empujando a Mel hacía mí. Extendí los brazos a toda prisa para evitar que se cayera al suelo al tiempo que Taz entraba en la habitación, seguido de Jessica.

El motero de los Devil's se detuvo en seco y miró fijamente a Mel. Ahí fue cuando me percaté de que, con la caída, había perdido el sujetador.

—Buen trabajo —dijo con una sonrisa de oreja a oreja—. Pero creo que te has dejado un par de zonas.

Puse un brazo sobre el pecho de Mel, esforzándome por taparla lo mejor posible. Entonces ella soltó un chillido y salió disparada por la puerta hacia su dormitorio. Jessica aprovechó el momento y se abalanzó sobre mí, mientras Taz se partía de risa.

—No puedes tocarla —gritó Jess. Levanté una mano para protegerme los ojos, preguntándome qué coño pude ver en ella la noche de borrachera que pasamos juntos. Bueno, tampoco fue una noche completa, más bien un rollo, e incluso así fue una mierda.

—Aparta a tu chica de mí —bramé a Taz, que se rio todavía más fuerte.

Al final conseguí quitarme de encima a esa bruja chillona, empujándola hacia Taz, y pude ir tras Mel.

—Te mataré —volvió a gritar Jessica detrás de mí.

Puta loca. Primero Kit, ahora ella. Estaba rodeado de auténticas víboras. La puerta de Melanie estaba cerrada y pude oírla sollozando.

Joder.

Ya le había hecho daño y ni siquiera me había acostado con ella.

***

Estaba tumbada sobre la cama, riéndome con tanta fuerza que me dolía. Dios, la cara de Jessica había sido un poema. Una mezcla de consternación e incredulidad, junto con la manera en que se me cayó el sujetador... Era demasiado. Y también la había sacado de sus casillas. Lo que ya era hora, teniendo en cuenta las veces que ella lo había hecho conmigo.

—Mel, ¿estás bien? —preguntó Painter después de llamar a mi puerta. Jadeé e intenté recuperar la respiración para contestarle. Pero lo único que conseguí fue soltar un sollozo; cada vez que trataba de decirle que me encontraba bien las palabras se me atragantaban y volvía a desternillarme de risa.

Finalmente consiguió abrir la puerta y se dejó caer a mi lado en el colchón. Después me tomó entre sus brazos y me colocó encima de él, envolviéndome con su cuerpo.

—Oye, está bien —susurró. Sonaba tan dulce y tierno. Solté un bufido, seguía sin recuperar el aliento—. Mellie, da igual lo que ese tipo haya visto. No pasa nada.

Me aferré a su chaleco y alcé la cabeza para poder verlo.

—Estoy bien —dije con voz entrecortada. Estaba convencida de que tenía las mejillas llenas de lágrimas que se mezclaban con la pintura. Debía de estar guapísima, pensé con ironía. Las manos de Painter me frotaban la espalda de arriba abajo, mientras las piernas me caían a ambos lados de sus caderas. Oh, Dios mío. Podía sentirlo justo en el punto donde más lo necesitaba; estaba duro y era mucho más grande de lo que un hombre podía ser.

—Estoy bien —repetí. Me sorbí la nariz—. Me estaba riendo, Painter, no llorando. Ha sido tan divertido... La forma en cómo nos miró Jessica. Cualquiera creería que nos ha pillado acostándonos en su cama. Y que conste que yo sí que me la he encontrado follando en la mía, y dos veces, así que no tiene ningún derecho a mostrarse tan molesta, ni aunque hubiéramos...

Me quedé sin voz al notar cómo sus manos se hundían en mi trasero, empujándome contra su pelvis.

—¿Te estabas riendo? —preguntó con cuidado.

—Sí. Ha sido muy gracioso, ¿no crees?

Sus labios comenzaron a esbozar una lenta sonrisa antes de negar con la cabeza.

—Bueno, sí. Pero las chicas no suelen reírse mucho con este tipo de circunstancias.

Sonreí y bajé la cara contra su pecho.

—Yo no soy como la mayoría de las chicas.

Sentí el áspero cuero de su chaleco del club contra los pezones y me acordé de la expresión de Taz al mirarme. Le había gustado lo que vio, aunque no en plan depravado. De hecho, me hacía sentir bien. Ahora tenía esas dos zonas sin pintar, como tan amablemente había señalado el otro motero, erguidas contra el pecho de Painter. De acuerdo, no era que me hubiera olvidado... pero de repente era plenamente consciente de la sensación con los pechos frotándose contra el cuero que cubría su cuerpo. Las manos de Painter volvieron a clavárseme en el trasero, apretándolo y enviando una miríada de emociones por todo mi ser.

—¿Sabes? Taz tenía razón en una cosa —dijo en voz baja.

—¿En qué? —susurré. De nuevo tuve la impresión de que un hechizo empezaba a envolvernos.

—Antes debería haberte quitado el sujetador por completo. Me hubiera encantado pintar ese par de tetas que tienes.

Volví a morirme de risa.

—Eres todo un galán, ¿verdad? —conseguí decir.

Painter se encogió de hombros y me sonrió.

—Nunca pretendí serlo —señaló.

Entonces me subió la mano por la espalda y me agarró del pelo, tirándome de la cabeza con fuerza para darme un beso. Me abrí a él, saboreando la sensación de su lengua deslizándose sobre la mía.

Dentro de mí se había ido fraguando un fuego toda la noche. Cada pincelada había sido una dulce tortura y ahora ese fuego explotó en toda su crudeza. Giré las caderas y antes de darme cuenta estaba empujando lentamente contra su entrepierna. Su enorme mano me apretó con más fuerza y alzó una rodilla, para que su muslo se frotara contra los míos.

De pronto se separó de mí, poniendo fin al beso, y me miró con la respiración entrecortada.

—¿De verdad quieres que lo hagamos? —preguntó. Sabía que, aunque sus manos me mantenían prisionera, con aquellas palabras me estaba ofreciendo una vía de escape. Le sonreí.

—¿Acaso tú no?

Soltó una breve carcajada mientras sus dedos volvían a apretarme el trasero. Su polla pujaba obscenamente contra mi estómago.

—Esto podría joder nuestra amistad —murmuró.

—Nuestra amistad ya está jodida —le recordé—. Sabes que no existe una buena razón para que estemos juntos. No tenemos nada en común, llevamos formas de vida distintas. Nada tiene sentido, pero funciona. ¿Por qué no disfrutarlo?

Asintió despacio y su boca volvió a apoderarse de la mía.

***

Painter

Qué bien sabía, joder. Intenté contenerme y ser lo más tierno posible con ella, pero en cuanto empezó a frotarse contra mí perdí el control. En un instante, la tumbé de espaldas y empecé a chuparle los pezones mientras le bajaba la cremallera de los pantalones con una mano. Tendría que haber ido con más cuidado, pero mis dedos encontraron su coño como si de un imán se tratara y los hundí en su interior sin previo aviso.

Estaba húmeda.

Húmeda y caliente. Cristo, cuando todos esos pliegues me envolvieran la polla iba a ser una sensación increíble. Continué succionando un pezón, preparándola, deleitándome con cada sonido y suspiro que hacía cuando frotaba su clítoris con el pulgar.

—Oh, Dios mío —gimió, alzando las caderas contra mi mano—. Joder, Painter. Eso ha estado fenomenal.

Me aparté un poco y le di un ligero mordisco antes de mirarla directamente a los ojos.

—Mel, me tienes completamente acojonado.

Ella jadeó y yo retorcí los dedos en su interior hasta que arqueó la espalda. Mi polla cada vez estaba más gruesa y dura, prisionera dentro de mis *jeans*. Ansiaba con locura estar dentro de ese precioso coño. Tenía pensado llevarla al orgasmo antes de follarla, pero al paso que íbamos iba a estallar los pantalones. Le di un beso profundo y duro y me aparté de nuevo.

—Desnúdate —ordené, prácticamente arrancándome la camiseta. Me quité las botas y los *jeans* a toda prisa antes de volver a caer sobre

ella. Atrapé uno de sus muslos con una mano y tiré de él hacia arriba, obligándola a que me rodeara la cintura. Aquel movimiento atrajo su húmeda intimidad contra mi pene, cuya punta se deslizó a través de sus jugos, alineando nuestros cuerpos a la perfección.

Me deslicé a través de sus labios vaginales, saboreando el roce de su piel desnuda. No sabía cómo, pero tenía que apañármelas para conseguir un preservativo sin perder el contacto. Volví a romper el beso y cerré los ojos durante un segundo, tomando profundas bocanadas de aire.

—Condón —gruñí.

—Tengo algunos —dijo. Fruncí el ceño. ¿Para qué cojones necesitaría ella preservativos? Un momento, ¿pero qué clase de hipócrita era? Yo tenía siempre condones a mano.

—Voy a por uno —dije. Ni de broma iba a usar un preservativo que hubiera comprado para estar con otro hombre. Alcancé mis *jeans*, saqué la cartera, extraje un condón y abrí el envoltorio con los dientes.

—Déjame —dijo Mel. Se lo di y al instante siguiente sentí su mano sobre la polla, cubriéndola con un prolongado y sensual movimiento de sus dedos. Entonces volví a ponerme encima de ella y apunté el glande contra su abertura.

Apretada.

Estaba tan apretada.

Apretada, húmeda y dispuesta para recibirme como ninguna otra lo hubiera estado nunca. Jadeó cuando empujé contra ella, moviéndome lenta aunque inexorablemente hasta llegar a aquel cálido fondo. Sus músculos internos se tensaron en torno a mi pene y empecé a verlo todo borroso.

Me retiré y volví a embestirla.

Ese último año había tenido miles de fantasías sobre nosotros juntos. En mi mente, la había follado en todas las posturas posibles. Dos veces. Siempre supe que sería una experiencia de lo más placentera; ¿cómo no iba a serlo con una mujer como Mel? Pero nunca me imaginé algo así. Sí, su coño no podía ser más cálido. Y la forma cómo se apretó en torno a mi polla obró maravillas en mí, no me malinterpretéis. Sin embargo, lo mejor de todo fue la manera en que me miró, con esos ojos tan abiertos y llenos de emoción y sorpresa por lo bien que encajábamos.

Sabía que había estado con otros hombres. Y yo me había follado a infinidad de mujeres. Pero de algún modo, sentí como si fuera la primera vez. Como si hasta entonces solo me hubiera estado masturbando.

Bajé la cabeza y volví a besarla al tiempo que la penetraba con mayor ímpetu.

Aquello no duraría para siempre, pero cómo me hubiera gustado que lo hiciera.

**

Melanie

Nunca había experimentado nada parecido a acostarme con Painter. Por alguna extraña razón no me parecía bien que la forma en cómo me estiraba hasta el punto del dolor con cada estocada me hiciera sentir tan bien.

Pero vaya si estaba funcionando. A pesar de las vidas tan dispares que llevábamos, nuestros cuerpos habían sintonizado a la perfección. De hecho, nunca había conseguido alcanzar el clímax con el sexo tradicional, pero en el mismo instante en que me penetró supe que terminaría completamente saciada. No solo me había puesto a tono (¡cuándo no lo hacía!), sino que se las había arreglado para inclinar mis caderas de tal modo que cada vez que embestía en mi interior su hueso pélvico se frotaba contra mi clítoris.

Cuando volvió a besarme estaba a punto de tener un orgasmo. La necesidad, el deseo y un ardiente anhelo iban creciendo más y más en mi interior haciéndose palpables. Un poco más... Lo único que necesitaba era un poco más y toda esa energía contenida estallaría, liberándome de nuevo.

Entonces él deslizó una mano debajo de mi trasero y nos hizo girar. De pronto estaba encima de él, asumiendo el control... y en la posición perfecta para tomar lo que precisamente necesitaba de él.

Por fin.

Llevaba esperando aquello más de un año. Me incliné hacia adelante, apoyé las manos sobre sus hombros y empujé las caderas de atrás hacia adelante, cabalgándole como si me fuera la vida en ello. La firmeza con la que me agarró de las caderas me estabilizó y permitió que solo me concentrara en una cosa... alcanzar el clímax.

Y llegó... Mi cuerpo se tensó mientras toda la necesidad acumulada se liberaba, destrozándome.

—Joder —gruñó cuando me contraje a su alrededor. Sentí su pene hinchándose en mi interior, palpitando mientras se corría—. Jesús, Mel. Joder...

Me derrumbé sobre él y dejé que me envolviera en sus brazos. Me acurruqué en su hombro y decidí no pensar en las consecuencias que aquello podría acarrearnos.

Era mejor saborear el momento mientras durara.

Con ese pensamiento en mente, me quedé dormida.

Capítulo 11

Me desperté poco a poco, estirándome sobre el colchón como un gato satisfecho.

Los rayos de sol llenaron la habitación del tamaño de una cabina y fragmentos de luces multicolores brillaron sobre las paredes con paneles de madera a través de los prismas que había colgado en la ventana. Pertenecían a mi madre, que los había dejado atrás cuando se marchó. Estiré la mano para alcanzar el teléfono, captando una rápida imagen de los restos de pintura que me quedaban en la cara.

Entonces los recuerdos irrumpieron en tropel en mi mente.

Painter.

Sí, Painter.

Había tenido sexo con Painter. Y sexo del bueno. Miré en dirección a la almohada que había a mi lado y encontré la huella que había dejado. Sin embargo, no había señal alguna de él. ¿Se habría marchado? Me avisó de que no era de los que solía comprometerse, ¿pero de verdad nuestra amistad se iba a desmoronar tan fácilmente?

No, tenía que concederle el beneficio de la duda. Por lo que sabía, muy bien podía estar abajo, preparándome el desayuno.

Me incorporé lentamente —siendo muy consciente del interesante dolor que tenía entre las piernas—, encontré mi albornoz y me dirigí al baño, intentando no pensar en la cantidad de chicas con las que se habría acostado para acto seguido salir corriendo de sus camas. Tampoco me había hecho ninguna promesa.

Dios, era una imbécil.

Me había dejado el teléfono abajo, así que ni siquiera sabía qué hora era. Todavía temprano. Tal vez me habría dejado algún mensaje.

Me detuve un instante en el baño —«Madre mía, necesito una ducha urgente para quitarme toda esa pintura de encima»— y fui abajo en busca del teléfono móvil.

El aparato no estaba ni en la mesa de café ni en el comedor —mala señal—, aunque sí que oí ruidos en la cocina, e incluso me llegó el aroma a beicon frito. Durante un segundo tuve la breve fantasía de que se trataba de Painter. Pero no, eran Jessica y Taz. El Devil's Jack estaba apoyado sobre la encimera, bebiendo una taza de café que alzó en mi dirección con una sonrisa a modo de saludo.

—Buenos días —dijo—. ¿Te lo pasaste bien anoche?

Lástima que no le conociera lo suficiente para sacarle el dedo corazón, porque deseaba hacerlo. Jess se apartó de los fogones, blandiendo en una mano mi espátula roja favorita como si fuera un arma y con la otra apoyada en la cadera que había ladeado de forma beligerante.

—Estás hecha un asco —dijo después de echarme un rápido vistazo. Nada nuevo, teniendo en cuenta que acababa de ver mi reflejo en el espejo del baño. La pintura se había secado y desmenuzado, con lo que parecía un lagarto mudando de piel, así que no podía culparla por sus palabras—. ¿Por qué le dejaste entrar? ¿No te llegó el mensaje en el que te avisaba? No me puedo creer que te hayas acostado con él. ¿Es que te has vuelto loca...?

—Oye, Jessica —la interrumpió Taz—. Cierra el pico. No es asunto tuyo.

Jessica abrió la boca asombrada. Entonces entrecerró los ojos y se volvió hacia él.

—No eres más que un rollo de una noche, no pienses ni por un momento que tienes derecho a...

Taz la agarró tranquilamente de la nuca y tiró de ella para darle un beso. De alguna manera se las arregló para levantar un pulgar detrás de la espalda de mi amiga mientras yo trataba de contener la risa. Jess había estado tan apagada después de lo que fuera que le pasase en California... Me encantaba ver cómo volvía a mostrar señales de vida, ¿pero eso de meterse en lo mío con Painter? Sí. No era asunto suyo.

Fui al salón para continuar buscando el teléfono. El de Jessica estaba al lado de la televisión, así que me hice con él para llamarme. (Mi amiga llevaba usando la misma clave de acceso desde que tuvo su primer teléfono; una clave que descifré hacía años.) Sin embargo, antes de que me diera tiempo a terminar de marcar, el sofá vibró, avisando de la llegada de un mensaje de texto. Mi teléfono se debió de caer entre los cojines.

Lo saqué de allí y encontré varios mensajes de Painter.

> PAINTER: Mel, estabas dormida así que he salido a comprar algo para desayunar. Enseguida estoy allí.
>
> PAINTER: No sé lo que te gusta, de modo que he pedido para ti un café con leche.
>
> PAINTER: Vuelvo en cinco minutos.

Sonreí, sintiendo cómo se liberaba una tensión que ni siquiera era consciente de que se hubiera instalado en mi pecho; no había salido corriendo después de lo de la noche anterior. No solo eso, estaría aquí en menos de cinco minutos... ¡y yo todavía parecía un lagarto leproso!

Oh, no. No iba a permitir que me viera con esas pintas.

—¡Voy a ducharme! —grité a pleno pulmón, esperando que Jess no estuviera demasiado ocupada follándose a Taz como para no dejar entrar a Painter. Era un riesgo que tenía que correr, pero ni de broma iba a abrirle la puerta de esa guisa.

Nuestra bañera era uno de los mejores detalles que tenía la casa; era una de esas bañeras grandes y antiguas con patas. Estaba rodeada por una cortina de ducha ovalada que colgaba del techo y siempre que me metía en ella me sentía de lo más sofisticada. Bueno... hasta que abríamos el grifo del agua. Entonces las cosas podían ponerse un poco feas. Como compartíamos el mismo sistema de cañerías con el resto de nuestros vecinos, el agua caliente no era precisamente algo que pudieras dar por garantizado. Eso significaba que si alguno de los habitantes de las otras viviendas tiraba de la cadena, abría un grifo o incluso pestañeaba demasiado fuerte, el agua fría estallaba sobre cualquiera que tuviera la desgracia de estar bajo la ducha en ese momento. Por una vez, tuve suerte y empecé a ducharme con un chorro de agua lo suficientemente caliente y generoso como para llevarse los restos de pintura que me caían como arroyos por el cuerpo.

Tras limpiarme la mayor parte de los brazos y torso, me detuve a pensar cómo lo haría con la espalda cuando una mano atravesó la cortina de la ducha. Solté un grito, pero inmediatamente después entró Painter, cubriéndome la boca con la suya para amortiguar el ruido. El beso fue tan duro, ardiente y tan cargado de deseo que me puso de cero a cien en menos de un segundo.

Los chicos con los que había salido en el instituto nunca me habían besado así.

Ni siquiera un poco.

Pero por muy fantástico que fuera aquel beso, no era suficiente. Antes de darme cuenta empecé a acariciarle de arriba abajo por los costados, para terminar ahuecándole el trasero. Aquello hizo que su polla se frotara contra mi estómago, aún resbaladizo por el jabón que había usado para quitarme la pintura.

Painter se separó de mí, poniendo fin al beso.

—Joder, eres increíble —jadeó. Me alzó y me obligó a envolverle la cintura con las piernas en un movimiento fluido. El contraste de nuestras pieles (la suya tan pálida y la mía bronceada) resultaba muy llamativo. Tendríamos unos hijos preciosos.

Un momento. ¿De dónde había salido aquello?

Antes de que pudiera detenerme a considerar semejante pensamiento, su boca volvió a apoderarse de la mía. Me retorcí sobre él e instantes después su pene empujaba contra mi hendidura deslizándose en mi interior.

Me sorprendió que me doliera más que la otra vez.

Era un dolor placentero —más bien un estiramiento—, pero definitivamente la noche anterior me había dejado secuelas. Entonces sus caderas se retiraron para propinarme otra potente embestida. Debía de ser muy fuerte para sostenerme de esa manera. ¿Quién era capaz de hacer algo así en la vida real?

Con cada envite me penetraba más profundo. Ahora besarse se había vuelto demasiado complicado —necesitaba concentrarme en las sensaciones que bullían entre mis piernas—, así que en su lugar le mordí en el hombro, sintiéndole y oyéndole gemir al mismo tiempo. Todo iba demasiado rápido y estaba cerca. Demasiado cerca. Lo único que necesitaba era un poco más de...

Un chorro de agua helada cayó sobre nosotros con la fuerza de un camión.

—¡Me cago en la puta! —gritó Painter, resbalándose. Como tenía las piernas enredadas en su cintura me arrastró con él y ambos caímos en

la bañera. En ese instante en lo único que pude pensar fue en lo mucho que se iba a reír de mí Jessica. Cerré los ojos, preparándome para el golpe que nunca llegó porque Painter se las arregló para girar en medio del aire, protegiéndome. Entonces chocamos contra un lateral de la bañera juntos, en una maraña de extremidades y agua muy fría.

—¿Estás bien? —jadeé mientras intentaba incorporarme. Painter parpadeó un par de veces; se le veía un poco aturdido.

—Sí, creo que sí —respondió, apoyando un brazo a un lado de la bañera—. ¿Sabes? Me lo estaba pasando de muerte hasta que nos cayó ese chorro de agua fría.

Jessica irrumpió en el baño a trompicones hasta que se detuvo delante de la bañera. Justo detrás venía Taz.

—¿Estáis bien, chicos?

—Estábamos duchándonos —contestó Painter con tono seco—. Ahora nos estamos bañando.

—Bonitas tetas —bromeó Taz.

—Pervertido —espeté, tratando de cubrirme con la cortina. Ahí fue cuando la estructura ovalada que colgaba del techo se desplomó, enviando la cortina y trozos de metal al suelo, que cayeron estrepitosamente a nuestro alrededor.

En ese momento el agua pasó de estar helada a ardiendo, por lo que grité sorprendida. No sé muy bien lo que pasó a continuación, solo algo relacionado con Taz riéndose, Painter tapándome con una toalla y Jessica bajando las escaleras sobre el hombro de Taz.

**

Painter

Bueno, por lo menos Taz se lo pasó en grande.

Capullo.

Tras aquel desastre de baño, seguí a Mel hasta su dormitorio; ella envuelta en una toalla y yo desnudo con la ropa en la mano. A pesar del incidente de la «ducha que cayó sobre nuestras cabezas mientras el agua nos torturaba» seguía caliente como el infierno y dispuesto a retomarlo en el punto en que lo habíamos dejado.

Se acabó eso de ser solo amigos.

Lo que podía suponer un problema, pues tenía la sensación de que Mel no era de esas a las que les gustaba aquello de «amigos con derecho a roce» y yo no era precisamente de los que se comprometían con una relación a largo plazo. No obstante, la idea de tener que marcharme de allí y dejarla así como así no me hacía ninguna gracia. Seguramente necesitábamos sentarnos tranquilamente a hablar del asunto, pero Gage me había enviado un mensaje de texto hacía una hora en el que me decía que necesitaba que estuviera en Hallies Falls por la tarde. Lo que me dejaba unos veinte o treinta minutos como máximo antes de dar un beso de despedida a Mel y sin saber cuándo regresaría.

Así que tendríamos que hablar rápido.

Aunque también podía follármela directamente.

Tal vez aquella fuera la última oportunidad que tendría que hacerlo.

Pensé en todo aquello mientras entramos en su habitación. Allí me sentía como en otro mundo, como si estuviéramos en un lugar donde la realidad no nos afectara y todo fuera perfecto.

—Bueno... —Se volvió hacia mí con una sonrisa en los labios mientras jugueteaba con el borde de la toalla que le cubría los pechos—. En tres cuartos de hora tenemos que estar en la feria. ¿Alguna idea de cómo podemos pasar el rato antes de irnos?

Adiós a la idea de echar otro polvo, porque ahora sí que la iba a cabrear de lo lindo. Me había olvidado de la promesa que le hice sobre ayudarla, aunque gracias a Dios que recordé comprar más pintura facial. La noche anterior habíamos arrasado con ella.

Suspiré. Había llegado la hora de armarse de valor y mantener «la charla».

—Me han cambiado los planes —empecé, sintiéndome un auténtico capullo. Nada nuevo, aunque la culpa que acompañaba a aquellas palabras sí que lo era. No es que que me esforzara por ser un capullo, me salía de forma natural.

Melanie frunció el ceño y apretó la toalla contra sí.

Definitivamente no iba a echar otro polvo. Puto Gage.

—¿Qué pasa? —preguntó con cuidado—. Sé que no me has prometido nada sobre lo nuestro, pero creía que...

—No. Es por un asunto del club —expliqué—. Ya sabes que tuve que viajar hace poco. Pues me acaban de llamar y decirme que tengo que volver a salir. Y como tengo que hacerlo en una media hora, necesito ir a recoger mis cosas. Así que no podré ir a la feria contigo.

Ladeó la cabeza y me miró inquisitiva.

—¿Me estás dando la patada? —preguntó con voz muy seria—. Porque si es así preferiría que tuvieras la decencia de decírmelo directamente en vez de mentirme.

—No. Por supuesto que no te estoy dando la patada —me apresuré a decir. Cómo deseaba encontrar las palabras que explicaran cómo me sentía con todo aquello—. Mira, soy un gilipollas. Lo sé. Pero tengo que irme de verdad y no sé cuándo regresaré. Te prometo que voy a seguir en contacto contigo y que te mandaré todos los mensajes que pueda. Solo espero que no te formes ninguna opinión sobre lo nuestro hasta que vuelva. Sé que Jessica está deseando comerte la cabeza con mil historias sobre mí... y muchas serán verdad, no lo dudes. Pero esto es entre tú y yo. De nadie más.

Asintió lentamente con la cabeza.

—No lo haré.

El alivio que sentí fue lo suficientemente intenso como para asustarme. Nunca antes me había preocupado por alguien de esa manera. Dios, comparado con esto lo que sentía por Em no había sido nada. ¿Por qué estaba tan obsesionado con esta chica?

—No estaba enamorado de Em —solté de repente.

—¿Qué?

«Poco a poco, imbécil. Poco a poco.» Pero ya que me había metido de lleno, ¿por qué no seguir?

—Seguro que te han contado que estuve dando falsas esperanzas a Em durante mucho tiempo. Y sí, lo hice, y después la perdí. Pero quiero que sepas que no estaba enamorado de ella. Creo que lo que me atraía era la idea de emparentarme con el club. Pic ha sido como un padre para mí... Supongo que quería hacerlo oficial.

—Ya veo... —dijo despacio, aunque se notaba que estaba confusa.

Por Dios, lo estaba estropeando todo.

—Mira, sé que no tengo derecho a pedirte esto, pero no quiero que estés con ningún tipo mientras esté fuera.

Durante un instante su rostro reflejó una emoción que no supe identificar. ¿Satisfacción, tal vez?

—Y si decido hacerlo, ¿qué hay de ti?

—¿De mí?

Mel puso los ojos en blanco y se cruzó de brazos.

—¿Saldrás con alguien?

—Yo no salgo —sentencié. Por su expresión me di cuenta de que no me había hecho ningún favor con esa frase—. Pero tampoco me follaré a nadie, si es a eso a lo que te refieres.

Me acordé de la hermana de Marsh y del plan que teníamos al respecto. ¿Podría mantener mi palabra? ¿Contaría si lo hacía por el club?

—Está bien —dijo Mel después de un buen rato, con una tímida sonrisa en los labios.

Durante un instante me perdí en sus ojos. Después me acerqué y tiré de ella para besarla. Sus brazos me rodearon la nuca y la tumbé sobre el colchón. Aquello resultó más difícil de lo que os imagináis porque llevaba una de esas toallas enormes que le daba al menos tres vueltas. Todo eran capas y capas de felpa. Joder, aquello era mejor que un cinturón de castidad.

—Esto es como desenrollar un burrito —espeté frustrado.

Mel se echó a reír, lo que tampoco ayudó, porque ahora estaba retorciéndose y era incapaz de encontrar el borde de la maldita toalla.

—Deja que me ponga de pie —dijo sin aliento—. Así nunca lo conseguirás.

Tenía razón. La solté y me tumbé sobre el colchón mientras la veía incorporarse.

Mel se dio la vuelta y me miró por encima del hombro en un gesto que me pareció de lo más seductor y adorable; una combinación que no siempre funcionaba. Sí, los conejitos son adorables, pero no por eso quiero follarme a uno. «¿Pero qué coño te pasa? Mellie se está desnudando delante de ti... ¡y en lo único que piensas es en conejitos!»

Tal vez tenían razón, puede que necesitase ayuda profesional.

Ahora Mel tenía la toalla completamente abierta, aunque todavía la sostenía. Parecía una de esas chicas que salían en los calendarios Harley. Toda curvas y con gotas de agua por todo el cuerpo.

—Eres la cosa más bonita que he visto en toda mi vida —conseguí decir. Y lo decía completamente en serio—. No tengo ni de idea de cómo he podido tener la suerte de terminar aquí contigo, pero quiero que sepas que tienes mi agradecimiento eterno.

«Dios, ¿ahora me había crecido un coño?»

Eché un rápido vistazo a mi entrepierna para comprobarlo, ya que la mierda que acababa de soltar sonaba a la típica frase de las tarjetas Hallmark. No, seguía teniendo mi polla ahí abajo; una polla que estaba encantada con las habilidades con la toalla de Mel.

Volvió a ofrecerme esa sonrisa suya y dejó caer la toalla al suelo. Esperé a que se diera la vuelta y se acercara a mí; tenía planes para ese coño y, aunque tenía prisa por saborearlo, también iba jodido de tiempo. Tenía que aprovechar el momento.

Sin embargo, Melanie no se giró. En lugar de eso, se puso de rodillas lentamente sin mirarme todavía. Me apoyé sobre los codos y vi cómo estiraba la espalda y empujaba el trasero sobre mí. A continuación se arrastró lentamente por el suelo haciendo un círculo hacia mí. Como Catwoman, pero desnuda y mucho, mucho más caliente.

Yo tenía las rodillas colgando a un lado del colchón. Mel se irguió, agarró sus pechos y se los apretó mientras se lamía los labios.

Creo que durante un microsegundo llegué a perder el conocimiento, no estoy seguro.

Si existía un Dios en el cielo, estaba a punto de sentir ese par de tetas sobre mi polla. Pero no... lo que hizo fue inclinarse y acercar su boca a mi entrepierna. Más tarde me encargaría de encender una vela en alguna iglesia o algo similar, porque había pedido que me masturbara con sus tetas y Dios me había concedido una mamada. El fogoso taco que susurré no cortó la situación.

Entonces perdí la capacidad de pensar, porque antes de darme cuenta, tenía sus labios sobre la polla.

***

Melanie

Painter parecía más grande a la luz del día.

Hacerle una mamada fue un impulso que no sé muy bien de dónde salió, pero nunca me había sentido más seductora —ni poderosa— que en el instante en que coloqué los labios sobre su dura longitud. Painter soltó un gemido —una mezcla de ruego y adoración— mientras recorría con la lengua la parte inferior de su miembro en lo que esperaba fuera un movimiento experto. Por los sonidos que escaparon de sus labios y teniendo en cuenta que era una principiante en lo que al sexo oral se refería, no debía de estar haciéndolo mal. La primera y única vez que Jess me convenció para que fumara hierba terminó dándome una lección de cómo hacer una mamada con un plátano como ejemplo en el salón de London. Me mostró cómo lamer un pene, succionarlo e incluso conseguir que un chico se corriera, pero antes de ponerme a ejercer de garganta profunda sufrí un ataque de hambre producto de la marihuana y terminé comiéndomelo.

Aunque me hubiera dado lo mismo, porque ni en un millón de años me hubiera podido meter en la boca todo el descomunal miembro de Painter.

Continué lamiendo su pene y cuando llegué al glande hice una serie de movimientos circulares con la lengua.

—Joder, Mel —murmuró él, inclinándose un poco para agarrarme el pelo con la mano. Coloqué la cabeza a un lado y le lamí de arriba abajo, explorando todos los resaltes y prominencias con los dedos y la lengua. Entonces me eché hacia atrás, le miré a los ojos y abrí la boca para envolver el glande con los labios.

Salado.

Esa fue mi primera impresión. Sabía salado, pero no de una forma desagradable. Apreté la boca y comencé a mover la cabeza de arriba abajo, con cuidado de no hacerle daño con los dientes. Era demasiado grande como para succionarlo entero, así que usé una mano para sujetarlo con firmeza mientras seguía moviendo la cabeza.

—Esto es increíble —masculló con voz tensa, como si le doliera hablar. Me gustó aquello, la sensación de control que me dio, porque por muy grande y peligroso que fuera, en ese momento Painter era todo mío.

Se me endurecieron los pezones de solo pensarlo y toda la lujuria que había sentido por él en la bañera regresó con más fuerza que nunca. Me di cuenta de que podía tocarme. Darme exactamente lo que quería mientras le chupaba el pene. Aquella idea me resultó un poco lasciva, lo que debería haberme causado rechazo. En lugar de eso, me excitó aún más. Bajé la mano que tenía libre y la llevé hacia el punto entre mis piernas que anhelaba que lo tocaran.

Oh... Madre mía...

Era placentero, muy placentero. Saborearle de una forma tan íntima debió de realzar mis propias sensaciones porque jamás había experimentado algo así cuando me tocaba. Me detuve un instante para sacarme el pene de la boca y lamerlo como si me estuviera tomando un helado. Noté cómo se estremecía de la cabeza a los pies. Entonces su mano me agarró con fuerza del pelo y me empujó la cabeza hacia abajo para que volviera a metérmelo en la boca.

A partir de ahí algo cambió.

Hasta entonces era yo la que había mantenido el control. Ahora, sin embargo, tenía sus dos manos sujetándome la cabeza y me percaté de que Painter podría hacer cualquier cosa que le viniera en gana sin que pudiera detenerlo. Aquello debería haberme asustado, pero le deseaba tanto que mis dedos se movieron aún más deprisa.

—Mel, quiero correrme en tus tetas —masculló, tirándome del pelo hacia atrás. Me llevó un segundo asimilar sus palabras y entonces me soltó.

Bajó la mirada y se percató de que también me había estado tocando. Abrió los ojos y se corrió con un gemido. El semen brotó de su pene, salpicándome el pecho. Instantes después me agarró de las axilas y me alzó contra su cuerpo. Antes de darme cuenta su mano me alcanzó la entrepierna por detrás y se hundió en mi interior.

El mundo estalló a mi alrededor.

Cerré los ojos y me dejé llevar por aquella liberadora sensación al tiempo que miles de estrellas danzaban detrás de mis párpados. Dios bendito. ¿Quién hubiera dicho que hacer una mamada podía ser tan placentero?

—Estás tremendamente bonita cuando tienes un orgasmo, Mel —dijo con un tono casi reverente mientras me acaricia la espalda. Suspiré y me acurruqué contra él deseando que no tuviera que marcharse. Nos quedamos tumbados en silencio. No sé él, pero yo preferí no darme cuenta de lo tarde que era y fingí que el tiempo no pasaba.

—Tengo que irme, nena —susurró después de un rato que no me pareció lo bastante largo. Froté la nariz contra su hombro y le di un pequeño mordisco.

Painter rio.

—¿Y eso a qué ha venido?

—«Eso» ha sido tu castigo —dije, haciéndome la indignada—. Me fastidiaste la ducha. Me estaba poniendo guapa para este chico tan sexi que iba a venir conmigo a la feria.

Volvió a reírse.

—Sí, lo siento. No va a poder ser. Le atropellé con la moto. Había comprado el desayuno... no quería que se enfriara.

Aquello me hizo reír.

—Ya sé que es una mierda, pero tengo que irme. —Me dio un beso en la coronilla.

 153

Le abracé, me tumbé de lado y observé cómo se sentaba y se ponía los pantalones.

—Déjame adivinar. ¿A que no eres capaz de decirme a dónde vas? —pregunté.

Hizo un gesto de negación.

—No —repuso—. Por mucho que me pese, tengo que irme. Es un asunto importante.

—Está bien. —Me sentía un poco decepcionada.

Se inclinó sobre mí y me dio un último y prolongado beso en los labios antes de tocarme la nariz con un dedo.

—Esta vez me pondré en contacto contigo —murmuró—. Te lo prometo. Si no sabes nada de mí será porque estoy trabajando y no puedo arriesgarme.

—Déjame adivinar otra vez. Es algo relacionado con los Reapers, pero que no tiene nada que ver con el mural que les estás pintando para el arsenal, ¿verdad? ¿Sabes?, estoy convencida de que podrías ganar mucho dinero con tus pinturas. Los retratos que vi en tu casa eran muy buenos, incluso sin terminar.

—Sí, claro, como el arte es tan lucrativo... —ironizó, poniendo los ojos en blanco—. Me lo paso genial pintando, pero el club tiene asuntos mucho más importantes. Ahora tengo que irme. Cuídate, ¿de acuerdo?

Entonces me besó con dureza y salió de mi habitación. Cinco minutos después Jess abrió la puerta sin llamar y yo tuve que taparme con una manta a toda prisa. Por lo menos esta vez no venía con Taz detrás...

—Tú y yo ya hablaremos más tarde —dijo, con expresión seria—. Pero ahora te necesito abajo y lista para la feria en diez minutos.

Fruncí el ceño.

—Cuando uno está tratando de reclutar voluntarios, es buena idea que se muestre más simpático. Ya sabes, lo contrario a lo que normalmente eres.

Suspiró y negó con la cabeza.

—No estoy siendo una imbécil... solo estoy preocupada por ti. Te estás metiendo en un juego muy peligroso.

Oh, se estaba pasando de la raya. Y mucho.

—Estás siendo un poco hipócrita, ¿no crees? Al menos yo sé cuál es el verdadero nombre de Painter. Tú has metido a Taz en casa y no tienes ni idea de cómo se llama.

Apartó la mirada.

«¡Ja! ¡Chúpate esa, zorra!»

—No es lo mismo —replicó después de un buen rato.

—¿En qué exactamente no es lo mismo?

—En que a mí me da igual con quién me acuesto —respondió, encogiéndose de hombros—. Tal vez eso me convierta en una puta, pero cuando me tiro a alguien no me involucro emocionalmente con él. Es solo sexo... Y no creo que lo que hay entre tú y Painter sea solo eso, lo que significa que cuando te dé la patada te va a hacer mucho daño. Y lo hará, porque él es igual que yo, Mel. Un golfo. No le preocupa si hace o no daño a alguien; tiene un buen historial a sus espaldas que lo demuestra. Te mereces algo mejor que un tipo que te usará para luego desaparecer como si nada.

Vaya. Aquello sí que era funesto.

—Creo que es lo más bonito y a la vez desagradable que me has dicho en la vida —admití frustrada. Alcancé una camiseta y me la puse antes de ir hacia el tocador en busca de unas bragas limpias. (Esa es una de las ventajas de tener un dormitorio diminuto, que siempre encuentras todo lo que buscas.)

Jess suspiró y se dejó caer en el colchón a mi lado.

—Melanie, eres la mejor amiga que jamás he tenido —dijo, mirándome a los ojos—. Eres la única que nunca me ha juzgado u odiado por todas las estupideces que he cometido.

—Bueno, algunas veces sí que te he odiado.

Puso los ojos en blanco y me dio un golpe con el hombro.

—Ya sabes a lo que me refiero. No es ningún secreto que he tenido problemas. Los consejeros me han ayudado, pero tú has estado a mi lado en todo momento, incluso antes de que sentara la cabeza. Siempre has sido la inteligente, la que tomaba las mejores decisiones. Me ayudas a seguir por el buen camino y si estoy haciendo alguna estupidez que me va a hacer daño me lo dices. Ahora es mi turno. Painter y Taz son tipos muy divertidos; son guapos, fascinantes y me apuesto lo que quieras a que Painter es un hacha en la cama. Sin lugar a dudas, Taz lo es. Pero no me creo en absoluto lo que me dice y sé que no voy a poder contar con él cuando lo necesite.

—Oye, solo porque tuvieras una mala experiencia con Painter no significa que no pueda hacer bien las cosas —espeté—. ¿Y qué coño es eso de «me apuesto lo que quieras a que es un hacha en la cama»? Creía que te habías acostado con él el año pasado en el arsenal.

Imaginármelos juntos todavía me carcomía por dentro. Me juré que no quería conocer los detalles. Pero ahora sí que quería. Vaya sí quería.

Jess volvió a apartar la mirada.

—No fue una mala experiencia por su culpa. Aquella noche la cagué, iba borracha y no hacía más que tonterías. Apenas pasamos media hora juntos en una de las habitaciones de arriba. Estuvimos Painter, otro tipo, Banks, y yo. Entonces apareció London para sacarme de allí, junto con Reese.

—¿Y cómo pasaste de ir borracha y hacer tonterías a terminar tirándote a dos chicos? —pregunté sin detenerme a pensar. Mierda, la pregunta estaba totalmente fuera de lugar—. Lo siento.

—Ya hemos abordado el asunto de ser una puta —comentó Jess, avergonzada—. Así que sigamos. Estaba cabreada y me sentí humillada, así que seguramente le eché la culpa durante un tiempo; algo absurdo teniendo en cuenta que fue a mí a quien se le ocurrió la brillante idea. Y no solo eso, Painter me salvó la vida en California y pasó un año en la cárcel por ello. De modo que, en todo caso, le debo más a él que a ti. Pero la cruda realidad es que no le interesa estar con nadie a largo plazo y a menos que no hayas sido secuestrada y reprogramada por una horda de alienígenas en las últimas veinticuatro horas, no tienes pinta de ser una zorra cualquiera del club. No sé qué bien puede hacerte el que os acostéis, la verdad.

—¿No te has planteado que quizá solo quiero pasar un buen rato? —me defendí, un tanto resentida—. Llevo años dejándome el pellejo, intentando que mi padre no se desmoronara, que mi vida no se fuera a la mierda, estudiando como una loca... Puede que ahora me toque tener un poco de diversión en la vida, así que para de una vez.

Jess me miró sorprendida.

—Mel...

—No —continué. Ahora que había empezado no podía detenerme. Lo mejor era que resolviéramos el asunto de una vez por todas—. Te quiero y te agradezco mucho que te preocupes por mí. Pero ya has cumplido como amiga. Te daré una estrella dorada y una galletita, aunque ha llegado la hora de que te vayas y me dejes tomar mis propias decisiones.

Jess se puso de pie despacio. Se la veía triste.

—Muy bien, me voy. Pero, Mel...

—¿Sí?

—Cuando todo se vaya a la mierda y estés muerta de miedo quiero que recuerdes algo.

—¿El qué? —pregunté con ojos entrecerrados.

—Que siempre estaré a tu lado, porque te quiero mucho —susurró con voz quebrada—. Igual que tú siempre has hecho conmigo.

—Joder, Jessica... —dije con los ojos llenos de lágrimas. Ambas nos acercamos la una a la otra y antes de darnos cuenta estábamos abrazándonos. En ese momento era incapaz de recordar por qué estaba tan enfadada. Nos quedamos así durante un buen rato, hasta que al final ella decidió romper el silencio.

—¿Mel?

—¿Sí?

—No pienses ni por un segundo que te vas a librar del pinta caras.

Me alejé de ella e intenté mirarla con cara de pocos amigos, pero en su lugar me puse a reír. Entonces ella también se rio y todo volvió a la normalidad.

***

Diez minutos después, bajaba corriendo las escaleras, con el pelo mojado recogido en un moño alto suelto. Me las había apañado para volver a ducharme, vestirme, lavarme los dientes e incluso ponerme un poco de brillo en los labios.

Cuando llegué al comedor vi los restos de nuestro maratón de pintura de la noche anterior. Mierda. Me había olvidado de que necesitaba más pintura. Jessica iba a matarme.

—¿Buscas esto? —preguntó mi amiga con una bolsa en la mano.

—¿Son pinturas para la cara? —inquirí esperanzada.

Jess hizo un gesto de asentimiento.

—Painter las compró esta mañana temprano.

—¿Ves? ¡No es tan malo!

Enarcó una ceja.

—¿En serio? ¿Te vendes por solo quince dólares de pinturas?

Vaya pregunta.

—No seas tan zorra.

—Pero si lo hago muy bien —dijo con una renuente sonrisa en los labios—. Admito que ha sido todo un detalle por su parte. También ha dejado una nota.

—Déjame verla —dije.

Jess sacó un trozo de papel doblado.

—Te ahorraré tiempo. Dice que siente haberte dejado colgada con lo de la feria, pero que no quería dejarte sin pintura después de haberla usado toda y que se pondrá en contacto contigo en cuanto pueda.

Abrí la nota y comprobé que mi amiga casi me había recitado lo que ponía al pie de la letra. De pronto tuve un sombrío pensamiento.

—¿Jess?

—¿Sí?

—¿Sabes que siempre has tenido la misma clave para el teléfono desde que vas al instituto y que yo conozco esa clave?

—Aja.

—¿Te sabes mi clave?

Me miró y enarcó una ceja.

—Por supuesto.

—Yo nunca leería tus correos ni los mensajes de texto, lo sabes, ¿verdad? —afirmé.

—Me alegro.

—¿Jess?

Volvió a mirarme, aunque esta vez pestañeó con expresión de total inocencia. Como si fuera Bambi.

—¿Sí?

—¿Existe alguna posibilidad, por remota que sea, de que no leas mis mensajes?

Mi mejor amiga me ofreció una sonrisa encantadora.

—Todo es posible, Mellie. Ahora pon tu trasero en marcha. Los niños se cabrearán de lo lindo si les hacemos esperar mucho.

Capítulo 12

Painter

Cinco horas después llegaba al antro de hotel en el que Gage y yo nos habíamos alojado la semana anterior, preguntándome cuánto tiempo me quedaría allí... Acababa de llegar y ya estaba listo para irme a casa. Estaba claro que Mel me había jodido por dentro. Hasta ese momento nunca me había preocupado de adónde me enviaba el club o el tiempo que estaría fuera.

Cuando entré en el aparcamiento de grava —sí, el hotel era así de elegante— vi el Mustang rojo descapotable que habíamos visto en el pueblo la semana anterior aparcado al lado del camión de Gage. Y eso no era todo... la infame señorita Tinker Garrett estaba apoyada en él, riéndose de algo que Gage acababa de decir. Mi hermano estaba de pie, a su lado, demasiado cerca de ella.

Puto pervertido.

Reprimí una sonrisa y aparqué la moto al lado de ellos.

—Hola —dije—. ¿No vas a presentarme, Coop?

—Has llegado antes de lo que esperaba —dijo, mirándome con los ojos ligeramente entrecerrados, aunque usó un tono amistoso—. Esta es Tinker y, por lo visto, va a ser mi casera. Necesito un lugar para vivir y ella tiene un apartamento libre, así que me lo va a alquilar. Tinker, este es Levi, uno de mis mejores amigos.

La aludida se volvió hacía mí y me saludó con una sonrisa deslumbrante. Vaya, era un auténtico bombón, con todo ese pelo brillante, un rostro inocente y un cuerpo que nadie pasaría por alto. Ahora que la veía más de cerca me daba cuenta de que era mayor de lo que pensaba, seguramente tendría unos treinta y cinco años. Lancé a Gage una mirada especulativa y volví a reprimir una sonrisa.

Estaba interesado en ella. Muy interesado.

Lástima que hubiera tenido que pasarse la última semana detrás de Talía, la hermana pequeña de Marsh. Esa chica tenía un cuerpo de infarto, pero sin la suavidad del de Tinker. No, Talía era una zorra de primera. Desde luego no me hubiera sorprendido que tuviera un coño lleno de dientes. Dientes afilados.

Menos mal que no había sido el «agraciado» que tendría que follársela. Me había librado por los pelos, pues a la hermana de Marsh le gustaban los hombres mayores.

—Encantada de conocerte, Levi —dijo Tinker, mirándome casi con la misma dulzura con la que miraba a Gage. Oh, eso le cabreó sobremanera—. Estoy deseando que te mudes a tu nuevo hogar, Cooper. Ahora tengo que marcharme. Esta noche tengo que ir a Ellensburg y ya llego tarde.

Dimos un paso atrás y observamos cómo se metía en el Mustang y daba marcha atrás sin ningún cuidado antes de abandonar el aparcamiento dejando atrás un reguero de grava.

—Joder, controla la palanca de cambios como toda una profesional —murmuré.

—Vete a la mierda, «Levi» —espetó Gage—. Pórtate bien o te entregaré a Talía. Ella me preguntó por ti anoche, supongo que alguna de sus amigas se fijó en ti.

—No me interesa. No quiero que se me caiga la polla a cachos. Nunca he visto a una panda de perras tan enfermizas como esas.

—Eso no ha estado nada bien —dijo, pasándome un brazo sobre el hombro—. Sobre todo, teniendo en cuenta que tú eres más promiscuo que todas ellas juntas.

Detestaba tener que darle la razón.

—¿Hay algún motivo por el que has hecho que me recorra todo el estado? —pregunté—. Estaba ocupado.

—¿Follándote a alguna fulana? Aquí también tenemos de esas. Ya lo superarás.

—En realidad estaba con Melanie —confesé—. Pasé la noche en su casa.

Gage enarcó una ceja.

—Creía que era tu nueva princesa —comentó él—. ¿Desde cuándo les pones un dedo encima?

—Pues parece que desde anoche —reconoció—. Es buena, Gage. Muy buena. Creo que podría ser la de verdad.

—En una semana te habrás olvidado de ella. Venga, vamos dentro. Tengo que contarte algo.

Ahora estaba en modo profesional total. Le seguí hasta la habitación, preguntándome de qué se trataría.

—¿Una cerveza? —preguntó. Hice un gesto de negación y me tumbé sobre una de las camas individuales combadas que había, con las manos detrás de la cabeza. La noche anterior no había dormido mucho, así que no me vendría mal relajarme mientras pudiera. Por la expresión de Gage, tendríamos problemas muy pronto.

—Esta noche, dentro de unas horas, vamos a ir a una fiesta que dan en la sede de los Nighthawk —informó mientras se sentaba frente a mí—. Anoche, Talía volvió a estar en el bar. Bailamos durante un rato y le invité a unas copas. Luego llegó su hermano con su gente y por fin conseguí que me lo presentara. Empezamos a hablar y le conté la historia que nos inventamos de que era un motero sin club. Tomamos un par de rondas y lo siguiente que supe era que hoy iría con Talía a la fiesta y quiere que vayas con una de sus amigas.

—No me voy a follar a nadie —dije sin pensármelo dos veces. «Vaya.»

—¿Ahora te has vuelto un calzonazos? —inquirió con tono serio—. El club te necesita, Painter. ¿Crees que a mí me apetece tirarme a esa zorra de Talía? Joder, no. No con un bombón como Tinker al lado. Tenemos que cumplir con nuestro deber, hermano.

Hice un gesto de negación, frunciendo el ceño.

—Quiero ir en serio con Mel.

—Ella no tiene por qué enterarse.

—¿Qué te parece esto? Iré poco a poco, a ver cómo van surgiendo las cosas.

Gage ladeó la cabeza.

—¿Harás lo que haga falta?

—¿No lo hago siempre?

—Sí. Hay algo más.

—¿Qué?

—Esta mañana he visto a alguien que conozco —explicó con voz sombría—. Alguien que podría reconocerme.

—Mala señal. ¿Estaba de paso?

—Puede. Estaba solo. Podría ser una coincidencia.

—¿Quién es? ¿Le conozco?

—No creo. Sucedió antes de que entraras en el club. Hace años teníamos un simpatizante cuya novia trabajaba en The Line. Resultó que era un soplón y por su culpa y la de esa perra Bolt terminó preso. Ella le tendió una trampa, estaban colaborando con los federales. El soplón salió por patas. Se hacía llamar Hands, no tengo ni idea de cuál era su nombre real.

—¿Crees que es una coincidencia que esté por aquí?

—Tengo un mal presentimiento —admitió—. No se me ocurre ninguna buena razón para que esté en Hallies Falls. Si todavía está colaborando con los federales, puede que ahora tenga en el punto de mira a Marsh y a sus muchachos. Por mucho que odie a ese hijo de puta, lo último que necesitamos es a las autoridades husmeando el tráfico entre fronteras y que lo cierren. Aparte del hecho de que podría descubrirme y echar por tierra mi tapadera, lo que nos metería en un lío enorme.

«No me jodas.»

—No me llamaste solo por lo de la fiesta —dije de forma inexpresiva, obligando a mi cuerpo a relajarse.

Gage negó con la cabeza y me miró casi arrepentido.

—Espero que no lleguemos a ese punto, pero no podemos permitir que hable. Suponiendo que siga aquí, podría estar solo de paso. Pero si va tras Marsh, lo más probable es que esta noche esté en la fiesta.

—¿Lo sabe Pic?

—Sabe que ha surgido una complicación —replicó Gage—. No he podido arriesgarme a contarle todos los detalles. Cuando se entere Bolt se va a poner hecho una furia, así que quiero solucionarlo antes de que eso ocurra. Esto es entre tú y yo. Si lo veo en la fiesta, tendrás que encontrar la forma de sacarlo de allí sin levantar sospechas. Lo único bueno es que Rance está listo y esperando. Nos hacemos con Hands y lo llevamos a Bellingham para que lo interroguen. En cuanto le sonsaquen toda la información que puedan, se ocuparán de él por nosotros.

—Nunca es así de sencillo, ¿verdad?

—Nunca lo ha sido antes, así que no hay razón para esperar que lo sea ahora —replicó encogiéndose de hombros—. Necesito hacerte una pregunta.

—Dispara.

—¿Seguro que estás dispuesto a lidiar con algo tan gordo? Sé que ya has arriesgado mucho viniendo hasta aquí, pero si te pillan con Hands te encerrarán en prisión una buena temporada. No importa todo el dinero que demos a Torres, no podrá ocultar algo tan grave.

—Entonces será mejor que no me pillen —dije—. Cualquiera que se ocupara de esto correría el mismo riesgo. Y yo no tengo ningún hijo a mi cargo.

—Sí, pero me ha parecido que tenías algo con Melanie.

—Cuando Horse o Ruger conocieron a sus damas no les vi volverse unos blandengues.

—Tampoco los he visto en esta habitación de hotel.

—Estoy aquí —dije con firmeza—. El club es lo primero y punto. No te preocupes, solucionaremos este problema.

—Muy bien, hermano.

**

La amiga de Talía —una chica morena llamada Sadie— se apretó contra mí y empezó a chillar en cuanto tomamos la carretera. Tenía unas uñas largas y rojas como garras que en ese instante me estaba clavando con fuerza en el estómago. Por alguna razón que escapa a mi entendimiento, debía de pensar que aquello la hacía más sensual.

Gage iba delante, guiándonos hasta la sede de los Nighthawk Raiders, con Talía en la parte trasera de su moto. Cuando salimos de casa de las chicas, estas ya iban bastante bebidas. Sadie había hecho todo lo posible por meterse en mis pantalones mientras Gage desaparecía en el baño con Talía para echar un polvo rápido; un polvo en el que pude oírla gritar todo el tiempo «¡Dale duro, papi!» a través de la puerta. Supongo que hicimos bien en escoger a Gage para encargarse de la hermana de Marsh en vez de a mí; según Sadie a Talía «le ponían los viejos».

Tenía toda la intención de compartir ese «insignificante» dato con todos los hermanos en cuanto regresáramos a casa.

La sede de los Nighthawk estaba situada en un viejo edificio comercial en el extremo norte del pueblo. Una valla metálica con alambre de púas rodeaba un extenso aparcamiento ubicado en un lateral del edificio.

Aparcamos nuestras motos en la calle, lejos de la línea de las motos del club que había frente al edificio. Un par de aspirantes vigilaban el exterior. No me impresionaron mucho, aunque tampoco lo hicieron las motos del club. La mayoría estaban llenas de suciedad y un par de ellas eran pura chatarra oxidada. En casa nuestros aspirantes se encargaban de toda esa mierda, puliéndolas y haciendo que relucieran.

¿Acaso no tenían ningún orgullo?

Mientras nos dirigíamos hacia la gran puerta corredera en la zona vallada la música a todo volumen nos dio la bienvenida. Talía arrastró a Gage con cara de satisfacción, como un gato con un ratón especialmente jugoso. Sadie iba riéndose a mi lado, sin dejar de toquetearme. Aunque me hubiera gustado odiarla, no me pareció tan desagradable como la hermana de Marsh, solo una muchacha joven y estúpida. Incluso podía imaginármela en un futuro, más envejecida de lo normal y rota por dentro. Las chicas como ella no duraban mucho en este mundo si no encontraban a un buen hombre.

Talía fue directa a los aspirantes.

—¿Ya ha llegado Marsh?

—Está detrás.

—Este es mi amigo Cooper —dijo—. Y este es su amigo Levi. Vigilad sus motos. Como alguien les haga un solo rasguño, me las pagaréis, ¿entendido?

«No me jodas.» Apenas podía creerme lo que acababa de oír. ¿Quién se creía que era para dirigirse en esos términos a un aspirante? Eso solo podían hacerlo los miembros de pleno derecho. Gage me lanzó una rápida mirada como si quisiera decirme: «Te lo advertí». Estaba claro que los Nighthawk Raiders se estaban yendo a la mierda.

El aspirante que se volvió para abrir la puerta me miró con cara de pocos amigos. No podía culparle. Estábamos pasándonos de la raya.

La fiesta no era mucho mejor. Estaban el típico grupo de zorras del club, todas ellas hasta arriba de Dios sabía qué. Unas pocas damas, aquí y allá. Música a tope. Barriles de cerveza... En cuanto a los hermanos, eran una mezcla. Había un par de ellos que me resultaron bastante decentes, lo que se correspondía con lo que nos había comentado Pipes. Pero el resto era pura bazofia.

No me extrañaba que se estuvieran quedando sin producto.

Cuando fuimos a por un poco de cerveza, Talía empezó a presentarnos. Ahí fue cuando me di cuenta de que los Nighthawk se dividían en dos grupos distintos: los que llevaban los chalecos y parches más nuevos, que se apresuraron a lamerle el trasero —por lo menos en su cara—, mientras que otro grupo de más edad y con los colores más gastados mantenía las distancias. A unos pocos de estos últimos los pillé mirándome, y sus miradas no fueron precisamente amables. ¿Cómo cojones habían dejado que aquello fuera tan lejos? Algo iba francamente mal en aquel club.

Al llegar a uno de los barriles nos servimos un poco de cerveza que Sadie tragó como si le fuera la vida en ello. Después de un rato, empecé a intercambiar vasos con ella, de forma que también se bebiera mi parte. En la parte trasera del edificio —también vallado—, había un par de toneles con una hoguera dentro, donde un hombre bastante grande estaba rodeado por un grupo de gente.

Talía nos llevó hasta allí. El hombre llevaba el pelo largo y rubio recogido en una coleta. Tenía a una chica bajo un brazo y una botella de tequila en el otro. Sus parches lo identificaron como el presidente del club. Marsh.

«Que comience el espectáculo.»

Talía se acercó a él y la chica que estaba con él se soltó de su agarre, dejando espacio a su hermana sin que nadie se lo dijera. El hombre envolvió a Talía en un fuerte abrazo.

—¿Cómo está mi pequeña esta noche? —preguntó con voz fuerte y retumbante.

—Estupendamente. —Se puso de puntillas para darle un beso en la mejilla. A Marsh se le veía más cerca de la edad de Gage que de la mía, así que su hermana tenía que ser sus buenos diez o quince años menor que él. Interesante—. ¿Te acuerdas de Cooper? Le conocimos la otra noche en el bar. Es ese motero independiente del que te hablé. Y este es su amigo Levi.

Marsh nos miró e hizo un gesto de asentimiento hacia Gage.

—Encantado de volver a verte —dijo—. ¿Tenéis bebida?

Gage alzó su vaso a modo de saludo.

Teníamos bebida.

—Sí. Gracias por la invitación. Soy nuevo en la zona y todavía estoy encontrando mi lugar por aquí.

—Sí, ya me lo comentaste. ¿Y qué hace un camionero de larga distancia en Hallies Falls? ¿No te sientes un poco fuera de lugar en un sitio tan pequeño?

Gage se encogió de hombros.

—Necesitaba alejarme de la perra de mi ex —mintió con facilidad—. La muy bruja está intentando apartarme de mis hijos. Se ha echado un nuevo novio en Ellensburg y este lugar está lo suficientemente cerca para que pueda ir a verlos, pero no tanto como para tener que ver ese trasero gordo que tiene todos los días. ¿Tienes hijos?

—No, pero he criado a esta —dijo, sonriendo a Talía con orgullo. «Eso explica muchas cosas»—. Lleva siendo mi pequeña sombra toda su vida.

Talía rio y volvió a besarle... en esta ocasión, a escasos milímetros de la boca. Mantuve mi rostro inexpresivo. Marsh se volvió para mirarme.

—¿Y qué me dices de ti?

—Coop es mi primo —comenté—. Acabo de salir de prisión y estoy pensando qué hacer con mi vida. Coop me ha ayudado un montón.

Marsh asintió pensativo y supe lo que estaba pensando. Dos moteros independientes de dudosos antecedentes podrían serle de mucha ayuda.

—¿También montas en moto?

Sonreí de oreja a oreja, en eso no tendría que mentir.

—Me encanta montar —dije—. Lo peor de estar encerrado fue no poder tener mi moto. Ahora monto todos los días. Me siento como si volviera a respirar.

Marsh asintió.

—Pues nada, divertíos. Hoy damos una fiesta y aquí siempre hay sitio para los moteros independientes que quieran venir... siempre que sepan cuál es su lugar.

—Te agradecemos la hospitalidad —señaló Gage—. Estaremos atentos y te informaremos de cualquier cosa rara que veamos.

—Me parece bien.

Marsh dio un último abrazo a Talía y después se volvió, dejando claro que había terminado con nosotros. Intercambié una mirada con Gage; la cosa había ido bien.

—Quiero más cerveza —se quejó Sadie. Sin embargo, Talía, que quería unos chupitos, nos llevó en otra dirección. La hermana de Marsh podía estar como un tren, pero gracias a Dios que era Gage el que tenía

que lidiar con ella. Independientemente de lo que tenía con Mel, ni loco quería meter la polla en ese coño.

Como os dije antes, seguro que estaba lleno de dientes y la muy perra sabía cómo morder.

**

Conforme pasaban las horas la fiesta se me hacía interminable.

Llevábamos bebiendo toda la noche, aunque yo me había dedicado a tirar parte de mis vasos o dárselo a Sadie que a esas alturas estaba tan borracha que no tenía ni idea de cómo me las arreglaría para llevarla a su casa, porque estaba claro que no estaba en condiciones de montar en moto. A Talía aquello le hacía mucha gracia; por lo visto Sadie hacía lo mismo todos los fines de semana con cada chico que salía (o con dos o seis) y, a veces, simplemente caía inconsciente en el suelo, donde cualquiera podía hacer lo que quisiera con ella. Como buena amiga que era, Talía me dijo que siempre se aseguraba de ponerla de costado antes de irse y dejarla a su suerte.

Ya sabéis, para que no se ahogara con su propio vómito.

Por lo general, soy persona de mentalidad abierta con la gente —no soy quién para juzgar a nadie—, pero Talía me lo ponía muy difícil. En cuanto a Sadie, me daba más pena que otra cosa. Sí, era una mujer adulta que tomaba sus propias decisiones, pero la gente no hacía cosas como esas así como así. Algo debía de haberle sucedido en el pasado. Aunque como el ser humano horrible que soy, sentí un alivio enorme por no ser el que tuviera que rescatarla.

Hasta ese momento tampoco habíamos visto a Hands; la mejor noticia de la noche con diferencia. Tal vez fuera cierto que estaba de paso y que solo había sido una coincidencia. No solía creer en ellas, pero supongo que todo es posible.

Al final, sin embargo, resultó que yo tenía razón.

No existían las coincidencias.

**

Estábamos al lado de los barriles de cerveza hablando con alguno de los hermanos —los más nuevos, los cachorros de Marsh— cuando Gage empezó a rascarse la nariz. Esa era la señal que habíamos acordado. Seguí

 167

la dirección de su mirada y vi a un tipo bajo y delgado, apenas era más alto que Sadie, hablando con Marsh. Llevaba el pelo rapado, con una esvástica tatuada en la parte posterior de la cabeza. Así que era uno de esos racistas arios. Estupendo. Gage no me había mencionado ese detalle. Estos tipos estaban como una cabra, con su gusto por las bombas y los búnkeres.

Teníamos que tener cuidado con este capullo y hacerlo de una forma que no levantáramos sospechas. Gage ya se estaba dando la vuelta, asegurándose de que el pequeño Handsy no le viera la cara.

Necesitaba una distracción.

Hasta ese momento, Sadie solo me había parecido un incordio molesto y penoso, pero la chica escogió ese mismo instante para empezar a ser útil.

—¡Voy a vomitar! —gimoteó, volviéndose desesperada hacia Talía.

Su amiga, que a esas alturas iba borracha perdida, empezó a reírse. Y ahí fue cuando Sadie explotó.

Literalmente hablando.

En mi vida había visto tanto vómito saliendo de un ser humano, y eso incluye aquella ocasión en que seis hermanos se intoxicaron por una ensalada de pasta en mal estado. Estaba manchando y salpicando a todos y a todo, incluyendo a Talía, que pasó de la risa a los chillidos en un instante, berreando como una histérica.

Como los cabrones empáticos que eran, los Nighthawk que tuvieron la suerte de estar fuera del alcance de Sadie, encontraron la situación hilarante, Marsh y Hands incluidos. Pendiente en todo momento del pequeño Handsy, empecé a acercarme a ellos cuando un aspirante entró corriendo con una manguera. Al pasar frente a mí vi la oportunidad que estaba esperando e hice que me tropezaba con la manguera, embistiendo con todas mis fuerzas al soplón y consiguiendo que ambos nos estrelláramos contra el suelo a la vez. No voy a mentiros, me dolió de la hostia.

Los capullos a nuestro alrededor se rieron aún más.

—Jesús —gemí, rodando hacia un lado mientras intentaba recuperar el aliento. La cara de Hands estaba muy cerca de la mía, con los ojos cerrados y la boca entreabierta. Vi cómo alguien se agachaba y le tomaba el pulso en el cuello.

—Está inconsciente —dijo un hombre que pareció encantado con la noticia. Alcé la mirada y vi que se trataba de uno de los hermanos más antiguos, uno de los que debía de pertenecer al club desde antes de que

Marsh fuera nombrado presidente pues su chaleco no era precisamente flamante.

—Lo siento mucho —dije con tono lastimero, intentando parecer inofensivo y sincero a la vez—. No sé qué ha podido pasar.

—Te has tropezado con un aspirante —explicó él—. ¿Te encuentras bien?

—Sí. —Aunque me dolía muchísimo el costado. Como me hubiera roto una costilla, Gage me debía una muy gorda—. ¿Y él? ¿Está bien?

Hands eligió ese momento para gemir.

—¿Qué coño ha pasado? —preguntó con un susurro ronco, parpadeando lentamente.

Hora de llevarlo a casa.

—Me tropecé con la manguera y caí sobre ti —indiqué, esperando no sonar demasiado complacido conmigo mismo—. Lo siento muchísimo. Oye, deja que te eche una mano.

Me puse de pie despacio y tiré de él para ayudarle a incorporarse. Se tambaleó un poco; se notaba que todavía estaba aturdido. «Joder, pues sí que le he dado un buen golpe.»

—¿Qué tal la cabeza? —preguntó el miembro de los Nighthawk—. ¿Te encuentras bien?

Hands empezó a asentir, pero inmediatamente después hizo un gesto de dolor. Intercambié una mirada con el hombre de mayor edad y me fijé en el nombre que ponía en su parche. Cord.

—¿Crees que deberíamos llevarlo a urgencias? —pregunté.

—Nada de urgencias —se apresuró a decir Hands—. Solo necesito estar sentado un rato más.

—De verdad que lo siento —repetí—. Espero que no me lo tengas en cuenta.

Hands me miró y me di cuenta de que seguía un poco aturdido. Tenía que comprar a Sadie un ramo de flores, porque aquello no podía haber salido mejor. A veces los buenos ganaban.

—Sí, claro, no te preoc... Joder...

—Llevémoslo a casa —dijo Cord. Se volvió para mirar a su alrededor, en busca de otro aspirante—. ¡Tú! ¡Trae tu trasero aquí!

El chico vaciló, como si no tuviera claro si tenía que hacer caso a Cord. Aquello confirmó mis anteriores sospechas; allí había dos facciones claramente diferenciadas y este tipo no estaba del lado de Marsh. Era bueno saberlo. El hombre, que era enorme, crujió los nudillos y volvió a hablar:

—Trae tu trasero aquí —repitió—. Todavía no eres miembro del club, gilipollas.

¿Cómo cojones había podido hacerse Marsh con el poder con este hombre a su alrededor? No me salían las cuentas.

—Lleva a este perdedor a su casa —ordenó Cord, señalando a Hands—. Puedes usar la furgoneta.

El aspirante se agachó y agarró a Hands de las axilas para tirar de él.

—¿Te ayudo? —pregunté—. Me siento un poco responsable.

El aspirante volvió a mirar a Cord, esta vez pidiendo permiso en silencio. Mejor. Tenía claro que en algún momento tendríamos que intervenir en los asuntos de este club y hacer una buena limpieza, pero aquel hermano en concreto consiguió que tuviera la esperanza de que no fuera una causa perdida.

—¿Cómo te llamas? —preguntó Cord.

—Levi. He venido con mi primo Cooper a la fiesta. Talía, esa chica de ahí, nos invitó.

Cord asintió un poco indignado.

—Seguro que le viene bien tu ayuda con este pedazo de mierda —dijo—. Gracias.

Y así fue como ayudé al aspirante a llevar a Hands hacia una vieja furgoneta aparcada al otro lado del edificio. Cuando lo metimos en el asiento trasero, el soplón iba consciente aunque no particularmente alerta. Perfecto.

—Gracias por la ayuda —dijo el joven aspirante. Mientras me sentaba en el asiento del copiloto puso en marcha el motor—. Es pequeño pero pesa un montón. Por cierto, soy Cody.

—Encantado de conocerte —dije—. Siento todo este lío.

—No has tenido la culpa. Soy bastante nuevo, pero este tipo de cosas pasan a menudo. Esa chica siempre está vomitando. No sé por qué la dejan seguir viniendo. Al final siempre tenemos que limpiarlo nosotros.

«Porque es tu puta obligación, aspirante.» Ese chico no duraría ni diez minutos en el arsenal.

—Sí, es bastante raro. ¿Cuánto tiempo llevas en el club?

—Solo un par de semanas —reconoció—. Estaban buscando a nuevos miembros y esto siempre me ha parecido divertido. Ahora mismo estoy ahorrando para comprarme una moto.

Tardé un minuto en asimilar sus palabras.

—¿No tienes moto?

—Bueno, tengo una *motocross*, pero no puedo circular con ella por carretera. Marsh dijo que no importaba, siempre que consiguiera una dentro de un mes.

Mi cabeza no estaba preparada para asimilar tal información. Joder, aquel club no solo no iba cómo debía... sino que ni siquiera era un club de verdad. No me extrañaba que Pipes tuviera sus dudas. Debía de haberse vuelto loco viendo a diario cosas como aquella y sin poder hacer nada para impedirlo.

Atravesamos el pueblo y tomamos un camino de grava que salía de la carretera. Unos ochocientos metros después nos detuvimos frente a una caravana aislada. Reprimí una sonrisa, no podía haber pedido un escenario mejor. Esa misma noche, regresaría allí y me ocuparía de ese gilipollas. Así de fácil.

Quizá demasiado fácil. ¿Sería una trampa?

—Ya hemos llegado —dijo Cody—. Hands, ¿tienes la llave?

—Está abierto —consiguió decir el soplón desde el asiento trasero—. No os preocupéis.

Cody me miró preocupado.

—¿Crees que se morirá si lo dejamos aquí? —preguntó el aspirante.

Me encogí de hombros.

—Te ordenaron que lo llevaras a casa, así que eso es lo que haremos. Lo meteremos en su casa y listo. Seguro que estará bien.

—De acuerdo.

Diez minutos más tarde teníamos a Hands tumbado en su sofá; incluso le tapé con una vieja manta que encontré en el respaldo de una silla. Soy así de atento.

—¿Volvemos a la fiesta? —inquirió Cody.

Asentí.

—Sí, tengo que pensar en cómo voy a conseguir llevar a mi cita a su casa. Está un poco mal.

—¿Con quién has ido? —preguntó con ojos brillantes. Estuve a punto de reírme; al pobre se le veía tan desesperado.

—Con Sadie —respondí despacio.

—¿Sadie, «la pulverizadora»? —Arrugó la nariz. Joder, ni los aspirantes la querían.

—Sí. Con Sadie, «la pulverizadora» —reconocí.

—Espero que te vaya el vómito —dijo el muchacho—. Está buena, pero ten cuidado, esa chica es asquerosa.

171

Dios. No me extrañaba que necesitara que Talía le consiguiera sus citas.

***

No pude librarme de Sadie hasta cerca de las tres de la madrugada. Las buenas noticias fueron que conseguí llevar a la Princesa del Vómito a su casa sin que se cayera por el camino. Incluso recuperó un poco la sobriedad, seguramente porque ninguna de las bebidas alcohólicas que ingirió se quedó en su cuerpo por mucho tiempo.

Joder, el club me debía una muy grande por esto.

Después de dejarla lo primero que hice fue regresar al hotel y me quedé viendo un rato la tele, esperando a Gage. Este apareció a eso de las cuatro con cara de pocos amigos.

—¿Te lo has pasado bien con Talía? —me burlé, incorporándome para echar mano de mis botas. Esa noche todavía teníamos mucho trabajo por delante. Hands nos estaba esperando.

—Vete a la mierda.

—¿Sabías que la llamaban Sadie «la pulverizadora»?

Gage negó con la cabeza y tuvo la gentileza de parecer avergonzado.

—Solo la vi una vez y no estaba borracha. Lo siento, no tenía ni idea de lo que te había endilgado.

Asentí, aceptando su disculpa.

—¿Qué hiciste con Hands?

—Lo llevé a su casa con el aspirante, así que ahora sabemos dónde vive. Podemos ir hasta allí, hablar con él y luego endosárselo a Rance. Por suerte, tengo un testigo que me vio dejarle sano y salvo hace horas. No hay nada que me relacione con su desaparición. ¿Listo para irnos?

Gage suspiró, abrió el pequeño frigorífico que había en la habitación, tomó un Red Bull y me lo ofreció en silencio. Hice un gesto de negación; sabía que la adrenalina me mantendría despierto en cuanto empezáramos a ocuparnos de nuestra víctima. Ojalá estuviera lo suficiente alerta para hablar. Gage abrió la lata y le dio un buen trago.

—¿Talía te ha dejado cansado, viejales?

Me sacó el dedo corazón. Después abrió una mochila y sacó una pistola de cañón corto.

—Vamos.

***

Diez minutos después íbamos conduciendo hasta la caravana de Hands en un pequeño todoterreno que Gage había sacado de la nada. No tenía ni idea dónde lo había conseguido pero tenía claro que no iba a preguntarlo. Como tampoco iba a preguntar sobre la lona, la cinta adhesiva, los dos bates de metal o los alicates. Confiaba en que sabía lo que hacía y que no dejaría ningún rastro que pudiera llevar hasta nosotros.

Con suerte no tendríamos ninguna complicación, pero si la había, nuestra coartada sería que había perdido mi teléfono y regresé a buscarlo. Se lo había comentado a Sadie e incluso me ayudó a buscarlo al salir de la fiesta.

—Qué sitio más bonito —comentó Gage con tono seco cuando nos detuvimos. No se veía ninguna luz dentro, ningún signo de vida.

—Joder, espero que no esté muerto —dije mientras caminábamos hacia la puerta.

—Qué va, no se dio un golpe tan fuerte. Ve tu primero, yo te cubro.

Hands no respondió cuando llamé a la puerta, pero desde luego no estaba cerrada con llave. La abrí despacio y vi que el capullo seguía tumbado en el sofá, durmiendo como un bebé. Un bebé nazi muy feo.

Creí que sería más difícil.

—Entra —dije a Gage.

Me siguió, manteniendo el arma cerca mientras hacía un rápido reconocimiento del interior de la caravana. En ese momento no llevaba ningún arma, si me pillaban con ella habría sido un billete de vuelta directo a California. Puede que mi agente de la condicional trabajara para el club, pero no hacía milagros.

Gage regresó al salón e hizo un gesto con la barbilla hacia nuestro objetivo preguntándome tácitamente si estaba listo.

Asentí con la cabeza y me posicioné fuera de su línea de fuego aunque lo suficientemente cerca como para embestir al hijo de puta si intentaba hacer cualquier estupidez.

—Despierta, gilipollas —ordenó Gage.

Hands no se movió. Mierda, ¿le habría producido el golpe algún daño cerebral? Desde luego le había dejado inconsciente... Vaya putada. No es que el tipo tuviera mucho futuro —no después de lo que le hizo a Bolt—, pero primero necesitábamos respuestas.

—Hands, estamos hablando contigo —espeté antes de dar una patada al sofá.

El hombre se movió y frunció el ceño, abriendo los ojos. Supe el momento exacto en que vio el arma apuntándole porque todo su cuerpo se tensó, antes de quedarse muy quieto. Puede que el pequeño Handsy hubiera estado durmiendo, pero ahora estaba plenamente consciente.

—Oh, joder —dijo mirando a Gage. Supongo que eso respondió a nuestra duda sobre si lo reconocería o no—. ¡Mierda!

En un abrir y cerrar de ojos, Hands saltó del sofá y se abalanzó sobre Gage, sabiendo que las palabras no le iban a servir de nada. Me interpuse en su camino antes de que pudiera llegar a mi hermano. No había ninguna duda sobre quién ganaría. Yo era un tipo grande y esa pequeña rata no tenía la más mínima oportunidad. Aquello, sin embargo, no impidió que se pusiera a pelear como si le fuera la vida en ello, lo que tenía sentido porque realmente su vida estaba en juego.

Caímos sobre el suelo, golpeándonos contra la mesa de café. Oí el sonido de algo rompiéndose, lo que me puso de muy mala leche, porque en momentos como ese nadie quiere dejar ningún tipo de prueba que lo incrimine. Ahora tendríamos que quemar el lugar. En cuanto tuve la oportunidad, decidí hacerle ver lo molesto que estaba propinándole un fuerte rodillazo en las pelotas.

Hands gritó, quedándose laxo mientras le agarraba por la parte delantera de la camiseta para sacudirle la cabeza.

—De ti depende lo mal que te vaya —gruñí—. Juega limpio y no te dolerá mucho.

Respondió con un cabezazo en la cara que me dio de lleno en la nariz. Golpeé su cabeza en el suelo y luego le di un puñetazo con todas mis fuerzas en la mejilla. Un dulce ardor me atravesó los nudillos, despejándome y equilibrando el dolor que sentía en la nariz. Le di otro par de puñetazos y volví a golpear su cabeza contra la alfombra antes de darme cuenta de que Gage me estaba gritando.

—¡Jesús, Painter! Le has vuelto a dejar inconsciente, ¡para ya!

Me volví hacia él gruñendo.

—¡Para! —repitió con tono helado.

Mi mente se abrió paso entre la furia que me embargaba y bajé el brazo.

—Mierda —espeté ya calmado. Bajé la mirada hacia la cara ensangrentada del soplón—. Oh, joder. Lo siento.

—Tienes un problema de control de ira —observó Gage con el ceño fruncido.

—Me ha roto la nariz —dije, tocándomela poco a poco para tantear los daños. Dolía. Entonces miré a mi alrededor. ¡Mierda! Había sangre por todo el suelo...—. Qué mal.

—Sí —dijo Gage con expresión molesta—. Vamos a tener que quemarlo todo. Hacer que parezca un accidente.

—Lo siento —repetí.

Negó con la cabeza.

—No te disculpes. Era prácticamente imposible que hiciéramos un trabajo limpio y en cuanto empezaste a sangrar no había vuelta atrás. Ha sido por su culpa. No te preocupes.

Me puse de pie despacio, luego aparté la vista de Gage para mirar al hombre herido e inconsciente que yacía en el suelo.

—No te ofendas, hermano, pero decirme que no me preocupe cuando estamos a punto de quemar la casa de un hombre antes de matarlo no es lo más acertado por tu parte.

Al ver que se reía por lo bajo le saqué el dedo corazón, lo que hizo que se riera todavía más. Al final me uní a él porque en el fondo me hizo gracia... aunque de una manera un poco retorcida.

—Voy a por la lona —dije terminando de ponerme de pie con rigidez—. Y a por la cinta adhesiva. Conociendo nuestra suerte este cabrón puede despertarse a mitad de camino a Bellingham y tratar de estrellar el todoterreno.

—Es normal que intentara defenderse —dijo Gage, encogiéndose de hombros—. Desde el instante en que me vio supo que íbamos a matarlo. Es un soplón pero no es idiota.

—Los tipos inteligentes no van delatando a la gente.

—Tienes razón.

***

—¿Para quién trabajas?

Estaba en la parte trasera de la habitación, contemplando cómo Rollins —el sargento de armas de la sección de Bellingham— sonreía a Hands. Le había visto unas cuantas veces y nunca me pareció una persona demasiado cuerda, pero ¿ahora que le observaba con Hands?

Sí, ese tipo estaba muy mal de la cabeza.

Habíamos llegado sobre las nueve de la mañana y llevábamos interrogando al soplón cerca de cinco horas. Hands todavía no se había desmoronado, lo que me estaba dejando impresionado. Las cosas que Rollins podía hacer con una hoja de afeitar eran... digamos que ese cabrón me ponía los pelos de punta y yo no era alguien que se asustaba con facilidad.

Hands era duro, muy duro; sabía que lo mataríamos en cuanto hablara, de modo que no podíamos obtener la información con falsas promesas de mantenerlo con vida. Se trataba de provocarle el sufrimiento necesario para que quisiera morir. Y aquello no sucedería hasta que obtuviéramos lo que necesitábamos.

Estaba claro que el soplón quería vivir a toda costa.

Hands volvió a gritar cuando Rollins le desprendió con cuidado la piel del brazo. Durante un instante se me revolvió el estómago, pero conseguí mantener el control. Ese hombre había enviado a Bolt a la cárcel, así que no era ningún inocente desvalido.

—Dios, habla de una puta vez —masculló Rance con el ceño fruncido—. Odio esta mierda.

Los gritos continuaron durante un rato hasta que cesaron de pronto. Joder. Se había desmayado.

—¿Hasta dónde quieres que llegue, jefe? —preguntó Rollins, retrocediendo un paso y estirando el cuello para descargar tensión. Llevaba las manos enguantadas llenas de sangre—. Sé que puedo conseguir que cante, pero tengo la sensación de que nos llevará tiempo. Es fuerte.

Rance ladeó la cabeza, pensativo. Él tenía todo el tiempo del mundo, pero mi cuenta atrás había empezado a correr. Pic me había dicho que me quedara a ver lo que tenía que decir Hands... pero habíamos incendiado la caravana de aquel desgraciado, lo que significaba que tenía que volver a Idaho más pronto que tarde. No me preocupaba mucho que me relacionaran con la desaparición del soplón, pero uno nunca podía saber... Mejor no arriesgarse, sobre todo ahora que tenía a Melanie esperándome.

—¿En qué estás pensando, Painter? —preguntó Rance. Contemplé las opciones que tenía. Para complicar aún más las cosas llevaba sin dormir alrededor de treinta horas, así que o me tomaba algo que me mantuviera despierto o dormía un rato.

—Necesito dormir —admití—. Podríais seguir intentándolo mientras descanso un poco. Sé que Pic quiere que oiga lo que tiene que decir, pero estoy muerto de sueño. Tardaré por lo menos seis horas en llegar a casa y tengo que estar allí esta noche.

—Arriba hay una habitación —dijo Rance—. Puedes dormir un rato mientras vemos qué pasa aquí. No sé si la información que tenga que darnos este cabrón merece tanto la pena como para mantenerlo con vida mucho más tiempo. Cuando antes nos libremos de cualquier prueba, mejor.

—Me parece bien.

Miré a Hands una última vez y salí por la puerta. Los Reapers de Bellingham no tenían una sede tan completa como el arsenal, sino una casa en las afueras con algunos acres de terreno. En ese momento no había prácticamente nadie, pero al subir las escaleras me encontré con Jamie, la dama de Rance. Debía de tener unos treinta y cinco años y era espectacular. La primera vez que la conocí, hacía ya un par de años, tuve una erección instantánea... hasta que vi cómo Rance casi mataba a un aspirante solo por mirarle el trasero y desapareció cualquier interés que pudiera tener en ella.

La mujer me sonrió. No sabía hasta qué punto Rance le hablaba de los asuntos del club, pero seguro que había oído los gritos. Me di cuenta de que no solo era guapa, sino que también era una buena dama; fuera lo que fuese lo que estuviera pensando no lo exteriorizó en ningún momento.

—Deberías darme esa ropa —dijo, señalando mi camiseta y mis *jeans*. Bajé la mirada y me sorprendí al ver que estaban cubiertos de sangre seca. Joder. Debía de estar más cansado de lo que me imaginaba pues nunca se me hubiera ocurrido que necesitara lavarme.

—Vaya putada. Me encantan estos pantalones.

Sonrió suavemente y puso los ojos en blanco.

—Buscaré algo limpio que puedas ponerte —comentó—. Ve arriba y date una ducha. Deja tus cosas en el baño y yo me ocuparé de ellas. Hay una habitación cruzando el pasillo. Ponte cómodo, ¿de acuerdo?

Sus palabras fueron música celestial para mis oídos.

***

Media hora después estaba limpio. La ropa que Jamie me trajo me quedaba perfecta, incluso la acompañó con un sándwich, patatas fritas y una manzana (pelada y todo, como si fuera un niño pequeño) que dejó en la mesita de noche. Devoré la comida y me tumbé en la cama. Estaba extenuado.

Estaba a punto de quedarme dormido cuando sonó mi teléfono.

MELANIE: ¿Cómo te va?

Me planteé no hacer caso y seguir durmiendo, pero entonces pensé en aquellos labios tan suaves y sus dulces tetas y me desperté al instante.

YO: Bien. Anoche terminé muy tarde. Estoy agotado. ¿Qué tal la feria?
MELANIE: El año que viene no volverán a pedirme que pinte ninguna cara. He decidido tomármelo como un triunfo.

Sonreí, pensando en sus pobres mariquitas. Dicen que el amor es ciego, pero nadie podía estar tan ciego. Uno de mis primeros profesores de dibujo me dijo que todo el mundo tenía la capacidad de pintar algo bonito; obviamente no había tenido a Melanie Tucker como alumna.

YO: Sí, es lo mejor que te podía pasar.
MELANIE: Oye, pensaba que estabas de mi lado.
YO: No te he denunciado por cometer un crimen contra la humanidad, ¿verdad?
MELANIE: Ja, ja. Eres un cerdo.
YO: No tienes ni idea... Vuelvo a Coeur d'Alene, lo más probable es que llegue esta noche. ¿Quieres que te enseñe lo cerdo que puedo llegar a ser?

No respondió. Sonreí. A los pocos segundos volvió a sonar el teléfono.

MELANIE: Deberías avisarme antes de escribir cosas así. Jessica ha intentado quitarme el teléfono al ver que me ponía roja.
YO: ¿Estás en casa?
MELANIE: Sí, haciendo un trabajo para clase.
YO: Ve a tu habitación.

¿Mordería el anzuelo? Transcurrieron unos cuantos segundos. Nada. El teléfono volvió a sonar.

MELANIE: Estoy en la cama...

YO: ¿Qué llevas puesto?

MELANIE: ¿Me estás mandando mensajes de índole sexual?

YO: ¿Quieres que lo haga?

MELANIE: De ti lo quiero todo.

De pronto los *jeans* que me habían dejado ya no me quedaban tan bien. Bajé la mano y me los desabroché.

MELANIE: Llevo unas bragas tipo culote con encaje en los lados de color azul celeste.

YO: ¿Qué más?

«Por favor, di que nada más.»

MELANIE: Te lo pondría demasiado fácil. ☺ Tú primero.

Miré la ropa que me habían dejado y pensé qué responderle. Decirle que llevaba algo prestado porque mi ropa estaba llena de sangre de un hombre que estaba a punto de morir no me parecía de lo más romántico.

YO: Unos *jeans* y una camiseta. No te voy a mentir... me he desabrochado los pantalones en cuanto me has dicho que lo querías todo.

MELANIE: ¿Te has puesto duro?

Si no lo estaba antes, ahora seguro que sí.

YO: Siempre que hablo contigo.

MELANIE: Eres todo un romántico.

YO: ¿Qué más llevas puesto?

MELANIE: ¿Qué me das a cambio?

YO: Una cena en mi casa cuando vuelva; hago una sopa de fideos chinos para chuparse los dedos.

MELANIE: ¿Qué te parece una cena en tu casa pero cocinando yo? También hago unos platos muy ricos que no son fideos chinos.

YO: Hecho. Ahora dime qué llevas puesto.

179

Melanie: Nada... y también se me han puesto duros los pezones. Estaba tocándome uno de ellos pero he tenido que parar. Escribirte un mensaje con una sola mano es bastante difícil.

Oh, Jesús. Toda la sangre de mi cuerpo se concentró en mi entrepierna, consiguiendo que me fuera imposible pensar con claridad.

Yo: No me importaría tener una foto de...

Mierda. También había perdido la capacidad de escribir y el autocorrector no iba a salvarme. Esta chica era peligrosa. Bajé la mano hasta los calzoncillos y me agarré la polla, apretándola. Si cerraba los ojos casi podía imaginarme que era su mano en vez de la mía. Nunca —jamás en mi vida— olvidaría el instante en que su lengua me tocó por primera vez. Se había mostrado tan vacilante, tan cuidadosa... Me había excitado y vuelto loco, porque no era suficiente. Tenía que enseñarle a hacerlo de forma más salvaje.

Aunque mi chica aprendía rápido.

Melanie: No mando fotos a extraños.

Maldición. Tenía razón. Era una estupidez enviar fotos por teléfono, sobre todo a un reconocido gilipollas como yo.

Yo: Supongo que tendré que usar la imaginación. Conozco una forma con la que no tendrás que dejar de tocarte para hablar conmigo... ¿Nos llamamos?

Esperé un minuto, y después otro, imaginándomela jugueteando con sus pezones, tocándose el coño... Ahora sí tenía una imagen perfecta de ella. Enganché el pulgar bajo la cintura de los calzoncillos y alcé las caderas para bajármelos. Después volví a agarrarme el pene y comencé a masturbarme.

El teléfono sonó.

—Hola —dije con voz ronca—. Por favor, dime que sigues desnuda.

Melanie se rio.

—Bueno, no estoy totalmente desnuda, todavía tengo las bragas puestas. Me siento un poco ridícula haciendo esto.

—No —dije mortalmente serio—. Esto ocupa uno de los primeros puestos de mi lista de «Fantasías perversas con Melanie».

—¿Tienes una lista de fantasías conmigo? —preguntó con voz cautivadora. Mierda, ¿creería que era un pervertido? Seguramente. Aunque en el fondo tendría sentido porque sin lugar a dudas lo era.

—Mientras estuve en prisión —admití—, pensé en ti todo el tiempo. En realidad estuve pensando en ti desde el primer día en que nos conocimos, aunque intenté mantenerlo bajo control. Pero entonces me encerraron y tú empezaste a escribirme. En cuanto me mandaste una foto, supe que estaba jodido. En ese momento decidí que lo mejor era dejarme llevar.

—¿Con qué tipo de cosas fantaseabas? —preguntó en voz baja.

Ralenticé el movimiento de los dedos, deslizándolos hacia arriba para acariciar la sensible piel que tenía justo debajo del glande. Joder qué bien. Aunque tener su lengua sería aún mejor.

—Es una lista muy larga. —Me recosté sobre la almohada—. Tu boca aparecía muy a menudo.

—¿En serio? ¿Y qué te hacía con la boca?

—Digamos que me gustan mucho las mamadas —respondí. Preferí no compartir la fantasía en la que le follaba la boca usando sus dos coletas como asidero. ¿Lo veis? No soy tan imbécil.

—Bueno, me pareció una buena idea en su momento. Por cierto, el viernes fue increíble. Solo de pensarlo... —Se rio—. De acuerdo, me siento un poco rara hablando de estas cosas por teléfono, como si estuviera en una película porno de las malas.

—Melanie, créeme cuando te digo que es una producción porno de enorme calidad —repuse, untándome los dedos con gotas preseminales para usarlas como lubricante—. Me encanta masturbarme mientras hablas. No sé cuánto duraré, pero no más de unos pocos minutos, así que por favor termina la puta frase.

—Está bien. —Percibí una nota de diversión en su voz—. Solo de pensarlo me humedezco por completo.

Contuve un gemido.

—¿Cómo sabes que estás húmeda? —pregunté en un susurro.

—Porque me estoy tocando —dijo—. Primero empecé con el clítoris, luego bajé un poco más. Ahora estoy subiendo y bajando por el clítoris y...

Se le quebró la voz mientras una necesidad ardiente y retorcida me desgarraba por dentro. La mano que tenía sobre la polla se movió más rápido.

—Tienes el coño más apretado que jamás he conocido, Mel. Nunca he estado con otra chica que me hiciera sentir la mitad de bien de lo que lo haces tú.

—Tú tampoco estás nada mal —susurró, ahora con voz entrecortada—. También solía pensar en ti. Antes. Solía tumbarme en la cama y leer tus cartas... y luego hacía exactamente lo que estoy haciendo ahora mismo... tocarme.

Arqueé las caderas. Oh, joder. Estaba cerca. Solo tenía que imaginarme que eran sus dedos, y no los míos, los que me masturbaban.

—¿Tenías orgasmos...? Me refiero a cuando pensabas en mí.

Estuvo sin responder un minuto, aunque sí que oí un grito ahogado.

—Sí —dijo con voz ronca—. Me tocaba y tenía unos orgasmos increíbles pensando en ti. Me imaginaba cómo sería tenerte dentro... Qué sentiría si me follabas desde atrás. Que me atabas y... Oh, Dios mío, no me puedo creer que te esté contando esto.

Joder. Mel también tenía un lado perverso. Debía de haber hecho algo maravilloso en mi vida pasada para merecer esto, porque seguro que en esta no me lo había ganado.

—Puedo hacerlo —dije. Ahora el que tenía la voz ronca era yo—. Y un montón de cosas más.

—Oh —jadeó—. ¿Painter? —preguntó vacilante.

—¿Sí?

—¿Te gusta el *bondage*? Porque sé que te he dicho que te imaginaba atándome pero en realidad no...

Me eché a reír. Se quedó callada y entonces me di cuenta de que debía de sentirse un poco avergonzada. Mierda. Y otra vez mierda. Tenía que ser más cuidadoso.

—Mellie, me gustas tú. Podemos practicar todos los juegos que quieras, pero no, el *bondage* en plan serio no es lo mío. Hay una gran diferencia entre atar a una chica para pasar un buen rato y azotarla para que se corra. Haremos todo lo que quieras. Mientras estés desnuda, seré feliz con cualquier cosa.

—Me parece bien —dijo, todavía sin aliento—. Que sepas que si estuvieras aquí ahora mismo te estaría lamiendo la parte inferior de la polla. Ayer por la mañana no exploré como me hubiera gustado ese pequeño pliegue que tienes... y nunca he intentado tragarme un pene hasta el fondo, pero no me importaría hacerlo contigo.

Ni mis mejores fantasías habrían superado aquello.

182

—¿Sigues tocándote?

—Sí —susurró—. Y estoy a punto de tener un orgasmo. Siento como si tuviera un peso enorme ahí abajo, como una cuerda que se estuviera deslizando entre mis piernas, tensándose... Me duele pero me siento tan bien que no quiero parar.

Como siguiera a ese ritmo me iban a salir callos en las manos. Cómo me hubiera gustado que fuera ella la que me masturbara. Estaba cerca, pero la presión que sentía en los testículos hacía que me resultara muy duro pensar. Me lo ponía todo muy duro y punto.

—¿Qué estás haciendo con los dedos?

—Estoy moviendo uno en círculos, justo sobre el clítoris... Empujo hacia abajo y voy más deprisa porque estoy a punto de correrme. Estoy tan mojada que se desliza como la seda por mi coño... ¡Uf! ¿He sido demasiado bruta?

Me lamí los labios, reprimiendo otro gemido.

—No, me ha excitado muchísimo —admití. Tenía las pelotas como una olla a presión, llenas de deseo solo para ella. Iba a llenarla por completo, atarla a mi cama y usarla a mi placer.

De pronto, eso del *bondage* y la esclava sexual cobraba mayor interés.

—Estoy tan cerca —susurró—. Dime cómo...

De pronto soltó un chillido y oí ruidos y gritos de fondo.

Y entonces la llamada se cortó.

***

Melanie

Kit Hayes irrumpió en mi habitación, seguida de Jessica. Ambas venían gritando ofuscadas, ajenas al hecho de que me habían pillado in fraganti. Chillé entre sorprendida y horrorizada y solté el teléfono. Por suerte, estaba tapada con una manta; no sé si hubiera podido sobrevivir si me hubieran pillado desnuda, masturbándome como una pervertida.

No después del incidente de la ducha... por no hablar de las tetas sin pintar que no pasaron inadvertidas a Taz.

Oh, Dios. Ya era demasiado tarde.

—¿Qué os pasa? —exploté, cubriéndome con la manta hasta el pecho—. ¿Os habéis vuelto locas?

—¡Mi padre y London se han casado! —gritó Kit con cara de asombro. Jessica asintió con rostro sombrío, confirmando la anterior declaración.

—¿Casado? Pero si estaban planeando la boda para diciembre...

—Mi padre me ha dicho que no confiaba ni en Em ni en mí con el asunto de la despedida de soltera —escupió Kit—. Cometimos un gran error preguntándole si podíamos usar The Line, eso le puso sobre aviso. Dice que London y él no querían que armásemos ningún alboroto así que decidieron ir al juzgado y solicitar una licencia. Se han casado esta mañana en una de esas capillas para bodas rápidas sin nadie acompañándoles. Y con Em fuera del estado.

—No me lo puedo creer —agregó Jess—. Loni no tenía ningún derecho a hacernos esto. Ha sido muy irresponsable y egoísta por su parte. Solo estaba pensando en ella.

¿En serio? ¿Ahora Jessica se dedicaba a dar sermones sobre responsabilidad? Era demasiado ridículo.

—Eres injusta —dije, a pesar de que también me sentía un poco molesta; me había hecho algunas ilusiones con el asunto de las damas de honor—. Loni se ha pasado la vida cuidando de los demás. Trabaja muy duro, se preocupa por nuestros problemas... incluso se casó por todo lo alto una vez y no terminó bien. No podemos culparla por pasar de todo y casarse de esa forma.

—Sabía que te pondrías de su parte —espetó Jess—. Siempre lo haces. No he olvidado que fuiste tú la que me delató el verano pasado. Si no me hubiera peleado con Loni no me habría escapado a California y tal vez no...

Me senté y la miré con ojos entrecerrados.

—¡Cómo te atreves a culparme de eso! —exclamé con voz helada—. Yo no fui la responsable de que...

Mi voz se fue apagando en cuanto me di cuenta de que ambas me estaban mirando fijamente. ¿Qué? Una ligera brisa tocó mi pezón desnudo y me percaté de que se me había caído la manta.

Vaya una catástrofe.

—Estabas hablando por teléfono con Painter, ¿verdad? —preguntó Kit. Pasó de estar furiosa o mirarme con perversa curiosidad en cuestión de segundos. ¿Cómo lo lograba?—. Oh, Dios mío, ¡se ha puesto roja! ¡Estabas teniendo sexo telefónico cuando hemos entrado!

—¡Sexo telefónico! —chilló Jess, olvidándose de su perorata de hacía un instante—. ¡Estas hecha toda una fulana! Estoy tan orgullosa de

ti. Primero te lo follaste en la ducha, ahora te estás corriendo por teléfono. Que conste que sigo pensando que no es la mejor elecc...

—Un momento, ¿te follaste a Painter en la ducha? —preguntó Kit. Busqué la manta, preguntándome qué había hecho para merecer aquel tormento—. ¿Significa eso que estáis juntos?

Me encogí de hombros.

—No estoy segura —admití con el ceño fruncido—. Está ocupado haciendo no sé qué en no sé dónde para el club, pero no vamos a salir con otras personas. Al menos eso fue lo que acordamos antes de que se marchara.

Kit me miró con cara de asombro y se sentó a mi lado.

—A Painter no se le dan muy bien las relaciones con una sola pareja —dijo—. Sé que te advertí, pero eso es discutible y quiero que te diviertas... Aun así, ten cuidado. No puedes tomártelo en serio.

Estupendo, ahora Kit también se sentía suficientemente cualificada para darme sermones.

—¿Sabéis qué? Estoy harta de que todo el mundo me diga lo que tengo que hacer —indiqué sin molestarme en esconder lo enfadada y frustrada que estaba. Kit se echó hacia atrás, con los ojos como platos. La miré fijamente—. Ambas necesitáis aprender que no podéis sobrepasar ciertos límites.

—Lo siento, no quería...

—Habéis entrado en mi habitación sin llamar, me decís con quién puedo acostarme y estáis indignadas con Loni y Reese por casarse. Es su boda, no la vuestra, y entiendo perfectamente por qué no os lo dijeron. ¿No podíais simplemente alegraros por ellos? No, teníais que intentar obligarles a hacer cosas que no querían. ¡No me extraña que hayan decidido casarse solos!

Jessica retrocedió boquiabierta.

—Lo siento, Mel.

—No lo sientas —dije, negando con la cabeza—. Solo intenta ponerte en la piel de los demás de vez en cuando. Esto también va por ti, Kit. Estoy hasta las narices. Y mi llamada era privada, lo que significa que no es asunto vuestro con quién estoy hablando ni por qué.

Kit bajó la vista.

—Tienes razón. Deberíamos haber llamado.

No se me pasó por alto que su disculpa no iba acompañada de un intento de sermonearme ni reconocer que tal vez su padre tenía derecho a tomar sus propias decisiones. Aunque ese era su problema, yo ya había dicho lo que tenía que decir.

—Estaremos abajo —intervino Jessica—. Deberías poner una cerradura en la puerta... sobre todo si vas a mantener relaciones sexuales aquí dentro. Seamos realistas, tanto tú como yo sabemos que la próxima vez que vuelva a estar nerviosa o emocionada se me olvidará llamar antes de entrar.

El teléfono de Kit sonó a todo volumen.

—Es Em —anunció, lanzándome una mirada furtiva—. Vamos, Jess. Tenemos planes que hacer. Acaba de salir de Portland y tenemos un montón de trabajo antes de que llegue a Coeur d'Alene.

—Estáis organizando una fiesta, ¿no? —pregunté.

Kit tuvo el detalle de parecer culpable.

—Una despedida de soltera sorpresa —admitió—. Esta noche. Lo siento. Sé que probablemente tengas razón con lo que has dicho de los límites, pero Em y yo no vamos a pasar esto por alto. Tenemos que dar a London la bienvenida a la familia como merece. Es nuestro deber.

—¿Y lo vais a hacer cabreando a vuestro padre?

Kit se encogió de hombros.

—Si supieras todo lo que nos hizo nuestro padre cuando éramos adolescentes lo entenderías. No podemos dejar que salga indemne de esta. No podemos. Es una cuestión de principios.

—Es una locura.

Kit suspiró.

—Sí, lo sé. Pero empezó él.

En cuanto salieron de mi habitación me puse a buscar el teléfono. Había salido volando por los aires y tardé mis buenos cinco minutos en encontrarlo entre el colchón y la pared.

Tenía seis llamadas perdidas de Painter y una de Reese.

Mierda.

Painter contestó al primer tono.

—¿Estás bien? —preguntó tenso.

—Sí —dije.

Le oí suspirar de alivio.

—De acuerdo, dame un minuto para escribir a Pic. Le mandé un mensaje diciendo que algo andaba mal en tu casa y va de camino para salvarte de lo que quiera que fuera.

—Oh, lo siento. Puedo explicarlo, resulta que Jess y Kit...

—Tenía que tratarse de esas dos —masculló—. Dame un segundo, te llamo ahora mismo.

Cuando colgó, alcancé mi sujetador. No sabía él, pero a mí se me habían pasado las ganas de hacer nada. Me estaba poniendo el sujetador cuando el teléfono volvió a sonar.

—Lo siento —repetí—. Entraron en mi habitación y me dieron un susto de muerte. Después no podía encontrar el teléfono y supongo que en breve tendremos una despedida de soltera de urgencia porque London se ha casado.

Silencio.

—¿Me lo puedes repetir? —dijo finalmente.

—Vaya, no ha debido de contártelo... Por lo visto Reese y Loni se han casado esta mañana. Solos. Supongo que no les hacía mucha gracia que la gente hiciera planes por ellos, así que se han dado el «sí, quiero» sin decírselo a nadie.

Painter se echó a reír.

—Me imagino que a Kit y a Em no les habrá sentado nada bien. Ahora tendrán todo tipo de ideas descabelladas rondando por la cabeza.

—No sé Em, pero Kit estaba bastante molesta. Ah, que sepas que las chicas se dieron cuenta de lo que estaba haciendo y empezaron a sermonearme, así que terminé gritándoles. Ahora se han escondido en la planta baja.

Volvió a reír.

—Eso casi compensa el ataque al corazón que ha estado a punto de darme.

—Lo siento —repetí en un murmullo—. Me asustaron.

—Es que esas chicas dan miedo —dijo—. Supongo que no querrás que lo retomemos donde lo dejamos.

Me lo pensé unos segundos, pero la idea de tener a Jess y Kit abajo no me entusiasmaba precisamente.

—No más sexo telefónico hasta que consiga una cerradura para la habitación. No creo que pueda sobrevivir a otro susto similar.

—Será lo primero que haga mañana.

Sonaba tan decidido que no pude evitar soltar una carcajada.

—¿Si te pregunto a qué hora llegarás esta noche pareceré una novia histérica? —Quise borrar las palabras en cuanto salieron de mi boca. Era una broma, pero los hombres como Painter no tenían novias. Él mismo me había dicho que no salía con nadie. Ahora creería que yo pensaba que era mi novio y...—. No quería dar a entender nada.

—¿Mel?

—¿Sí? —Cerré los ojos preparándome para lo que quiera que fuera a decir.

—No me importaría tener una novia como tú.

Se me aceleró el pulso, pasando del temor a la más absoluta de las euforias. Quería ponerme a saltar como una loca, no sin antes levantar el puño un par de veces en señal de victoria. En su lugar, me las arreglé para mantener un tono de voz controlado.

—A mí tampoco me importaría tener un novio como tú.

—Si le pido a Pic que te deje una llave, ¿dormirás en mi casa esta noche? —preguntó—. Llegaré tarde. Bastante tarde, no antes del alba, pero me encantaría saber que estás esperándome en mi cama.

—Claro —dije, sintiéndome entusiasmada y feliz—. A mí también me encantaría.

Capítulo 13

—**J**ess parece haberse sobrepuesto a la noticia —dijo London, con tono seco. Estábamos en casa de Bam Bam y Dancer (otra de las parejas del club) porque las chicas Hayes no habían podido reservar The Line con tan poca antelación. Mi teoría era que en realidad daba igual la antelación con la que lo hubieran hecho. Si algo había aprendido observando a los Reapers durante todo ese año era que nunca se hacía nada con lo que Reese no estuviera de acuerdo.

Sin embargo, sí que habían conseguido celebrar aquella fiesta.

Kit, Jessica y Em habían sabido sacarle provecho al asunto y consiguieron organizarlo todo en el tiempo que tardó Em en venir conduciendo desde Portland. Intentaron meterme en el ajo, pero no estuve de acuerdo. A Reese y a Loni no les quedaba más remedio que quererlas; al fin y al cabo eran de su sangre, pero como yo era una especie de «agregada» no quise arriesgarme. (No solo eso, la verdad es que como ser humano que tenía sentimientos odiaba poner a Loni en un aprieto como aquel.)

En lugar de eso, me pasé toda la tarde con el trabajo que tenía que entregar hasta el momento en que Jessica me engañó para que la acompañara a comprar al supermercado, para posteriormente llevarme a la fiesta. Una fiesta que, tenía que reconocer, al final estaba resultando muy divertida. Al menos hasta que los *strippers* entraron en escena.

Ahora Jess estaba sentada a horcajadas en el regazo de uno de los *strippers*, con un brazo alrededor de su cuello y riéndose como una loca. Un segundo bailarín estaba haciendo lo mismo con otra de las damas —Marie— mientras Kit les hacía fotos con un regocijo que rayaba en lo obsceno. Entonces, un tercero se acercó bailando hasta Jess y contoneó sus genitales, cubiertos con un tanga dorado metalizado, frente al rostro de mi amiga.

(De acuerdo, puede que más que rayar lo obsceno estuviéramos bailando sobre su tumba.)

—¡Te toca, London! —gritó Darcy, una de las damas de la misma edad que Loni. Su hombre era miembro de los Silver Bastards, el mismo club al que pertenecía Puck. Solo le había visto un par de veces, pero me bastó y sobró para poder decir con total seguridad que los Silver Bastards daban tanto miedo como los Reapers. Dancer y Kit tomaron a London por los brazos y la arrastraron hasta el lugar donde Jess se bajaba de su chico para cederle el lugar a la «novia».

—¡London, sonríe! —exclamó Kit, fotografiándola justo cuando la colocaban en el regazo del *stripper*. London consiguió bajarse, agarró un almohadón y se lo arrojó a Kit. Jessica saltó en su defensa, haciéndose con otro cojín y tirándoselo a London.

Así fue como comenzó una batalla campal.

(En nuestra defensa he de mencionar que para entonces habíamos bebido mucho. Chupitos de gelatina con alcohol. Chupitos de *whisky*. Un ponche que hizo Em con una especie de martini de color granada que mezcló con no sé qué en un bol enorme. Sabía a caramelo, pero dejé de beberlo después de un segundo vaso, cuando mis mejillas empezaron a entumecerse. Por desgracia aquello fue suficiente para dejarme bastante embriagada.)

De pronto, una almohada me golpeó en la cabeza y me tiró al suelo. Caí justo encima de un hombre que solo llevaba un tanga; totalmente confundida, apoyé la mano sobre su depilado y musculoso pecho para incorporarme.

—Hola —dijo con una sonrisa sensual—. ¿Quieres que nos escondamos juntos debajo de la mesa?

—¡Sonríe! —gritó Jessica desde Dios sabía dónde.

«¿Pero qué...?»

Alcé la vista y me la encontré haciéndome fotos y más fotos encima del hombre.

—¡Eres una zorra! —espeté, poniéndome de pie a toda prisa. El hombre debajo de mí soltó un grito de dolor. Mierda. Había usado su paquete como apoyo para levantarme. ¡Pobre!—. Lo siento.

Gimió de forma lastimera y rodó sobre sí mismo para terminar acurrucado de costado. Mientras tanto, Jessica iba dando saltos, agitando su teléfono con expresión triunfal.

—¡Jessica, borra esas putas fotos ahora mismo! —chillé.

Cruzó a toda prisa la estancia en dirección a unas puertas con cristales que daban a una terraza. Luego saltó por el lateral y corrió por el campo que había en la parte trasera de la casa.

—¡Voy a matarte! —grité, haciendo caso omiso de las risas de aquellos que nos estaban observando.

Mi amiga volvió la cabeza para burlarse de mí y me sacó el dedo corazón mientras seguía corriendo.

—Ven aquí y... ¡Mierda! —Jess había desaparecido. Y no me refiero a tropezar y caerse, no. Desapareció literalmente. Estaba ahí y de pronto ya no estaba—. ¡Jess! —La ira dio paso al temor. No iba tan delante de mí. Era poco probable que la hubieran abducido unos alienígenas, pero uno nunca sabía...—. ¿Jessica? —la llamé con vacilación.

—Aquí abajo.

Mire a mi alrededor pero todo lo que vi fue campo.

—No te veo.

—Hay un agujero en el suelo —dijo ella—. Estás justo encima de mí. Yo sí que te veo. Mira abajo.

Hice lo que me decía y, efectivamente, había un agujero de unos cuarenta centímetros de ancho y ochenta de alto. Me puse de rodillas y bajé la vista. Estaba oscuro, muy oscuro. Apenas podía verla, pero parecía estar allí abajo, cerca. Mierda.

—¿Qué coño es eso? Parece una cueva.

—Eso parece.

—¿Ves alguna forma de salir? —pregunté, mirando hacia atrás con ansiedad. Parecía que los que antes nos miraban tan divertidos ya no estaban tan interesados en nuestro paradero. Me llevé la mano al bolsillo, en busca del teléfono. Esperaba tener cobertura.

—Hazte a un lado —dijo Jessica.

Fruncí el ceño y seguí sus instrucciones mientras su cabeza y hombros emergían del suelo.

—¿Cómo lo has hecho?

—Solo me he puesto de pie, tonta —respondió ella—. Lo habría hecho antes pero necesitaba enviar esto.

Esbozó una perversa sonrisa antes de levantar el teléfono y enseñarme una foto en la que salía encima de Don Paquete Dañado.

—Como me digas que se la has enviado a Painter, te arrancaré los pelos de la cabeza uno a uno —siseé, mirando con furia a mi mejor amiga. Mi ex mejor amiga.

—Oye, tranquila —dijo, poniendo los ojos en blanco—. ¿En serio me ves enviándosela a Painter? Se la he mandado a Hunter, el hombre de Em. Puede que también a Reese, no me acuerdo. Sé que sí le envié una de London.

Una funesta sospecha empezó a formarse en mi cabeza.

—Jessica...

—¿Sí? —respondió, agitando las pestañas con total inocencia.

—¿Estáis Kit y tú usando esta fiesta como tapadera para conseguir imágenes de todas las mujeres del club para luego poder chantajear a alguien? —pregunté con tono deliberadamente controlado.

Jessica frunció el ceño y os juro que casi pareció dolida.

—Por supuesto que no —dijo, saliendo del agujero—. El chantaje implica que quieres dinero u otra cosa, ¿verdad? Y esto solo lo hacemos por diversión, Mel. No estoy intentando sacarte dinero. Nunca te chantajearía; ni a ti ni a ninguna de las otras chicas.

Me miró con tristeza y negó con la cabeza, transmitiendo una profunda decepción por mi falta de confianza.

—Voy a buscar a Dancer. Tengo que contarle lo de este agujero. A mí no me ha pasado nada, pero un niño pequeño podría quedarse atrapado dentro.

***

Cuando regresamos la guerra de almohadas ya había terminado; por lo visto, se había transformado en una guerra de agua. O eso, o Dancer había decidido usar la manguera para intentar controlar al grupo de mujeres borrachas que estaban bailando en su jardín trasero.

—¡Jessica! —chilló Kit en cuanto nos vio—. ¡Estás aquí! Tengo buenas noticias. ¡Ya están llegando respuestas a nuestras fotos!

Dios bendito, ¿a cuántas personas se las habían enviado?

No quería ni pensarlo.

—Reese va a estrangularme —comentó London, situándose a mi lado. Su camiseta blanca se había vuelto totalmente transparente por el agua, mostrando un espectacular sujetador negro.

De pronto, un chorro de agua me dio primero en la cara y luego en todo el pecho.

—¡De nada! —gritó Dancer, riendo.

Me sacudí la cabeza como si fuera un perro, intentando quitarme un poco de agua de encima. Mala idea porque, dado el estado en el que me encontraba, perdí el equilibrio. «¿Qué coño llevaba ese ponche?» Dancer y London me agarraron al instante, una de cada brazo.

—Gracias —conseguí decir.

Vi cómo Dancer apuntaba la manguera hacia otra mujer.

—¿Por qué estás mojando a todo el mundo?

—Control de daños —dijo, arrastrando ligeramente las palabras.

—¿Control de daños?

—Sí, aquí las amigas han estado enviando fotos a nuestros hombres de todas nosotras con los *strippers*. He recibido un chivatazo. Bam Bam, Horse y Reese vienen de camino a dar por terminada la fiesta. Supongo que cuando hemos empezado a meter mano a chicos desnudos se han cansado de lo de la despedida de soltera.

—¿Y estás mojándonos a todas porque...?

—Porque a los hombres les ponen las chicas con las camisetas mojadas —replicó como si la respuesta fuera obvia. «¿Qué?»—. A todo hombre hecho y derecho le encanta pensar que cuando las mujeres nos juntamos tenemos guerras de almohadas seguidas de concursos de camisetas mojadas. A Bam también le ponen las peleas de barro, pero ahí sí que ya no llego. Para cuando vengan los hombres a por nosotras, estaremos listas. Acabo de pagar a los *strippers*. Si son listos, ya se habrán ido.

Me dejó completamente anonadada.

—Es impresionante —admití.

Hizo un gesto de asentimiento, dándoselas de sabia y aceptando mi alabanza como merecida.

—No es mi primer rodeo, pequeña.

Jess se puso detrás de mí y me envolvió en sus brazos para darme un enorme abrazo.

—Deja que esta dama lo descubra por sí sola, no te preocupes —dijo, alborotándome el pelo mojado.

Un segundo. Yo no era una dama.

No quería ser ninguna dama.

Aparté a Jess de un empujón y me volví hacia Dancer, pero ya se había marchado para rociar con agua a otra de las presentes. London tampoco estaba. Aunque sí que vi a Marie cerca.

—Oye —dije, tambaleándome hacia ella.

—Dime. —Sonreía de oreja a oreja. Tenía sus grandes ojos brillantes y las mejillas sonrojadas. Al menos, no era la única borracha de la fiesta.

—¿Ahora soy una dama? —pregunté.

Marie parpadeó un par de veces.

—¿Qué?

— Painter me ha pedido que sea su novia, ¿eso me convierte en una dama?

Ahora Marie abrió los ojos como platos.

—¿De verdad te lo ha pedido? ¡No me jodas! Eh, Soph, ¡Painter ha pedido a Mel que sea su novia!

Sophie, la dama de Ruger, se volvió hacia nosotras. Tenía el largo cabello, completamente empapado, pegado a la cabeza y espalda. Nos miró a ambas, sorprendida.

—¿En serio? —preguntó—. Madre mía, no me lo esperaba para nada. ¿Y usó la palabra «novio»? Es desternillante.

Fruncí el ceño; no me parecía gracioso, ni mucho menos desternillante. No me extraña que Painter siempre estuviera saliendo de Coeur d'Alene por asuntos del club. Yo también lo haría si tuviera que lidiar con toda esa mierda.

—Es un chico muy simpático —dije, mirándolas fijamente. Se miraron la una a la otra y empezaron a partirse de risa—. ¡Pero bueno!

Se rieron todavía más. Por primera vez en mi vida me planteé seriamente pegar un puñetazo a alguien en la cara. Lo hubiera hecho, si todo a mi alrededor no se hubiera puesto a girar.

—Lo siento —consiguió decir al final Marie—. Puedo imaginarme mil formas diferentes de describir a nuestros chicos, pero «simpáticos» no es una de ellas. Y no, todavía no eres una dama. Ser una dama es algo más que una novia. Significa que todo el club te acepta como su pareja oficial y que apoyan vuestra relación. Tal vez termines siendo una dama, pero eso es algo que Painter tendría que hablar primero con el club.

Sophie asintió.

—Tienen una especie de procedimiento súper secreto. Ruger no me cuenta nada, pero creo que solo se trata de un anuncio y que luego be-

ben cerveza juntos, aunque no nos lo pueden decir. Ya sabes, tienen que mantener el misterio...

—Oh. —Me tambaleé. Una silla. Necesitaba una silla o algún lugar para sentarme. Seguir de pie me estaba costando horrores. Miré a mi alrededor y vi una silla plegable vacía cerca de la pared. Fui hacia ella y me dejé caer justo cuando me sonó el teléfono.

> PAINTER: ¿Qué cojones está pasando? Hunter me ha
> enviado una foto en la que estás con un tipo desnudo.

«Oh. Mierda.»

> YO: No es lo que parece.
> PAINTER: Tenías una mano en su pecho y otra en la polla.
> YO: Te lo juro, Kit y Jessica me tendieron una trampa. Y
> Em puede que también este metida. Kit y Jess juntas son
> como un siniestro demonio mucho más grande que ellas
> dos solas. Unen fuerzas y terminan sucediendo cosas como
> estas. Creo que necesitamos a uno de esos sacerdotes para
> que les practique un exorcismo.

No respondió de inmediato. Al poco rato mi teléfono volvió a sonar.

> PAINTER: ¿Estás borracha?
> YO: Había algo en el ponche...
> PAINTER: ¿Dónde estás?
> YO: En casa de Dancer. Hemos hecho una despedida de
> soltera.
> PAINTER: Entiendo. Un consejo: no vuelvas a beber
> ningún ponche que haga Em. Mando a alguien a buscarte,
> ¿de acuerdo?
> YO: Sí.

—¡Cariño! —gritó Marie, distrayéndome. Corrió hacia la puerta principal, saltando sobre el hombre gigantesco que acababa de entrar y envolviendo las piernas alrededor de su cintura. Horse era un tipo alto —incluso más que Painter— y Marie parecía un pequeño mono colgando de él.

Reese se detuvo junto a ellos, contemplando la escena que tenía frente a sí.

Kit estaba sentada en el suelo, riendo mientras mirada su teléfono. Em alzó un pulgar en dirección a su padre antes de terminarse un enorme vaso lleno de ponche. Jess había desaparecido del mapa. Reese se dirigió hacia la cadena de música y la apagó con un solo dedo. Entonces, todos nos quedamos en silencio, excepto Em que soltó un sonoro eructo.

—Lo siento —se disculpó. Después se limpió delicadamente la boca con el borde de su camiseta.

—Malditas crías —dijo Reese, negando con la cabeza—. Vais a matarme.

—Hola. —London se acercó y le abrazó, dándole un beso en la mejilla que pareció apaciguarle.

Kit se puso de pie despacio y se colocó justo enfrente de su padre.

—Verás, esto es lo que les pasa a las personas que se casan en secreto —dijo, golpeándole con un dedo en el pecho—. No vuelvas a hacerlo.

Una sonrisa curvó los labios del presidente de los Reapers. A continuación bajó la mano hasta el trasero de Loni y le dio un apretón. ¡Puaj! Kit y yo intercambiamos una mirada y creí ver en ella lo mismo que yo estaba pensando. «Las personas mayores no deberían tener relaciones sexuales.»

—Si prometo no volver a casarme sin avisar, ¿dejarás de destrozar la vida de la gente a modo de venganza?

Kit se detuvo a meditar las palabras de su padre.

—Lo intentaré —respondió con un gesto de asentimiento—. Supongo que te perdono. Pero solo esta vez.

—¡Vaya! No sabes el alivio que me supone oírte decir eso —replicó él—. Así esta noche no estaré hecho un mar de lágrimas.

***

Painter

Tenía que disminuir la velocidad.

Pero...

Cada vez que pensaba en Mel con ese maldito *stripper* aceleraba más la moto. Todavía no había decidido qué sería lo primero que haría en

cuanto llegara a casa: estrangular a las chicas Hayes o cortarle la garganta a Don Tanga.

No sé.

La imagen de ellos juntos ardía en mi cerebro. Estaba claro que Hunter me la había enviado para joderme. El muy cabrón seguía odiándome por lo que hice a Em. Bien, porque yo también le odiaba.

Casi tanto como al *stripper*.

Pero no igual.

La mano de Mel había estado en su polla.

Reese me había enviado un mensaje hacía un par de horas, avisándome de que había dejado a Mel en mi casa. Me alegró saber que estaba bien. Había dormido un poco en Bellingham, pero todavía estaba agotado y el viaje a Coeur d'Alene se me estaba haciendo eterno. También tenía que andarme con cuidado, salir sin permiso era una violación de la condicional. Lo que implicaba no superar los límites de velocidad, no hacer adelantamientos indebidos... ni siquiera parar en un área de servicio, solo detenerme en las paradas de camiones cuando necesitara un descanso.

Lo último que necesitaba era una violación de la condicional en el mismo estado que una víctima de asesinato. Torres podría cubrirme cuando volviera a casa, pero si un agente de Washington me hacía detenerme en la cuneta y me tomaba los datos, sería un rastro que ni siquiera él podría hacer desaparecer. Nunca me había preocupado por ese tipo de tonterías, ¿pero saber que Mel me estaba esperando en mi cama? Lo cambiaba todo. ¡Y cómo lo cambiaba!

Acababa de dejar atrás el aeropuerto de Spokane —me quedaban mis buenos cincuenta kilómetros hasta la frontera con Idaho—, cuando sucedió. Había pasado volando la cima de la colina en la ciudad y cambiado de carril para adelantar a un vehículo cuando vi las luces detrás de mí. Durante un segundo quise pensar que iban detrás de alguien más, porque os juro que no había cometido ninguna infracción. Ninguna.

Pero cuando se puso detrás de mí supe que todo había terminado.

Me coloqué a un lado del arcén y esperé a que el policía...

«Joder.»

***

—Buenas noches, señor. ¿Sabe por qué le he parado?

 197

—No... No iba a mucha velocidad —dije al tiempo que intentaba imaginarme cómo una mujer de un metro sesenta y cinco como mucho, tenía las pelotas de parar a un motero que la doblaba en tamaño. También estaba buena, aunque me resultó difícil distinguir parte de su figura en lo que asumí era un chaleco antibalas.

—No ha señalado debidamente el adelantamiento a la camioneta blanca —informó.

Ni de broma. Claro que lo había hecho. ¿Acaso la zorra quería tocarme las narices? Su rostro estaba serio, impasible, pero no percibí esa vibración hostil que solía emanar de muchos policías varones. «Seguro que se trata de una parada legal.» Aun así, aquello me complicaría mucho la vida si en algún momento sospechaban de mi implicación en lo de Hands.

Pero ¿cuántas probabilidades había de que eso sucediera? Los únicos que lo sabían eran mis hermanos Reapers. Y si los Nighthawk llegaban a enterarse, la policía sería el menor de mis problemas.

—No tengo ninguna duda de que lo que está diciendo es cierto, pero estoy seguro de que puse los intermitentes —expliqué con una sonrisa amable mientras le entregaba mi documentación—. Tal vez se trate de un problema de la moto.

Ella me devolvió la sonrisa. Bien, había picado el anzuelo. Quizá podría convencerla...

—Es posible. ¿Quiere que mire mientras prueba las luces?

—Eso sería estupendo —le dije—. Gracias.

—Claro —dijo, retrocediendo un paso.

Arranqué la moto y probé el intermitente.

—Ya está.

—Pues no —señaló con un gesto de negación—, no funciona. Necesito comprobar su licencia y matrícula. Por favor, permanezca sentado en la moto con las manos sobre el manillar mientras espera.

Qué putada. Debía de haberse fundido un fusible. Me quedé mirando a los automóviles que pasaban de vez en cuando mientras ella comprobaba mi licencia, preguntándome si me pondría una multa. Unos diez minutos después regresó, esta vez con una expresión más fría.

—Señor Brooks, aquí dice que está bajo vigilancia —señaló—. ¿Está su agente de la condicional al tanto de que ha salido del estado?

—Sí —mentí. Si a alguien se le ocurría llamar a Torres, lo confirmaría. Por supuesto habría que aumentar su soborno; ese era el coste de solventar los asuntos del club.

—Voy a dejar que se vaya con una simple amonestación. Pero no quiero que conduzca de noche sin luces.

—Debe de tratarse de un fusible. Tengo algunos de repuesto. Si le parece bien, creo que podría cambiarlo en poco tiempo.

—Me parece perfecto —dijo ella—. Le iluminaré con la linterna para que vea mejor.

Sí, se trataba del fusible. Cambiarlo fue relativamente fácil y diez minutos más tarde volvía a estar de camino a casa.

A Melanie.

***

Melanie

Cuando me desperté ya se habían filtrado las primeras luces del alba. Tardé un minuto en darme cuenta de dónde estaba; en la cama de Painter. Olía bien, como él. Sonreí, rodando hacia un lado mientras me desperezaba.

La noche anterior Reese me había traído hasta aquí, junto con Kit, Em, Jess y London. Iba furioso, aunque estaba claro que yo no era su objetivo. Tampoco Loni; en cuanto le echó un vistazo a sus pechos embutidos en la camiseta mojada se lo perdonó todo. (Dancer era un genio.) Me llevó hasta la casa de Painter, me abrió la puerta y se aseguró de que estuviera cómoda y segura entes de dejar a Jessica en casa.

Como tenía la ropa mojada, me puse una camiseta de Painter para dormir. Y como soy tan rara, escogí una usada que colgaba de la parte trasera de la puerta del baño. Olía a él y con ella me sentí completamente a salvo.

Al menos esa fue la lógica de mi «yo» borracha.

Acababa de darme cuenta de que tenía manchas de grasa en los brazos. Unas manchas que también estaban en las sábanas. Se me encogió el estómago.

Tal vez la camiseta estaba colgada para que no rozara ninguna superficie. ¡Ups!

De repente la puerta de la habitación se abrió y me encontré a Painter mirándome fijamente. Mierda, tenía moretones bajo ambos ojos y la nariz un poco torcida. ¿Se habría peleado con alguien?

—¿Estás bien? —pregunté olvidándome de todo el desastre que había causado con la grasa mientras iba hacia él. Me abrazó con dureza y antes de darme cuenta su boca cubría la mía, invadiéndome con la lengua. No fue un beso dulce en absoluto, más bien fue un intento de marcarme, de recordarme que, incluso estando separados, seguía siendo suya. Sus manos bajaron a mi trasero y yo le envolví la cintura con las piernas. Se volvió, me empujó contra la pared y hundió sus caderas en mi entrepierna.

Nunca me había excitado tan deprisa; estaba claro que mi cuerpo lo reconocía y quería darle la bienvenida. Menos mal, porque al instante siguiente se apartó los centímetros suficientes para desabrocharse los pantalones y penetrarme con tal rapidez e ímpetu que me encontré al borde del placer y el dolor. Cuando su glande llegó hasta el fondo jadeé y me aferré a sus hombros para mantener el equilibrio.

—Jesús, Mel —gimió. Echó la cabeza hacia atrás—. Me encanta verte en mi casa, con mi camiseta.

Abrí la boca para disculparme por el desastre que había ocasionado en su cama, pero él echó las caderas hacia atrás para, inmediatamente después, volver a embestirme a conciencia y me olvidé de todo. Giró las caderas, empujando su pelvis con fuerza contra mi clítoris. Jadeé de nuevo. Oh, Dios mío. ¿Cómo se suponía que una chica podía pensar con coherencia después de aquello?

Una eternidad después, y al mismo tiempo un instante, Painter empezó a profundizar sus envites, alcanzando nuevas zonas en mi interior. La tensión se fue acumulando, más rápida e intensa que en otras ocasiones. En algún lugar de mi mente fui consciente de los pájaros que cantaban fuera, del olor a café, del hecho de que estaba llena de grasa y que terminaría poniéndole perdido.

Pero todo aquello me dio igual.

Lo único que me importó fue que estaba cerca —muy cerca— de explotar en mil pedazos. Le agarré de la nuca y tiré de su cabeza para conseguir otro beso. Volvió a invadirme con la lengua y todo mi cuerpo se puso rígido, suspendido justo en el límite.

Se retiró antes de volver a llenarme, seguido de una enérgica estocada que me lanzó sobre el precipicio. Y ahí fue cuando llegó la ansiada liberación como una ola explosiva que me recorrió de la cabeza a los pies.

Painter salió de mi interior e instantes después sentí un chorro caliente de semen derramándose por mis muslos.

Nos quedamos así durante un minuto, recuperando la respiración. A continuación se dio la vuelta y me llevó en volandas hasta el colchón, donde me depósito antes de cubrirme con su cuerpo. Todavía tenía las piernas enredadas alrededor de su cintura. Me miró y me acarició la mejilla dulcemente con un dedo. Entonces lo levantó y me enseñó la mancha de grasa que lo cubría.

—¿Mel?

—¿Sí?

—¿Hay algún motivo en particular por el que estés llena de grasa?

Me mordí el labio y le sonreí.

—La despedida de soltera —susurré—. Los *strippers* se ponen demasiado aceite en el cuerpo. ¿Hay algún motivo en particular por el que vengas con toda la cara llena de contusiones?

—La despedida de soltera —susurró también—. Cuando vi la mano de mi chica en la polla de otro hombre me cabree tanto que intenté atravesar una pared.

—Sabes que no le toqué a propósito, ¿verdad? Era bastante feo.

—Me alegra oír eso —gruñó Painter.

Entonces volvió a besarme con dureza y me olvidé por completo de los *strippers*.

***

Una hora después, había tenido otros dos orgasmos más. Uno, con él debajo de mí, y otro, en el que me folló desde detrás mientras me acariciaba el clítoris.

Ahora estábamos acurrucados, desnudos y cubiertos de vetas de grasa que a Painter no parecieron importarle lo más mínimo, así que decidí que tampoco me importarían a mí. Tracé con un dedo las que tenía sobre el pecho y me percaté de que una era más oscura debido a que no era una mancha sino una contusión.

—¿Cómo fue tu viaje? —pregunté.

Frunció el ceño.

—Sabes que no puedo hablar de los asuntos del club, Mel.

Puse los ojos en blanco.

—¿Acaso te he preguntado por los detalles? No, solo quería saber cómo te había ido en general, si todo había salido bien a pesar de las marcas que traes. Porque me preocupo por ti, ¿entiendes?

Su expresión se suavizó.

—Lo siento. Supongo que sí que ha ido bien, pero fue un coñazo porque no estaba aquí, contigo. Las marcas son por una pelea tonta que tuve, no fue nada, así que no te preocupes por eso. Aunque sí que me paró la policía en Washington. Iba con el intermitente roto.

—Qué mal —dije, arrugando la nariz—. ¿Te pusieron una multa muy alta?

—Sí y no. —Se inclinó para darme un beso en el cuello—. Solo me hizo una amonestación; se fundió un fusible y pude arreglarlo en el momento. Pero técnicamente es una violación de la condicional. Tengo un acuerdo con mi agente de la condicional, pero tendrá que tomar alguna medida para no quedarse con el trasero al aire. Tal vez me meta unos días en la cárcel del condado. No mucho.

Me lamió la clavícula, pero le aparté con un ligero empujón. Teníamos que hablar sobre el asunto de la cárcel.

—¿Qué es eso de que pueden volver a encerrarte?

Painter suspiró, después se separó de mí para mirar el techo. Me puse de costado y le observé atentamente.

—El juez ordenó un máximo de treinta días de cárcel discrecional en caso de que me pasara de la raya. Mi agente puede aplicarlos cuando le venga en gana. Pero pueden enviarme a prisión sin previa audiencia de la Junta de libertad condicional. La cárcel es un castigo sin importancia.

Le miré, consternada.

—¿Crees que ir a la cárcel no tiene importancia?

—¿Comparado con cumplir la totalidad de mi condena? Sí. Todavía me quedan dos años de prisión, Mel.

Aquellas palabras fueron como un mazazo.

—¿Dos años? —susurré—. ¿Pueden enviarte de vuelta otros dos años?

—Nena, también podrían asesinarme un grupo de ninjas —dijo divertido—, y eso no significa que vaya a suceder. El club tiene mucha influencia en el departamento que se ocupa de la libertad condicional de aquí, tengo mucha manga ancha. Se supone que no puedo salir del estado, pero el agente es el que decide cuándo o cómo se me castiga. Y nosotros lo tenemos sobornado. Confía en mí, no me pasará nada.

Le miré, preguntándome qué se le pasaba por la cabeza, porque nada de aquello tenía sentido.

—¿Entonces que vayas a prisión o no depende de una sola persona? ¿Y si le cabreas? ¿De verdad merece la pena arriesgarse a viajar cuando tienes tanto que perder?

Hizo una mueca y se frotó la barbilla. En esa zona tenía una barba de tres días considerable y durante un segundo dejé de prestar atención a nada que no fuera aquello. Quería tocársela. Tal vez frotar la cara contra ella...

«¡Por favor, Mel! No es momento para jueguecitos.»

—Todo esto es nuevo para mí. —Alzó una mano y me acunó la mejilla—. Nunca me habían preocupado los riesgos.

—¿Nunca te ha preocupado volver a la cárcel?

—Volver a prisión. La cárcel es para las penas inferiores a un año, la prisión para las superiores.

—No has respondido a mi pregunta —espeté—. Si no quieres que hablemos en serio, entonces no lo hagamos, pero no me líes con juegos de palabras.

—De acuerdo, ¿quieres la verdad? Desde que cumplí los doce años he pasado por el reformatorio, la cárcel y la prisión. Así son las cosas, cuando uno arriesga, a veces tiene que pagar. Hasta entonces, no voy a dejar que toda mi vida se limite a cumplir las normas que me imponen los de la puta Junta de libertad condicional.

Me senté y le taladré con la mirada.

—¿En serio? ¿Tanto te cuesta intentar no volver a prisión? Painter, eres inteligente, divertido y un pedazo de artista, ¿por qué vivir así cuando no es necesario? ¿Por inercia?

Él también se incorporó, mirándome igual de enfadado.

—No tienes derecho a opinar. Es mi vida y haré lo que tenga que hacer por mi club. Solo porque te quiera no significa que tengas voto en este asunto. Mis hermanos y yo, sí. Las damas escuchan y hacen lo que se les dice.

Ambos nos quedamos igual de estupefactos mientras sus palabras caían entre nosotros como una bomba. Lo que acaba de decir implicaba tantas cosas... No sabía si cabrearme o...

—¿Tú me quieres? —pregunté despacio, ladeando la cabeza.

—Pues claro que te quiero —dijo, todavía molesto—. Eres lo único en lo que pienso y estás en mi cama. Esto no es típico de mí, Mel. No hago tonterías como esta. Voy a hablar con Pic sobre ti, sacar el tema en el club. Quiero que seas mi dama.

No supe qué decir, me pilló completamente desprevenida, así que al final solté lo primero que se me pasó por la cabeza.

—Pero yo no soy ninguna dama.

Painter esbozó una sonrisa reacia y extendió la mano para tocarme un pecho, pellizcándome el pezón al hacerlo. Jadeé mientras deslizaba la mano entre mis piernas.

—Cierto, no siempre te comportas como una dama —susurró, abalanzándose sobre mí—. Pero eres mía y eso es lo único que importa, ¿de acuerdo? Deja que sea yo el que se preocupe por lo demás.

Entonces volvió ponerse encima de mí y fui incapaz de pensar con coherencia.

Ni siquiera me di cuenta cómo había eludido el asunto de la prisión. Así de bueno era.

***

Painter

Llegué al arsenal justo antes de las seis de la tarde. Pic había convocado a todo el mundo a una reunión para tratar el asunto de Hallies Falls y ponernos al día sobre Hands. Saqué el teléfono móvil y lo dejé sobre el mostrador antes de dirigirme a la capilla. Allí estaban todos los hermanos, incluso Duck. Había estado teniendo problemas con las articulaciones; Ruger llegó a comentarme que estaban preocupados porque creían que en poco tiempo tal vez no podría montar en moto.

Siempre sería un hermano pasara lo que pasase, pero en cuanto un hombre dejaba de montar solía durar muy poco.

—Siéntate —dijo Pic, señalando un lugar en el centro que habían reservado para mí. Normalmente solía colocarme por detrás, pero teniendo en cuenta que Pic había convocado aquella reunión para hablar de lo que había pasado el fin de semana, me imaginaba que ese día hablaría más de lo habitual—. Bueno, Painter tiene que contarnos un montón de cosas. Primero empezaremos con los Nighthawk y después seguiremos con otros asuntos. Todo tuyo, hermano. Bienvenido a casa.

Alcé la barbilla a modo de respuesta y empecé con mi relato.

—Gage está haciendo muchos progresos. Marsh, el presidente, tiene una hermana por la que bebe los vientos. No sé qué tipo de relación

tienen, pero es algo raro. Da igual. El caso es que la hermana, Talía, está tirándose a Gage, gracias a lo cual conseguimos que nos invitaran a una fiesta que dieron en su sede.

—Y esa Talía, ¿cómo es? —preguntó Horse.

—Es una auténtica zorra —le dije—. Pero está muy buena. A Gage no le gusta, pero al menos se la puede follar sin tener que ponerle una bolsa en la cabeza.

Duck se puso a reír.

—A Gage siempre le han puesto las salvajes.

—Sí. Bueno, no creo que esta le ponga mucho, no más de lo que debe. Y ahora, hablando en serio, las cosas no van bien en ese club. Están divididos en dos grupos: los que siguen a Marsh y los hermanos más antiguos, aquellos que estaban antes de que Marsh se hiciera cargo. Tengo la impresión de que Marsh nos estuvo investigando, como si tuviera trabajo para nosotros.

Horse y Ruger intercambiaron una mirada y me fijé en la cara de sorpresa de los que estaban en la mesa.

—Oh, y aún se pone peor —continué—. Sus aspirantes son el colmo. Los aceptan demasiado rápido. Conocí a un chico que ni siquiera tenía una moto.

—No me jodas —gruñó Duck—. No podemos permitirlo.

No iba a ser yo el que se lo discutiera.

—Cierto —acordé—. Pero tenemos que escoger bien el momento, no podemos dejar que toda la red se desmorone cuando le cortemos la cabeza.

—Me parece bien —dijo Pic, recostándose contra su silla. Después se cruzó de brazos y se puso aún más serio—. Bueno, y ahora que ya hemos abordado este asunto, hablemos del verdadero problema. Cuéntales a todos lo del soplón.

—Es un tipo que se llama Hands —dije. Bolt se tensó cuando nuestras miradas se cruzaron sobre la mesa.

—¿El mismo Hands que le tendió una trampa a Bolt? —inquirió Ruger con voz helada.

—Sí —respondí con voz sombría—. Por lo menos, según Gage. Pasó cuando yo no estaba. Le vimos en la fiesta. Me las ingenié para dejarlo fuera de combate y que pareciera un accidente y después ayudé a uno de los aspirantes a llevarlo a su casa. Nunca llegó a ver Gage, así que no pudo poner sobre aviso a Marsh.

 205

—Tendríais que haberme llamado —dijo Bolt con tono frío.

—Gage dijo que no podíamos arriesgarnos a llamarte, no cuando planeábamos acabar con él nosotros mismos —indiqué sin rodeos, aunque no mencioné la parte en la que creíamos que Bolt se pondría hecho una furia.

—¿Alguna posibilidad de que sospechen de vosotros? —quiso saber Pic.

Negué con la cabeza.

—Ninguna. Hice que pareciera que me tropezaba con uno de sus aspirantes. Y no solo eso, tengo un testigo que vio cómo lo dejamos sano y a salvo, y profundamente dormido, cuando nos marchamos de su casa. No creo que eso nos suponga ningún problema. De todos modos no fuimos a por él hasta después de la fiesta. Luego lo llevamos hasta Bellingham en un todoterreno que Gage consiguió sacar de no sé dónde. Una vez allí lo interrogaron.

Bolt entrecerró los ojos.

—¿Rollins? —preguntó.

—Rollins —confirmé.

Bolt sonrió lentamente; una sonrisa tan siniestra que apenas pude sostenerle la mirada.

—Me apuesto a que fue bastante desagradable.

—Sí. Mucho. Siento no haber podido llamarte, hermano, pero te prometo que nos encargamos de él por ti. Al principio Hands no habló. Supongo que creía que, mientras pudiera proteger la información, seguiría con vida. Después de unas cuantas horas me tomé un descanso para dormir un poco. Al final se vino abajo y me despertaron para que pudiera oír lo que tenía que decir.

—¿Y?

—Ha estado pasando información de los clubes de la región a los federales. Por lo visto eso no es nuevo, pero esto sí. Está trabajando con Marsh.

—¿Marsh sabe lo que está haciendo?

—Eso creo. Aunque no estoy seguro de si confía mucho en él o no. Pero sí que sabe que Hands es un soplón. La verdadera cuestión es si Marsh lo está usando a él o él es el que usa a Marsh... o usaba. Rollins lo remató poco después.

Pic asintió pensativo.

—¿Se ha ocupado Rance de todo este lío?

—Sí, lo tiene todo controlado. Me llevaron de vuelta a Hallies Falls para que recogiera mi moto y luego me vine a casa. Por cierto, tuve un pequeño contratiempo en el camino.

—¿Qué tipo de contratiempo? —inquirió Pic con el ceño fruncido.

—Se me fundió un fusible del intermitente y me pararon. —Todos me miraron fijamente. Entonces Ruger soltó un ligero resoplido. Horse empezó a reírse y a partir de ahí solo vi sonrisas alrededor de la mesa. Capullos.

—¿Te pusieron una multa? —preguntó Pic.

—No, solo una amonestación. La agente incluso sostuvo una linterna para que pudiera...

—¿La agente? —Duck sonrió de oreja a oreja—. ¿Así que en las últimas veinticuatro horas has secuestrado y ayudado a matar a un hombre, cruzado el estado dos veces... y te para «una policía» por no usar el intermitente? Por Dios, Painter. Esto solo te puede pasar a ti.

Le saqué el dedo corazón.

—Y me puso una amonestación. Supongo que tendré que contárselo a Torres la próxima vez que nos reunamos.

—Sí, será lo mejor —dijo Picnic, volviendo fruncir el ceño—. Lo más seguro es que te meta en la cárcel un par de días por haber salido del estado, porque si se filtra que estabas fuera de Idaho y que no hizo nada empezarán a mirarle con lupa. No podemos permitirnos ese tipo de atención.

—Sin problemas. —Me encogí de hombros.

—¿Alguna otra pregunta para Painter? —preguntó Pic a los que estaban en la mesa.

—¿Estaba buena la poli? —me sonrió Horse—. ¿Te hizo un cacheo completo?

—¿Alguna pregunta de verdad para Painter? ¿No? Muy bien, pues eso es todo por ahora, a menos que alguien quiera que hablemos de alguna otra cosa.

«Aquí viene», pensé. Hora de hablar de Mel. Mierda, anda que no iba a haber cachondeo con todo eso...

—Sí que hay algo.

Pic enarcó una ceja.

—¿Más? ¿Es que no tiene bastante con matar a un hombre?

Me encogí de hombros.

—Han sido un par de días muy ocupados. Ahora en serio... Quiero hablar de Melanie.

Todos se quedaron en silencio. Eché un vistazo a mis hermanos y me encontré con la enorme sonrisa de capullo de Duck.

—Quiero que sea mi dama —continué. Observé la cara de Pic. Si alguien podía darme algún problema, sería él.

—¿Estás seguro? —preguntó nuestro presidente—. Es una buena chica, pero no sabe nada de nuestro mundo. Tal vez sería mejor que le dieras un poco más de tiempo. Estás yendo demasiado rápido.

—¿Rápido? La conozco desde hace más de un año —le recordé—, y mientras estuve en prisión nos escribimos todo el tiempo. Es guapa, inteligente... Lo tiene todo. Quiero estar con ella.

Pic miró a su alrededor y yo esperé a que alguien dijera algo.

—A mí me gusta y tampoco es que haya sido una sorpresa —dijo Ruger—. Condujo su automóvil durante un puto año. La chica consiguió convertirle en un calzonazos a larga distancia; eso requiere mucho talento.

Horse se echó a reír. Respiré hondo, ¿cuánto tiempo tendría que soportar sus pullas?

—Creo que será buena para él —intervino Bolt, en un tono más serio—. Eres un tipo listo, Painter, pero también un imprudente de tomo y lomo. Si vuelves a prisión, no le harás ningún bien al club. Puede que tener una dama te motive lo suficiente como para tener cuidado, te dará algo que perder.

Él lo sabía mejor que nadie. Estuvo separado de su mujer, Maggs, un tiempo. Ahora habían vuelto, pero no había sido nada fácil.

—Sí, será un punto a su favor —dijo Pic—. Puede que dentro del club te consideres como carne de cañón, pero no lo eres. Y no estaría de más que tuvieras un poco más de cuidado. Me parece bien.

—¿Y ahora qué? ¿Nos damos un abrazo de grupo? —preguntó Horse con los ojos en blanco—. Disfruta de tu chica e intenta no destrozarla. Aunque creo que no deberías ponerle el parche todavía. Dale un poco más de tiempo para que se adapte. Que se acostumbre a todos nosotros. Os ahorrará un montón de problemas en el futuro.

—Tiene razón —volvió a intervenir Pic. Torcí el gesto, no me gustaban los derroteros que estaba tomando aquello—. Es mejor que te lo tomes con calma. Por supuesto tú eres el que tiene la última palabra, pero si te preocupas por ella, le darás más tiempo para que se acostumbre. ¿Algún otro asunto que tratar?

Al ver que nadie decía nada, alzó el mazo y lo golpeó contra la mesa con un fuerte golpe.

—Estupendo. Vámonos de aquí. Loni me está esperando con la cena lista y me muero de hambre. Y no solo eso, esta noche Kit duerme fuera, con una amiga, lo que significa que por fin estaremos solos en casa. Apenas lleva una semana con nosotros y me ha parecido un año. ¿Painter?

—Sí.

—Espero que tú y Mel seáis felices, comáis perdices y toda esa mierda, pero no tengáis ninguna hija. Y esto va por todos, no quiero más hijas en el club. No creo que pueda soportarlo.

—¿No va a volver a Vancouver? —preguntó Duck.

Pic se encogió de hombros.

—No lo sé. Dice que sí, aunque este semestre ha elegido todas las clases *online*. Creo que hay algo que no me ha contado, pero no voy a presionarla. No ha dejado de ver al vaquero ese que tuvo el accidente en el rodeo.

—¿Qué pasa con él? —pregunté yo—. ¿Está con él?

—Ni puta idea. Da igual. Por lo menos el chico está vivo. Ahora, si no os importa, me voy. Loni ha hecho pollo con bolas de masa y si está frío cuando llegue a casa, dispararé a uno de vosotros. Os dejo que decidáis a quién.

Duck soltó un bufido y dimos por terminada la reunión.

Capítulo 14

Un mes después.

PAINTER: ¿Te apetece quedar para cenar?
MEL: Claro.
PAINTER: En mi casa. Yo compro la comida si tú cocinas.
MEL: Así que, más que quedar para cenar, quieres que te cocine.
PAINTER: No, también quiero follarte. ¿Ves? Mi interés va mucho más allá de la comida.
MEL: ¡Qué hombre más enrevesado!
PAINTER: Exacto. Te veo en mi casa.

Melanie

—Painter nunca ha salido con nadie más de una semana, mucho menos un mes —me dijo Em al otro lado de la línea. Estaba fuera del apartamento de Painter, sosteniendo el teléfono entre el hombro y la oreja mientras intentaba buscar en el monedero la llave—. Creo que va en serio contigo.

—Actúa en serio —repuse yo—. Incluso una vez me dijo que me quería, pero aparte de esa ocasión nunca más ha vuelto a mencionar nada sobre ser su dama ni nada parecido. Y tampoco me cuenta dónde va cuando sale de viaje, solo me dice que son «asuntos del club» como si yo tuviera que saber lo que significa eso.

Toqué con los dedos algo sólido. ¡Ahí estaba! Saqué la llave con aire triunfal.

—Siempre me olvido de lo poco que sabes sobre la vida en el club —replicó Em con un suspiro—. Nunca hablan de sus asuntos. Jamás. Con ninguna, no tiene nada que ver contigo.

—¿Nunca? —pregunté. Me resultaba difícil de creer—. ¿Qué hay de ti y de Hunter? ¿Me estás diciendo en serio que cuando él se va no tienes ni idea de dónde está?

—Es... es una cuestión espinosa —dijo despacio—. En teoría las mujeres no sabemos nada de los asuntos del club. Se supone que tenemos que ser buenas damas, apoyar a nuestros hombres y simplemente confiar en que ellos saben lo que están haciendo y que lo hacen por nuestro bien. En la realidad, sin embargo, creo que muchos de ellos hablan con sus mujeres. De hecho, estoy convencida de que mi madre estaba al tanto de la mayoría de los asuntos del club; no sé Loni. Luego ya lo que compartan depende mucho de la relación que la pareja tenga y de lo involucrada que esté la dama en el club. No obstante, piensa en esto que te voy a decir: ¿Te gustaría tener que declarar en contra de Painter?

—Mierda. Nunca me lo había planteado de ese modo.

Estaba claro que no había pensado en un montón de cosas. Abrí la puerta, entré al estudio y subí las escaleras.

—Bien, ten en cuenta esto —continuó Em—. A menos que estés casada, pueden obligarte a declarar. Siempre podrías mentir para protegerle... y eso es lo que se espera de una dama, pero ¿no es mejor si realmente no sabes nada? De esa forma no te pueden tender ninguna trampa o manipular para que lo delates.

—¿Y no te molesta?

—Sé un poco más concreta, ¿a qué te refieres?

—A que si no te molesta el hecho de que quizá algún día tengas que mentir para proteger a Hunter.

—No —sentenció—. Seguro que ayuda el hecho de que me he criado en este mundo, pero confío en que todo lo que hace Hunter es por una buena razón. Incluso he aprendido a confiar en sus hermanos, lo

que significa que si alguno de ellos le llama de madrugada, sé que es por algo importante. Que yo conozca todos los detalles solo puede hacerle daño... y lo quiero a salvo. ¿Entiendes ahora cómo funciona?

—Confío en Painter —declaré despacio—, pero no sé si puedo confiar en el club. Lo siento, sé que estoy hablando del mundo de tu padre, pero todo me resulta muy raro. Siento como si tuviera que desconectar parte de mi cerebro para poder estar con Painter.

—No tienes que desconectar nada. Solo necesitas aprender lo que realmente importa y olvidarte de lo que no.

—¿Me estás diciendo que no es importante que tu hombre desaparezca en medio de la noche y no sepas nada de él durante días?

—Por supuesto que lo es —se rio—. Cuando Hunter tiene que marcharse, me preocupo por él. No hago más que pensar en él y le echo muchísimo de menos. Lo que no hago es pasarme todo el día imaginándome qué es lo que estará haciendo, porque no me va a reportar nada bueno. En lugar de eso, centro toda mi energía en las cosas que sí importan. Mi trabajo. Encargarme de todo lo relacionado con nuestra casa. Le gente siempre habla de lo controladores que son los moteros de un club, pero yo soy la que paga las facturas y administra el dinero. Él no tiene tiempo.

Dejé el bolso sobre la mesa. Después me fui hacia el dormitorio de Painter, donde mi camiseta favorita —esta vez sin aceite de motor— me esperaba. En las últimas semanas me había dado cuenta de que le excitaba mucho que llevara su ropa, lo que me venía fenomenal porque también me pasaba lo mismo.

—Me has dado mucho en qué pensar —dije—. Pero tengo que dejarte. Painter vendrá enseguida y quiero estar lista.

—Que os divirtáis. —Sonrió con complicidad—. Y tomad precauciones. No sé si podría hacer frente a un pequeño Painter correteando alrededor.

—¡Retíralo! —siseé—. Dios, ¿te imaginas? Pero si todavía no he cumplido los veintiuno. Quedarme embarazada sería una putada.

No me respondió de inmediato. Fruncí el ceño.

—¿Em?

—Sí... lo siento —dijo—. Me he distraído un segundo. Pásalo bien con Painter esta noche, ¿de acuerdo? Y no te preocupes por las cosas que no puedes cambiar. El club es lo que es. Por fuera a veces no parecen tan buenos, pero con el tiempo creo que agradecerás tenerlos a tu lado. ¡Adiós!

—Adiós.

Puse un poco de música y me quité la ropa para poder ponerme su camiseta. Me quedaba larga; casi como un vestido. Me lo imaginé acercándose por detrás, tirando de la tela muy despacio para levantarla y... Oh, cómo me gustaba lo que estaba pensando.

Oí un portazo en la planta de abajo.

—Mel, ¿estás arriba?

Salí de la habitación contoneándome ligeramente y...

Me detuve en seco.

Painter llevaba un ramo de rosas rojas en la mano. Y no uno cualquier, uno enorme. Abrí los ojos como platos.

—Hoy he tenido un buen día —dijo con una sonrisa de oreja a oreja—. Me llamó un hombre; un cliente de la bahía de San Francisco. Quiere que le haga un cuadro a tamaño natural de su moto y me ha ofrecido una fortuna. Pero eso no es lo mejor. Es propietario de una galería de allí y me ha dicho que podría estar interesado en exponer alguno de mis trabajos. Llevo toda la tarde corriendo de aquí para allá para comprar todo el material necesario.

—¿En serio? —chillé—. ¡Oh, Dios mío! ¡Es increíble! Me alegro muchísimo.

Me abalancé sobre él para abrazarle y casi le derribo al hacerlo. Las rosas y bolsas que traía cayeron al suelo mientras me besaba con intensidad.

—¿Dormitorio? —susurré cuando por fin me dio un respiro.

—Comida —respondió con una atribulada sonrisa—. Hoy ha sido una locura y encima me he quedado sin batería en el teléfono justo después de enviarte el mensaje. No he comido nada desde el *donut* que tomé para desayunar.

Suspiré y me eché hacia atrás. El pobre se merecía una comida decente. Entonces volví a fijarme en las rosas.

—No tendrás un jarrón o algo parecido, ¿verdad? —pregunté con timidez, recogiendo el ramo. No había sufrido muchos daños, solo unos cuantos pétalos caídos...

—¿Qué te hace pensar que son para ti?

Me quedé helada.

—Lo siento... creía que...

Empezó a reírse y me acunó la cara entre sus manos enormes.

—Por supuesto que son para ti.

A continuación me besó despacio y con mucha dulzura.

—Voy a cambiarme —dijo—. Hay guarnición para los tacos en la bolsa. Creo que me acordé de todo.

***

¿Sabéis esos raros momentos en la vida cuando todo parece perfecto? Pues la primera mitad de esa tarde noche fue uno de ellos. No tengo palabras para describirlo, porque no pasó nada especial. Cenamos juntos y después me hizo bajar a su estudio para hacer un esbozo de mí vestida únicamente con su camiseta. Como era de esperar aquello condujo a otros menesteres, y justo cuando estábamos en la mejor parte, alguien llamó a la puerta.

—Mierda —masculló Painter, buscando sus pantalones. Me lanzó una sábana que usaba como lona con la que me cubrí el cuerpo semidesnudo mientras él se dirigía a la puerta—. ¿Sí?

—Soy Kandance Evans —resonó una voz de mujer—. Soy su nueva agente de la condicional. Abra la puerta, por favor.

—Creía que tu agente era un hombre —susurré.

Painter me miró confundido.

—Y lo era. Prepárate para llamar a Picnic, ¿de acuerdo? Todo esto me da muy mala espina.

Se pasó una mano por el pelo y se acercó para mirar por la mirilla.

—Estoy abriendo la puerta —anunció, girando el cerrojo. Una mujer alta, con el pelo oscuro recogido, esperaba fuera. Detrás había dos policías más. La expresión de la mujer no era precisamente amistosa.

—¿Levi Brooks? —preguntó, mirándole de arriba abajo.

Painter cruzó los brazos sobre su pecho desnudo.

—Soy Levi.

La que parecía ser su nueva agente le miró por encima del hombro para clavar la vista en mí.

—¿Y ella es?

—Melanie Tucker. Mi novia.

Entró y me hizo el mismo reconocimiento que a Painter.

—¿Qué esconde debajo de esa sábana?

Tosí y miré hacia otro lado.

—Mmm...

—Está desnuda —dijo Painter sin rodeos—. Nos ha pillado en medio de algo. No la conozco. ¿Dónde está Torres?

La mujer se volvió hacia él con gesto inexpresivo.

—Chris Torres está de permiso administrativo, a la espera de una investigación.

—¿Por qué? —preguntó Painter con el ceño fruncido.

Aquello no podía traerle nada bueno. Maldición. Tenía que vestirme, encontrar mi teléfono y llamar a Reese. Aquí estaba pasando algo muy gordo.

—Él y otros cuatro agentes han sido acusados de aceptar sobornos, incluido su supervisor —informó ella con voz helada—. Me han reasignado sus expedientes. He estado revisando el suyo y está claro que ha sido demasiado permisivo con usted. ¿Dónde estaba esta mañana, señor Brooks? ¿Alrededor de las once?

—Trabajando.

—No, no estaba —dijo. Percibí una nota de triunfalismo en su voz—. Lo he comprobado. Acaba de mentirme y eso es una violación de la condicional. Su segunda violación, de acuerdo con su expediente, le detuvieron fuera del estado sin permiso, aunque Torres solo le mandó a la cárcel durante un fin de semana. Esta vez pasará unos cuantos días más. Todavía tengo casi un mes de detención discrecional y tengo toda la intención de usarlo. Ahora. Los agentes están aquí para custodiarle.

—¿Se lo van a llevar así como así? —pregunté estupefacta—. No pueden hacer eso. Él estaba trabajando, solo que no estaba en el taller. Estaba comprando material para un encargo.

—La libertad condicional es un privilegio, no un derecho —replicó ella con petulancia y aire de satisfacción—. Los Reapers han estado por encima de la ley demasiado tiempo. Es hora de ponerle fin, empezando por el señor Brooks. También vamos a registrar toda la casa. Tiene que marcharse, señorita Tucker.

—Pero... —Miré a Painter. Estaba a punto de tener un ataque de pánico.

—Llama a Picnic —dijo con voz firme aunque transmitiéndome tranquilidad—. Él se encargará de todo. Sube, vístete y recoge tus cosas. A mí pueden registrarme sin orden judicial previa, tuve que renunciar a ese derecho, pero a ti no.

—Enviaré a un agente con usted —manifestó ella.

La miré con ojos entrecerrados. No me gustaba nada esa mujer. Nada de nada.

—Antes me gustaría ver alguna identificación —dije.

Se acercó pavoneándose y sacó su placa.

Efectivamente, se trataba de Kandance Evans.

—Me suena mucho su nombre —dije con el ceño fruncido.

Kandance ladeó la cabeza.

—Seguramente ha leído las noticias sobre mi hermano, Nate —repuso con voz fría—. Desapareció hace poco más de un año. No sabemos qué pasó, pero sí que estaba investigando a los Reapers y que de pronto desapareció. Interesante coincidencia, ¿no cree? Ahora recoja sus cosas y salga de aquí. Después corra a decirle a Reese Hayes que tengo a su chico y que no será el último Reaper a por el que vaya. Por cierto, también le sugiero que busque un nuevo novio; el futuro de este no es muy prometedor.

***

Cuatro semanas más tarde.

Corrí al cuarto de baño, deseando con todas mis fuerzas que Jessica estuviera lo suficientemente dormida como para no oírme vomitar. Otra vez. Aquel era el quinto día que me había despertado con unas ganas tremendas de devolver.

Al principio lo negué.

Tal vez fuera el estrés; al fin y al cabo mi novio estaba en la cárcel. La agente se lo llevó ese mismo día y lo encerró; nadie pudo hacer absolutamente nada para detenerla. Ese tipo de estrés disminuye la capacidad del sistema inmunitario de cualquiera para luchar contra cualquier bicho que invada tu organismo. Seguro que ese era el motivo por el que estaba siempre cansada, tenía extraños cambios hormonales... no me venía el período... y los vómitos...

Por desgracia, y después de llevar una vida como la mía (padre alcohólico, madre desaparecida, «¡bravo, chicos!»), uno no puede seguir negando los hechos durante mucho tiempo. No si quieres sobrevivir. Por eso la noche anterior decidí pasarme por la farmacia y comprar una prueba de embarazo (de dos marcas diferentes, porque si me iban a dar malas noticias que pondrían mi vida patas arriba, quería estar completamente segura). Y ahora tenía intención de usarlas... tan pronto como dejara de vomitar el tiempo suficiente como para poder orinar.

Diez minutos después estaba sentada, apoyada contra la bañera, mirando las dos pruebas tiradas en el suelo. Una de ellas tenía un símbolo «+» de un tono azul brillante. La otra la imagen de un bebé, como si creyeran que no era lo suficientemente inteligente para entender el resultado sin ningún tipo de ilustración.

Aquello no podía estar pasando, no a mí. Me negaba a aceptar que fuera real. Sí, era cierto que no siempre habíamos usado preservativo, pero en esas ocasiones nunca llegó a eyacular dentro de mí. ¿Qué probabilidades había?

Las pruebas apuntaban en mi dirección de forma acusadora.

De acuerdo, por lo visto en mi caso las probabilidades eran de un cien por cien.

—Oye, ¿has terminado ya? —gritó Jess al otro lado de la puerta—. Esta mañana tengo un examen y necesito ducharme. Voy un poco mal de tiempo.

Hice caso omiso de ella porque me importaba un comino su examen. Me daban igual los estudios, la amistad y cualquier cosa. Estaba embarazada y no había absolutamente nada que pudiera hacer al respecto... Bueno, sí que podía. Podía hacer que aquel problema desapareciera.

Nadie tendría por qué enterarse.

Sería mi pequeño secreto. Solo tenía que hacer una rápida visita al médico y... ¡problema resuelto! Me pasé una mano por el estómago, intentando imaginarme un bebé dentro. Todavía no podía sentirlo, pero no había duda de que últimamente mi barriguita estaba un poco más llena. Tenía un niño dentro. Era real. Tenía un bebé vivo dentro de mí.

En ese mismo instante supe que no podría matarlo.

De ningún modo.

—Mel, ¡abre la puerta! —volvió a gritar Jess.

Cerré los ojos y apoyé la cabeza sobre la bañera, intentando comprender mi nueva realidad. Muy bien, iba a tener un bebé. Conté los meses y me di cuenta de que daría a luz en verano, después de que terminara el semestre. Bueno, algo era algo...

La puerta volvió a temblar.

—Mel, si no me dices algo ahora mismo voy a romperla. —Jess sonaba preocupada.

—No seas tonta —repliqué suavemente. Todavía no me lo podía creer...—. Hay una llave maestra sobre el saliente que hay encima de la puerta. Deberías poder abrirla sin problema.

Unos cuantos ruidos después la puerta se abrió y Jessica entró en el baño. Me miró con el ceño fruncido.

—¿Qué coño estás haciendo?

—Estoy sentada en el suelo del baño.

—Mmm, ¿Mel?

—¿Sí?

Se arrodilló lentamente frente a mí y recogió una de las pruebas de embarazo.

—¿Es esto lo que creo que es? —preguntó en un susurro.

—Eso depende de lo que creas que es —le dije. Me sentía indiferente, como si no estuviera allí. ¿Estaría en estado de *shock*? Sí, debía de tratarse de eso. Fascinante.

—Parecen dos pruebas de embarazo positivas.

—De acuerdo. Entonces sí es lo que estás pensando.

—¿Y son tuyas? —preguntó con cautela, mirándome como si estuviera hecha de un cristal muy frágil que fuera a romperse en cualquier segundo.

Suspiré y volví la cabeza para encontrarme con sus ojos.

—Son mías —murmuré. Sentí cómo las lágrimas empezaban a correr por mis mejillas. Mierda, Jessica. ¿Cómo he podido ser tan estúpida? Debería haberlo sabido. No estoy recién salida del cascarón.

Se acercó a mí y me abrazó, acariciándome el pelo.

—Oh, Mellie. Todo va a ir bien, te lo prometo. Lo superaremos... Decidas lo que decidas.

—No voy a matarlo —dije a toda prisa—. No quiero deshacerme de él.

—Pues lo tendrás —señaló toda decidida—. Y si alguien tiene algún problema, envíamelo de inmediato. Yo soy la que estoy mal de la cabeza, ¿recuerdas? Me encargaré de ellos y problema resuelto.

Entonces se puso bizca y me sacó la lengua.

Me sentí mejor al instante.

Lo que me estaba pasando me daba mucho miedo —más bien pavor—, pero no lo haría sola. Jessica estaba a mi lado, y a pesar de sus locuras y excentricidades, había una cosa en la que mi amiga era fiable a más no poder. Los niños. Adoraba a los niños del centro social y ponía el corazón y el alma a la hora de enseñarles y cuidarles.

Si Jessica me ayudaba, saldría adelante.

—Hoy tenía pensado ir a la cárcel —indiqué en voz baja—. ¿Crees que debería decírselo?

Jessica frunció el ceño.

—¿Sabes cómo va a reaccionar?

—No. Nunca hemos hablado de niños ni nada parecido.

—Bueno, hoy podrías aprovechar para tantearle. Hacerte una idea de qué piensa sobre el asunto. Si encuentras el momento oportuno, díselo. De lo contrario, espera hasta que estés preparada. Sé que seguramente te parece que esto es el fin del mundo, pero tienes meses y meses para asumirlo. No tienes por qué hacerlo hoy todo de golpe.

Tenía razón.

—Gracias, Jess.

—Tranquila —replicó, acercándome aún más a ella—. ¿Sabes?, siempre me imaginé esta conversación a la inversa.

—¿A qué te refieres?

—Que siempre pensé que sería yo a la que terminarían haciéndole un crío por accidente —se rio—. Aunque me alegro de que seas tú. No estoy preparada para pasar por un embarazo, el parto y toda esa mierda.

—¿Cómo te las apañas para decir siempre lo más correcto y cagarla al mismo tiempo?

—Supongo que es un don. Todos tenemos uno en la vida.

***

Daba igual las veces que fuera a ver a Painter a la cárcel del condado; nunca me acostumbraría a que me cachearan. Me hacía sentir sucia. Como si tuviera algún problema por visitar a alguien en un lugar en el que no debería poner un pie nadie que fuera decente.

En las semanas siguientes a que lo encerraran, supe que el club estaba intentando averiguar qué narices había pasado con su agente de la condicional. Pero nadie decía nada. Oficialmente seguía de permiso administrativo, aunque se oían rumores de que tal vez presentaran cargos contra él.

Solo esperaba que a Painter no le pillara de por medio.

Lo bueno era que aquella sería mi última visita a ese lugar; lo soltarían al día siguiente. Según Reese, nada de eso era normal y no debería preocuparme por Painter.

Claro que él no era el que estaba embarazado.

Para cuando por fin lo llevaron al lugar en que lo esperaba, estaba tan nerviosa que empecé a temblar.

—Hola, nena —dijo con voz cálida mientras se sentaba enfrente de mí en uno de los taburetes naranja que había en la mesa del mismo color en la que estaba. Todos los asientos estaban atornillados al suelo, seguramente para que no pudieran usarse como armas.

Qué bien.

—Hola —susurré con una sonrisa. Se suponía que no teníamos que tocarnos, pero a veces estiraba los pies debajo de la mesa para tocar los míos— ¿Qué tal?

—Listo para salir de aquí —respondió con otra sonrisa—. Te echo de menos. También echo de menos mi moto. Joder, si hasta echo de menos al capullo de Puck. El cabrón ha venido a verme dos veces por semana. ¿Sabes cuántas veces me lo va a restregar?

Solté una carcajada porque sabía lo mucho que aquellas visitas significaban para él.

—Quería hablarte sobre algo —empecé.

—¿Sobre qué?

—Sobre la vida en el club. —¿Cómo empezar?—. Todo el mundo dice que esto que está pasando no es lo normal, que la nueva agente de la condicional se la tiene jurada al club o algo parecido. Pero también sé que hay hermanos que han estado en prisión. ¿Qué pasa con sus familias? Me consta que la mayoría tiene damas e hijos. ¿Qué hacen los hermanos en estas circunstancias si tienen que ir a la cárcel?

—Lo que haga falta. —Ladeó la cabeza—. ¿Por qué lo preguntas?

—El otro día estaba en casa de Dancer y me puse a mirar las fotos de sus hijos. Tiene una familia estupenda. ¿Cómo consigue Bam Bam compaginar la paternidad con eso de hacer cualquier cosa que el club necesite? No debe de ser fácil.

Painter me miró con ojos entrecerrados.

—¿Por qué no me haces la pregunta que de verdad quieres hacerme? —dijo ahora serio.

Tomé una profunda bocanada de aire.

—¿Te gustaría tener familia algún día?

Painter se echó hacia atrás en su asiento y estudió mi rostro. Después negó muy despacio con la cabeza.

—Ni de broma.

Algo se contrajo en mi interior. Me gustaría decir que fue mi corazón rompiéndose en mil pedazos, pero todo apuntaba a un caso de acidez de estómago. Últimamente estaba teniendo mucha.

—¿Nunca? —pregunté en apenas un murmullo.

—Mel, me crie en el sistema de acogida. Y fui uno de los afortunados, porque solo me pegaron, nunca me violaron. Pero sí que vi cómo violaban a varios o cómo los prostituían. Me escapé cuando tenía once años con otro par de chicos y viví en las calles hasta que me llevaron al reformatorio. ¿Quieres saber qué hice para que me encerraran allí?

Tragué saliva.

—¿Qué hiciste?

Una amarga sonrisa retorció su rostro.

—Nada. Si no tenían otro lugar donde meterte, te detenían. Yo tenía mala reputación, era un chico problemático y ninguna familia de acogida me quería. Me pasé seis meses dentro antes de que me encontraran un nuevo sitio, aunque en ese momento ya se me había ocurrido algo—. Se inclinó hacia adelante y me miró con intensidad—. Si de todos modos te van a encerrar, ¿por qué no delinquir? —Volvió a echarse hacia atrás—. Así que no, no pienso traer a ningún niño a este mundo. No me arriesgaría a hacerle eso; además, sería un padre de mierda. Ni siquiera me gustan los críos. Huelen raro, hacen locuras y siempre están saltando por todas partes. Si quieres a un hombre que tenga madera de padre, será mejor que busques en otro lado.

Volví a tragar saliva y le miré.

—Está bien. Es bueno saberlo.

Me sonrió. Y esta vez la sonrisa llegó a su mirada.

—Estoy deseando verte mañana, nena. Deseando abrazarte. Va a ser espectacular.

—Seguro —señalé en un débil susurro—. Nos lo vamos a pasar de muerte. Ahora si me perdonas, tengo que ir al baño.

Painter frunció el ceño.

—¿Te encuentras bien?

—Estoy fenomenal. —Esbocé una sonrisa tensa—. Pero tengo que ir a hacer pis. Te veo mañana, ¿de acuerdo?

Y salí de allí como alma que llevaba el diablo.

Capítulo 15

Un día después.

Painter

Mel no estaba esperándome fuera de la cárcel.

Bueno, es cierto que tampoco esperaba que estuviera... Sabía que tenía clase y no quería que se la perdiera. Pero estaba claro que a una parte de mí le hubiera gustado que se la saltase, porque de no ser así, no la habría buscado con los ojos, incluso cuando Picnic se acercó hacia mí, flanqueado por Horse.

—La verdad es que me alegra verte vestido con algo que no sea de color naranja —me saludó Pic, tirando de mí para darme uno de sus abrazos de oso—. ¿Cómo te ha ido ahí dentro?

—Bien. —Miré hacia la puerta, donde un funcionario de prisiones nos observaba parado de pie—. ¿Habéis averiguado ya qué cojones ha pasado con Torres?

—Hablaremos sobre eso en la capilla —dijo, bajando la voz—. Todos los hermanos te están esperando. Ah, y las mujeres te están montando una fiesta para esta noche; seguro que está muy bien. Mel ha llevado

 223

tu encierro bastante bien. Tal vez haya llegado el momento de seguir adelante y hablar con ella para convertirla en tu dama.

***

Cuarenta minutos más tarde todos estábamos en la capilla. Teniendo en cuenta los abrazos y todas esas tonterías, tardamos otros diez minutos más en estar listos para hablar de lo importante.

—Muy bien, empecemos —dijo por fin Pic—. Painter, toma asiento. Tenemos que ponerte al día en un montón de cosas.

Para mi sorpresa, Duck me ofreció su silla habitual, dándome una palmada en el hombro.

—Disfruta del momento, hermano —me dijo—. Tienes por delante un camino bastante arduo.

—Jesús, no juegues con su cabeza —espetó Ruger—. Eres un desgraciado, Duck.

—No, Boonie es un desgraciado. Yo soy un Reaper —replicó Duck, riéndose de su propio chiste.

Horse puso los ojos en blanco y Bolt soltó un bufido.

—Suficiente —ordenó Pic—. Vamos a lo que interesa, ¿entendido? Las mujeres han preparado comida y huele demasiado bien como para tirarnos aquí sentados todo el puto día. Y no solo eso, London me acaba de enviar un mensaje. Está saliendo con Melanie y me huelo a que Painter tiene muchas ganas de verla.

—El pene es lo que va dentro de la chica —ironizó Horse con tono amable—. No la mano. ¿Lo pillas?

—Cierra la puta boca —espeté con una sonrisa de oreja a oreja. Ahora que volvía a estar libre, tenía toda una lista de nuevas fantasías que cumplir.

—Muy bien, las cosas están así —comenzó Pic—. Por lo visto, llevan un tiempo vigilando a Torres. La zorra de Evans va a por nosotros; siempre ha sospechado que el club estuvo detrás de la desaparición de su hermano y cuando se enteró de la investigación se metió de lleno en ella. Ha estado observando a Torres y a otros cuantos por lo menos seis meses antes de destaparlo todo.

»Torres sigue con su permiso administrativo, pero van a presentar cargos contra todos ellos. Por lo visto, tenían consolidada una buena red de sobornos. La buena noticia es que, aunque Torres es estúpido,

nosotros no. Lo que significa que no hay ningún rastro que pueda relacionarnos con él y que tienen material suficiente para condenarle sin que salga el nombre de los Reapers. Además, él sabe que no le conviene delatarnos, así que creo que por ese lado no tendremos ningún problema.

—Supongo que algo es algo —dije.

Pic se encogió de hombros.

—El verdadero problema está en lo que te queda de libertad condicional. Ahora ya no tienes ninguna oportunidad. Esa agente quiere sangre Reaper y tú eres vulnerable. Está convencida de que el club mató a su hermano.

Varios hermanos intercambiaron miradas. Técnicamente hablando nosotros no nos cargamos al tipo... solo se lo entregamos a los jefes del cártel a los que jodió para que fueran ellos los que pudieran matarle. En realidad se lo buscó el solo; nosotros no le dijimos que traicionara a un puto cártel de la droga.

—¿Hay algo que podamos hacer con ella? —pregunté.

—Estamos en ello —intervino Bolt—. Tarde o temprano encontraremos la forma, pero hasta entonces tienes que ser muy precavido. ¿Entendido?

—Sí —repliqué—. Y que sepáis que esto es una mierda.

—Es lo que hay —dijo Pic—. Ahora pasemos a otro asunto. Quiero hablarte de las últimas novedades de Gage. Está bien. Ha estado interactuando un montón con los Nighthawk; tanto, que ya le han estado soltando indirectas sobre la posibilidad de que se una a ellos. No solo eso, mientras estuviste en la cárcel, le han dado dos parches de aspirante.

—Lo cierto es que no me sorprende —murmuré—. Aunque me sigue pareciendo una vergüenza que un club caiga de ese modo.

—Eso parece —afirmó Picric—. Gage está haciendo un trabajo excelente allí, pero han estado preguntando por ti. Les dijo que te habían vuelto a encerrar, así que otro cabo suelto del que no tenemos que preocuparnos.

—Sigo opinando que deberíamos ir hasta allí y encargarnos del asunto —gruñó Duck—. Son un club de apoyo. Ya va siendo hora de ejercer algo de autoridad.

—No hasta que tengamos controlada la situación al norte de la frontera —dijo Pic—. Los Nighthawk Raiders son solo un síntoma del auténtico problema. Nos encargaremos de Marsh en cuanto tengamos

asegurada la ruta. Tardamos cinco años en instaurar una buena red de tráfico. No podemos permitirnos el lujo de volver a empezar, hay mucha gente esperando como buitres a lanzarse sobre nuestro territorio. Si vamos a por Marsh directamente, sin asegurar la frontera, es como si entregáramos Hallies Falls en bandeja de plata al cártel.

Duck gruñó.

—Te preocupas demasiado por el dinero y esto tiene que ver con el respeto.

Picnic suspiró y se tocó el puente de la nariz con dos dedos.

—¿Alguien más?

—Lo siento, Duck —dijo Bolt—. Pero estoy con Pic. Tienes razón, se trata de respeto, pero también de negocios.

—¿Tú que piensas, Painter? —preguntó Picnic.

Aquello me pilló por sorpresa, la verdad. Solía exponer mis informes y, de vez en cuando, hacer algún comentario, pero en este tipo de reuniones eran los hermanos más antiguos los que normalmente tomaban las decisiones.

—Los Nighthawk están podridos —dije despacio—. Podemos encargarnos de ellos en cualquier momento. Si lo hacemos bien, ocuparemos el vacío que dejen y tomaremos el control de sus negocios, lo que nos vendrá bastante bien. Estoy de acuerdo en que debemos hacernos respetar, pero unas pocas semanas no marcarán la diferencia. Demos a Gage el tiempo que necesite.

—¿Estáis de acuerdo? —preguntó Pic. Todos los presentes menos Duck mascullaron un sí. Duck se limitó a gruñirnos y se levantó de su asiento para irse al bar.

—¿No creéis que está más cascarrabias de lo normal? —inquirió Horse.

—Está teniendo una mala temporada —explicó nuestro presidente en voz baja—. Últimamente va mucho al médico, pero no quiere decirme por qué. Es un puto cabezota. Painter, ¿tienes un minuto? Quiero hablar contigo... en mi oficina.

—Claro.

Me puse de pie y le seguí por el pasillo. Su oficina estaba al otro lado y durante un momento me recordó a las muchas veces en las que me metía en problemas en el colegio. Aquel lugar, a pesar de las paredes cubiertas de carteles que publicitaban The Line y a sus «principales estrellas», se daba un aire a despacho de director.

—¿Qué sucede? —pregunté mientras me sentaba en una silla frente al enorme escritorio. Él hizo otro tanto en el asiento que había detrás, una de esas antiguas sillas giratorias de madera.

—Solo quería ponerme al día un poco contigo —explicó—. Ahora que ya hemos hablado de los asuntos del club, cuéntame, ¿qué tal estás?

—Bien —dije—. Mel estaba un poco rara cuando vino a verme ayer, pero supongo que todo esto ha sido un poco duro para ella. Ya conversaremos tranquilamente esta noche.

Picnic frunció el ceño.

—Sí, algo le ocurre a esa chica —admitió—. Anoche Jess llamó a Loni e hizo que fuera a su casa. Se pasó la mitad de la noche allí y no me dijo por qué. Insistió en que no le pasaba nada malo a Jessica, así que le pregunté por Mel, pero entonces se quedó muy callada. Loni nunca me miente, no después de todo lo que pasamos, pero a veces simplemente no dice nada. No sé qué está sucediendo, así que tendrás que averiguarlo y ocuparte tú del asunto. Si necesitas ayuda, házmelo saber.

—Sí, claro —dije.

En ese momento me sonó el teléfono. Lo saqué y vi que se trataba de un mensaje de Mel.

MELANIE: Acabo de llegar. ¿Estás por aquí?
YO: Salgo ahora mismo.

—Es Mel —indiqué, sintiendo cómo una estúpida risa me iluminaba la cara. Dios, me estaba convirtiendo en un capullo—. Está fuera.

Picnic hizo un sonido que fue medio resoplido medio risa.

—Ve con tu chica —dijo—. Seguramente ha llegado la hora de que le pongas el parche. Verás cómo eso la tranquiliza.

***

Seguramente os pareceré una nenaza, pero tuve que hacer acopio de todas mis fuerzas para no salir corriendo hasta el aparcamiento. Por supuesto que estaba deseando acostarme con ella, pero había algo más. Quería verla. Abrazarla... Saber que estaba a salvo y que todavía seguía siendo mía.

Cuando la vi conseguí no salir disparado por la grava como un crío, pero sí que aligeré el paso. Joder, estaba preciosa. También lo estaba

227

cuando venía a verme a la cárcel, pero allí la iluminación era una bazofia y hacía que todo el mundo pareciera amarillo, incluso mi encantadora chica.

Me miró y esbozó una tenue sonrisa vacilante, como si no estuviera segura de que me alegrase de verla. Nunca había estado más feliz de ver a nadie en mi vida.

—Melanie —dije, tirando de ella para darle uno de esos besos profundos que parecían no terminar nunca. Fui vagamente consciente de que había gente mirándonos, pero me dio igual. En realidad, siempre me daba igual. De hecho, nos gustaba vivir al aire libre, allí en la sede del club. Sin embargo Mellie todavía era muy nueva y no quería asustarla.

Me rodeó el cuello con las manos, enterrándose en mi pelo mientras se encaramaba a mí. Me encantaba cuando hacía aquello, por diversas razones pero sobre todo porque era mucho más alto que ella y no siempre encajábamos cuando nos abrazábamos. Era mucho más fácil alzarla en brazos que encorvarme cada vez que estábamos juntos.

El beso estaba siendo increíble, pero sabía que tarde o temprano tendríamos que parar para respirar.

—Hola —susurró. Me enmarcó la cara con las manos mientras me buscaba los ojos para algo. No estaba seguro, pero parecía asustada. Pic tenía razón, algo pasaba—. Estoy loca por ti, ¿lo sabías?

—Yo sí que estoy loco por ti —murmuré, besándola lentamente en el cuello. Al notar cómo se estremecía mi polla se reveló e intentó salir de los pantalones.

—Pronto —dijo ella—. Pero antes hay algo sobre lo que deberíamos hablar.

Aquellas palabras no eran las más adecuadas. Nunca presagiaban nada bueno. Me eché hacia atrás y estudié su rostro.

—¿Sobre qué?

—¿Hay algún sitio en el que podamos tener un poco de privacidad?

—Sí —dije, pensando a toda prisa—. Ya sabes que tenemos habitaciones arriba. ¿Quieres que usemos una?

—De acuerdo —respondió con una sonrisa tensa. La bajé, deslizándola lentamente por mi cuerpo, deteniéndome en la polla. Pero ni quiera eso fue suficiente para que dejara de pensar en la sombra que acababa de ver en sus ojos.

***

Mientras la arrastraba por la sede del club, recibimos unas cuantas bromas. Los hermanos sabían lo mucho que ansiaba estar a solas con ella y durante un minuto creí que Horse intentaría bloquearme el paso, porque era así de capullo. Por lo visto la cara que puse bastó para hacerle cambiar de opinión.

En la tercera planta había una serie de habitaciones que cualquiera podía usar. La mayoría de las veces eran utilizadas por nuestros invitados para pasar la noche, pero los chicos en ocasiones dormían allí cuando estaban exhaustos. Y también venía bien cuando queríamos tener algo de privacidad con una mujer, aunque la mitad de las veces a nadie le molestaba. No era que tuviéramos muchos secretos entre nosotros, y eso iba por el sexo como por todo lo demás.

Cuando llegamos a la tercera planta, estaba tan excitado que apenas podía controlarme. Y a mitad del pasillo perdí el control. Tiré de ella y la puse contra la pared. Antes de darnos cuenta nuestras bocas se enredaron mientras yo empujaba mi pelvis contra su entrepierna. Mel llevaba ese minúsculo y encantador vestido de tirantes amarillo que pedía a gritos que se lo levantara y quitara.

O quizá podía darle la vuelta y... Sobrecogido por la inspiración, la bajé, hice que se diera la vuelta y la puse de cara a la pared con las manos extendidas para que se apoyara sobre ella. Segundos después le alzaba el vestido, dejando al descubierto aquel precioso trasero para descubrir un tanga de color rojo, demostrando que Dios existía y que obviamente quería que fuera feliz. Me abrí los pantalones liberando mi polla mientras con un dedo retiraba la prenda interior hacia un lado y la penetré.

Estar dentro de ella era mucho mejor de lo que recordaba. Sí, sabía que estaría caliente, húmeda y que sus paredes vaginales se apretarían contra mi pene deliciosamente. Pero aquello superaba todas mis expectativas, llevándome a otro nivel. Embestí con fuerza, oyendo su gemido mientras empujaba hacia atrás las caderas y arqueaba la espalda. Todo el tiempo que estuve en la cárcel, nos imaginé haciendo el amor lentamente en cuanto saliera. Tenía pensado explorar cada centímetro de su cuerpo, prepararla como se merecía y enseñarle lo mucho que me preocupaba por ella.

Pero aquello era de todo menos eso.

La tenía sujeta firmemente de la cintura mientras percutía en su interior, llevándonos a ambos con rapidez hacia la explosión que bullía en mis testículos. Ansiaba con desesperación que estuviera igual de excitada que yo, porque en ese momento me veía incapaz de parar y sabía que tampoco duraría mucho. Mel jadeaba con cada envite, pero no dejaba de empujar contra mí y apretarse con más fuerza contra mi polla. O estaba tan cerca como yo de alcanzar el orgasmo o era una actriz de la hostia.

—Esto va a ser muy rápido, nena —conseguí decir con voz entrecortada, penetrándola en profundidad. Ella volvió a apretar sus músculos internos y yo me detuve en seco, tratando de contenerme con todas mis ganas.

—No te preocupes por mí —dijo.

Hice un gesto de negación con la cabeza, a pesar de que sabía que no podía verme. Ni loco iba a correrme antes que ella. Deslicé la mano por su estómago, hacia abajo, y encontré su clítoris. Lo capturé entre los dedos y sentí cómo todo su cuerpo se tensaba, comprimiendo mi polla hasta tal punto que casi me dolió.

Ya casi estaba.

—¿Estás cerca, nena? —susurré. Mel asintió de forma frenética con la cabeza, contoneando las caderas contra mi polla como una mariposa pinchada en un alfiler. Joder, qué bien me sentía. Poderoso. Adoraba tener ese tipo de control sobre ella. Era mi mujer y me la iba a quedar para siempre.

Volví a empujar con las caderas, aunque traté de ir a un ritmo lento. De verdad que lo intenté, pero dadas las circunstancias no pude controlarme, no con ella haciendo esos encantadores ruiditos. Moví los dedos más deprisa, jugando con ella hasta que empezó a jadear. De pronto cada músculo de su cuerpo se tensó y soltó un prolongado y sonoro gemido.

Por fin.

Se dejó caer mientras le agarraba de las caderas, dejándome llevar y embistiéndola tan fuerte como pude hasta que fui incapaz de contener el estallido por más tiempo. En el último instante me salí de ella, salpicando de semen su trasero y espalda. Me sentía tan bien que llegué a pensar que también me explotaría la cabeza. Poco a poco recuperé el control, me eché hacia atrás y contemplé su espalda.

Mi chica, cubierta con mi simiente.

Me incliné y extendí un dedo para pintar un patrón sobre su piel.

«Propiedad de Levi Brooks.»

Era mía. Toda mía.

**

230

Había sido in-cre-í-ble. Me incorporé y sentí cómo Painter me envolvía la cintura y tiraba de mí para acercarme a su cuerpo. Entonces me besó en la coronilla y me recorrió el estómago con las manos hasta ahuecarme los pechos.

—Te he echado de menos —susurró contra mi oreja.

—Yo también —conseguí decir. La verdad es que casi no podía pensar, como si el placer me hubiera electrocutado el cerebro. Abrí los ojos y miré por el pasillo, preguntándome si habíamos tenido público.

No, solo estábamos nosotros.

Mejor.

Lo que venía iba a ser lo suficientemente duro por sí solo.

—Tenemos que hablar —jadeé cuando me mordisqueó la oreja.

—Ya hablaremos después —murmuró él—. Ahora quiero comerte entera.

Todo mi cuerpo se estremeció, pero me las arreglé para zafarme de él. Me di la vuelta y le miré.

—Tenemos que hablar —repetí con firmeza.

Parpadeó confundido y vi cómo la cautela se apoderó de su rostro.

—De acuerdo.

***

La habitación era pequeña; solo tenía una cama tamaño individual y un viejo escritorio. Me acerqué hacia allí y saqué la silla porque necesitaba estar sentada para hacer aquello.

Necesitaba ver la cara que ponía.

Painter se sentó en la cama, frente a mí. Se inclinó y apoyó los codos sobre las rodillas.

—¿Y bien?

Tragué saliva. Llevaba ensayando mi discurso toda la noche. Después se lo había repetido a Loni y Jessica, que me abrazaron y prometieron que, pasara lo que pasase, nunca estaría sola. Sabía que estarían a mi lado, ¿pero y Painter?

Tomé una profunda bocanada de aire y dejé caer la bomba.

—Estoy embarazada.

Durante un instante, permaneció impasible. Después entrecerró los ojos y me miró el vientre, como si esperara ver algo distinto ahí.

—¿Estás segura? —preguntó despacio.

—Sí. Me hice cuatro pruebas de embarazo, no me ha venido el período y he estado vomitando casi todos los días.

Volvió a entrecerrar los ojos.

—¿Es mío?

Parpadeé sorprendida.

—¿Perdona?

—Es una pregunta muy simple, ¿es mío?

—Sí, es tuyo —respondí, sintiendo cómo el corazón se me encogía poco a poco. Sabía que no quería hijos, así que no esperaba que se pusiera a dar saltos de alegría con la noticia. Pero nunca me imaginé que reaccionaría así.

—¿Estás segura?

«Mierda, esto no está yendo bien.»

—Teniendo en cuenta que eres el único con el que me he acostado desde hace un año, sí, estoy segura. Y que te den si piensas que te he podido engañar.

Suspiró y alzó la mano para tocarse el puente de la nariz.

—¿Por eso sacaste ayer el tema de los niños? ¿Cuánto tiempo me lo has estado ocultando?

—No he ocultado nada —respondí con brusquedad—. Me enteré ayer por la mañana. Tenía pensado contártelo cuando fui a visitarte a la cárcel, pero te mostraste tan negativo que pensé que sería mejor esperar hasta que pudiéramos hablar tranquilamente del asunto.

—¿Has decidido ya lo que quieres hacer?

—¿Te refieres a si quiero abortar?

Me miró directamente a los ojos, con expresión inescrutable.

—Es una de las opciones posibles.

—No, voy a tenerlo —dije llanamente—. Y lo haré sola si es necesario. Solo hace un día que sé de la existencia de este bebé, pero ya lo adoro. A él. A ella. Me da igual. Intentaré ser la mejor madre posible, no como la mía. Voy a quedármelo y hacer esto como es debido.

—¿Y qué es lo que esperas de mí? —preguntó, todavía con gesto inexpresivo.

Cerré los ojos con el corazón en un puño.

Me lo había advertido.

Me había dicho que hacía daño a las mujeres, que no era buena idea que estuviésemos juntos.

Todo el mundo lo había hecho.

—Supongo que nada —dije. Me puse de pie lentamente. Caminé hacia la puerta y me volví para mirarle una última vez.

Allí estaba, tan grande, alto y fibroso. Tan atractivo. Tan guapo.

Tan tóxico.

—Sí, supongo que no espero nada —continué—. Ve a jugar a los moteros con tus hermanos, Painter. Regresa a tus asuntos del club porque me imagino que son mucho más importantes que el niño que has ayudado a concebir. Que te jodan.

Dicho aquello, salí de allí.

Y él no me siguió.

Capítulo 16

Painter

Embarazada.

Melanie estaba embarazada.

Todavía sentado en la cama, bajé la cabeza entre las piernas, preguntándome cómo diablos había podido pasar. Bueno, sí, sabía exactamente cómo había pasado... no era imbécil. A pesar de que siempre había tenido cuidado de retirarme antes de correrme y de lo mucho que Mel me excitaba, en ese momento fui consciente de la estupidez que había cometido al follarla sin preservativo.

Idiota.

Tenía que ir tras ella, decirle que todo iba a salir bien, que cuidaría de ella y que seríamos felices para siempre... ¡Pero si ni quiera sabía lo que eran los finales felices! Lo único que sabía era que yo sería un padre pésimo y que ella era demasiado joven para esto.

Mel se merecía una vida más fácil.

Me puse de pie despacio, mientras trataba de averiguar qué sería lo siguiente que haría. No podía dejar de darle vueltas. Melanie estaba embarazada. De un bebé. De «mi» hijo.

Un hijo que había dejado claro no quería.

¿Por qué coño había dicho aquello? Quise retractarme de esas palabras diez segundos después de que salieran de mi boca, pero el daño ya estaba hecho. La expresión de su cara fue cien mil veces peor que un puñetazo en el estómago.

Algo estaba mal en mí. Pero que muy mal. Debía comportarme como un hombre, hacer frente a mis miedos y asumir mis responsabilidades.

Sí.

Podía hacerlo.

Salí de la habitación y fui hacia las escaleras. No estaba seguro de qué esperaba encontrarme cuando llegara al bar, tal vez a London viniendo hacía mí cuchillo en mano o, como habían planeado celebrar una fiesta en mi honor y ella era la encargada de la comida, supuse que también podía envenenarme.

En lugar de eso me encontré con Banks en medio de las escaleras, con rostro serio.

—A la capilla. Ahora —dijo—. Tenemos un problema.

El tono que utilizó disipó la neblina en que estaba sumida mi cabeza. A la capilla. Sí, podía lidiar con aquello. La había cagado con Mel, pero podía arreglarlo. Solo necesitaba un poco de tiempo para idear un plan.

Un poco de tiempo y también un poco de espacio.

Sí, aquello funcionaría.

Un poco de tiempo y espacio e iría a buscarla.

***

—Gage ha llamado —anunció Picnic de pie en la cabecera de la mesa. La tensión impregnaba el ambiente, una sensación de violencia que nos infectó a todos. Por extraño que os parezca aquello me hizo sentir mejor, porque una crisis suponía la excusa perfecta para no pensar en Melanie y su embarazo. Si algo había aprendido a lo largo de los años era que no había nada mejor que una buena pelea para aclararle a uno las ideas.

Una lección de la que había hecho buen uso... por lo menos hasta que me arrestaron.

—Va de camino a Ellensburg esta tarde con los Nighthawk —continuó—. Por lo visto Marsh ha perdido los papeles. Está convencido de que Hands le ha delatado a los federales y como alguien le ha dicho que tal vez podría estar en un *rally* automovilístico esta noche, está decidido a encontrarlo y cargárselo.

Fruncí el ceño.

—¿Y de dónde coño ha salido eso? No tiene ningún sentido.

—Y yo qué sé —repuso Pic con expresión tensa—. Pero supongo que será por las drogas, Marsh cada vez consume más. Gage dice que se ha puesto paranoico. Que ha entrado en la sede del club y ha ordenado a todos que se suban a sus motos, Gage incluido. Ha conseguido llamarnos cuando han parado a descansar, pero solo he podido hablar un minuto. Dice que han estado preguntando por ti, Painter. Marsh quiere refuerzos y quería saber si irías.

—¿Pero qué cojones? —pregunté confuso—. Solo lo conozco de una vez. ¿Para qué narices me querría?

—¿Y por qué se ha llevado a Gage con él? —preguntó Pic—. Tampoco es que tengan una relación muy estrecha. Se le ha debido de ir la cabeza. Tenemos un problema gordo, porque si monta mucho lío en el *rally*, le detendrá la policía y podría poner en peligro toda nuestra ruta transfronteriza. Es peligroso y las cosas se pueden poner muy feas. Gage necesita ayuda.

—Podemos ir todos como club —intervino Horse—. Como si acudiéramos al evento y nos encontrásemos con él de casualidad. Puede que decida dejarnos de lado, pero no sabrá que vamos tras él. Se tratará de una visita amistosa entre dos clubes.

—Podría ser buena idea —dijo Pic.

—Sí, pero eso solo incluiría el *rally* —apunté yo—. ¿Y quién protege a Gage después? Si Marsh está tan paranoico, ¿quién nos asegura que no lo verá como un riesgo y lo matará de un disparo en la nuca?

Todos se quedaron callados.

—Saquémoslo de ahí —instó Ruger—. Démosle una coartada durante el *rally* y nos lo traemos para casa.

—Pero Marsh podría enviar a alguien detrás de él —apuntó Duck—. Si lo sacamos de ahí tendremos que ponerle una escolta. O descubrir su tapadera, con lo que nos arriesgaríamos a una confrontación abierta entre clubes.

—Marsh me conoce —dije, pensando a toda prisa—. Ha preguntado por mí. Puedo ir y pegarme a Gage como una lapa. Eso no disparará ninguna alarma. Así, si luego pasa algo, nuestro hermano no estará solo.

Otra vez silencio.

—Verás, la zorra de Evans está decidida a mandarte de nuevo a prisión —señaló Bam Bam despacio—. Corres un riesgo muy grande, Painter. Una cosa era enviarte fuera del estado cuando teníamos sobornado a Torres, pero esto... El *rally* estará atestado de policías, como sucede en este tipo de eventos. Acaban de soltarte hoy mismo, ahora deberías mantenerte un poco al margen.

El rostro de Mel apareció ante mis ojos. Tenía que ir a buscarla, solucionar nuestra situación... ¿pero qué iba a decirle? Tenía demasiada energía atrapada en mi interior, sentía demasiada frustración, miedo y malestar, junto con la certeza de que iba a cagarla en la paternidad.

«Vas a ser un padre espantoso y lo sabes.»

—Todos sabemos que yo soy la mejor opción. —Aparté a un lado mis pensamientos sobre Mel. Ahora no podía centrarme en eso y ella estaría bien. Ya lo solucionaríamos más tarde—. Gage no debería hacer esto solo y soy el único que puede presentarse allí sin cargarse nuestro plan. Tenemos que proteger la ruta transfronteriza.

Los hermanos intercambiaron una mirada a través de la mesa.

—¿Esto no tiene nada que ver con lo que sea que le está pasando a Melanie? —preguntó Picnic de sopetón—. La he visto salir de aquí destrozada y echa un mar de lágrimas. Loni fue tras ella. ¿No tendrás ningún impulso suicida ni nada parecido?

—No —dije, negando con la cabeza—. Es cierto que Mel y yo hemos tenido un... contratiempo. Pero confía en mí, no nos va a llevar a ninguna parte. Necesito un poco de espacio para aclararme las ideas y no pienso dejar a Gage colgado. Es un riesgo, sí, pero todos asumimos riesgos a diario. ¿No es eso lo que significan nuestros parches?

Picnic suspiró.

—Muy bien, tú decides —dijo—. ¿Alguna opinión más?

Todos volvieron a quedarse callados y por una vez nadie me tiró ninguna pulla. Estábamos demasiado ocupados imaginándonos qué nos depararía la noche y si Gage saldría de Ellensburg sano y salvo.

En realidad era una preocupación lógica.

Si Marsh quería ejecutarlo, lo más seguro era que usara como señuelo la historia que le había contado. Además tenía todo el sentido del mundo. Fue lo mismo que nosotros hicimos en su territorio. Llamaría a Melanie tan pronto como volviera a casa. Puede que no quisiera hijos, pero la vida era así de retorcida. Lo solucionaríamos.

La quería.

Eso era suficiente. Tenía que serlo.

—De acuerdo entonces. Os quiero en marcha en veinte minutos —ordenó Pic—. Se cancela la fiesta, claro, pero quiero a todas las chicas

a salvo en el arsenal. Duck, tú te encargarás de mantener todo en orden aquí. Los aspirantes se quedan y... —Miró alrededor—. Banks. Tú también te quedas y te asegurarás de que nadie corra ningún peligro. Lo más probable es que ahora el paranoico sea yo, pero si quisieran tendernos una trampa para lanzar un ataque, esta sería la mejor forma de hacerlo.

—¿Te importa si llamo a Puck para pedirle que se quede? —pregunté—. Iba a venir a la fiesta de todos modos. Me gustaría que le echase un ojo a Mel.

—Bien pensado —reconoció Pic—. También hablaré con Boonie. Sé que algunos de ellos querían venir esta noche y me quedo más tranquilo sabiendo que London está a salvo. La llamaré y le diré que venga para acá, junto con Jess y Mel. ¿Alguna otra cosa?

Nadie habló.

—Muy bien. En marcha, hermanos. No la caguemos.

***

Melanie

Empezaremos con unos palillos de dientes —dijo Jessica con tono siniestro, removiendo su café—. Se los meteremos debajo de las uñas, uno por uno... Después usaré unas pinzas para arrancarle las uñas antes de despellejarle los huevos. Solo necesito veinticuatro horas. Rogará por su vida y entonces... ¡Zas! Le extraeré los riñones con su propio cuchillo, los venderemos en el mercado negro y usaremos el dinero que saquemos para un fondo universitario del bebé. Ya está. Problema resuelto.

Me hice con otro pañuelo de papel, deseando haberme sorprendido un poco por lo sanguinaria que era.

—No puedes matar a Painter —dije antes de sonarme con fuerza la nariz—. Incluso aunque se lo merezca, es el padre del niño. No voy a odiarle porque lo importante en este asunto no es eso. Lo importante es el niño. Necesito un plan, tener controlado hasta el último detalle porque si no...

—Para —dijo Loni—. Extendió la mano a través de la mesa para agarrar la mía. Después me dio un firme apretón—. Mellie, mírame.

Mis ojos se encontraron con los suyos. Cómo me hubiera gustado tener a mi madre en ese momento. London hacía todo lo posible, pero

en ese instante lo único que quería era acurrucarme en los brazos de mi madre hasta que me asegurara que todo iba a ir bien. ¿Por qué se marchó de la noche a la mañana? ¿Por qué me dejó?

Me llevé una mano al estómago y empecé a frotármelo con suavidad. Nunca le haría eso a mi bebé. Nunca. Moriría antes que abandonarlo.

«Ya te quiero, mi pequeño. Mamá está aquí.»

—Vas a estar bien —dijo London, con voz firme y fuerte. En la mesa sonó su teléfono, pero hizo caso omiso. Estaba centrada en mí al cien por cien—. Pase lo que pase con Painter, Jessica y yo somos tu familia. Estaremos a tu lado. Te lo prometo. ¿Entendido?

Asentí, sintiéndome un poco más fuerte.

—Se me dan muy bien los niños —intervino Jessie—. Seguramente porque pienso como ellos... Un arma de doble filo. Pero Loni tiene razón, no estás sola. Espero que saque la cabeza de su trasero y haga lo correcto, pero si no lo hace estarás mejor sin él.

—¿Y qué es lo correcto? —pregunté—. ¿Se supone que tiene que casarse conmigo? Porque no estoy lista para dar ese paso.

«Tampoco estaba preparada para ser madre.»

—Lo correcto es que asuma su responsabilidad y sea el padre de este niño —espetó Loni—. Sé que te preocupa criar a un niño dentro del club, pero Reese lo hizo, y lo hizo bien. Bam Bam y Dancer son unos padres estupendos. Es posible, pero solo si Painter decide hacerlo. Solo depende de él, de nadie más. Me encantaría que consiguierais sacar adelante vuestra relación, pero como bien has dicho ese no es el problema. Lo importante es cuidar de tu bebé y puedes hacerlo sin él.

Tenía razón.

—Puedo hacerlo, ¿verdad? —susurré, mirando a ambas.

Jessica sonrió e hizo un gesto de asentimiento.

—Eres la persona más fuerte e inteligente que conozco —señaló—. E incluso cuando las cosas se ponen difíciles, sigues luchando. Eso es mucho más de lo que hicieron nuestras madres por nosotras.

El teléfono de Loni volvió a sonar por lo que debía ser la décima vez.

—Si hubiera querido contestar al maldito teléfono ya lo habría hecho —se quejó con voz suave aunque letal. Como si de una burla se tratara, el teléfono sonó de nuevo. De repente lo agarró y lo lanzó con fuerza por la habitación. El aparato terminó haciéndose añicos al estrellarse contra la pared.

«¿Pero qué coño...?»

240

Jess y yo nos quedamos boquiabiertas. Loni nos miró y se encogió de hombros.

—Solo porque no estoy amenazando con cargarme a Painter no significa que esté de buen humor. Llamará a Reese cuando quiera y esté mejor, punto.

—Loni, eres la leche —susurré.

Esbozó una sonrisa macabra.

—Tengo mis momentos.

El sonido de unos fuertes golpes inundó el aire. Alguien estaba en la puerta.

—Si todavía le queda un poco de sentido común, ese tiene que ser Painter con una docena de rosas y un anillo —gruñó Jess.

Loni y yo nos miramos.

—No estoy lista para casarme —le recordé.

—No se trata de que digas que sí, sino de que él se ofrezca.

Los golpes comenzaron de nuevo, así que me levanté de la silla y me acerqué a la ventana. No sé qué me esperaba. Tal vez a Painter, o incluso a Reese.

En su lugar vi a BB, un aspirante tan grande que parecía un oso.

—¿Qué pasa? —pregunté cuando abrí la puerta.

—Necesitamos que volváis al arsenal —dijo—. Picnic ha intentado llamar pero nadie le ha contestado.

Loni se puso detrás de mí.

—Estamos ocupadas.

El aspirante hizo un gesto de negación.

—No, señora. Ha pasado algo y los hombres quieren que todas las mujeres se queden allí. Es por su seguridad. Tienen que venir conmigo.

—Oh, mierda —dijo Loni con el rostro pálido—. De acuerdo, chicas, id a por algo de ropa. Yo conduzco.

***

Painter

Conduje hasta Ellensburg yendo a veinte minutos detrás de mis hermanos porque pensé que sería más seguro. Existían más probabilidades de que la policía se fijara más en un grupo de moteros que en uno que iba solo. Y no solo eso, si llegaban antes podrían ver cómo estaba la situación con Marsh y advertirme si algo andaba mal en caso de que Gage no pudiera. Esperábamos no llegar a ese punto. Cuando le envié un mensaje para decirle que iba de camino no me dio ningún indicio de que se encontrara en problemas, pero tampoco respondió cuando le llamé. Solo me envió un mensaje para hacerme saber que lo había recibido. Un mensaje que hubiera podido enviar cualquiera.

El viaje de tres horas y media me proporcionó un montón de tiempo para pensar sobre la situación con Melanie. La había cagado. Pero a lo grande. Y estaba seguro de que ir a Ellensburg en vez de intentar solucionarlo con ella lo haría aún peor. Sin embargo, no podía dejar a Gage colgado. Por mucho que Mel significara para mí, hablar con ella ahora o hacerlo mañana no era un asunto de vida o muerte.

En el caso de Gage, sin embargo, no estaba tan claro.

Cuando por fin me detuve en Ellensburg, encontré en mi teléfono una serie de mensajes entre Picnic, Gage y yo.

> GAGE: Estamos en el centro. En el Banner Bank Tavern. Han puesto una terraza al aire libre en una de las calles laterales cerradas al tráfico. Marsh y su tropa están borrachos perdidos y Marsh no para de hacer el gilipollas. Es un puto paranoico. Seis policías nos están mirando. Me preocupa que este imbécil lo eche todo a perder.
> PICNIC: Estamos al otro lado de la calle. No queremos ir a menos que sea necesario. ¿Crees que Marsh terminará perdiendo los nervios?
> GAGE: Por ahora se está conteniendo. Painter, ¿te queda mucho?
> PICNIC: Viene detrás de nosotros, debería llegar pronto.
> GAGE: De acuerdo.

Ese había sido el último mensaje que recibí hacía diez minutos, así que o las cosas seguían bajo control... o todo se había ido a la mierda y estaban demasiado ocupados peleando como para mandarme más mensajes. En cualquier caso, tenía que llegar allí lo antes posible.

Ellensburg era una localidad relativamente pequeña y no me fue difícil encontrar el bar. Sí que tardé un poco más en llegar porque las calles

estaban atestadas de lo que me pareció un millar de bólidos y además tuve que aparcar la moto al principio de la calle, lo que no me hizo mucha gracia. Aunque, para ser sinceros, aquel día la moto era la menor de mis preocupaciones.

De camino al bar vi a Pic y al resto de hermanos al otro lado de la calle, mirando una fila de motos tuneadas. Como era de esperar, destacaban entre la multitud —un club de moteros con sus parches siempre lo hacía— pero intentaban pasar lo más desapercibidos posible. Pic me miró, aunque nos comportamos como completos desconocidos. Entonces llegué al viejo edificio del Banner Bank, una construcción de ladrillos y piedra de la época en que se construyó la ciudad. El bar todavía conservaba su viejo estilo, de hecho parecía una taberna de las de antaño. Atravesé el local y fui hacia la puerta lateral que daba a la zona cercada con barra que habían dispuesto en la calle.

La música estaba a todo volumen y unas pocas personas bailaban en el centro de las mesas. Una chica dando saltos y saludándome con la mano captó mi atención.

Sadie.

De puta madre.

—¡Levi! —gritó. Se acercó corriendo. Detrás de ella pude ver a Talía colgada de Gage. Marsh y los otros estaban a un lado, ocupando su buena cuota de mesas. Por lo menos estaban en una zona aislada... Eché un rápido vistazo al lugar y me di cuenta de que un grupo de policías se había reunido justo detrás del vallado y observaba de cerca a los Nighthawk. Había más dentro y aunque no llevaban uniforme, en cuanto entré y vi cómo me registraban de arriba abajo y el halo de autoridad que emanaban, supe que eran de la pasma.

Marsh no solo estaba borracho y haciendo el imbécil, sino que el muy capullo había venido a un bar de polis.

Jesús.

—Encantado de volver a verte —dije a Sadie antes de darle un abrazo. Intentó besarme, pero conseguí girar la cabeza lo suficiente para que no me lo diera en los labios. Incluso sin Mel, no creo que hubiera podido tocarla, no después de vomitar como si fuera una fuente—. Gage me comentó que estaría por aquí y me dijo que me pasara para estar un rato con vosotros.

—¿Dónde has estado? —preguntó con el ceño fruncido—. Desapareciste esa noche como por arte de magia.

—En la cárcel —respondí sin rodeos. ¿Por qué no decir la verdad?—. Infringí los términos de la condicional, así que me encerraron para que aprendiera la lección.

Alzó la mano para acariciarme el pecho.

—Suena peligroso.

—¡Levi! —gritó Gage, agitando una mano.

Menos mal. Fui hacia él con Sadie pisándome los talones. Mi hermano me recibió con un abrazo y aprovechó para susurrarme una advertencia—: La cosa se está poniendo fea. Como no frenemos un poco a Marsh, va liarla a base de bien.

Me eché hacia atrás y miré al grupo, saludando con un asentimiento de cabeza al presidente de los Nighthawk Raiders.

—Me alegro de volver a verte —dije—. Parece que lo estáis pasando bien.

Marsh me sonrió, pero percibí una extraña sombra en su mirada. Talía se acercó hasta nosotros y se dejó caer sobre el regazo de su hermano.

—¿De verdad estabas en la cárcel? —preguntó. Alcanzó la bebida de Marsh y le dio un buen trago.

—Sí —contesté—. He salido esta misma mañana. Me metieron por violación de la condicional.

Abrió los ojos asombrada.

—¿Qué hiciste para que te condenaran?

—Posesión ilícita de armas.

—¿Cuánto tiempo te cayó?

—Tres años.

—Eso es mucho para una posesión de armas. —Me miró con ojos entrecerrados.

—Es complicado. —Y era verdad—. Dejémoslo en que podría haber sido mucho peor. También tenía antecedentes.

Una camarera se paró a nuestro lado.

Parecía estresada.

—Chicos, ¿necesitáis algo? —preguntó.

—Lo necesitábamos hace media hora —masculló Talía. Se puso de pie, se acercó a la mujer y sacó pecho, intimidándola—. ¿Dónde coño has estado?

—Lo siento. Es que estamos desbordados, pero estoy segura de que podemos...

—Nos merecemos una ronda gratis —dijo Talía—. Nosotros no tenemos la culpa.

Gage me miró.

—Venga, nena, vamos a bailar. —Le agarró de la mano—. Quiero sentirte junto a mí.

—Estoy ocupada —espetó ella. Y aunque no le sacó el dedo corazón, bien podía haberlo hecho. Después volvió a centrarse en la camarera—. ¿Vas a traernos las bebidas o no?

La mujer miró a Marsh y asintió con la cabeza a toda prisa.

—Sí, claro, vuelvo en un segundo. —Y se marchó corriendo por la puerta que daba al bar.

—¿Veis? Hay que saber tratarlos —declaró Talía. Marsh se echó a reír—. Estoy lista para ese baile.

Agarró a Gage por la mano y le arrastró hacia la pista de baile. Le seguí con la mirada. Oh, mierda. Un tipo enorme con una camiseta del bar estaba hablando con un grupo de los policías que estaban fuera de servicio, señalando en nuestra dirección. Se trataba del portero del local.

Vaya.

Los hombres se pusieron de pie y empezaron a andar hacia nosotros. Tenía que hacer algo y rápido.

—Marsh —dije en voz baja mientras me inclinaba sobre él—. Tenemos que marcharnos.

El presidente de los Nighthawk se puso de pie y se encaró conmigo.

—¿Acabas de darme una orden?

¿En serio? ¿Teníamos a la policía prácticamente encima y él se ponía a ver quién la tenía más larga?

Increíble

—No, pero esos tipos de ahí son policías y vienen hacia nosotros —le urgí—. Mejor evitar cualquier problema.

Marsh me lanzó una mirada inquisitiva.

—¿Y tú cómo sabes que son polis? Trabajas para ellos, ¿verdad?

Por el rabillo del ojo vi acercarse a su gente. Antes de darme tiempo a reaccionar, tenía a Marsh encima de mí, propinándome un fuerte puñetazo en el estómago. Embestí contra él, dominado por una súbita oleada de adrenalina que me instaba a actuar a través del dolor. La gente a nuestro alrededor empezó a gritar. Los Nighthawk cargaron contra mí, pegándome patadas y puñetazos por doquier. Apenas fui consciente de Gage gritando e intentando llegar hasta mí. Después de otra tanda de golpes, terminé cayendo y recibí un enérgico golpe en el riñón.

Un segundo después, los policías llegaron hasta nosotros y Marsh se olvidó por completo de mí. Contemplé cómo sacaba un cuchillo de aspecto siniestro y se lanzaba sobre uno de ellos. «Joder, no.» De pronto Gage estaba a mi lado y me agarró de los brazos para arrastrarme hacia atrás. Un cuerpo salió volando por los aires, dándole de lleno. Vi salpicaduras de sangre. Llegué hasta una silla y me apoyé en ella para ponerme de pie, pero entonces recibí un golpe en la parte posterior de la cabeza.

Caí hacia delante y en el instante en que me estrellé contra suelo pensé en Mel. En nuestro bebé.

En el hecho de que estaba casi seguro de que después de aquello volvería a prisión.

Había vuelto a cagarla. Ya lo creo.

Capítulo 17

Dos semanas después.

Querido Painter:
Recibí la carta en la que me pedías que fuera a verte antes de que
te mandaran de vuelta a California. He estado pensándolo mu-
cho, incluso conduje hasta la cárcel una vez. Me quedé sentada
dentro del vehículo media hora y después me di la vuelta porque
todavía no estoy preparada para hablar contigo.
Y no sé cuándo lo estaré.
Entiendo que tuvieras un ataque de pánico, yo también lo
tuve cuando me enteré de que estaba embarazada. Es terri-
ble descubrir de buenas a primeras que vas a ser padre. Pero
el problema es que en tu caso no solo te asustaste, saliste co-
rriendo e hiciste algo que sabías que te podía llevar de vuelta
a prisión. Tomaste una decisión que ha traído graves conse-
cuencias. Ahora voy a tener a nuestro hijo yo sola y tú vas
a estar ausente durante dos años. ¿Te das cuenta de que, en
total, desde que nos conocemos, apenas hemos pasado juntos
unas pocas semanas?

Me preguntaste si sopesaría la idea de esperarte. No. Ahora tengo una persona que es lo más importante en mi vida: el bebé que tengo creciendo en el vientre. Que estuviéramos juntos cuatro semanas llenas de preguntas sin respuestas y viajes secretos no son suficientes para construir una vida. No es justo para mí, ni para nuestro bebé, sentarnos a esperar a un hombre que salió corriendo. Y sí, dices que te arrepientes, pero también hiciste algo que nos va a mantener separados mucho tiempo. Ni siquiera tendrás que elegir si hacer caso a nuestro hijo o no. No estarás y punto.

Creo que eso es lo que en realidad querías... que este problema desapareciera.

Pues lo has conseguido.

No te odio. Si te sirve de algo, estoy triste. Te diría que me rompiste el corazón, pero no es verdad; no me puedo permitir un corazón roto. Ahora soy madre, o lo seré pronto. Si voy a cuidar de este niño, no puedo permitirme perder más tiempo y energía en un hombre que siempre antepondrá su club por encima de todo. Me merezco alguien para el que «yo» sea lo más importante. Y lo mismo nuestro hijo.
Melanie

***

Dos meses después.

Querida Melanie:
Espero que estés bien. Me llevé una gran desilusión cuando no viniste a verme mientras esperaba en la cárcel del condado de Kootenai la vista con la Junta de la libertad condicional, pero también lo entendí. Agradezco mucho la carta que me mandaste y estoy de acuerdo contigo. Tienes todo el derecho del mundo a alejarte de mí y no te culpo por estar enfadada.

Yo también estoy muy cabreado conmigo mismo.

Ahora he tenido mucho tiempo para pensar en lo que hice. Quizá no te interese oír esto, pero lo siento. Lo siento por un montón de razones. Debería haberte apoyado cuando me contaste que estabas embarazada. No tengo excusa alguna pero

quiero explicártelo. Tuve una infancia de mierda y tener un hijo me aterrorizaba. Pero cuanto más pienso en un niño con tus ojos, más lo quiero. Espero que, cuando salga de aquí, me des la oportunidad de ser un padre para él.

También siento haber vuelto a prisión cuando más me necesitas. Siento no estar allí cuando el bebé nazca y no poder ayudarte cuando estés cansada.

Nunca me lo perdonaré.

Puck dice que Jessica y Loni te están ayudando y que lo estás haciendo muy bien. Ha puesto en venta mi moto y te dará el dinero en cuanto pueda. Espero que, si lo ves oportuno, uses un poco para venir a verme cuando el bebé nazca; tal vez me lo puedas traer para que le conozca. (O a ella, si es una niña. Supongo que siempre he pensado en él como un niño, pero me da igual lo que sea, solo quiero conocerlo.) Si no quieres, por lo menos envíame fotos.

Puede que, de haber tenido un padre, mi vida fuera diferente. Quizá no lo hubiera echado todo a perder. Te prometo que si me das una oportunidad, en cuanto salga seré un auténtico padre para nuestro hijo.

Te sigo queriendo.

Painter

***

Siete meses después.

PAINTER:
Apuesto a que nunca te imaginaste que pudiera ser yo, ¿verdad? Hunter se cabreó bastante cuando le dije que quería escribirte, pero después lo estuvimos discutiendo un poco más y cuando le expliqué por qué quería hacerlo lo entendió.

Y el motivo es porque nosotros sabemos lo que se siente al perder un hijo.

Sé que tu caso es diferente, porque tu bebé está viva y bien, pero seguro que te sientes como si la hubieras perdido. Y tal vez, si te cuento cosas de ella, te encuentres mejor. (Espero que ya se-

pas todo esto, pero dadas las circunstancias no me sentía cómoda preguntándoselo a Melanie.)

En cualquier caso, la pequeña Isabella es un bebé precioso. Te mando algunas fotos del hospital. Kit y yo estábamos muy emocionadas; le preguntamos a Melanie si podíamos ser sus tías y nos dijo que sí. Cuando nos enteramos de que estaba de parto quisimos estar allí, aunque no nos dejaron quedarnos en la habitación. Estuvimos esperando en el pasillo, así que coincidimos con gente muy interesante. Un montón de abuelos entusiasmados y cosas de esas. Jessica y London estuvieron con ella. Yo conduje a toda velocidad porque temía perderme algo, pero al final tuve que esperar un montón de tiempo.

No sé todo lo que te han contado, pero hubo un momento en que tuvimos mucho miedo. El parto no avanzaba como debía e Izzy (así es como la llamamos) tuvo sufrimiento fetal. Tuvieron que sacarla con una cesárea de urgencia y al final terminó con «miconio» (eso son heces; no sé si lo he escrito bien) en los pulmones. Estuvo en la unidad de cuidados intensivos neonatal más de dos semanas y contrajo una pulmonía. Incluso ahora tenemos que observarla de cerca y estamos haciendo turnos para cuidarla. Tiene apnea, lo que significa que a veces deja de respirar. (Hay una alarma que se supone que avisa si eso sucede, pero es difícil confiar solo en una máquina cuando se trata de algo tan importante.) La verdad es que da bastante miedo. La buena noticia es que los médicos creen que se le pasará a medida que crezca y que no le supondrá ningún problema. Melanie ha sido increíblemente fuerte. El mismo día que le hicieron la cesárea se levantó de la cama y se subió a una silla de ruedas. Después nos obligó a llevarla a la UCIN a ver a Izzy. Le dio igual tener una herida recién cosida o que el médico le dijera que era mejor que no se acercara.

Esa chica es una luchadora y va a ser una madre excelente.

Ahora tengo que irme; espero que te encuentres bien. Hunter dice que te vayas a la mierda y que eres un capullo, pero está sonriendo mientras lo dice. También te manda un saludo.

Cuídate,
Em.

***

Sur de California, centro penitenciario del estado.

No estaba preparada para verle. Me había estado armando de valor durante semanas; esa misma mañana incluso había llamado a Jessica para una última (más bien segunda última) charla de ánimo antes de dejar la habitación del hotel, en la que me recordó todas las razones por las que quería que Izzy conociera a su padre. Pero ahora que estaba aquí, en la zona de visitas, no podía recordar ninguna de ellas.

En lo único que podía pensar era en todo el daño que me hizo la última vez que hablamos.

Estaba a punto de tener un ataque de pánico. Miré a mi alrededor, preguntándome si no sería mejor salir de allí. La funcionaria de prisiones que estaba a mi lado —la misma que nos había escoltado hasta allí— captó mi atención.

—Estarán aquí en un minuto —dijo en voz baja antes de esbozar una sonrisa para que me tranquilizara.

No tenía el aspecto de alguien que trabajara en prisión. Debía de tener la misma edad que Loni, y aunque no era una modelo de pasarela, tampoco era fea. Cuando miró a Izzy su rostro se suavizó aún más.

—Siento haber tenido que examinar el bolso del bebé —añadió—. No te puedes ni imaginar lo que la gente trata de colar en una prisión.

—No pasa nada —repuse también en voz baja, aunque en realidad me costaba mucho entenderlo. ¿Cómo había terminado en un mundo donde la gente esperaba que metiera droga en los pañales de mi hija?

—¿Lista? —preguntó Puck con su habitual gesto sombrío e inexpresivo. El mejor amigo de Painter hacía que me sintiera un poco incómoda, pero no podía negar que me había ayudado mucho. A veces tenía la impresión de que no podía dar un paso sin tener a algún motero comprobando que estuviéramos bien. Algo que me resultaba malo y bueno al mismo tiempo. Necesitaba la ayuda, sí, pero odiaba sentirme tan dependiente. Por mucho que responsabilizara a Painter por todo lo que había pasado, los Reapers también tenían la culpa.

Ellos le habían metido en este lío.

Ellos y sus «asuntos del club».

Nos pusimos de pie con torpeza junto con el resto de visitantes; un grupo que abarcaba tanto a madres jóvenes con niños como a personas de cincuenta y sesenta y tantos. Algunas de las mujeres parecían auténticas prostitutas. ¿Lo serían?

¿Visitaban a sus proxenetas en la cárcel?

Aquello fue un pensamiento bastante sombrío, ¿pero no lo era más el que muchas mujeres tuvieran que prostituirse para cuidar de sus hijos mientras sus padres cumplían condena? Miré a Izzy, que dormía plácidamente en mis brazos, y supe sin ningún género de dudas que haría cualquier cosa por sacarla adelante. Cualquier cosa.

En el otro extremo de la sala se abrió una puerta por la que empezaron a entrar hombres vestidos con monos naranjas.

—¡Papá! —gritó un niño que estaba a mi lado mientras corría hacia un tipo hispano de aspecto siniestro lleno de tatuajes. Él hombre sonrió, alzó al niño y lo abrazó con fuerza, dándole un beso en el pelo.

Entonces apareció Painter.

Me quedé sin respiración un instante, sintiendo cómo un sinfín de emociones bullían descontroladas en mi interior. Indignación. Amor. Sufrimiento... Una parte de mí percibió que estaba más guapo que nunca, aunque con un rostro también más duro que nunca. Le había crecido el pelo; ahora lo llevaba por los hombros. Nos buscó con esos ojos azul claro que tenía, fijándose al instante en el precioso bulto que tenía en mis brazos.

Entonces se detuvo y tragó saliva.

—Venga —dijo Puck. Me tocó el hombro, instándome a que me adelantara.

Fui hacia Painter y nuestros ojos se encontraron. Antes de darme cuenta estaba frente a él, tensa e incómoda. Me percaté de que Puck no estaba a mi lado. Se había quedado atrás para darnos toda la privacidad posible, dadas las circunstancias.

—Hola —susurré.

—Hola —replicó él—. Gracias por venir.

Me estaba resultando más duro de lo que imaginé.

—Quería que la conocieras. —Me sentía insegura—. Que vieras a tu hija.

Bajó la mirada y contempló el diminuto y dormido rostro de nuestra hija. Había nacido con la cabeza llena de pelusilla de un tono rubio claro. Le había puesto una cinta con una flor que combinaba con el vestido veraniego que llevaba regalo de Loni.

—¿Me... me la dejas? —preguntó con suavidad.

—Claro.

Estiró los brazos y se la coloqué con cuidado. Cuando nuestras pieles se rozaron me quedé sin aliento. La atracción que sentíamos el uno por el otro todavía estaba ahí, intensa y eléctrica. Izzy se despertó, alzó las manitas y abrió los ojos.

Unos ojos azul claro, como los de su padre.

Ambos se miraron, padre e hija, y algo en mi interior se rompió. Painter extendió un dedo hacia la pequeña Isabella y ella lo agarró con fuerza, soltando un suave gorjeo.

—Es perfecta —susurró.

Aunque estábamos rodeados de gente, en ese instante sentí como si estuviéramos solos. Él, nuestra hija y yo.

—¿Quieres sentarte con ella? —pregunté.

—Sí.

Miré a mi alrededor y encontré una mesa libre.

—Vamos allí.

Painter caminó despacio y con mucho cuidado, sosteniendo a Izzy como si fuera de cristal. Me pareció verle susurrándole algo y cualquier duda que tuviera sobre si la iba a querer o no desapareció al instante. Se había enamorado de nuestra hija con la misma intensidad que lo hice yo la primera vez que la vi en la UCIN.

—Em me envió fotos —dijo cuando nos sentamos en la mesa—. También me contó todo lo que pasó cuando nació. Por lo visto, estuviste increíble.

—Lo intenté. Lo pasé muy mal con la cesárea. ¿Sabes? Quería que fuera un parto natural; siempre decían que eso era lo mejor para el bebé. Pero no pude. Lo intenté con todas mis fuerzas, pero la niña no salía.

Me miró con vehemencia.

—Es perfecta —repitió, enfatizando la última palabra—. Lo hiciste todo bien, Mel. Me lo contaron todo, cómo luchaste por ella. No me puedo imaginar a nadie haciéndolo mejor.

Parpadeé a toda prisa, tratando de contener las lágrimas.

—Me hubiera gustado que estuvieras allí —murmuré.

—Y a mí también.

Izzy soltó un pequeño chillido. Painter la miró con algo parecido al pánico en sus ojos. Nuestra hija levantó los brazos, estirándolos mientras bostezaba. Entonces volvió a cerrar los ojos y arrugó la nariz. Conocía perfectamente esa expresión.

—¿Qué le pasa? —preguntó de inmediato con voz asustada.

—Debe de tener gases. O puede que se esté haciendo caca. Solo dale un minuto.

Aunque Izzy no lo necesitó, pues al segundo siguiente nos deleitó con una serie de fuertes y húmedos sonidos. El rostro de Painter se contrajo con una mezcla de sorpresa y horror, como si esperara que la niña empezara a girar la cabeza o algo parecido. Me miró de nuevo.

—¿Qué hacemos?

No pude evitarlo y me eché a reír.

—Dale un par de minutos para que termine y después la cambiaré.

***

Painter

El trasero de Melanie se balanceó cuando se alejaba con Isabella. Mi hija... Increíble, ¿verdad? Podía ver cómo había cambiado el cuerpo de Mel a raíz del embarazo. Ahora estaba más llena. Y sus pechos también eran más grandes. Mucho más grandes. Desde que me habían encerrado la echaba muchísimo de menos. Esto estaba siendo muy diferente a mi anterior estancia. Peor. Mucho peor, a decir verdad. Pasar tus días en una celda nunca es agradable, pero saber que me estaba perdiendo algo tan extraordinario —tan importante— se estaba convirtiendo en una auténtica tortura.

Y ahora, ni siquiera tenía sus cartas para que me lo hicieran todo más llevadero.

Esperaba que no tardara mucho en cambiar a Izzy. Teníamos un horario muy estricto para las visitas y no quería desperdiciar ni un solo segundo. Solo Dios sabía cuándo —o incluso si— volvería a visitarme. Dios, amaba a esa niña más de lo que jamás creí posible y puede que no volviera a verla en meses.

—¿Cómo te va todo? —preguntó Puck en voz baja mientras se sentaba en el asiento de enfrente.

Me encogí de hombros.

—Bueno, aparte del hecho de que por estar en prisión me he perdido los primeros cinco meses de vida de mi hija, de puta madre.

—Y tú, ¿qué tal por ahí arriba?

Puck esbozó una lenta sonrisa.

—Mejor que tú. He estado echándole un ojo a Mel por ti.

—Gracias —dije—. Esta vez la he jodido a base de bien, hermano.

Puck asintió.

—Sí.

Reprimí una carcajada y me incliné hacia adelante sobre mis piernas.

—Me encanta cómo siempre intentas que me sienta mejor.

Puck enarcó una ceja.

—¿Qué quieres? ¿Que te lama el trasero?

—Está bien. ¿Qué tal el viaje?

—Bien. Me resultó un poco raro, por eso de viajar con un bebé, pero se portó bien. Lloró un poco al despegar. Mel tuvo que darle de mamar en el avión. Creo que se sintió un poco incómoda conmigo al lado.

Fruncí el ceño y le taladré con los ojos.

—¿Le miraste las tetas?

—Claro, porque tengo un fetiche con la leche —ironizó con los ojos en blanco—. Eres un puto enfermo, ¿lo sabías?

Me puse a reír y él hizo otro tanto.

—Entonces, ¿estás consiguiendo sobrevivir aquí sin mí? —preguntó al cabo de un rato.

—Ahora es peor —admití—. Pero tengo a Pipes cubriéndome las espaldas. Lo que pasó en Hallies Falls le tenía preocupado y un montón de alianzas se han roto. Nos apoyamos mutuamente. Y por supuesto está Fester... Se alegró mucho de volver a verme.

Puck soltó un bufido.

—¿Cómo está el príncipe de los pervertidos?

—Sigue siendo un capullo asqueroso, pero verás, han iniciado un nuevo taller de arte en el que estoy ayudando como profesor y él es uno de mis alumnos. No se le da mal, siempre que lo mantengas ocupado. Está más interesado de lo que me gustaría en anatomía y también un poco obsesionado con cómo se unen los músculos con las articulaciones... y del aspecto que tienen cuando los desgarras.

—Seguro que te lo estás pasando de muerte con eso —replicó con una sonrisa. Le saqué el dedo corazón y nos quedamos en silencio mirándonos. Podía decirle muchas más cosas, ¿pero qué sentido tenía? Aquí dentro nunca cambiaba nada—. No te voy a mentir, me alegro de no estar aquí contigo.

—Lo entiendo.

—Tengo algunas novedades que contarte —señaló en voz baja—. Sé que te has enterado de algo, pero me imagino que querrás saber el resto. ¿Te contaron que Marsh iba cargado de metanfetaminas?

—Sí, Pic mencionó algo —dije.

—Bien, pues al final se ha declarado culpable. Entre apuñalar a un policía y las drogas que llevaba va a estar fuera de circulación por lo menos tres años. Tal vez más, dependiendo de su comportamiento. Y no es precisamente conocido por su buen carácter cuando está bajo presión.

—Eso sí que son buenas noticias. ¿Y el resto?

—Han encerrado a otros dos. Talía ha desaparecido, nadie sabe dónde está. Marsh está muy cabreado, te culpa por lo que pasó.

—Que se joda.

—Sí. Gage sigue en Hallies Falls. Está ayudando a los que todavía quedan a reconstruir el club. A aquellos que merecen la pena... Incluso se ha hablado de que se hagan de los Reapers.

—Puede que sea lo mejor. —Pensé en Cord y en los otros hermanos que parecían tan disgustados por estar a las órdenes de Marsh—. Pipes me contó algo, pero tampoco tiene mucha información. Estamos demasiado lejos como para que nos pongan al día.

Puck asintió.

—También tengo buenas noticias. De hecho, es algo que Pic quería que hablase contigo. Todavía tienen tu trabajo colgado en el taller y ese tipo que habló contigo para que le pintaras la moto ha ido un par de veces por allí. Por lo visto, es amigo de un marchante de arte y le ha enseñado algunas fotos de tus pinturas. Están interesados en exponer algunas cosas tuyas.

—Vaya. —No sabía muy bien qué hacer con esa información.

Puck ladeó la cabeza.

—Pensé que te haría más ilusión.

—Y me la hace. Creo. Pero no sé cómo podría hacerlo. No tengo muchas piezas y aquí dentro tampoco es que pueda hacer muchas más. Además, sabe que estoy en prisión. Le escribí para decirle que no podría hacerle el encargo.

Puck tosió.

—Aquí es donde viene lo raro. Parece que eso de estar en prisión, ya sabes la figura del delincuente curtido, el club de motos y todo eso, te hace mucho más interesante. Los chicos dicen que el hombre prácticamente se corrió del gusto. Te llamó peligroso.

Resoplé.

—¿Lo dices en serio?

—Sí. Quiere venir a verte. Pic se puso en plan serio y dijo que primero teníamos que hablar contigo. No quiere que te traten como un monstruo de feria, ¿entiendes? Pero podrías ganar dinero con ello y Mel no nada precisamente en él. Si empiezas a ayudarla económicamente, tendrías una mejor posición.

—Hazlo —dije sin pensármelo dos veces.

—¿Hacer qué? —preguntó Mel, acercándose hacia nosotros. Había limpiado y cambiado de ropa a Izzy, que ahora estaba completamente despierta.

—Hay un hombre que quiere exponer en una galería de arte algunas cosas mías —expliqué.

Abrió los ojos como platos.

—Eso es estupendo.

—Puede. Pero no quiero emocionarme mucho hasta ver cómo se desarrolla. ¿Puedo volver a tener a Izzy en mis brazos?

—Claro.

Al extender el brazo para sostener a la niña, rocé con el dorso de la mano la zona baja de su pecho. Nuestras miradas se encontraron al instante y vi cómo parpadeaba un par de veces. ¿Lágrimas? No, pero sus ojos sí que estaban rojos y tristes. Me incliné sobre Izzy para aspirar su suave aroma a bebé.

En ese momento me di cuenta de que quizá no volvería a experimentar ese olor de nuevo. Jesús. Era mucho peor de lo que jamás me imaginé... Sentía como si me estuvieran desgarrando las entrañas. Cada segundo con ella era precioso y perfecto... y pasaba más rápido de lo normal.

—¿Puck, puedes darnos un minuto? —pregunté.

Hizo un gesto de asentimiento y se fue hacia las máquinas expendedoras. Melanie se sentó en el otro extremo de la mesa. Había esperado que se pusiera a mi lado, pero no tuve tanta suerte.

—Ya te he pedido perdón por carta... —empecé.

Ella alzó una mano.

—Esto ya es lo bastante duro sin tener que escuchar tus justificaciones —dijo con tono cuidadosamente neutro—. No quiero oírlas.

—Voy a ser un buen padre.

—No puedes serlo —replicó con dureza—. No estás con ella y seguirás sin estarlo por lo menos otro año y medio más.

Respiré hondo y me obligué a estar lo más calmado posible.

—Lo sé —indiqué despacio—. Pero en cuanto vuelva, todo va a cambiar.

—Ya veremos.

—Lo digo en serio. Voy a estar ahí para ambas. Te lo prometo.

Me miró fijamente y después recorrió con la vista el resto de la sala. Había familias sentadas en otras mesas, otros padres sosteniendo a sus hijos, jugando con ellos, coloreando o leyendo juntos.

—¿Cuántos de estos hombres han hecho esas mismas promesas? —respondió con voz triste.

«Mierda.»

—Sé que las palabras no bastan. Pero en cuanto esté fuera lo comprobarás por ti misma. Voy a cuidar de ti y de Izzy.

Apartó la mirada un buen rato. La niña volvió a gorjear, estiró su pequeño cuerpo y pateó un par de veces.

Entonces Izzy me miró y sonrió...

Y el mundo entero desapareció.

Sí, sé que parece una ñoñería, pero es la puta verdad.

—Cuidaré de ti —susurré. Me incliné y le di un beso en la tersa mejilla—. Te lo prometo. Tu mamá todavía no me cree, pero se lo demostraré. A ambas. Papá está aquí, pequeña.

—Por ahora —masculló Melanie.

No dije nada. Al fin y al cabo, ¿qué podía decir?

Ella tenía razón.

***

Melanie

Izzy empezó a llorar en cuanto salimos de prisión. La visita había durado cuatro horas largas, pero a mí me parecieron cuarenta minutos. Así de rápido se me había pasado. No podía culparla, también tenía ganas de llorar.

—¿Está bien? —preguntó Puck, sujetando con su enorme mano la parte superior del volante.

—Sí —respondí—. Aunque seguro que querrá comer dentro de poco.

—Sí, yo también tengo hambre. Podemos parar y tomar algo de camino al hotel. A menos que quieras hacer otra cosa mientras estamos aquí. Habrá que matar el tiempo esta tarde.

—¿Te refieres a hacer turismo?

—Si quieres...

Me lo pensé un rato, pero la idea de salir por ahí con el mejor amigo de Painter y una recién nacida no me resultaba precisamente divertida.

—No, vamos al hotel. Izzy podrá echarse una siesta y a mí me gustaría estar sola un rato.

—Muy bien.

Encendió la radio y nos pusimos en marcha. No podía olvidarme de la cara que había puesto Painter cuando nos marchamos. Quería odiarle por lo que nos había hecho, pero el sufrimiento que contemplé en sus ojos cuando me devolvió a Izzy era demasiado real.

La amaba.

No había estado segura de qué haría; no quería hijos. Había elegido la cárcel antes que a su hija. No era que se hubiese sentado delante de un test y hubiera marcado la casilla de «prisión» en vez de la de «paternidad», pero sabía perfectamente que su agente de la condicional estaba sedienta de sangre cuando salió del estado.

Sin embargo, adoraba a Izzy. Lo había visto en su mirada.

—Voy a empezar a enviarle fotos —solté de repente a Puck.

Él me lanzó una rápida mirada e hizo un gesto de asentimiento.

—Seguro que le gusta.

Y eso fue todo.

Ahí fue cuando decidí que me gustaba Puck. Era enorme y tenía un aspecto aterrador con esa cicatriz que le cruzaba la cara y sus formas de asesino en serie, pero sabía cuándo mantener la boca cerrada.

—Gracias. Gracias por traernos aquí.

Volvió a mirarme.

—Cuando quieras, Mel. Cuando quieras.

Capítulo 18

Coeur d'Alene.
Fiesta del segundo aniversario de Izzy.

Melanie

—¿Tata? —preguntó Izzy con voz esperanzada.

Miré la pirámide de brillantes *cupcakes* glaseados de color rosa, decorados con pequeñas princesas, y suspiré.

London y Jessica parecían decididas a enterrarme en una montaña de tonos rosas, algo con lo que mi hija estaba encantada. No solo los *cupcakes* eran de ese color, sino también el mantel de plástico, las tazas, los platos, las servilletas y los globos. Sí, todo rosa. En concreto, de un rosa fluorescente de esos que hacen que prácticamente te sangren los ojos, con princesas y unicornios, porque Dios es cruel.

Y lo que era todavía peor era el vestido que Painter le había comprado. De acuerdo, tenía que admitir que era una monada; un pequeño tutú con una brillante falda de tul montada sobre un bodi de algodón, que incluso tenía la palabra «princesa» escrita en la parte frontal con purpurina plateada, y que hubiera sido mucho más bonito si no hubiera sido de color... Sí, rosa. A veces tenía la sensación de que un conejo de Pascua se pasaba todo el día vomitando encima de mí porque todo lo que me rodeaba era de color pastel.

Esas eran las ventajas de tener una hija.

En la distancia, oí el rugido de unas Harley. Alcé la mirada y vi a Painter y a Reese Hayes aparcar en la esquina del aparcamiento. El sonido fue lo suficientemente fuerte como para romper el trance inducido por los *cupcakes* en el que había caído mi hija; algo que jamás creí posible.

—¡Papi! —gritó Izzy, cruzando la hierba del jardín hacia ellos.

Hacía un día espléndido para celebrar una fiesta de cumpleaños en el parque. Y hubiera sido perfecto si «él» no hubiera venido. Aunque sabía lo mucho que ansiaba compartir un cumpleaños con ella.

Lástima que eso implicara que no iba a poder relajarme ni disfrutar de la fiesta como hubiera querido. Capullo. Desde que había vuelto, había sido un dechado de virtudes. Tanto, que a veces creía que en realidad se trataba de un espectáculo que estaba representando para demostrar que de verdad había cambiado y así obtener mi perdón. Todo aquello estaba muy bien, pero al final no significaba nada porque Painter todavía se movía al margen de la ley y ambos lo sabíamos. De modo que no podía permitirme el lujo de acostumbrarme a su presencia o depender de él, porque si sufríamos otra crisis... —no, «cuando» sufriéramos otra crisis—, me quedaría destrozada. E Izzy no podía permitirse una madre rota por dentro.

Que no estuviera ahora en prisión no significaba que no volviera a pisar una celda en un futuro.

—¿Preparada? —preguntó Jessica, poniéndose a mi lado.

Mi amiga sabía exactamente cómo me sentía con toda aquella situación. A Loni no podía hablarle con total libertad de los Reapers; sin embargo, Jess era otra historia.

—Sí —respondí, esbozando una sonrisa forzada—. Va a ser estupendo. Un desmadre. Diversión a tope.

—Estás exagerando un poco —señaló. Me golpeó el hombro con el suyo—. Intenta relajarte. Todo terminará dentro de unas horas y podrás volver a casa con Izzy.

Cerré los ojos, luchando contra la oleada de pánico que amenazaba con desbordarme.

—No terminará.

—¿A qué te refieres?

—Painter se la lleva a dormir esta noche —dije, sintiendo que mi sonrisa se transformaba en una mueca que no podía ser nada agradable—. Lleva queriéndolo hacer desde hace un par de meses, así que le puse una serie de condiciones. Y las ha cumplido. Nunca pensé que lo haría.

Jess me miró estupefacta.

—¿Por qué no me he enterado hasta ahora?

Me encogí de hombros.

—Porque jamás pensé que lo conseguiría —admití—. Cuando me pidió que fuera a ver su casa me quedé anonadada. Es cien por cien a prueba de niños. Incluso le ha puesto una cama infantil y le ha comprado toda su comida favorita. Loni acudirá de inmediato si necesita ayuda con Izzy y por supuesto yo estaré pendiente del teléfono. Izzy está muy emocionada, hemos llenado una maleta entera con peluches para llevarlos a «casa de papi».

—Vaya, esto sí que no me lo esperaba.

Vi cómo Painter subía a Isabella con él en la moto y dejaba que fingiera que conducía. Dios, nuestra hija cada día se parecía más a él. Su pelo rubio relucía bajo el sol como un faro y sus ojos azules se habían vuelto aún más brillantes. No solo eso, le encantaba pintar con los dedos. Sí, a todos los niños de su edad les gustaba, pero incluso la profesora de preescolar me había dicho que ya apuntaba maneras. No sabía cómo sentirme al respecto.

—Tranquila —dijo Loni, rodeándome el hombro con un brazo y acercándome a ella—. Es solo una fiesta y una noche en su casa. Painter lo hará bien.

—Eso es lo que me asusta —reconocí—. ¿Y si le gusta estar más con él que conmigo? Todo lo que hacen juntos es divertido. Yo soy la que tiene que lidiar con ella día a día y decirle que no. A este paso me odiará cuando tenga doce años. Y cuando él se case, mi hija querrá irse a vivir con su padre y su nueva madrastra y yo me quedaré sola y...

—¡Mel! —exclamó Jess, chasqueando los dedos frente a mi cara. La miré—. Deja de volverte loca, nena. Izzy solo tiene dos años.

Parpadeé.

Mierda, tenía razón. «Se te está yendo la cabeza.»

—Esta noche tengo una cita —dije—. Y también estoy un poco nerviosa por eso...

—¿Una cita? —preguntó Loni, mirándome fijamente—. ¿En serio?

—Oye, que no es tan raro —me quejé con el ceño fruncido—. Sí, tengo citas.

—Dos citas —apuntó Jessica—. Desde que nació Izzy solo has salido dos veces. Y ambas las terminaste antes de tiempo porque no pudiste evitar ir a casa a ver cómo estaba la niña. Esto no es normal, te mereces una vida. Y Painter debería asumir un poco de responsabilidad. También es su hija.

A lo lejos, oí a Izzy chillar extasiada mientras su padre la subía sobre sus hombros. Entonces él y Reese cruzaron la hierba para acercarse a nosotros, riendo y hablando entre ellos. Tenía que admitir que Reese se había portado maravillosamente bien. Él y sus hijas me habían aceptado como si fuera de su propia sangre, tanto que tenía que esforzarme mucho en mantener las distancias o terminaría engullida por la extensa familia que eran los Reapers.

Aunque sabía que tampoco habría sido tan malo... Las chicas se habían ofrecido a hacer de canguro de vez en cuando y me constaba que lo hacían de corazón. Pero cada vez que veía los colores de los Reapers, solo pensaba en que Painter se había perdido el nacimiento de Isabella. Y en las noches que había pasado sentada en la unidad de neonatos, recuperándome de la cesárea. Después de un tiempo pudimos volver a casa y entonces pasé semanas enteras sola en la oscuridad, sosteniendo a mi hija y aterrorizada porque no quería quedarme dormida, ya que lo único que se interponía entre mi bebé y la muerte era un monitor electrónico que se suponía tenía que avisarme si ella dejaba de respirar.

Un monitor en el que no confiaba.

No después de la noche en que me desperté porque necesitaba ir al baño y me encontré a Izzy azul por la falta de oxígeno. Esa maldita máquina no servía para nada. Nunca en mi vida me sentí más sola o asustada y pensé que nunca nos desharíamos de aquel trasto. Rehacer mi vida tampoco fue fácil, aunque al final lo conseguí. Casi. Terminé haciendo nuevas amigas, no era la única madre soltera en el programa de enfermería de la universidad. Tener a Izzy retrasó un poco mi educación sí, pero se me dio bien.

En realidad mejor que bien.

Ahora tenía mi propio apartamento, un trabajo decente y un seguro médico. Y tampoco dependía ya de la asistencia social. Me había pasado la mayor parte de mi infancia en manos de los servicios sociales y recordaba perfectamente cómo la gente nos miraban a mi madre y a mí por

encima del hombro. Con mi padre también lo hacían, pero me daba igual. Él solo era el borracho que estaba en el salón.

—Muy bien, ¿y cuál es el plan? —preguntó Reese mientras llegaban a la zona de pícnic.

—¡*Tata*! —gritó Izzy—. ¡*Tata, tata, tata, tata, tata*! ¡*Quero* la tata de *Izzy*!

—Parece que tendremos tarta —dije secamente, intentando alejar mis pensamientos más oscuros—. Voy a por las cerillas.

—No te preocupes por eso. —Reese sacó un Zippo. Nunca entendí por qué lo llevaba si no fumaba. Supongo que obtener fuego en cualquier momento tenía su utilidad. Se lo pasó a Loni, que encendió las velas mientras yo sacaba el teléfono para grabar el momento. Painter bajó a Izzy y la puso delante de la pringosa pirámide.

—Cumpleaños feliz... —empezamos todos. Isabella era la que más alto cantaba y no dejaba de aplaudir.

Cuando terminamos la niña se lanzó directa a por un *cupcake*, con las velas todavía encendidas.

—Mierda —dijo Painter, saltando hacia delante para atraparla.

Izzy se volvió hacia él con rabia y le dio un manotazo en el brazo.

—¡Mío!

—Isabella, eso no se hace —señalé con firmeza.

Me miró con cara de pocos amigos.

—*Tata* de Izzy.

—Tendrás el dulce cuando pidas perdón —sentencié. Su mirada se volvió más siniestra. Así se parecía todavía más a su padre, solo que en su caso era gracioso en vez de aterrador. Jess resopló—. No quiero ningún comentario inapropiado, por favor.

Painter me miró.

—Joder, Mel, es su cumpleaños. No seas aguafiestas.

Oh, no. No iba a permitir que me quitara la autoridad de ese modo. Por no mencionar su lenguaje...

—Izzy podrá tener su *cupcake* cuando pida perdón por haberte pegado —dije.

Painter dejó el dulce justo delante de ella a propósito.

Ladeé la cabeza y le miré.

—Isabella, pide perdón —pidió Jess, captando su atención—. ¿Lo harás por la tía Jess?

La niña la miró y sonrió.

—*Peeeeedón.*

Suspiré aliviada. Aquello podía ser una muestra de lo que estaba por llegar. Izzy era una niña lista. Demasiado. Si se daba cuenta de que podía poner a sus padres en contra, estaríamos perdidos cuando entrara en el instituto.

Tuve otra oleada de pánico. Si no podía controlar a una niña de dos años, ¿cómo se suponía que lo iba a hacer cuando fuera adolescente?

—De acuerdo, princesa. Ha llegado la hora de comer tu *cupcake* —dijo Painter. Se sentó a horcajadas en el banco al lado de la niña. La pequeña le sonrió y se metió el dulce en la boca sin prestarme la más mínima atención.

Siempre era así... Izzy era toda una niñita de papá.

Algo que detestaba. Igual que me detestaba a mí misma.

¿Qué clase de mujer está celosa de su propia hija?

***

—No le va a pasar nada —dijo Painter, lanzándome una mirada glacial.

Estábamos juntos, bajo el techado del área de pícnic, mirando cómo Izzy jugaba al pilla-pilla con Jessica en el parque infantil. Ahora que estábamos solos, había perdido todo rastro de sonrisa. Esta vez la prisión le había afectado mucho más. Se había vuelto más taciturno, más callado; lo que también se reflejaba en su arte. Sus trabajos eran más oscuros. Por lo que había visto en su estudio, sus pinturas no solo reflejaban una fuerza distinta, sino que también rezumaban peligro.

No me extrañaba que sus obras se estuvieran vendiendo como churros.

Algo que en realidad me parecía un poco injusto. Painter había delinquido y le habían condenado por ello, pero su estancia en prisión entusiasmaba a sus potenciales compradores. Yo, sin embargo, me había dejado la piel trabajando duro y seguía sin poder comprarme un automóvil nuevo. El hecho de que él se ofreciera a comprarme uno lo hizo aún peor.

«Imbécil.»

—¿Prometes que me llamarás si se asusta? —dije.

Odiaba todo aquello.

—Sí —respondió—. Pero no lo hará. Le encanta estar en mi casa. Además, no es la primera vez que pasa la noche fuera. Ya se ha quedado a dormir en casa de London y Reese. Estará bien. Deja de preocuparte.

—De acuerdo —susurré, dándome por vencida—. Voy a salir esta noche, pero te agradecería mucho que dejaras que me llamase antes de irse a la cama. Quiero darle las buenas noches.

—¿Salir dónde? —preguntó con indiferencia.

Le miré.

—Con un amigo.

—¿Tienes una cita?

—No es de tu incumbencia —mascullé. Oh, mierda. ¿Por qué había reaccionado de ese modo? Estaba demasiado a la defensiva, lo que solo conseguía delatarme.

—¿Alguien que conozca? —preguntó con la mandíbula tensa.

Me volví hacia él y enarqué una ceja.

—Tú te tiras todo lo que se menea —escupí—. ¿Cómo te atreves a cuestionarme?

—¿Estás celosa? —inquirió, mirándome con dureza.

Fruncí el ceño y le saqué el dedo corazón sutilmente.

Ahora fue él el que enarcó la ceja.

—¿Quieres que deje de andar follando por ahí? Perfecto. Ven esta noche a casa conmigo y con Izzy y estaré encantado de limitar mis habilidades sexuales a ti sola, Mel. Sabes que en el momento en que quieras estar debajo de mí, tienes mi puerta abierta.

Aquellas palabras enviaron una oleada de calor que me estremeció de arriba abajo (y estoy segura de que los pezones se me pusieron como piedras). El muy capullo hizo un gesto parecido a una sonrisa.

—Todavía recuerdo tu sabor, nena, por no mencionar la manera como se aprieta ese coño que tienes alrededor de mi polla. No me toques las narices, Mel. No soy ningún crío con el que puedas jugar.

Retrocedí un paso con los ojos como platos.

—No deberías hablar así —conseguí decir.

Su sonrisa se transformó en un gesto de desagrado.

—Mel, he hecho todo lo que me has pedido —dijo—. Y no hay nada en este mundo que no estuviera dispuesto a hacer por Isabella. Pero estoy harto de seguir tus órdenes a pies juntillas, solo para que te transformes en una bruja cuando quiero ver a la niña. Ella también es mi hija.

—¿Acaso te pasas las noches en vela intentando pensar nuevas formas de ser un capullo? Y nunca te he pedido que hagas nada por mí. Es más, estaría encantada de que desaparecieras de nuestras vidas. A Izzy y a mí nos iba muy bien antes de que regresaras y decidieras jugar al papaíto.

Algo destelló en sus ojos antes de dar un paso al frente e invadir mi espacio. Intenté alejarme, pero entonces toqué con el trasero la mesa donde estaba la comida y no me quedó más remedio que apoyarme en ella.

—No estoy jugando a nada —susurró con tono helado—. La cagué. Lo sé. Te pedí perdón por ello y he hecho todo lo posible por enmendar mi error. Nunca recuperaré el tiempo que estuve sin ella y me arrepentiré el resto de mi vida. Pero no voy a permitir que ni tú ni nadie se interponga entre mi hija y yo, Mel. Entiendo todo por lo que has pasado y agradezco que seas la madre de Izzy, pero no pienses ni por un momento que te vas a deshacer de mí, Melanie. Estaré el resto de tu puta vida porque tenemos una hija en común. Así que deja de comportarte como una víbora todo el rato.

Dejé de apoyarme en la mesa y me puse de pie, temblando mientras él alzaba la mano y me metía un mechón de pelo, que ahora llevaba cortado en media melena, detrás de la oreja. Un gesto que fue directo a mi espina dorsal, bajándome por las piernas. Los recuerdos de los dulces y apasionados momentos compartidos quedaron suspendidos entre nosotros.

—Me gustaba más largo —murmuró.

—Pero tardaba más en arreglármelo —logre responder. Deseé con todas mis fuerzas no sentir el calor que irradiaba su cuerpo.

—Si te lo tiras esta noche, piensa en mí. —Me miró con ojos furiosos—. Recuerda lo que sentías cuando estaba dentro de ti.

¿Cómo podía alguien tan vil ser tan sexi?

—Sí, claro, porque tú siempre piensas en mí, ¿verdad? —dije con desdén.

Se lamió los labios y se inclinó para susurrarme al oído.

—Cada maldita vez. Siempre finjo que eres tú la que está debajo de mí. Da igual quién sea, cierro los ojos y es tu cara la que veo, Mel. Di la palabra y estaré gustoso de llenarte.

Cerré los ojos, desesperada porque me dejara un poco de espacio.

—No puedes hablarme así.

Me acarició con la nariz un lado de la cara, aspirando mi aroma.

—Casi un año —murmuró—. Hace casi un año que estoy libre, haciendo todo lo que puedo para ayudarte. Económicamente, en la casa. Dije una estupidez cuando me contaste que estabas embarazada y después actúe como un irresponsable. He pagado por ello, perdiéndome los primeros años de vida de mi hija. Pero no voy a perderme nada más.

Se acabó el tratar de hacerte feliz, Mel, así que aquí tienes mis nuevas normas. Puedes follarte a quien quieras, pero mantente alejada de mi mundo. Si vuelves a él, asumiré el control sin miramientos, ¿entendido?

Volví a abrir los ojos y me eché hacia atrás con tanta fuerza que me hubiera caído sobre la mesa de no ser porque él me atrapó en el acto.

—¿Qué?

—Ya me has oído. —Su expresión era dura como el granito—. Las cosas han cambiado, Mel. He dejado de ser el calzonazos que solo quiere complacerte. Considérate advertida.

Y sin más, se dio la vuelta y se marchó.

***

Seis meses después.
Sala de urgencias del Kootenai Medical Center.

—**T**odger ha vuelto —dijo Sherri, dándome un golpe con el hombro—. Viene borracho hasta las cejas y no ha debido de lavarse desde la última vez que estuvo aquí. Piedra, papel o tijeras para ver quién le atiende.

Asentí y contamos hasta tres. Ella sacó papel y yo piedra. Mierda.

—Zorra con suerte —dije, poniendo los ojos en blanco. Se rio y me sacó el dedo corazón. Aunque oliera a pescado podrido, Todger era inofensivo. Llevaba años entrando y saliendo de urgencias, al igual que los muchos enfermos mentales sin hogar que veíamos con regularidad. Hacía unos seis meses había encontrado una vivienda temporal, pero la última vez que estuvo me confesó que la CIA había instalado micrófonos por todo el apartamento y que no se sentía seguro allí. Según tenía entendido, había vuelto a dormir en las gradas inferiores del Memorial Stadium—. ¿Le ha traído la policía?

—No, el centro de alerta llamó a una ambulancia —explicó—. Se cayó en el suelo y empezó a sufrir convulsiones. Me da la sensación de que se trata de un caso de *delirium tremens.*

Enarqué una ceja.

—¿En serio? ¿Está intentando dejar el alcohol?

—Tratándose de Todger, ¿quién sabe? De todos modos, será mejor que vayas y le eches un vistazo. Le hemos metido en una habitación,

 269

pero el doctor Ives está ocupado con un caso de verdad y la doctora Baker está intentando comer algo entre paciente y paciente. Dice que Todger seguirá ahí cuando vuelva.

Normal, Todger era un asiduo de urgencias, pero lo que realmente necesitaba era un tratamiento a largo plazo. Cuando empecé a trabajar allí, estuve encima de los trabajadores sociales del hospital hasta que le metieron en un programa; algo de lo que me sentí francamente orgullosa. Me avisaron de que no aguantaría y así fue. Menos de una semana después lo abandonó, alegando que no le gustaban los fármacos que le daban ni la gente que le decía lo que tenía que hacer.

Teniendo en cuenta el olor que siempre despedía supongo que tampoco le gustaba que le obligaran a bañarse.

—Voy para allá —dije antes de soltar un suspiro. Di un rápido sorbo a mi café y salí de la sala de enfermeras en dirección a su habitación.

—¡Te debo una! —rio Sherri.

Tuve que hacer acopio de todas mis fuerzas para no sacarle el dedo corazón. Con la suerte que tenía, seguro que me veía algún administrador del hospital y me amonestaba por el gesto.

Le olí antes de verle. Para ser un hospital de una localidad pequeña, teníamos nuestra buena cuota de personas sin hogar, así que estaba acostumbrada a atender a pacientes que olían a heces y a alcohol. Sinceramente, era mejor que el olor a sangre y putrefacción; ese sí que me aterraba. Por lo menos la suciedad se podía lavar y Todger no se iba a morir en mis brazos. Entré en la habitación y corrí la cortina.

—Todger, me han dicho que has vuelto...

Me golpeó por la espalda.

Tardé una fracción de segundo en orientarme y después me puse a luchar como una loca. Por desgracia ese mínimo tiempo bastó para que me pusiera las manos sobre la garganta y apretara con fuerza. «Oh, Dios mío, ¿de verdad me está pasando esto?» El dulce y apestoso Todger me estaba atacando, asfixiándome, y yo ni siquiera podía gritar para pedir ayuda. Me golpeó la cabeza contra el suelo, enviando una ráfaga de intenso dolor directa al cráneo.

Empecé a dar patadas a diestro y siniestro, desesperada por liberarme. Mis pies impactaron contra el carro del ordenador, empujándolo por las resbaladizas baldosas. Instantes después impactaba contra algo y se estrellaba contra el suelo con un sonoro estruendo.

—Voy a matarte, puta —siseó en mi oído, golpeándome de nuevo la cabeza contra el suelo—. Te he estado vigilando. Llevas mucho tiempo pasándoles información sobre mí, pero ahora me las vas a pagar. ¡Vas a morir!

Las últimas palabras subieron de tono y entonces comenzó con un agudo y prolongado lamento mientras sus dedos se cerraban con más fuerza en torno a mi cuello. De pronto varios gritos penetraron en la neblina en la que empezaba a sumirme y una avalancha de personas irrumpió en la habitación. Los celadores se hicieron con él y sus dedos me magullaron la garganta mientras tiraban de él. Sin saber muy bien cómo, logré encontrar la energía suficiente para arrastrarme hacia atrás, acurrucándome contra la pared. Observé a Sherri en modo ángel vengador, portando una jeringuilla que le inyectó a toda prisa y sin miramientos.

Todger continuó luchando, pero sabía que los medicamentos actuarían rápido. Lo que había a mi alrededor me parecía distante y me costaba mucho seguir todos los movimientos. Estaba conmocionada. Sherri se puso a mi lado y me evaluó con calma. A lo lejos oía retazos de conversaciones.

—Examinadla...

—Restricciones... Nunca lo vi venir...

—Ha ido empeorando con los meses... llamar a psiqu...

—¿Melanie?

Me concentré en la cara de Sherri y parpadeé.

—Estás en estado de *shock*. Quédate conmigo, ¿de acuerdo?

—Estoy bien —conseguí susurrar. Traté de centrarme. Me duele la cabeza... un montón. Pero nada más. No tengo ninguna fractura ni nada parecido—. Me pondré bien. No os preocupéis.

Sherri soltó una breve carcajada.

—Siempre haciéndote la heroína, ¿verdad? —ironizó, aunque percibí una nota de temor en su voz—. Lo único bueno es que tal vez hayamos conseguido que por fin ingresen a Todger. Al menos por un tiempo.

—Pero se echará para atrás enseguida —logré susurrar con una débil sonrisa—. Seguro que ni se acuerda de lo que ha pasado.

—Triste pero cierto —dijo—. Verás cómo le pasan a otro el muerto a los cinco minutos de terminar el turno.

—Lo de todos los días —señalé con remordimiento negando con la cabeza. Craso error, porque al instante siguiente me di la vuelta y vomité en el suelo.

«Estupendo, aquí el amigo me ha regalado una conmoción.»
Vaya una mierda. Los próximos dos días iban a ser un asco.

***

Painter

Me incliné sobre la mesa de billar para alinear el tiro. La partida había comenzado como una excusa para pasar un rato con la pequeña pelirroja que llevaba coqueteando conmigo la última media hora desde el otro lado del bar, pero al final me sorprendió y resultó ser una jugadora estupenda. De pronto, me encontraba ante un verdadero desafío. Lo que, tenía que admitir, me excitaba.

¡Ya era hora! Últimamente, la mayoría de las mujeres que conocía me aburrían. Sí, no tenía la menor duda de que mi polla recibía su buena cuota de mamadas, pero seguía cerrando los ojos e imaginándome a Melanie. Mi pene no parecía haberse enterado de que ella ya no estaba interesada en nosotros, no importaba las veces que mi cerebro intentara explicárselo.

Qué ridiculez. Todo.

Eché hacía atrás el taco y empujé. La bola golpeó con un satisfactorio chasquido, enviando a la verde hasta el agujero del rincón trasero. La pelirroja hizo un gracioso mohín y se acercó balanceándose hacia mí para darme un beso. Acababa de cubrir su boca con la mía, aprovechando para bajar las manos y agarrarle el trasero, cuando sonó el teléfono que llevaba en el bolsillo de atrás.

Me planteé pasar de la llamada.

Joder, estaba deseando hacerlo. Por desgracia, uno de los inconvenientes de la vida del club es que siempre tienes que responder al puto teléfono, porque uno de tus hermanos podría estar en peligro. Di un apretón a los generosos glúteos de la pelirroja y me aparté para sacar el teléfono.

Se trataba de Melanie.

Ella nunca me llamaba, a no ser que se tratara de Izzy, y no me podía imaginar ni una sola razón, que no fuera una emergencia, por la que quisiera ponerse en contacto conmigo un viernes a medianoche.

La pelirroja dejó de existir.

Miré a Puck y articulé «Melanie» con los labios antes de salir al patio del bar para alejarme de la música.

—Hola, ¿qué pasa? —pregunté un tanto ansioso.

—¿Painter? ¿Eres tú?

—Un segundo —dije—. Estoy saliendo fuera, aquí hay demasiado ruido.

—De acuerdo.

Tardé un minuto, pero al final encontré un rincón tranquilo en la parte posterior.

—Hola, ¿qué pasa? —repetí—. ¿Está bien Izzy?

—Sí, sí —dijo Melanie. Su voz sonaba rara. Áspera, como si hubiera estado tosiendo—. Mira, necesito que me eches una mano.

Vaya. Eso sí que era una novedad.

—Muy bien...

—Esto es lo que pasa... Se supone que mi turno terminaba a las ocho, pero se ha producido un accidente en el hospital. Izzy está con la niñera y van a tenerme aquí toda la noche. London está fuera y...

—Tranquila, sin problema —dije, mi mente cambió de modo al instante. Había oído a algunos tipos contar que sus ex siempre intentaban endilgarles a los críos, pero Mel no era así. Si me llamaba, era porque no le quedaba otra opción—. Puedo ir a por ella. ¿Qué ha pasado exactamente? —Se quedó callada un buen rato y pasé de preocuparme a empezar a sospechar—. Melanie, ¿qué ha sucedido?

—Un paciente me atacó —admitió despacio.

—Pero ¿qué coño? —pregunté helado—. ¿Por qué?

—Es mentalmente inestable —explicó a toda prisa—. Lo más probable es que ni se acuerde de lo que ha hecho. Mira, no es gran cosa, pero quieren que me quede en observación toda la noche para asegurarse de que la lesión en la cabeza no es grave. Les he dicho que no es nada, pero ya sabes cómo va esto. Tengo que quedarme.

—Voy al hospital —dije—. Quiero verte.

—No, de verdad que no es nada —aseguró. Quizá le hubiera creído si no sonara como si acabara de tragarse un camión de grava—. Estoy bien, pero la niñera de Izzy tiene que trabajar por la mañana y necesita irse a su casa a dormir. Está en mi casa. La llamaré y le diré que vas de camino. Izzy está dormida, ni se dará cuenta de lo que ha pasado.

Consideré hacerle cambiar de opinión, pero me di cuenta de que era una pérdida de tiempo.

—Muy bien, voy para allá.

—Gracias, Painter —replicó. Se notaba que estaba cansada—. He tenido una noche difícil. Me quedo más tranquila sabiendo que hay alguien cuidando de Isabella.

***

—Gracias por cuidar de Izzy —le dije a Marie, la dama de Horse, al despuntar el alba—. Lo más seguro es que se despierte sobre las siete. Si se enfada porque Mel no está aquí, que me llame y hablaré con ella.

Marie asintió y me sonrió para tranquilizarme. No se había quejado lo más mínimo, a pesar de que la había sacado de la cama a las cinco de la mañana. Horse era un hombre con suerte.

—No te preocupes, nos vamos a divertir mucho. Tú solo asegúrate de que Melanie está bien y yo me ocupo del resto.

—Gracias.

Me puse el chaleco y fui hacia la puerta. Sabía que era demasiado pronto para ir a verla, pero no me importó; no podía esperar más, necesitaba ver que no le había pasado nada con mis propios ojos. Puck me siguió. La noche anterior había dejado a las chicas para venir conmigo porque era uno de esos amigos que estaban a tu lado cuando los necesitabas. Horse también se ofreció a acompañarnos, pero pensé que dos moteros eran suficientes para evitar que la gente del hospital nos tocara las narices, aunque no tantos como para tener que preocuparnos porque llamaran a seguridad.

Aparcamos en el Kootenai Medical Center y nos detuvimos en información para saber el número de habitación de Mel. Se suponía que la señora mayor que nos atendió no debía darnos esa información, pero bastaron unas cuantas palabras dulces para convencerla. A veces me asustaba la facilidad con la que se podía manipular a las mujeres.

Las mujeres que no eran Melanie. Ella ya me tenía calado.

Seguimos las indicaciones escaleras arriba y encontramos el pasillo. En la sala de enfermeras vimos a una chica de color, alta, atractiva y con trenzas; dejé que Puck coqueteara con ella mientras buscaba la habitación de Mel. La puerta estaba cerrada. Di un ligero golpe con los nudillos y entré. Me la encontré tumbaba en la cama, dormida.

Ah, joder.

274

Estaba hecha un desastre. Tenía magulladuras por toda la cara y también alrededor del cuello. Sin embargo, me fijé en que no había ningún monitor conectado a ella; eso era bueno, ¿no? No muy lejos de la cama, había un sillón reclinable; un extraño mueble estrecho que se suponía tenía que parecer normal, pero que hacía saltar todo tipo de alarmas «institucionales».

Me senté e incliné sobre la cama para mirarla. Tenía marcas de dedos en la garganta. «Marcas de dedos.» Alguien había puesto las manos encima a mi mujer, intentando matarla, y yo ni siquiera sabía lo que estaba pasando. Sentí cómo la rabia bullía en mi interior, comenzando en mi estómago y retorciendo cada músculo de mi cuerpo. Estaba listo para una buena pelea.

Pero allí no había nadie de quien pudiera defenderla. Solo Melanie, pálida y maltrecha, en una cama de hospital.

¿Qué coño había pasado?

Veinte minutos después alguien abrió la puerta. La enfermera de las trenzas entró y me miró.

—¿Y usted es...? —preguntó.

—El padre de la criatura —dije. Me costó un enorme esfuerzo mantener la voz controlada—. La niña de Mel es mi hija. Me llamó anoche, dijo que se había producido un accidente en el hospital y que necesitaba que cuidara de Isabella. Ya me he encargado de eso, así que ahora estoy aquí para asegurarme de que está bien.

Suavizó un poco su expresión.

—Mellie está bien —dijo—. Cuando se despierte puede contarte los detalles, solo la tenemos en observación.

—Hola —susurró Mel. Se notaba que le costaba abrir los ojos pero se llevó una mano a la cabeza. Sentí un alivio enorme, aunque no pude calmar del todo mis ansias de violencia—. Joder, me siento fatal.

—¿Qué tal te encuentras? —preguntó la enfermera—. ¿Recuerdas lo que pasó?

Mel asintió despacio.

—Sí, Todger... nunca me lo hubiera imaginado.

Trenzas resopló.

—Ninguno de nosotros. Tienes compañía.

Melanie me miró. Ladee la cabeza y me obligué a mantener una expresión tranquila.

—¿Dónde está Izzy? —inquirió con el ceño fruncido.

—He pasado la noche con ella y Marie ha venido temprano —expliqué con un tono más duro del que quería—. Horse y ella se la van a llevar a comer tortitas o no sé qué. Le va a encantar. Ahora dime qué es lo que ha pasado.

—Mellie, ¿quieres que le saque de la habitación? —preguntó Trenzas—. Ha venido con un amigo, pero puedo llamar a seguridad ahora mismo.

Su mirada cambió, dejando claro que defendería a su amiga con uñas y dientes; por lo visto las habilidades de flirtear de Puck no nos llevarían muy lejos. No jugaba a nuestro favor, pero me gustó ver que los compañeros de trabajo de Mel le cubrían las espaldas de esa forma.

—No pasa nada —dijo Melanie—. Quiero irme a casa lo antes posible. No quiero que Izzy se asuste.

—Entendido —repuso Trenzas—. En cuanto te despejes un poco te pondremos de nuevo en marcha. Deja que te tome las constantes vitales y luego iré a ver si puedo encontrar a un médico para que te vea.

Tendría que haberme ofrecido a esperar en el pasillo mientras hacía su trabajo, pero ni loco iba a dejar sola a Melanie hasta que no supiera lo que había pasado. Esta situación me recordaba mucho a la mañana en que la conocí. También fue en el hospital. La casa de London había volado por los aires y Mel salió herida.

—Si me necesitas, aprieta el botón de llamada —recalcó Trenzas, pasándole el pequeño dispositivo. Respiré hondo y le ofrecí una dulce sonrisa que pareció calmarla. Justo como la señora mayor de la planta principal. Demasiado fácil.

—¿Por qué has venido? —preguntó Mel en cuanto Trenzas se marchó. Creo que intentó poner voz de dura, pero le salió más patética que otra cosa.

—Para enterarme de qué coño ha pasado —respondí, estudiando sus magulladuras—. Estás hecha una mierda.

—Que te follen.

—A ti sí que te voy a follar yo, aunque no creo que hoy estés para eso. Ahora cuéntame qué ha pasado.

Me miró con furia un segundo, de modo que me crucé de brazos y esperé.

—Uno de los pacientes que solemos tener en urgencias, un sin techo, me atacó.

—¿Por qué?

—No está bien de la cabeza. —Se encogió de hombros—. Paranoia. Debió de creer que estaba intentando hacerle algo. No está siguiendo ningún tratamiento.

—¿Qué han hecho con él?

—Oh, lo sedaron y se lo llevaron a psiquiatría. Lo estabilizarán y lo más seguro es que vuelva a la calle.

—¿En serio? —pregunté estupefacto—. ¿Sin ningún cargo?

—Daría igual —respondió con un suspiro—. El sistema no está pensando para la gente como él. No es una mala persona, solo está enfermo. No quiero que nadie presente cargos.

—¿Entonces le dejarán salir sin más?

—No hasta que lo estabilicen. ¿Quién sabe? Tal vez se dé cuenta de lo que ha hecho y esta vez siga algún tratamiento. Es una putada, pero supongo que todo es posible.

No me gustaba. Nada de nada.

—¿Y qué le impide volver y atacarte de nuevo?

—Pues esperemos que la medicación —replicó—. Ya veremos. Tengo cuidado, Painter. Solo ha sido un incidente ocasional, no es como si fuera a por mí. Probablemente ni se acuerde de lo que ha hecho. Olvídalo, ¿de acuerdo?

Me puse de pie y empecé a caminar por la habitación mientras intentaba comprender la situación.

—¿Entonces tengo que explicar a nuestra hija que un loco ha dado una paliza a su madre y que cuando le pregunto si puede volver a ocurrir solo me contesta con un «tal vez»? No. Tienes que encontrar un nuevo trabajo, Mel, porque este es un asco.

—Le diré que ha sido un accidente, que estoy bien y que no volverá a suceder. No tenemos por qué asustarla.

—Hay mil maneras distintas de ejercer como enfermera. No entiendo por qué quieres estar alrededor de pirados, de gente a la que le han dado puñaladas y de accidentes. ¿Por qué elegiría alguien eso?

—¿Porque es emocionante y todo un desafío? —masculló—. ¿Porque esa gente me necesita y cada día pongo al límite mis habilidades? Nunca sabes lo que puede pasar, así que nunca te aburres. Tú deberías entenderlo mejor que nadie, don Motero de los Reapers. Al menos, yo me encargo de arreglar los agujeros de la gente, no de hacérselos.

Me di la vuelta y bajé la vista para mirarla.

—¿Perdona?

—Eres un yonqui de la adrenalina, Painter —dijo—. Ganas un montón de dinero con tu arte pero te pasas la vida en un club de moteros. ¿Sabes cómo los llamamos por aquí? Donantes sobre ruedas. Te metes en peleas, vas a la cárcel... porque te gusta vivir la vida al límite.

—He sido un santo desde que salí de prisión y lo sabes. No soy ningún imprudente, estoy cuidando de nuestra hija y no me pongo en peligro más de lo que puedes ponerte tú. Sí, formo parte de un club de moteros, pero tú eres la única a la que han dado una paliza anoche. Eres tan adicta a la adrenalina como yo. Admítelo.

Nos miramos a los ojos con furia. A pesar de las magulladuras y contusiones se me estaba poniendo dura. Su pecho bajaba y subía y bajo la fina tela del camisón de hospital sus pezones apuntaban en mi dirección.

—Que te follen —dijo finalmente.

Me eché a reír.

—Sí, ya hemos hablado de eso antes. —Por extraño que parezca, me sentí aliviado. Si tenía las fuerzas suficientes para pelear conmigo era porque estaba bien—. Por lo menos, prométeme algo.

—¿El qué?

—Si vas a seguir trabajando en ese sitio, quiero que vayas a algunas clases de defensa personal en la armería, ¿de acuerdo? Las imparte Ruger y es muy bueno en lo que hace. Quizá también podrías aprender algo sobre armas.

Me miró con el ceño fruncido.

—¿Por qué necesitaría aprender a disparar?

—¿Por qué necesitarías aprender a defenderte? —repliqué con sensatez—. Porque el mundo es peligroso y pueden atacarte. Y también porque me sentiría muchísimo mejor. Hazlo. —Mel me miró con los ojos entrecerrados—. Por favor —agregué poniendo los ojos en blanco.

Se encogió de hombros.

—Está bien. Aunque pensaba hacerlo de todos modos. Me refiero a dar clases. No quiero volver a sentirme tan impotente nunca más.

Sonreí, sabiendo que había ganado esa batalla quisiera ella admitirlo o no.

—¿Cuánto tiempo estarás aquí?

—Hasta que vengan a verme.

—Te esperaré y te llevará a casa. Podemos explicárselo a Izzy juntos. Pareces cansada. ¿Quieres que me la lleve a casa esta noche?

Volvió a mirarme con ojos entrecerrados.

—Sí, me vendría estupendo. Capullo.

—Bruja.

—Os diría que os buscarais una habitación pero ya estáis en una. ¿Queréis que me quede haciendo guardia en la puerta?

Ambos nos volvimos para encontrar a Puck mirándonos con expresión sombría. Aunque percibí un ligero brillo de diversión en sus ojos. A su lado estaba Trenzas.

—El médico vendrá enseguida —anunció ella—. ¿Podría el padre de la criatura esperar fuera?

Me reí.

—Sí, claro. Te llevaré a casa en moto, Mel. Será como en los viejos tiempos.

Me sacó el dedo corazón y Puck soltó una carcajada. Le seguí al pasillo y me apoyé contra la pared sintiéndome extrañamente satisfecho conmigo.

—Pelear con ella te pone cachondo, ¿verdad?

Me encogí de hombros. No lo reconocería ni aunque fuera cierto. Joder, era mucho mejor que no excitarme en absoluto.

Capítulo 19

Un mes después del cuatro aniversario de Izzy.
Julio.

Melanie

—**E**res tan sexi, Mel —susurró Greg, acariciándome el trasero. Me atrajo hacia sí, balanceándose torpemente al ritmo de la música. Me pregunté si era tan mujeriego como Sherri decía.

«Todos los bomberos son unos golfos», me dijo. «Así que pásatelo bien con él, pero será mejor que no te hagas ilusiones. Necesitas a alguien que te dé estabilidad. Ese nuevo vigilante de seguridad que siempre parece coquetear contigo...»

Pero no quería creerla. Greg y yo seríamos la pareja perfecta, como en un cuento de hadas. También era técnico de emergencias y llevaba meses viéndolo de vez en cuando en el trabajo. Era guapo, con un cuerpazo... y unas formas un poco primitivas pero efectivas que, aunque no quería admitirlo, me excitaban. Vaya que sí me excitaban.

«Porque te recuerda a Painter», susurró insidiosamente mi cerebro.

 281

«¡Cierra el pico, zorra!», siseó mi vagina. «Seguro que tiene una buena polla.»

«Estás borracha. Deja de comportarte como una fulana.»

«Eres una espanta penes, ¡llevamos sin acostarnos con alguien una eternidad!»

Parpadeé, dándome cuenta de que mi cerebro tenía razón al cien por cien. Estaba borracha, ¿por qué si no iba a estar discutiendo con mi vagina en medio de una pista de baile?

«Céntrate, Mellie.»

Greg me había pedido salir a tomar una copa al Ironhorse (lo que terminó convirtiéndose en muchas copas) y ahora era casi medianoche. La música no era de lo mejor, pero a la multitud se la veía entusiasmada y lo estábamos pasando bien; tanto que había pensado seriamente en llevármelo a casa. Bueno, seriamente por decir algo. Y «pensado» tampoco era la palabra adecuada, teniendo en cuenta que todo se había vuelto un poco borroso después de la última ronda de chupitos. Pero estaba excitada y llevaba un montón de tiempo sin mantener relaciones sexuales. Desde aquel dentista... Uf. Eso sí que fue un error.

Era tan... limpio.

Greg empezó a acariciarme el cuello con la nariz y a los pocos segundos sentí algo cálido y pegajoso. Oh, Dios mío. ¿Me estaba lamiendo? Sí. ¡Me estaba lamiendo como si fuera una especie de perro! De acuerdo, tal vez llevármelo a casa no era tan buena idea.

Mi cabeza ebria estaba procesando todo aquello cuando Greg desapareció de repente. Casi me caí cuando un fuerte brazo me envolvió la cintura, arrastrándome hacia un musculoso cuerpo que olía a cuero con un ligero toque a aceite de linaza.

—Hora de irse, Greg —ordenó una voz familiar.

Parpadeé, intentando imaginarme qué había pasado. Greg me estaba mirando con un gesto parecido al terror.

—¿Es tu novia? —preguntó.

—Es la madre de mi hija —replicó Painter con voz dura—. ¿Estás buscando echar un polvo, Greg? ¿Quieres tirarte a la madre de mi pequeña Izzy? Déjame adivinar, quieres hacer todo tipo de guarrerías a mi chica. ¿Cómo crees que va a terminar esto para ti?

Los ojos de Greg se llenaron de miedo. Un segundo después retrocedía con tanta rapidez que me sorprendió no oír un «bip bip» seguido de un sonido sibilante.

—Lo siento, Painter. No era mi intención faltarte el respeto.

De pronto, se había ido abandonándome sobre la pista de baile como si tuviera la lepra. Me aparté de Painter con brusquedad y me di la vuelta para empujarle con un dedo en el pecho.

—¿Quién te has creído que eres?

Bajó la mirada hacia mí con expresión sombría.

—¿Cuál es la regla, Mel?

—¿Qué?

—Teníamos una regla... ¿Cuál?

—¿Que eres un capullo?

—Que te mantuvieras alejada de mi mundo —dijo—. Me he hecho a un lado, te he dejado espacio. Pero tú te quedas fuera de mi puto mundo... y eso significa nada de salir con moteros.

—Greg no es ningún motero.

Painter enarcó una ceja.

—Es un simpatizante de los Reapers. O al menos lo era. Ahora que lo he pillado poniéndote las manos en el trasero tengo el presentimiento de que no voy a volver a verle. De todos modos, nunca me gustó el aspecto de ese imbécil.

Parpadeé intentando centrarme en lo que tenía por delante, tanto desde el punto de vista literal como figurado. Algo que hubiera resultado mucho más fácil si no hubiera bebido tanto alcohol. Maldición.

—¿Cómo iba a saberlo? —pregunté, frustrada por cómo arrastraba las palabras. No podía sostenerme frente a ese capullo y ni siquiera podía hablar bien.

—Deberías haber preguntado —dijo—. Y ahora vas a pagar por ello.

Parpadeé, intentando asimilarlo. Entonces, antes de que me diera tiempo a decir «odio a los moteros», me agarró por las caderas y me atrajo hacia sí. Durante años, Painter me había tocado lo suficiente como para saber que la ardiente atracción que había entre nosotros no se había apagado. Ahora salió a la superficie en toda su magnitud, nublándole la mente casi con la misma efectividad que el vodka. Empezamos a movernos al compás de la música. Me acurruqué contra él mientras me acariciaba la espalda de arriba a abajo con una mano. Con la otra me sostuvo la cabeza e hizo que la apoyara contra su pecho.

Aquel familiar anhelo que tan bien conocía se arremolinó en mi estómago, y aunque debería haberle mandado al garete, no supe si hubiera podido mantenerme en pie de no ser porque estaba entre sus brazos. Si en ese momento hubiera dicho algo —o incluso si hubiera intentando toquetearme— habría encontrado la fuerza suficiente para detenerle. Pero, en lugar de eso, nos pusimos a bailar lentamente.

Y sucumbí a él.

Fue agradable. Demasiado agradable.

La música cambió a otra canción lenta. Painter me rodeó por completo. Daba igual lo que hubiera sucedido entre nosotros todos esos años, aquello nunca había cambiado... el primitivo deseo que sentía por él, las ganas de frotarme contra su cuerpo y abrir las piernas y... Oh. Dios mío. Dolía. Cómo dolía. Le quería con tanta desesperación. Debería haberme apartado, pero en vez de eso enterré mi nariz en su pecho, aspirando su increíble aroma mientras se me endurecían los pezones.

Bajó una mano, agarrándome el trasero y apretándolo de forma obscena. Sentí su enhiesto miembro contra el estómago y cómo el lento balanceo de sus caderas cada vez se volvía más agresivo. Pasamos de bailar a frotarnos y a mi cuerpo le encantó cada segundo.

Estaba claro que hacía demasiado tiempo que no tenía sexo.

—Jesús, Mel —susurró. Se inclinó para acariciarme el cuello con la boca. El calor de su aliento, la suavidad de sus labios que contrastaba con la dureza de su cuerpo... Era más de lo que podía soportar. El dolor entre mis muslos crecía por momentos, transformándose en una necesidad que iba más allá de mi capacidad de contención.

Dejarme llevar de ese modo había sido una muy mala idea.

Ni siquiera me di cuenta cuando me llevó hacia una mesa apenas iluminada que había en la parte trasera del bar. Puck estaba allí, junto con Banks y un par de chicas que no reconocí. Painter colocó una silla que había en la pared contra un rincón, se sentó en ella y me puso sobre su regazo. Después capturó mi boca antes de que se me pasara por la cabeza protestar.

Aquel beso no fue apresurado. Fue ardiente, desesperado, peligroso y consiguió encender un fuego en mi interior que me fue consumiendo hasta que me olvidé de todo lo que nos rodeaba. Cuando giró mis caderas para que montara a horcajadas sobre él, no me importó lo más mínimo que pudieran estar mirándonos. Estaba demasiado embriagada... y no solo por el alcohol.

Su pene empujó entre mis piernas. Me guio con su enorme mano mientras yo frotaba las caderas contra él. Enredó su otra mano en mi

pelo, manteniéndome cautiva mientras me hundía la lengua en la boca. La presión empezó a acumularse y en lo único que podía pensar ahora era en lo mucho que le quería dentro de mí.

Desenfrenadamente.

—¿Qué cojones estáis haciendo?

Jessica. Esa era la voz de Jessica. Me quedé petrificada. Ahí estaba yo, montándomelo con Painter en un bar y Jessica acababa de pillarnos y... Oh, Dios mío. ¿Acaso había perdido la cabeza? Sí, no había otra explicación posible para lo que acababa de hacer. Intenté separarme de Painter, pero me sostuvo con fuerza contra sí. Entonces oí la profunda voz de Puck.

—Vete a la mierda, Jess —dijo—. Lo que quiera que estén haciendo no es de tu incumbencia.

Conseguí levantar las manos y empujé a Painter con todas mis fuerzas. Aflojó su agarre, aunque no me soltó por completo. En cuanto observé la cara de mi amiga supe hasta qué punto había metido la pata.

—¿Es que os habéis vuelto locos? —preguntó con los ojos abiertos por la consternación—. ¡Los dos! Así que os emborracháis y os da por echar un polvo rápido... ¿Dónde deja eso a Izzy? ¿Qué problema tenéis?

Oh, Dios. Me había convertido en una fulana.

—Que te den, Jess —espetó Painter, mirándola con ojos entrecerrados—. No te interesa lo que hagamos.

Puck empujó a la chica que tenía en su regazo, se puso de pie y se dirigió hacia mi mejor amiga de una forma que solo podía describir como amenazadora.

—¡No! —exclamé. Volví a empujar a Painter, con más fuerza esta vez. Me soltó de mala gana. A esas alturas todo el mundo nos estaba mirando. Mierda, ahora sería «esa» chica, la que montaba escenas en un bar.

Puto alcohol. ¿Es que no había aprendido nada viendo a mi padre?

—Jessica tiene razón. —Me puse de pie. El movimiento hizo que me golpeara contra la mesa, consiguiendo que una impresionante colección de bebidas oscilara—. Todo esto es un gran error.

—Vámonos —ordenó Jess, agarrándome del brazo.

Painter se incorporó, me atrapó por la cintura y tiró de mí, atrayéndome de nuevo hacia sí.

—Para. —Su voz sonó como el chasquido de un látigo. Todos nos quedamos congelados—. Esto es entre Melanie y yo, así que ninguno de

vosotros tiene derecho a opinar. Mel, tenemos que hablar. Vamos a un sitio más tranquilo, donde podamos tener más privacidad. Puck, hazte cargo de mi cuenta y luego te lo pago, ¿de acuerdo?

—Sin problemas —contestó Puck.

Jess abrió la boca para protestar pero Banks entró en escena, pasó un brazo justo por encima de su pecho y la atrajo hacia su cuerpo. Parecía como si le estuviera dando un abrazo de amigos, pero cuando mi amiga trató de zafarse con rabia no cedió ni un ápice. Esbozó una sonrisa salvaje mientras se inclinaba hacia ella y le susurró algo al oído. No pude oír lo que le dijo, pero la expresión que puso Jess me dejó de piedra, ¿era de excitación o de miedo?

Painter me empujó para que empezara a moverme, guiándome con las manos sobre los hombros. Salimos por la puerta, hacia el frío aire nocturno, con la música resonando a nuestras espaldas en el bar.

—¿Qué narices estás haciendo, Painter? —logré preguntar mientras me arrastraba por la calle tan rápido que apenas podía mantenerme de pie.

—Vamos a hablar de lo nuestro de una puta vez.

Tropecé con un bordillo. Él me sujetó para evitar que perdiera el equilibrio y yo le fulminé con la mirada.

—Esas piernas tan largas que tienes van a conseguir que me mate —escupí—. Ve un poco más despacio, gilipollas.

La respuesta de Painter fue cargarme sobre su hombro. Grité. Al otro lado de la calle un grupo de borrachos empezaron a vitorearnos y a reírse de nosotros.

—¿Pero qué coño...? —grité. No sabía si a Painter o a los borrachos. ¿Y si Painter hubiera sido un asesino?

Cuando llegamos a su todoterreno me cambió de posición como si fuera un saco de patatas para buscar las llaves. La cerradura se desbloqueó con un alegre sonido; Painter abrió la puerta y me metió en el asiento del copiloto.

—Quieta —dijo. Alcanzó el cinturón de seguridad y me lo abrochó. Mientras le veía rodear el vehículo para ir al asiento del piloto fruncí el ceño, intentando decidir si debía salir corriendo. Aunque era tarde y necesitaba que alguien me llevara a casa.

También podía hablar con el capullo y terminar de una vez por todas. Se subió al automóvil y arrancó el motor, que cobró vida con un reconfortante rugido. Los asientos eran de cuero suave, y muy lujosos y elegantes. Por lo visto, el mundo del arte le estaba tratando bien.

—Para ser un imbécil que detesto tienes un todoterreno que no está nada mal —masculé.

Painter soltó una breve y amarga carcajada.

—Me alegra oír que te gusta. Ahora podré dormir tranquilo todas las noches.

—¿Por qué tienes que ser siempre tan desagradable?

—Porque tengo las pelotas azules y la polla tan dura que me duele —gruñó. Se volvió para mirarme—. Esto es completamente absurdo, Mel. ¿Por qué seguimos peleándonos? Yo te quiero, tú me quieres, tenemos una hija en común. ¿Cuál es ese inmenso problema que nos impide estar juntos?

—¡Me dejaste sola! —grité, mirándole con furia—. Izzy estaba tan mal, Painter. Los médicos ni siquiera sabían si viviría. No tienes ni idea de todo por lo que tuve que pasar, sentada allí, esperando a que tomara el siguiente aliento y rezando para que no fuera el último. Te necesitábamos. Yo te necesitaba. ¿Y ahora tengo que fingir que no sucedió? ¿Que no escogiste la prisión por encima de nosotras cuando más falta nos hacías?

—¡Eso no es verdad! —replicó también con un grito—. Sí, la cagué. Admito que la he cagado mil veces. Mil y una, contando lo de ahora. Pero no tuve elección, Mel. En prisión no te sueltan solo porque les digas: «Señor director, le ruego encarecidamente que me deje salir porque mi chica me necesita.»

—¡No digas tonterías! —continué gritándole—. Claro que tuviste elección, Painter. Estabas en libertad condicional, sabías que iban detrás de ti y aun así saliste corriendo con tu club como un puto cobarde cuando te dije que estaba embarazada. Así que no me digas que no tuviste elección. Siempre se tiene.

Painter parpadeó rápidamente y después miró al frente, sujetando el volante con tanta fuerza que los nudillos se le pusieron blancos.

—Tienes razón.

Me quedé sin palabras. Se volvió hacia mí. Sus ojos ardían por la intensidad contenida.

—Cuando me dijiste lo de Izzy me asusté. Tú también lo hiciste, me dijiste que te sentaste en el suelo del baño y estuviste llorando cuando te enteraste. Me lo contaste y no supe qué decir. Nunca quise tener un hijo y entonces te cabreaste y te fuiste y yo hice mi elección. No quería enfrentarme a la realidad, así que me marché con el club. Creía que el viaje me serviría para aclararme las ideas, que lo arreglaríamos todo cuando volviera. En lugar de eso me encerraron; algo con lo que tendré que vivir el resto de mi vida.

—Painter...

—Todavía me asusto cuando la miró —continuó, negando lentamente con la cabeza—. Es tan pequeña y hay tantas formas de que la fastidiemos con ella, Mel. Y aunque no sea por nuestra culpa, ahí fuera hay todo un mundo esperando a que se haga mayor para hacerle daño. Chicas mezquinas, adolescentes salidos, el colegio, la gripe... y eso es solo el principio. Lo mejor que podemos hacer es ir poco a poco y por partes. No estuve contigo en ese momento, pero lo estoy ahora. Me estoy rompiendo el lomo, labrándome una carrera, ganando dinero para mantenerla (dinero legal, por cierto) pero tú solo quieres que vuelva atrás en el tiempo y cambie la historia. No puedo hacer eso, Melanie. Ni siquiera por ti.

Le miré consternada, intentando asimilar sus palabras.

—No deberías habernos dejado —susurré.

Painter volvió a negar con la cabeza y puso en marcha el vehículo, saliendo a la calle.

—Joder, sí que me guardas rencor.

—Hice lo que tenía que hacer, «sola». Desapareciste. Yo sí que no tuve elección, ni siquiera cuando las cosas fueron de mal en peor.

Painter pisó el freno y detuvo con un derrape el todoterreno en la cuneta.

—¿Pero qué haces? —jadeé, agarrándome a la puerta.

Se volvió hacia mí.

—Tuviste elección —dijo con el tono más intenso que jamás le hubiera oído—. Como yo. Acabo de reconocerlo, escogí la prisión. Tú escogiste a nuestra hija. Podías haber abortado, pero no lo hiciste. Optaste por la vía más difícil y estás criando a una niña increíble. Nunca jamás me perdonaré por haberte dejado sola, pero agradeceré todos los días de mi vida que tú fueras la fuerte, Mel. No puedo imaginarme la vida sin Izzy. Es lo mejor que me ha pasado en la vida y tengo que darte las gracias. Gracias de verdad.

Nos quedamos mirándonos el uno al otro y se me aceleró la respiración. Tenía razón. Había sido muy fuerte y como recompensa había obtenido una niña preciosa y magnífica que se merecía lo mejor en la vida.

—De nada —logré decir.

288

Tragué saliva. Painter se inclinó, me sujetó de la nuca y me atrajo para darme un beso rudo. Aquello no tenía nada que ver con la seducción. De ningún modo. Me metió la lengua en la boca y sentí toda su ira y frustración. Quería pegarle... y besarle... y follarle hasta que admitiera... No sabía qué.

¿Qué quería que admitiera?

Oí el cierre del cinturón que me sujetaba. Entonces me agarró por las axilas y me arrastró entre los asientos hasta que sentí el volante contra mi espalda. El beso se volvió más salvaje. Ahora era mi turno de mostrarme agresiva. Enredé los dedos en su pelo y tiré hacia atrás, tanto para hacerle daño como para poder atacarle con la lengua. El ardor que sentí en el bar no era nada comparado con el que me consumía ahora. Me moví intentando estar más cerca de él para tocarnos aún más, pero era imposible.

Después de unos segundos nos separamos y apoyamos frente contra frente con la respiración entrecortada.

—Esto es ridículo —dijo—. Ven a casa conmigo. Estamos muy bien juntos, Mel. Sabes que es así.

Me planteé la idea. ¿Qué daño haría una noche... solo una noche juntos? Por muy mal que nos fueran las cosas, siempre habíamos tenido mucha química. Me tomó la mano y se la llevó a los labios para besarme los nudillos. Entonces la luz proveniente de una farola se reflejó en el anillo que llevaba; el anillo de los Reapers.

Su club.

Mi cerebro empezó a asumir el control mientras recorría la joya con el pulgar.

—Esta es la razón —susurré. Me hubiera encantando desentenderme de la realidad e irme con él, pero no pude—. Ellos siempre estarán por delante. Eres un padre estupendo para Izzy, pero tu club es lo más importante de todo. Me merezco algo mejor, Painter. En serio. Por eso no puedo ir a casa contigo.

Me separé de él y me arrastré hasta mi asiento con torpeza. Me miró fijamente a través de la oscuridad. El silencio que cayó entre nosotros era tan pesado que sentí que me asfixiaba.

Al cabo de un rato por fin se decidió a hablar.

—¿Qué se supone que significa eso? ¿Es una especie de ultimátum de mierda?

—No. —En ese instante me sentí más despejada de lo que me había sentido en toda la noche—. En absoluto. Nunca te pediría que aban-

donaras a los Reapers por mí, Painter. Al igual que nunca estaré con un hombre que no sea cien por cien mío. Queremos cosas diferentes. Por eso todo esto es una enorme pérdida de tiempo.

—Eso es una tontería. —No sé qué me esperaba que dijera, pero eso no—. Eres una hipócrita, Melanie —continuó—. Siempre estás quejándote del club, ¿pero quién está cuidando ahora mismo de tu hija para que tú puedas salir de fiesta?

—Dancer —admití, deseando al instante haber avisado a la chica que vivía en nuestra calle. Pero la última vez había llevado a su novio a casa y aunque estaba segura de que Izzy no había visto nada, no me apetecía tener a dos adolescentes con las hormonas revolucionadas cuidando de mi hija...

—Sí, ¿y quién te ayudó a mudarte de casa?

—Tú y Reese.

—Reese y yo... y Horse... y los aspirantes —señaló. Empezaba a tener la desagradable sensación de que no iba a ganar esa pelea—. Cuándo se te averió el automóvil, ¿quién lo remolcó hasta el taller y te lo arregló?

—Reese —susurré.

—Sí. Y de nosotros dos, ¿quién terminó en el hospital después de que un puto demente la atacara? Llámame lo que quieras, pero si no recuerdo mal fuiste tú, Mel. Tú con ese trabajo donde ves más sangre, vísceras y destrucción en una noche que yo en un año.

—Eso no es justo por tu parte y lo sabes —farfullé—. Olvidas algo, mi trabajo consiste en curar a esa gente, ayudarles.

—Y estoy seguro de que a Izzy le reconfortará mucho ese dato cuando aparezcas muerta porque a un tipo llamado Todger le dio por tenderte una emboscada en el aparcamiento —gruñó—. Lo bueno es que quizá ni se acuerde de lo que hizo, así que supongo que no pasa nada, ¿verdad?

—Te odio. Ojalá siguieras en esa prisión —susurré—. Así no tendría que lidiar con tu mierda.

—¿De verdad quieres eso? —preguntó—. ¿En serio quieres que me vaya? Porque soy el que fue a tu casa a arreglar el puto fregadero cuando tuvo una fuga. Y la secadora, ¿te acuerdas cuando dejó de funcionar? Fui yo el que te buscó una nueva gracias a un anuncio, fui a por ella y te la instalé. Supongo que ya te has olvidado. Pero si realmente quieres que me vaya, puedo concederte el deseo. La semana pasada me han ofrecido una beca de arte en Nueva York; la oportunidad de estudiar con gente

que sabe bien lo que hace. Gente que puede enseñarme. Están esperando una respuesta, Mel. Es todo lo que siempre he soñado y me lo están ofreciendo en una bandeja de plata. ¿Es eso lo que quieres?

—¿Qué? —jadeé estupefacta—. ¿Te han concedido una beca?

—Sí, una muy buena —dijo, todavía con expresión dura—. Ya sabes que mis pinturas se están vendiendo cada vez mejor... A toda esa gente de la ciudad le encantan porque dicen que son trabajos muy «crudos». Podría ser mi gran oportunidad.

Sentí como si me dieran un puñetazo en el estómago. Izzy... ¿Cómo se lo diría? Oh, Dios mío. No quería ni pensarlo.

—¿Todavía me odias, Mel? —preguntó con suavidad. Negué con la cabeza porque no lo hacía. Por supuesto que no. La idea de que se marchara me dolía por dentro, me dolía tanto como la primera vez. Ese era el verdadero problema, no que no importara, sino que me importaba demasiado—. ¿En serio quieres que me vaya?

—No —susurré. Y lo decía de verdad—. Sí que quiero que tengas esa oportunidad pero... Dios, eso mataría a Izzy. ¿Y qué pasa con el club?

—A pesar de lo que crees, son mis hermanos. Sí que les importa mi felicidad. —«No como a otros.» No hacía falta que dijera las palabras—. Puedo tomarme el tiempo que haga falta cuando lo necesite, ¿lo sabías? BB lo hizo cuando su madre se estaba muriendo. Reconozco que antes solía preocuparme que me dieran la patada si no les resultaba útil. Pero son mi familia, Mel. A estas alturas deberías entenderlo. Los negocios son los negocios, pero lo que de verdad importa es la familia. Montar en moto con mis hermanos. Los negocios son solo un medio para conseguir un fin.

Oh, Dios. Me estremecí a pesar del calor que hacía dentro de aquel todoterreno.

—Vas a aceptar, ¿verdad? Nos vas a dejar.

Painter se rio, pero sin una pizca de humor.

—No, Melanie —repuso en voz baja—. No os voy a dejar.

—¿Por qué no?

—Porque preferiría morir antes que perder a mi hija. Este es mi hogar, Mel. Mi infancia fue una mierda. Sin padre. Mi madre no valía nada y en cuanto me di de bruces contra el sistema, todo terminó. ¿Crees que pueden ofrecerme algo en Nueva York que merezca más la pena que lo tengo aquí? Tengo una segunda oportunidad con Izzy y no pienso desaprovecharla. Nunca. Preferiría estar muerto que volver a perderla.

Me sorbí la nariz y me di cuenta de que los ojos se me empezaban a llenar de lágrimas. Oh, joder, odiaba llorar. LO ODIABA. ¿Y cómo se atrevía a volver todo esto en mi contra? También lo odiaba a él.

Menos mal que no nos iba a dejar.

—Me alegro de que te quedes —conseguí decir.

Painter soltó un bufido. Después, volvió a poner en marcha el vehículo. Me sorbí la nariz otro poco más mientras conducía a la pequeña casita que tenía en Fernan. No era nada del otro mundo, pero tenía un jardín vallado que Izzy adoraba. No solo eso, algún día sería nuestra.

Sí, se acabó lidiar con ningún propietario, ni negociar ningún contrato de alquiler o aumento de la renta.

Nunca más.

Ya no.

—Fue una oferta que me halagó mucho —admitió Painter, cuando giraba a la altura de Sherman—. Pero ya me he perdido demasiada vida de Izzy. Por no mencionar que detesto las ciudades. Están abarrotadas de gente. Sería como volver a prisión.

Aquello me hizo reír; más bien fue un sonido patético pero mucho mejor que llorar.

—Siento haberte llamado gilipollas —dije después de un prolongado silencio.

—No te preocupes —replicó—. Soy un gilipollas. Y nunca me perdonaré lo que tuviste que pasar tú sola con Izzy, pero he madurado desde entonces y ahora soy leal hasta la médula. Algún día te darás cuenta de que cuando digo que voy a estar a tu lado, lo digo en serio.

Dios, quería creerle. Con todas mis fuerzas.

***

Después de aquello no volvimos a hablar. Diez minutos después llegábamos a mi casa. Loni se había criado y vivido allí hasta que se fue a vivir con Reese. Evidentemente no en la misma casa. La antigua salió volando por los aires por un escape de gas. Usó el dinero que le dio el seguro para reconstruirla y la alquiló. El año anterior le hice una oferta y le pregunté si podía comprársela a plazos.

Cuando me respondió que sí, casi no me lo podía creer.

—No te olvides que mañana me llevo a Izzy a la fiesta familiar que da el club —dijo Painter cuando nos detuvimos en el camino de entrada.

—Lo sé. Por la mañana haremos unas galletas. Me ha dicho que quiere llevar algo como las chicas mayores —expliqué.

Sonrió.

—Sabes que podrías venir con nosotros, ¿verdad?

Suspiré y cerré los ojos.

—Seguro que tendré resaca —admití—. Creo que me quedaré en casa. Tengo un montón de ropa que lavar.

—Cobarde.

Por una vez no le llevé la contraria.

—Gracias por traerme. —Le miré.

Me devolvió la mirada. A pesar de la oscuridad noté que se había quedado pensativo.

—No hemos terminado.

No pude pensar en una maldita replica porque sabía que esta vez tenía razón.

Lo que había entre nosotros nunca terminaría.

Capítulo 20

Un mes después.
Domingo por la tarde.

¿Más rosa? —preguntó Jessica a Izzy.

La niña rio desquiciada, se hizo con el bote de azúcar rosa y lo sacudió sobre la parte superior de los *cupcakes*. Precisamente hacía un par de semanas había leído un artículo científico en el que se demostraba que, según parecía, no había ninguna relación entre la ingesta de azúcar en los niños con el comportamiento enloquecido que a veces mostraban.

Las mentiras de la ciencia.

—Hay más cobertura que bizcocho —señalé, inclinándome sobre la encimera de la cocina.

—Esa es la mejor parte —dijo Sherri después de olisquearlos—. La razón del bizcocho es sostener la cobertura, por eso lo horneas.

—Tú no eres la que va a tener que aguantar a una niña con sobredosis de azúcar toda la noche.

—Ni tú tampoco —dijo Jess con una clara indirecta—. Hoy la bomba de relojería le toca a Painter, lo que significa que tienes la noche libre. Sin embargo, algo me dice que no tienes una cita con ningún macizorro

¿Por qué no tienes novio, Mel? Eres guapa, inteligente, tienes un sueldo decente... No deberías quedarte sentada sola en casa. —Enarcó una ceja para enfatizar sus palabras.

Abrí los ojos y señalé con ellos a Izzy, en un gesto tácito que dejaba a las claras que no quería hablar de ese asunto enfrente de mi hija.

—No creas que te saldrás con la tuya tan fácilmente —apuntó Jess con voz siniestra—. Izzy, ¿has terminado?

—Sí —respondió mi pequeña, sonriéndonos de oreja a oreja. Tenía la mitad inferior del rostro lleno de cobertura. No, la cara entera. Hasta tenía un poco en el pelo.

—Necesitas un baño antes de que llegue papá —le dije—. ¡Vamos!

—¡Papá dice que puedo comer patatas fritas! —anunció con orgullo. Después se bajó de la silla y se fue hacia el cuarto de baño.

—Tenemos que hablar de esto —me advirtió Jess—. Tienes veinticinco años. Si no ejercitas tus partes femeninas, se van a oxidar. ¿Quieres tener una partes femeninas oxidadas?

—¿Qué son las partes femeninas? —preguntó Izzy.

—La tía Jessica hoy no está de lo más acertada —dije con tono remilgado—. Métete en la bañera. Ahora mismo voy para allá.

Izzy parecía confusa, pero entonces se sacudió como un cachorro y se marchó para el baño.

—¡No puedes decir ese tipo de cosas delante de Izzy! —exclamé—. Mira lo que has conseguido. Seguro que me hace la misma pregunta cuando esté Reese... o Painter.

Jess volvió a enarcar una ceja y me miró desafiante.

—Si movieras el trasero y encontraras a un hombre, no tendría que decirte este tipo de cosas.

Miré a Sherri esperando encontrar una aliada en ella. Estaba rebuscando en el frigorífico de la cocina. Instantes después sacaba una cerveza con aire triunfal.

—A mí dejadme en paz... Yo solo me estoy preparando para presenciar el espectáculo —dijo una con una sonrisa enorme.

Desde el cuarto de baño me llegó el sonido familiar del grifo del agua abriéndose.

—Tú tampoco tienes novio, Jess.

—Cierto, pero salgo. Me acuesto con hombres. El fin de semana pasado me follé a Banks. Estoy en el mercado, Mel. Igual que Sherri.

La aludida alzó su botellín e hizo un gesto de brindis.

—Ese nuevo vigilante de seguridad me ha vuelto a preguntar por ti.
—Alzó las cejas—. Le gustas y quiere llevarte a cenar. Le pedí su número
por si te animabas. ¡Vamos a llamarle!

—¡Mamá! ¡Mi patito ha hecho una caca negra y asquerosa! —gritó
Izzy desde el baño.

Jess volvió a enarcar una ceja.

—Eso no ha sonado muy bien.

Suspiré.

—Vuelvo enseguida. No cometáis ninguna maldad en mi ausencia.

Jessica puso los ojos en blanco y Sherri se rio.

Encontré a Izzy desnuda, de pie en la bañera, mirando fijamente varios trozos de una especie de molde de aspecto desagradable flotando en
la superficie de la bañera.

—¡Puaj! —exclamé, sacándola de allí—. ¿Dónde está el patito?

—Lo he puesto a descansar —me dijo con voz muy seria. Señaló un
pequeño pato vestido de motero situado en el borde de la bañera. Se lo
había regalado Painter; lo trajo de una de sus salidas con el club, en un
rally de Seattle.

Agarré el pato y lo examiné. Efectivamente, del agujero que tenía
en la parte inferior colgaba un pedazo de algo francamente asqueroso.
Moho.

—Cariño, lo siento mucho, pero este pato tiene que irse. —Me preparé para la consiguiente pataleta, pero Izzy me sorprendió, ya que asintió con firmeza.

—No me gustan los patos que hacen caca.

—Sí, hay un montón de cosas que no me gustan de ellos —acordé.

Con un trozo de papel higiénico fui recogiendo los trozos de
moho del agua y los tiré por el desagüe. Ahora tendría que desinfectar
a fondo la maldita bañera —¡qué alegría!—, menos mal que era una
experta en esos menesteres. Puede que Izzy fuera toda una princesita
en lo que a ropa y colores se refería, pero en cuanto a las porquerías,
mi hija se igualaba a cualquier chico. (Ya le había encontrado en un
par de ocasiones dos casas de gusanos cuidadosamente construidas en
vasos de plástico con cortinas hechas con pañuelos de papel. Incluso
se las había llevado a dormir por la noche con sus respectivas camas de
lombrices. Qué asco.)

—¡Te daré una ducha rápida! —exclamé mientras intentaba alcanzar un par de paños.

Izzy se quedó observando cómo los depositaba en el fondo de la bañera ahora vacía. Después la coloqué encima de ellos, me puse de pie y agarré el cabezal de la ducha. Tenía un práctico y largo cable pensado específicamente para momentos como aquel. Painter lo había instalado después de que nuestra hija se pusiera perdida de barro y tuviéramos que limpiar los restos que dejó en la bañera.

—Cierra los ojos —avisé antes de echarle agua para quitar los residuos de cobertura. No me llevó mucho tiempo. Un poco de gel y champú, un enjuague rápido y terminamos. La envolví en una tolla y la sequé antes de enviarla a vestirse.

—¿Puedo saber lo que era la caca de pato? —preguntó Jessica cuando regresé a la cocina.

Habían estado ocupadas. Habían retirado los restos de cobertura, limpiado la mesa y Jess ahora estaba colocando con cuidado los *cupcakes* en un molde.

—Moho —espeté. Jessica hizo una mueca de asco—. ¡Oye, cualquier día lo uso en un enema!

—Dios, ¿te acuerdas de aquel tipo mayor que vino con una obstrucción? —inquirió Sherri—. Nunca había visto tanta mierda en toda mi vida. ¡Qué manera de salir!

—Tenéis el trabajo más repugnante del planeta —declaró Jess—. En serio, no entiendo cómo podéis hacerlo.

—Hablando de eso, ¿puedes cambiarme el turno del jueves por la tarde por el de la noche? —quiso saber Sherri—. Una de mis compañeras de instituto está embarazada y vamos a celebrar la fiesta para su futuro bebé.

—No sé —dije—. Tendré que buscar a alguien que cuide de Izzy esa noche. Su canguro habitual está fuera de aquí esta semana. Tal vez pueda Loni, pero ya la va a cuidar el miércoles.

—Seguro que puede —dijo Jess a toda prisa—. Y si no, puedo venir yo.

—Perfecto —dijo Sherri—. Y te haré también el turno del miércoles por la noche.

Fruncí el ceño.

—No me hace falta. Izzy tiene planeada una fiesta de pijamas con Loni y Reese.

—Sí que te hace falta. —Sonrió con malicia—. Porque tienes una cita. Con Aaron. Te va a llevar a cenar a Callup y como ninguno de

298

los dos tiene que trabajar el jueves por la mañana, después os iréis de fiesta.

—¿De qué narices estás hablando? —pregunté, con una profunda sensación de frío en el estómago.

—Le enviaste un mensaje cuando Izzy se estaba bañando —explicó Jessica—. Le dijiste que Sherri te había sugerido que os pusierais en contacto. Él te pidió una cita... En realidad todo ha sido muy dulce. Le gustas mucho y creo que a ti también te gusta. Al menos esa es la impresión que le diste en tu mensaje, pues coqueteaste con él y fuiste un poco traviesa.

—Me has dejado impresionada —confirmó Sherri—. No conocía esa faceta tuya.

Las miré a ambas, preguntándome si Painter me ayudaría a hacer desaparecer dos cadáveres sin dejar prueba alguna.

Seguramente.

—Dame mi teléfono.

Jess me pasó una de las monstruosidades rosas en su lugar.

—Únete al lado oscuro, Melanie. Tenemos dulces.

—No voy a salir con él. En cuanto a lo otro, que te den, son rosas y yo odio el rosa.

—Por supuesto que no tienes por qué ir a la cita —se apresuró a decir Sherri—. Pero llegados a este punto te va a resultar un poco violento dar marcha atrás. ¿Sabes? Vas a herir sus sentimientos. Cree que estás interesada en él. Y seamos sinceras, Mel. Es muy guapo.

Miré el *cupcake*, imaginándome al vigilante de seguridad. Aaron. Aaron Waits. Parecía un buen tipo y Sherri tenía razón, era muy guapo. No tan grande y duro como Painter, pero tampoco tan pulcro y acicalado como el maldito dentista.

—No veáis esto como una señal de que lo que habéis hecho está bien... —dije por fin, mientras me hacía con el *cupcake*.

—Por supuesto que no —dijo Jess. Intentó no regodearse, aunque fracasó estrepitosamente—. Es culpa de ese trastorno del control de impulsos que tengo. Me resulta tan difícil no sucumbir a la tentación... Tendré que contárselo a mi terapeuta en cuanto lo vea.

—No te atrevas a ponerme esa excusa. —Di un mordisco a la monstruosidad rosa. Estaba muy buena; tenía la cantidad exacta de cobertura. Odiaba que no fuera lo bastante gruesa—. Llevas años sin ir a terapia y eres perfectamente capaz de controlar tus impulsos cuando quieres.

Era cierto. Y hubiera sonado mucho mejor si mis palabras no hubieran venido acompañadas de migas a diestro y siniestro.

—¡Tachán! —gritó Izzy, entrando a la carrera en la cocina.

Llevaba su vestido nuevo de princesa; verde, gracias a Dios. Con esos tirabuzones se parecía a la princesa Mérida de *Brave* pero en rubio. Como Painter y yo teníamos el pelo liso nunca me había imaginado que ella lo tendría rizado, pero estaba preciosa.

—¡Estás guapísima! —dijo Sherri. La levantó en brazos y se puso a dar vueltas con ella—. ¿Por qué te has puesto tan elegante? ¿Es que tienes que acudir a un baile?

—No, papá va a enseñarme cómo disparar una flecha con un arco —explicó toda orgullosa—. Estoy lista. Dice que una chica tiene que saber cómo defenderse en este mundo.

—¿Está enseñando a la niña a usar armas? —preguntó Jess en voz baja—. ¿Por qué no me sorprende?

Asentí. Ojalá hubiera tenido en ese momento un arco y una flecha. No sabía a quién dispararía antes. Si a Jessica o a Painter.

O tal vez a Sherri.

Solo esperaba no tener que usarlo también con Aaron.

***

Miércoles por la noche.

—¿Seguro que no te importa? —pregunté a Loni—. Me siento un poco mal por haberte pedido que la cuides mientras tengo una cita. Se suponía que esta noche tenía que trabajar. No quiero abusar de ti.

Loni puso los ojos en blanco.

—No te preocupes —dijo—. Además, a Reese le ha surgido un asunto en el club. No llegará hasta tarde. Me alegro de que salgas por ahí, eres joven. Deberías divertirte y sabes que me encanta ejercer de abuela. Seguro que Reese mañana se levanta temprano para hacer tortitas a la pequeña. Al final, con todo esto salgo ganando.

Aquello me hizo sonreír. Para ser un hombre que se quejaba todo el rato de estar rodeado de mujeres, Reese siempre estaba sospechosamente disponible cuando necesitaba una niñera. Izzy sabía que podía hacer con él lo que quisiera.

Que Dios me ayudara cuando fuera una adolescente.

Desde la calle nos llegó el sonido de una Harley. Miré a Loni.

—¿Venía también Reese? —pregunté.

Negó con la cabeza.

—¿No será Painter? —sugirió.

—No, hoy no le esperaba.

—¡Papi! —gritó Izzy. Salió disparada hacia el salón—. Puedo oír su moto. —Saltó sobre el sofá y miró a través de la ventana delantera—. Ese no es papi.

Me incliné y eché un vistazo. Se trataba de Aaron —mi cita—, montado en una enorme Harley negra.

—Oh, joder —masculló—. Es un motero.

Loni y yo intercambiamos una rápida mirada. Ella conocía la regla de Painter de «nada de moteros», aunque creía que era una tontería. Lo sabía porque me lo había comentado en más de una ocasión.

—Esta noche estarán ocupados con un asunto del club —señaló—. Así que no deberías encontrártelo.

Eso esperaba.

Aaron llamó al timbre. Me obligué a sonreír y fui a abrirle. Todo aquello estaba empezando a resultarme violento e incómodo, como si le estuviera engañando. La cara de satisfacción que vi en su rostro tampoco ayudó.

—¿Lista? —preguntó—. He traído la moto, el trayecto hasta Callup en esta época del año es impresionante. Pararemos por el camino y cenaremos en el Bitter Moose. ¿Has estado alguna vez?

—No —admití—. Es la primera vez que oigo hablar de él.

—Te encantará —dijo. Algo en su tono me desilusionó. Tal vez que ni siquiera se molestara en decirme qué tipo de comida servían, o preguntarme si me apetecía ir—. Y después iremos a una fiesta con algunos amigos. Por cierto, estás espléndida, pero creo que deberías cambiarte.

—Gracias. —Miré mi falda. «Qué detalle que me hayas avisado con tanta antelación, capullo.» Vaya, ahora me estaba comportando como una bruja. A muchas mujeres les encantaría que un tipo se presentara en la puerta de su casa con una moto. Además, puede que Sherri le hubiera dicho que me encantaban los moteros o algo parecido—. Mmm, vuelvo enseguida. Esta es Loni, es... es como si fuera mi madre. Y mi hija, Izzy.

Aaron se arrodilló y miró a Izzy a los ojos.

—La amiga de tu madre, Sherri, me ha hablado mucho de ti. Me ha dicho que te gusta mucho el rosa, así que te he traído una cosa.

Se llevó la mano al bolsillo y sacó un pequeño unicornio de peluche con una suave melena rosa y una cola del mismo color.

—¡Qué bonito! —suspiró Izzy alzando la mano para hacerse con el peluche.

Aaron me miró y me guiñó un ojo. Mi mal humor se evaporó al instante, junto con todas mis dudas.

—Vuelvo enseguida —repetí—. ¿Qué se dice, Izzy?

—¡Gracias!

Tal vez esa noche no fuera tan mala.

***

Aaron tenía razón; la tarde era perfecta para un paseo en moto y el trayecto desde el paso del 4 de Julio hasta Silver Valley fue increíble. A pesar de mis dudas, la cita iba bien. Mejor que cualquiera de las que había tenido en mucho tiempo. Pero seguía sin sentir la misma química instantánea que experimenté con Painter. Qué más daba, ningún hombre era perfecto, ¿verdad?

Habíamos llegado al restaurante —más un *pub* que otra cosa— a las siete y media y tuvimos una cena decente. El Bitter Moose no era nada lujoso, pero tenía su ambiente. Era uno de esos restaurantes temáticos antiguos, pero en este caso sin trampa ni cartón. Según el artículo impreso en los pequeños menús de papel que había en el centro de cada mesa, el edificio había sido originalmente un burdel de la época de la fiebre del oro, más tarde se convirtió en un hotel y ahora era el dueño el que vivía arriba.

Para cuando terminamos de cenar eran cerca de las nueve. La iluminación se había vuelto más tenue y la música sonaba más alto. Varias parejas se levantaron y comenzaron a bailar. Para mi sorpresa, Aaron logró convencerme para que nos uniéramos a ellos. No era tan intenso y sudoroso como en un club de verdad, pero sí que me divertí y cuando quise mirar el reloj ya había pasado una hora.

—¿Te apetece descansar un rato? —preguntó Aaron. Asentí—. ¿Agua o algo un poco más fuerte?

—Agua estará bien.

Sí, mejor.

Nuestra camarera ya se había encargado de limpiar la mesa, pero dejó el agua y aproveché para darle un buen sorbo. Agradecí lo mesurada que

estaba siendo la cita. Sentía que podía relajarme. Aaron parecía menos tranquilo, pero sonrió lo suficiente como para que dejara de preocuparme.

—Debiste de tener a Izzy con poco más de quince, ¿no? —dijo, inclinándose para que pudiera oírle por encima de la música—. Porque pareces muy joven para ser madre.

—Tenía veintiuno —respondí un tanto ruborizada—. Admito que no fue planeado, pero al final ha ido bastante bien. Ahora no me imagino la vida sin ella. ¿Tienes hijos?

Negó con la cabeza.

—Joder, no. Me casé nada más terminar el instituto —explicó—. Éramos unos críos y terminamos divorciándonos el año pasado, aunque seguimos siendo amigos. ¿Te resulta raro?

—No me puedo imaginar siendo amiga de mi ex —reconocí—. Estamos todo el rato peleándonos. Pero tengo que admitirlo, es un padre fantástico y también me ayuda un montón.

—¿Todavía sientes algo por él? —preguntó Aaron.

«Sí.»

—No —contesté con firmeza—. En absoluto. Solo quiero mantenerme lo más alejada de su camino. Fue bastante... intenso. Pero como te acabo de decir, es muy buen padre. Es artista.

Aaron me miró divertido.

—Eso sí que es raro.

—No, para nada. —Sin saber muy bien por qué, me sentí ofendida—. Es un artista fabuloso, tiene un talento innato. Sus cuadros se venden por todo el país y hay gente que también le hace encargos.

Aaron alzó las manos en señal de rendición.

—No quería cabrearte.

Mierda. ¿Qué me pasaba?

—Lo siento, supongo que me lo he tomado por el lado que no era.

—No pasa nada —aunque ahora me miraba de forma inquisitiva—. ¿Seguro que no sigues colada por él?

—Es complicado —admití un tanto incómoda.

—De acuerdo entonces. Supongo que pediré la cuenta —dijo—. De todos modos tenemos que irnos. He quedado con alguien en la fiesta, sobre las diez y media, tiene algo que necesito recoger.

—Antes de que nos marchemos tengo que ir al baño. —Deseé haber cerrado la boca sobre Painter. Aunque ni siquiera estaba ahí, no podía mirar a Aaron sin compararlos a ambos.

—Perfecto. ¿Por qué no vas mientras pago? —sugirió Aaron. Después extendió la mano y tomó la mía—. Oye, ¿todo bien?

—Por supuesto. —Esbocé una sonrisa que no sentía—. Espérame en el aparcamiento, ¿quieres?

—Muy bien.

Sonrió de una forma que se suponía debía de ser seductora. Yo le devolví el gesto con otra sonrisa mucho menos significativa. Mierda, qué incómodo me estaba empezando a resultar. Ahí estaba yo, teniendo una cita con un hombre decente y, sin embargo, no sentía nada por él. ¿Por qué?

Qué fastidio.

Supe que iba a decepcionar a Jessica y Sherri porque era imposible que esa noche me fuera a casa con Aaron Waits. Esperaba que, por lo menos, en el trabajo no nos sintiéramos demasiado raros el uno con el otro.

Al fin y al cabo, era un buen tipo.

Aunque claro, el dentista también me lo había parecido.

***

Callup era una localidad pintoresca.

Y pequeña. Bastante pequeña, con una antigua calle principal con todo tipo de edificios de piedra. Parecía algo recién salido de uno de esos documentales cortos que se exhibían en las salas antes de las películas hacía muchas décadas. El tipo de lugar donde veías unos pocos vehículos, pero sobre todo caballos, y donde no se oía ningún ruido.

La atravesamos despacio y luego continuamos por una vieja carretera unos tres kilómetros más, hasta que vi un edificio de hormigón que había conocido tiempos mejores. Frente a él se extendía una larga hilera de motos aparcadas con varios tipos que llevaban chalecos de cuero. Entonces contemplé un mural en la pared exterior; uno que se parecía mucho a los trabajos de Painter. Era la imagen de una calavera con un gorro minero y con las palabras «Silver Bastards MC».

No.

Joder, no. Aquello era malo. Peor que malo. Lo más malo que me podía pasar.

Teníamos que salir de ahí cuanto antes porque aquel era el club de Puck, el mejor amigo de Painter.

Ajeno al peligro que corría, Aaron se detuvo en un extremo del aparcamiento de grava, bastante alejado de lo que tenían que ser las motos de los miembros del club. Un tipo con chaleco de aspirante se dirigió hacia nosotros y ahí fue cuando me di cuenta de que tenía treinta segundos antes de que mi mundo se desmoronara a mi alrededor.

—Tenemos que irnos —le dije a Aaron sin bajarme de la moto.

Se volvió hacia mí y frunció el ceño.

—Pero si acabamos de llegar —repuso confundido.

—No, no lo entiendes. —Estaba a punto de tener un ataque de pánico—. Estamos en la sede de un club de moteros. No puedo entrar ahí.

Aaron esbozó una dulce sonrisa que rayaba la condescendencia y dijo:

—No te preocupes, tengo amigos dentro. No tienes por qué tener miedo. Yo te protegeré.

—Mi ex en un miembro de los Reapers —dije—. Si se entera de que estoy aquí vamos a tener problemas.

Frunció el ceño.

—No me habías dicho nada.

—Porque no pensé que fuera relevante. Ahora sí. Vámonos.

—No —replicó, ahora con voz más dura—. Tengo que ver a mi amigo y recoger algo.

—Entonces llévame al pueblo y déjame allí. Te esperaré.

—Oye —dijo el aspirante mientras se acercaba a nosotros. Nos miró y noté cómo Aaron se ponía tenso—. ¿Hay algún problema?

—Ninguno —se apresuró a aclarar Aaron—. Soy amigo de Gunnar. A mi cita le da un poco de corte entrar en la sede. Supongo que no está acostumbrada a estar rodeada de moteros.

Dios, pero qué imbécil que era. Abrí la boca para decirle lo que pensaba de su comentario pero volví a cerrarla inmediatamente después. Estaba claro que Aaron no me iba a llevar de vuelta al pueblo, lo que significaba que no me quedaba otra que pasar por el aro. Podía funcionar; quitando a Puck, no conocía a nadie de los Silver Bastards. Si tenía suerte, tal vez el amigo de Painter ni estuviera allí esa noche.

Y si estaba, siempre podía esconderme en el baño o en algún otro sitio. Cuando llegara a casa llamaría a Painter para contarle lo sucedido. No le debía ninguna explicación, pero bravuconadas aparte, no quería discutir con él por una tontería como aquella. No después de la debacle de Greg. El que fuera inocente no iba a salvarme si Painter se ponía hecho una furia.

Aaron me miró esbozando una tensa sonrisa. Estaba claro que quería que mantuviera la boca cerrada. Hasta ahora nos lo habíamos pasado bien, pero estaba empezando a pensar que tal vez no era el tipo tan majo que creía. Sherri iba a tener que oírme.

Se acabaron las citas a ciegas.

—Gunnar está dentro —dijo el aspirante sin quitarnos el ojo de encima ni un minuto.

Me bajé de la moto y me quedé quietecita como una buena chica mientras Aaron hacía otro tanto. Cuando empezamos a caminar hacia la puerta me agarró de la mano y me dio un apretón que se suponía estaba destinado a calmarme. Varios hombres enormes que estaban alrededor nos miraron y en la hilera de motos creí reconocer a alguien.

Oh, por favor.

Era uno de los aspirantes de los Reapers, y donde había aspirantes había miembros de pleno derecho. Contemplé las motos más de cerca, empezando a sentir un nudo en el estómago. Reconocí la de Reese y la de Horse. Y cuando vi la obra maestra pintada de azul oscuro supe que estaba completa y absolutamente jodida.

Painter estaba allí.

Me detuve en seco e intenté zafarme de la mano de Aaron.

—Tenemos que irnos —siseé con los ojos abiertos.

—No hasta que haya recogido mi mierda. —Aunque intentaba parecer relajado, me apretó la mano con fuerza—. Si tu ex pertenece de verdad a un club, deberías saber que es muy mala idea discutir conmigo delante de ellos. Haz lo que te digo y no pasará nada. Estás siendo un poco exagerada.

—Lo siento Aaron, pero no tienes ni idea de lo que estás hablando. Mi ex está ahí dentro y no puede verme contigo. Esa es su moto, justo la de ahí.

Aaron frunció el ceño y por primera vez noté en sus ojos que empezaba a comprender la situación.

—De acuerdo, hagámoslo rápido —dijo—. Pero no puedo dejarte aquí fuera, has venido conmigo y ni de broma voy a dejar a mi cita sola en un lugar como este. Nos iremos en cuanto encuentre a Gunnar.

Durante un instante pensé en hacerlo por mi cuenta. Bastaba con que le diera una patada en la espinilla y saliera corriendo, rodeando el edificio, pero la estupidez más grande que podía cometer, aparte de ir a una fiesta de los Silver Bastards con un completo extraño, era montar

una escena. Así que respiré hondo unas cuantas veces y le seguí dentro. Tal vez pudiera esconderme en algún rincón y pasar desapercibida. Dios, ojalá pudiera.

El lugar estaba lleno.

Había chicas por todas partes; chicas con tops diminutos, con biquinis e incluso unas pocas sin nada arriba. No podía recordar cuándo había sido la última vez que había exhibido el pecho con tal desenfado. Cuando era pequeña, por supuesto. Suspiré. Algunas llevaban bandejas con bebidas, mientras que otras estaban sentadas en los regazos de los moteros más grandes y fornidos que hubiera visto en mi vida.

La mayoría de ellos portaban los colores de los Silver Bastards, aunque también parches de los Reapers. No muy lejos de mí estaba Reese. Comprobé horrorizada cómo una chica que debía de ser más joven que yo se acercaba, se abrazaba a su cintura y le acariciaba el pecho con el mentón.

Durante un segundo se me paró el corazón.

¿Estaba engañando a London?

Oh, joder, joder, joder. Aquello iba de mal en peor.

Reese frunció el ceño y apartó a la chica con la suficiente dureza como para dejarle claro que no estaba interesado. La chica debía de estar hecha de piedra o algo parecido porque se volvió como si nada a otro hombre y empezó a hacerle exactamente lo mismo. Un hombre al que, gracias a Dios, no reconocí.

Aquello era una pesadilla.

—¡Gunnar! —gritó Aaron.

Un motero enorme con el chaleco de los Silver Bastards se volvió hacia nosotros. Llevaba el pelo, del mismo tono oscuro que su barba, recogido en una coleta y tenía unos ojos intensos que me examinaron de arriba abajo antes de esbozar una sonrisa que envió un escalofrío a toda mi espina dorsal.

Oh, Dios mío.

Sí, estaba tan bueno como Painter, aunque no era igual... ¿Por qué no podía Sherri arreglarme una cita con alguien así? La idea era completamente absurda, porque ya tenía demasiados moteros en mi vida.

Aaron comenzó a andar hacia él.

Seguía sin ver señales de Painter. Tal vez consiguiera llegar al día siguiente.

Bajé la cabeza y crucé los dedos. Puede que al final saliéramos indemnes de aquella...

—Me alegro de verte —dijo Gunnar—. ¿Quién es la chica?

Aaron me rodeó los hombros con un brazo de forma posesiva y casi pude oler el aire de satisfacción que irradiaba por cada poro de su cuerpo. Qué dulce, ¿verdad? Estaba orgulloso de tenerme como cita. ¿Cómo se podía tener un comportamiento tan suicida? Dios. En la distancia oí el sonido de un cristal rompiéndose que detuvo la música y cualquier conversación a nuestro alrededor. Alcé la mirada, presintiendo el peligro, y oí la voz de Reese.

—Espera, hijo.

Le miré. Seguí la dirección de su mirada y en el otro lado de la estancia me encontré con Painter.

Furioso.

Venía hacia nosotros, con mirada asesina.

Capítulo 21

En un instante, Reese se abría paso entre la multitud y agarraba a Painter del brazo. Me concentré en ese gesto; Reese estaba intentando salvarme. Alejé a Aaron y le susurré con desesperación:

—Tenemos que salir de aquí ahora mismo.

Pero él estaba demasiado embobado con el espectáculo que se estaba produciendo delante de sus narices y el muy estúpido no se estaba dando cuenta del peligro que corría. Era como un enorme cachorro tonto. Dios, Painter iba a matarlo. Volvería a prisión y todo sería por mi culpa. Lo bueno era que, como después iría a por mí y no sobreviviría mucho más a mi cita, mis remordimientos serían muy efímeros. ¿Por qué no me había escuchado Aaron cuando le dije que teníamos que marcharnos?

Painter se zafó de un tirón de Reese. Al instante siguiente se cernía sobre nosotros sin que me diera tiempo a darle una explicación. Grité cuando agarró a Aaron del cuello de la camiseta, arrastrándole salvajemente hasta el centro de la sala y estrellando el puño contra su rostro. Después le golpeó de nuevo y yo volví a gritar, esta vez más fuerte, cuando Aaron cayó al suelo, seguido de Painter que clamaba venganza como un perro rabioso.

—¡Tú, capullo! —chillé, consternada y horrorizada porque aquello parecía el mismísimo infierno. Sí, debía de haberme caído por un

agujero, yendo a parar directamente al inframundo, donde mis peores temores se estaban haciendo realidad.

De pronto Puck apareció de la nada, alejando a Painter de mi cita, que gemía y lloriqueaba en el suelo.

Instantes después Puck soltó a Painter y se acercó a Aaron respirando con dificultad (seguramente por el esfuerzo de intentar detener una pelea).

—Sacadlo de aquí —gruñó—. ¡Sacadlo de aquí antes de que lo mate!

—Joder —dijo Horse, asiendo a Aaron por las axilas. Empezó a arrastrarlo hacia la puerta, mientras la gente se apartaba para hacerle un pasillo.

Volví a chillar a Painter, más enfadada de lo que había estado nunca. ¿Y si Aaron presentaba cargos contra él?

¿Cómo osaba meterse en un lío como aquel?

Painter se volvió hacia mí con una expresión de absoluta decisión en el rostro, pero entonces Picnic se interpuso entre nosotros, bloqueándole el paso.

—Ni de broma, hijo —dijo.

—No es asunto tuyo —gruñó Painter. Y tenía razón, no era incumbencia de nadie. Putos moteros, eran unos imbéciles que solo se dedicaban a decir a la gente lo que tenía que hacer. Era una mujer adulta, libre para tener una cita con quien me diera la gana. PAINTER podía irse al infierno. Sí, también lo mandaría allí. Puede que él fuera el macho alfa, grande y duro, pero yo era enfermera, maldita sea. Sabía cómo matar a un hombre y cómo hacerlo de formas tan horriblemente dolorosas que me rogaría que acabara con su vida antes de terminar con él—. Ha sido ella la que ha venido aquí —añadió con desdén.

Oh, que le dieran. Que le dieran y mucho.

—¡Ni siquiera sabía dónde íbamos! —grité—. ¡Era una simple cita, gilipollas!

—Es un puto motero. Has roto las reglas, Mel. Ven aquí ahora mismo.

—No —dijo Pic con voz atronadora—. Esta noche no estoy de humor para esto. Painter, vete a casa. Melanie, tú te quedas conmigo.

Algo oscuro inundó de la habitación, una especie de tensión retorcida que no comprendí, ni tampoco me importó, porque estaba harta de todo aquello. Painter y yo necesitábamos solucionar aquel asunto de una vez por todas. Haciendo acopio de todas mis fuerzas, aparté a Reese de un empujón y me lancé sobre Painter.

—¡Lo que hago no es asunto tuyo!

Painter me miró y una sonrisa lenta y terrible iluminó su cara.

—Que os den. Me tenéis harto.

Durante un instante sentí que había ganado, pero entonces Painter se acercó a mí y me miró con una intensidad aterradora.

—Te llevaré a casa, Mel —dijo, dejando entrever una ligera amenaza—. Ya hablaremos cuando lleguemos allí... por la intimidad y todo ese rollo.

Oh mierda. Miré a mi alrededor con desesperación, pero los hombres que le acompañaban permanecieron impasibles. Allí estaban todos: Ruger, Horse, Banks... Sus expresiones eran duras y en ese momento me di cuenta de que todos ellos —unos hombres que llevaban años echándome una mano— no eran mis amigos.

Eran los hermanos de Painter.

—Joder... —susurré, ahora aterrorizada.

—Sí, tal vez terminemos jodiendo.

En un abrir y cerrar de ojos me alzó en brazos, me lanzó sobre su hombro y se fue hacia la puerta. Volví a gritar, desgañitándome, mientras se abría paso entre el gentío y me llevaba hacia el aparcamiento. Al principio pensé que iríamos a por su moto, pero pasamos de largo y cruzamos la carretera.

Alcé la cabeza y miré a los aspirantes. Dos de ellos habían tumbado a Aaron en el suelo, al lado del edificio, tratando de averiguar cuán graves eran sus heridas. Un tercero se quedó observándonos, con algo parecido al asombro en la cara, mientras Painter me cargaba hasta el bosque.

Lo siguiente que supe era que estábamos entre árboles y rodeados de oscuridad. Su mano descendió hasta mi trasero y me dio un palmetazo antes de bajarme al suelo. Si no me hubiera sujetado cuando puse los pies en la tierra, me hubiera caído.

—Se acabó, Mel. Se acabó. Ahora eres mía.

En cuanto me afiancé en el suelo, le golpeé en el pecho, porque yo también podía jugar ese juego.

—No tenías derecho a hacerle daño. No te ha hecho nada.

—Ha tocado a mi mujer —gruñó Painter—. Me he hecho a un lado. Te he dado tanto espacio que podías haber construido tu propio reino, pero te advertí de lo que pasaría si regresabas a mi mundo. Por lo que a mí respecta, eso significa que eres mía. Estoy harto de toda esta mierda. Ven aquí.

Y sin más me agarró, me atrajo hacia sí y me dio un rudo beso que quise odiar tanto como quería odiarle a él. Pero el fuego que había entre nosotros, ese que nunca podría apagar, cobró vida.

Lo quería.

No, le necesitaba. Dentro de mí. Sobre mí. Llenándome, lastimándome y manteniéndome a salvo, porque mi cuerpo había decidido que le pertenecía, a pesar de que mi mente pensaba que era un error colosal. Enredó una mano en mi pelo, inmovilizándome la cabeza mientras asediaba mi boca. La otra la deslizó hacia abajo, hacia mis pantalones, apretándome el trasero con tanta fuerza que supe que al día siguiente tendría las marcas de sus dedos. Le rodeé el cuello con los brazos, él me alzó contra su cuerpo y yo le envolví la cintura con las piernas.

Estaba tan duro...

Recordé la sensación de su polla en mi interior cuando concebimos a Isabella. Cómo me reclamó y me hizo sentir tan protegida y amada antes de que todo se fuera al garete y me quedara de pronto sola y asustada. Quería volver a experimentar todas esas sensaciones; algo que solo Painter podía darme. Había intentado encontrar a alguien más, pero era como si él me hubiera roto por dentro, destrozando cualquier oportunidad de ser feliz alejada de sus caricias.

Le odiaba por eso.

Me empujó contra un árbol, embistiendo con las caderas contra mi entrepierna. Me dolió. La corteza se me clavó en la espalda y su polla presionó con tanta fuerza que sentí cada costura de los *jeans*. Le clavé las uñas en la espalda; si él iba a marcarme de ese modo, yo también lo haría.

Continuó moviendo las caderas con más ímpetu y de pronto ya no fue suficiente. Solté un gemido liberador.

—Fóllame.

Me aparté del árbol y me colocó sobre el sucio suelo. A continuación sentí sus manos desgarrándome la cremallera y bajándome los pantalones. Pero los tenía pegados a la piel, así que me puse a patear en un intento por quitármelos del todo ya que él iba demasiado lento. No sé por qué pensé eso porque de pronto me alzó por la cintura, me dio la vuelta y me empujó hacia delante. Aterricé sobre las manos. Después oí cómo se abría la bragueta y me agarraba las caderas, posicionándome mientras alineaba la cabeza de su erección con el anhelante espacio vacío que tenía entre las piernas.

—A partir de ahora, soy el único con el que vas a volver a follar —gruñó, penetrándome con fuerza. Su pene entró por completo, estirándome mientras gritaba de necesidad. Me dolió, pero quería más. Le odiaba—. Cómo he echado de menos esto —gimió, retrocediendo las caderas para chocar contra mí de nuevo. Me rodeó la cintura con las manos, sujetándome con firmeza y follándome con fuerza, de una forma que nunca antes había experimentado—. Jesús.

Apoyé mejor las manos y empujé el trasero hacia atrás. ¿Cómo algo tan detestable podía ser tan increíblemente bueno? ¿Cómo «él» podía ser tan bueno? Con esas manazas llenas de violencia y sus formas de cavernícola. Jamás en mi vida había estado tan excitada, cada estocada llegaba a más profundidad, encontrando nuevos recovecos y provocándome unos remolinos de dolorosa necesidad que me atravesaron de la cabeza a los pies.

Aquello no era sexo.

Era una lucha por ver quién dominaba al otro; una lucha que supe que no ganaría pero que pelearía con uñas y dientes. Con cada penetración, apretaba mi vagina para lastimarle, o para no dejarle escapar o... para qué sabía yo. El gemía con agónica satisfacción y entonces volvíamos a hacerlo una y otra vez hasta que creí que me estallaría el corazón.

De pronto me envolvió con la mano, bajó hasta el clítoris y empezó a frotarlo. Ahí fue cuando exploté.

Exploté y morí.

Perdí la visión, el pulso me latió a mil por hora y apreté cada músculo de mi cuerpo, arrastrándolo conmigo mientras le oía gritar por su propia liberación. Instantes después, un chorro de cálido semen invadía mi interior. Me hundí en el suelo, exhausta. Painter se derrumbó encima de mí. Ambos jadeamos en busca de oxígeno y poco a poco la realidad se fue abriendo paso en nuestras mentes. Sentí cómo su pene me abandonaba al tiempo que su semen corría por el interior de mis muslos.

Entonces me percaté de que habíamos vuelto a olvidarnos del preservativo.

***

Mel estaba hecha un desastre.

Estaba llena de suciedad, con la camiseta destrozada y los ojos mirando al vacío. Dios. En cuanto Picnic la viera creería que la había sacudido.

No iría mal desencaminado.

Aunque cuando regresamos a la sede, Pic no estaba esperándonos. De hecho ya no estaban la mayoría de las motos de los Reapers y tampoco había señal alguna de aquel capullo. Los aspirantes de los Silver Bastards eran lo suficientemente inteligentes como para mantener la boca cerrada, aunque vi a uno de ellos ir directo hacia la sede.

Segundos después salía Boonie, seguido de Gunnar.

—¿Podemos hablar un momento? —preguntó. Sus ojos volaron hacia Mel.

—Claro —respondí—. Dame un minuto.

Mel asintió. Parecía estar en estado de *shock*. Tal vez lo estaba. Joder, yo también estaba un tanto aturdido, así que me pareció lógico.

—¿Qué tal? —Bonnie enarcó una ceja y después hizo un gesto en dirección a Mel—. ¿Se encuentra bien?

—Sí.

—¿Le has hecho daño?

—No —repuse, retándole a que me desafiara. Frunció el ceño y asintió—. Tengo algo que contarte, sobre el tipo con el que vino.

Me quedé inmóvil.

—¿Qué pasa con él?

—Es un traficante —dijo Gunnar. Se cruzó de brazos—. No sé si estaba teniendo una cita de verdad o la estaba usando como tapadera, pero vino aquí para recoger un envío. Llevamos unos seis meses trabajando con él. Se encarga de pedidos especiales y ese tipo de cosas. No es trigo limpio.

Asentí despacio y me volví para mirar a Melanie. Estaba parada al lado de mi moto, abrazándose de manera protectora. Durante un instante me entraron remordimientos, aunque los deseché rápidamente. Era mía. No iba a sentirme culpable por haber reclamado mi propiedad.

—¿Puede meternos en problemas?

Boonie hizo un gesto de negación.

—No es nadie importante, solo era una fuente de ingresos bastante decente. Mantendrá el pico cerrado, ha visto lo suficiente para saber que le irá mejor si no habla. Además, también he mantenido una pequeña charla con él. Por lo visto, trabaja en el mismo hospital que ella. Le he sugerido que encuentre otro empleo... rápido. Le ha parecido una buena idea. No volverás a verle el pelo.

—Gracias —dije—. Perdón por el alboroto.

—Estas cosas pasan —señaló Gunnar mirando a Melanie—. ¿Seguro que está bien?

—Lo estará —afirmé—. Y no es lo que parece.

—Mejor, porque parece que la has violado —declaró Boonie.

Negué con la cabeza.

—Más bien hemos follado duro. Confía en mí, ella ha estado de acuerdo. Ha sido salvaje y violento, pero no la he violado.

—A Darcy le aliviará mucho saberlo —dijo Boonie—. Creo que has cabreado a mi dama de lo lindo. Se marchó en cuanto desaparecisteis. Tengo la sensación de que esta noche no voy a darme ninguna alegría.

Reprimí una sonrisa, porque Darcy cabreada era algo a tener en cuenta.

—Lo siento.

Se encogió de hombros, pero inmediatamente después esbozó una sonrisa perversa.

—Me encanta el sexo de reconciliación. Buena suerte con tu chica.

—Gracias. Presiento que voy a necesitarla.

Me palmeó la espalda y nos despedimos. Entonces empecé a caminar hacia Melanie. Noté cómo me miraba todo el rato, lo que casi me reconfortó. Podía lidiar con cualquier cosa que se me pusiera por delante... excepto con ese vacío que vi en sus ojos después de follarla.

Eso sí que daba miedo.

—¿Lista para volver a casa? —pregunté.

—Llevo toda la noche lista para volver a casa. Y todavía te odio.

—Tienes que encontrar nuevos insultos. Ese ya está muy trillado.

—Que te den.

Sonreí y subí a la moto. Ella montó detrás, se apretó contra mi cuerpo y me abrazó la cintura, presionando las tetas contra mi espalda. Por retorcido que parezca, por primera vez en mucho tiempo sentí que todo iba bien.

Melanie era mía. Siempre lo había sido. Y que me condenaran si iba a compartirla con otro hombre.

***

Llegamos a su casa poco antes de la medianoche. Pic me había mencionado antes que esa noche Izzy dormiría en su casa, pero creí que era porque Mel tenía que trabajar. Por mucho que me indignara verla con ese imbécil, el resultado final estaba jugando en mi favor. Apagué el motor y esperé a que se bajara. Después la seguí hasta la casa.

—No hace falta que entres —dijo.

—Sí, claro que lo voy a hacer —repliqué—. Necesitamos quitarnos toda esta suciedad que llevamos encima y tenemos que hablar.

—¿De qué tenemos que hablar? —espetó mientras buscaba la llave en el bolsillo. La sacó y casi se le cayó al suelo, así que extendí la mano, se la quité y me encargué de abrir la puerta. Cuando entramos en su acogedora vivienda miré a mi alrededor. Izzy había quitado todos los cojines del sofá y los había colocado en línea a lo largo de la pared. Sobre ellos descansaban todas sus muñecas y animales de peluche, incluido un pequeño esqueleto del último Halloween del que se había enamorado nada más verlo. Todos estaban cubiertos por mantas, paños e incluso algunos pañuelos de papel.

—Acostó a todos sus «bebés» antes de irse a casa de London —dije. Me embargó la misma sensación de paz que siempre tenía cuando pensaba en mi hija. Dios, adoraba a esa niña.

Mel sonrió y me lanzó una mirada de puro orgullo; el orgullo que ambos compartíamos por nuestra hija.

—Siempre lo hace. Los arropa a todos y luego les cuenta un cuento. ¿También lo hace en tu casa?

—Sí.

—Tenemos una hija maravillosa.

—Quiero que vivamos juntos —declaré abruptamente. Me pasé una mano por el pelo—. Somos una familia, Mel.

Me miró fijamente, cubierta de suciedad, despeinada como si acabara de sobrevivir a un tornado.

—Estamos jodidos —dijo—. Míranos. Aquí hay algo mal, Painter.

—Acabo de tener el mejor sexo de mi vida —confesé—. Mírame a los ojos y dime que no has sentido lo mismo.

Mel volvió a mirarme pero no dijo absolutamente nada. Reprimí una carcajada, la había pillado.

—El sexo es increíble. Tenemos una hija. Admitiste que querías que me quedara; no creas que me he olvidado. Hasta donde sé, la única razón que nos impide estar juntos es que eres tan testaruda que simplemente no puedes aceptarlo y ser feliz.

—¿Y qué pasa con Aaron? —preguntó—. Le has dejado hecho papilla. Querías matarlo. Lo vi en tu expresión.

Tenía razón. Casi.

—Pero no lo he hecho —le recordé.

—Porque Puck te detuvo.

—Puede —admití—. Pero lo hizo por una razón. Ese es el motivo de tener hermanos, Mel, que velan por ti cuando eres incapaz de hacerlo.

—Sí, ya me he dado cuenta —dijo con un tono que se iba endureciendo por momentos—. Sobre todo cuando todos fingieron que no me estabas sacando de allí en contra de mi voluntad. Grité en busca de ayuda y se limitaron a mirar. ¡Qué bonito!

—Es un traficante —dije.

Aquello debió descolocarla porque parpadeó sorprendida.

—¿Quién?

—Aaron. Te estaba usando como tapadera. Fue a la sede de los Silver Bastards para recoger un envío. Drogas... o quizás armas. No me dieron detalles y tampoco me importó. Lo que me preocupa es el hecho de que si le hubieran pillado y arrestado, te habrían detenido como cómplice. Por lo que a mí respecta, no le he hecho el daño suficiente.

Se quedó inmóvil.

—¿Lo dices en serio?

—Sí. Eso es lo que Boonie quería decirme.

—Mierda. —Se dejó caer sobre el sofá. Después echó la cabeza hacia atrás y se quedó mirando el techo—. Conoció a Izzy. Le regaló un unicornio de peluche. Me pareció muy dulce.

—Hijo de puta. ¿Dónde está?

Miró alrededor.

—No lo veo. Se lo ha debido de llevar a casa de London. No te preocupes, ya se lo quitaré a escondidas, no quiero que se lo quede. Ahora que sé cómo me ha utilizado, me niego a tener esa cosa en mi casa.

Me senté a su lado y apoyé los pies sobre la mesa de café. Ambos necesitábamos una ducha urgentemente, pero necesitábamos aún más solucionar lo nuestro. Sin embargo, ella estaba a punto de desmoronarse. Podía verlo. Dios, las mujeres eran muy complicadas.

—¿Puedo preguntarte algo? —inquirió.

—Claro.

—¿Alguna vez has hecho algo parecido?

—¿Parecido a qué?

—Si has llevado algo ilegal estando con Izzy o conmigo.

Solté un suspiro. ¿Qué debía decirle? ¿Por qué no la verdad?

—Tengo un arma en la moto. Algo ilegal, teniendo en cuenta que soy un ex convicto. No me dejan llevar armas de fuego.

—¿Dónde?

—En un compartimento secreto. Ruger se encargó de montármelo. ¿Quieres verlo?

No sé por qué se lo ofrecí, pero por alguna razón me pareció lo correcto. Si lo veía con sus propios ojos, tal vez creería que le había dicho la verdad cuando le prometí que no tenía nada más ilegal.

—Sí —respondió un poco sorprendida de que no me importara enseñárselo. Bien. Puede que así confiara más en mí. Nunca se me hubiera ocurrido ponerla en peligro de ese modo—. Creo que sí.

—De acuerdo. Ven.

Salimos fuera. No había mucha luz, pero en una de las alforjas llevaba una pequeña linterna junto con un estuche de primeros auxilios, otro de costura, algunas herramientas y otros utensilios esenciales; uno nunca sabía lo que podía pasarle en la carretera.

—Eres como un *Boy Scout* —comentó. Percibí una nota de diversión en su voz.

—Sí, ese soy yo —repliqué riendo—. Aquí está.

Abrí el compartimento, usando el pestillo oculto y le enseñé la pequeña semiautomática que había dentro. Estaba cargada y lista para usarse y también tenía un cartucho de munición de repuesto.

—Espero que notes la falta total y absoluta de drogas —puntualicé con tono seco—. Y que sepas que tú sí que puedes llevar esta arma, solo es ilegal para mí. Si nos pillan con esto, no correrías ningún peligro.

—¿Me enseñas cómo hacerlo?

—¿Disparar el arma? —pregunté sorprendido.

Melanie dejó escapar una risita.

—No, cómo abrir tu compartimento súper secreto.

Lo cerré y la miré.

—¿Esto qué es? ¿Una especie de prueba?

—No lo sé. ¿Necesitas que te ponga a prueba? —me retó.

Suspiré, porque lo más seguro era que sí que quisiera ponerme a prueba.

—Dame la mano.

La guie y dejé que sintiera el pequeño pestillo por sí misma. A continuación observé cómo abría y cerraba el compartimento varias veces. Entonces volvimos a la casa, pero al llegar a la puerta Melanie me detuvo, poniéndome una mano en el pecho.

—Deberías marcharte ya —dijo—. Esta noche soy incapaz de hacer frente a nada más. Necesito ducharme y dormir un poco, y lo haré muchísimo mejor sin ti a mi alrededor. También es mucho más seguro para ti. Ahora que sé dónde conseguir un arma, puede que intentara matarte mientras duermes.

—Cierto. —Aunque seguía creyendo que teníamos que hablar, me di cuenta de que decía la verdad. Esa noche Mel había tenido suficiente. Se la veía agotada—. Mañana tengo cosas que hacer. Cosas importantes. Asuntos del club. Pero cuando termine, vamos a hablar. Vendré mañana por la noche,

Negó con la cabeza.

—Te llamaré cuando esté lista para hablar —protestó.

—Ni hablar. Te doy esta noche, pero mañana vamos a solucionar esto de una vez por todas. Lo digo en serio.

—Que te follen.

Me incliné y le di un beso en los labios. Algo que pareció calmarla durante un instante. Después volvió a empujarme.

—Ya lo han hecho —le recordé.

Mel frunció el ceño.

—¿El qué?

—Que ya me han follado. En concreto tú. Y ha sido espectacular. Como siempre que lo hacemos, ¿verdad?

Su expresión se endureció y me cerró la puerta en las narices.

Sin poder evitarlo, me eché a reír.

Capítulo 22

Viernes por la mañana.

Melanie

—**S**e ha despedido —oí decir a Brit a otra enfermera—. Así, sin más.

—¿Quién? —pregunté, apoyada en el mostrador. Eran cerca de las ocho de la mañana, casi la hora en la que hacíamos el informe y cambiábamos de turno. Menos mal, porque estaba exhausta. La noche anterior prácticamente no había dormido nada y después pasé todo el día con Izzy. Como London era un ángel, aceptó llevarse a mi hija una segunda noche consecutiva, pero cuando intenté echarme una siesta por la tarde, después de dejarla en el arsenal, tampoco había podido conciliar el sueño.

En vez de eso me dediqué a pensar en la promesa que me había hecho Painter sobre volver por la noche.

Debería haberle llamado. Avisarle de que estaría trabajando y que tendríamos que hablar en otro momento. Pero mi parte desafiante, que todavía estaba enfadada con él, quiso que se quedara sentado, esperando y preguntándose dónde demonios estaría, así le darían a él y a sus órdenes de mierda.

Doce horas después estaba agotada, de mal humor y deseando no haberme puesto en ese brete. Tarde o temprano me encontraría y entonces estaría demasiado cansada para pelear.

—Ese vigilante de seguridad tan guapo —dijo—. Aaron Waits. Una lástima, porque hacía que las noches como esta fueran mucho más divertidas.

Dios, no quería volver a ver a ese cabrón en la vida.

—Estás casada —señalé—. Tampoco podías hacer mucho con él.

—Estar casada no significa estar muerta —respondió ella, guiñándome un ojo—. Puedo admirar la vista sin necesidad de tocarlo. Solo quedan diez minutos para cambiar de turno. No puedo esperar más. Odio cuando las noches son tan aburridas como esta.

Tenía razón. Algunos turnos eran infernales: accidentes automovilísticos, gente muriendo... Eran noches que se te quedaban grabadas en la memoria, provocándote pesadillas durante mucho tiempo. Pero aquella noche había sido todo lo contrario. Solo cuatro pacientes y dos de ellos con un simple resfriado. Nunca había visto las urgencias tan vacías.

—Los del turno de día lo llevan claro —dije—. Después de una noche así tienen más probabilidades de tener una avalancha de casos. Ahí fuera ahora mismo hay algún niño jugando con cerillas.

Brit asintió con la cabeza.

Los pacientes llegarían tarde o temprano.

Pero ya no en nuestro turno.

—Hagamos el informe —dijo la enfermera a cargo mientras se acercaba hacia nosotros—. Aunque no hay mucho que contar.

Pusimos al corriente a los del turno del día sobre los pacientes y diez minutos más tarde estábamos fichando para salir. No habíamos tenido que rellenar muchos datos. Hora de irse a casa y dormir un poco antes de volver a lidiar con Izzy. Con un poco de suerte, Reese y London se la quedarían unas cuantas horas más, le dejarían ver la televisión y yo tal vez pudiera echarme una siesta.

***

La enorme Harley azul de Painter estaba aparcada fuera de casa.

Pensé en el arma que tenía escondida dentro. En la paliza que le había dado a Aaron. ¿Y si a Aaron y a mí nos hubiera parado la policía y le hubieran registrado?

Menudo lío.

Respiré hondo y abrí la puerta. No iba a molestarme en preguntar cómo había conseguido entrar en mi casa. Era un Reaper y por lo que sabía, cosas tales como cerraduras y paredes no significaban nada para ellos. Además, nunca había respetado ningún otro límite que le hubiera impuesto, ¿por qué iba a ser distinto este?

No estaba en el salón, pero oí música que provenía de uno de los dormitorios. Dejé las llaves y el bolso sobre la mesa, me quité los zapatos y contemplé hacerme una taza de café antes de enfrentarme a él. Claro que eso significaría que me costaría conciliar el sueño... siempre que sucediera un milagro y tuviera la oportunidad de dormir.

Esperaba encontrármelo en mi habitación, pero el sonido provenía del dormitorio de Izzy. Fui hasta allí con el ceño fruncido y abrí la puerta despacio. Painter estaba dentro, pintando una de las paredes. El suelo estaba cubierto con lonas y había desplazado la cama al centro. A lo largo de la pared había dibujado un cielo azul sobre un campo de hierba verde, dejando un gran agujero vacío en el centro. Ahora estaba trabajando justo ahí con un lápiz de carboncillo, aunque desde donde estaba no pude ver bien el diseño que estaba realizando.

—Hola —dije con vacilación, sin saber muy bien qué esperar.

Se volvió hacia mí y sus ojos volaron hacia mi uniforme del hospital.

—Hola.

Entré un tanto desconcertada. A esas alturas ya me esperaba estar peleando con él. Esto era un poco... raro.

—¿Qué haces?

—Un mural para Izzy —respondió—. Espero que no te importe. Hablamos del asunto hace un tiempo. Como anoche te estuve esperando, pensé que podía ponerme a ello.

Me acerqué indecisa, intentando captar su estado de ánimo. Pero como mantuvo un gesto inexpresivo, decidí mirar la pared. Parecía...

—¿Eso es una princesa en moto con un cuerno de unicornio en el casco? —pregunté perpleja.

Painter asintió.

—Sí, es lo que Izzy quería. Detesto ser yo el que te lo diga, pero quería una princesa y la moto tiene que ser rosa. Por cierto, lo estoy ha-

ciendo con pintura de látex. Tengo el presentimiento de que en algún momento querrá cambiarlo.

—Y espero que ese momento llegue pronto —dije—. Estoy cansada de tanto rosa y estoy segura de que podría vomitar unicornios si me lo pidieran.

Rompió a reír.

—Sí, yo también.

Me acerqué un poco más a la pared y tracé con un dedo el boceto, imaginando cómo se veía cuando estuviera terminado.

—Le va a encantar.

—De eso se trata —repuso—. Me dijo que quería mirarlo y recordar que tiene un papá cuando no estoy con ella.

«Vaya.»

—Te adora.

—Lo sé.

Ahora fui yo la que se volvió para mirarle. Ladeé la cabeza.

—Estoy muy cansada. Así que no tengo la energía suficiente para empezar con jueguecitos. ¿Vamos a discutir?

Hizo un gesto de negación.

—No. Anoche estaba muy cabreado contigo. Durante un rato creí que tal vez te estabas tirando a otro hombre, entonces me di cuenta de lo absurdo que era. London no quiso decirme dónde estabas; Reese debió de contarle lo que pasó en Callup porque me trató como si fuera un asesino en serie. Eso por si alguna vez te has preguntado de qué lado está...

Sonreí.

—He tenido mucha suerte con ella —reconocí—. Cuando mi madre se marchó, me acogió del mismo modo que hizo con Jessica. Está siendo una abuela para Izzy, una madre para mí... pero nunca entenderé por qué me abandonó mi madre. Miro a Isabella y no logro comprenderlo, moriría antes que dejarla sola.

«Como hiciste cuando fuiste a prisión.»

—¿Me perdonarás algún día? —preguntó con voz suave. Me agarró de la barbilla y me obligó a mirarlo—. A veces tengo la sensación de que me odias porque te has acostumbrado a hacerlo. Todavía hay química entre nosotros. El sexo no es el problema. Soy un buen padre para Isabella. Te ayudo tanto como me lo permites. Odio tu trabajo en urgencias, pero no te digo que lo dejes porque sé que para ti es importante. Entonces, ¿por qué todo tiene que ser siempre una discusión, Mel?

Sacudí la cabeza y me apoyé en su pecho. Me abrazó y me acarició la espalda. Me sentía bien. A salvo.

—Porque tengo miedo.

—¿De qué?

—De que puedas importarme tanto. Eres todo un misterio... juegas con nuestra hija, le pintas motos rosas. Incluso un día dejaste que te vistiera de hada y tomasteis el té juntos.

Gruñó.

—¿Cómo te has enterado de eso?

—Me lo dijo ella. —Reprimí una sonrisa—. Y también hizo un dibujo. Lo llevé al trabajo y se lo enseñé a todo el mundo. Aunque creo que deberías agradecérmelo, pues estuve pensando seriamente en enseñárselo también a Reese.

Volvió a gruñir. Subió la mano por mi columna hasta la nuca. Tenía los músculos de esa zona tensos por haber estado toda la noche trabajando, así que cuando me hizo un masaje con los nudillos gemí de placer.

—¿Y cuál es el problema?

—Diste una paliza a Aaron —murmuré—. Le hiciste mucho daño.

—Podías haber terminado en la cárcel por su culpa. Se lo merecía.

—Cuando le pegaste aún no sabías que era traficante. Lo hiciste porque estabas celoso. Se te fue la cabeza.

—Seguramente —admitió—. Pero anoche también estaba muy enfadado contigo y no hice nada raro. Es cierto que a veces pierdo el control, aunque también es verdad que no me pasa muy a menudo.

—Podrías volver a la cárcel.

—Y a ti podría apuñalarte algún demente en urgencias.

Me aparté de él y lo miré con el ceño fruncido.

—Es distinto. Lo que yo hago ayuda a la gente, ¿recuerdas? Tú... traficas con drogas o algo similar. Ni siquiera sé lo que haces, nunca me lo dices.

Se puso serio al instante.

—Mel no voy a mentirte sobre lo que soy —dijo despacio—. No siempre cumplo las leyes y cuando mis hermanos me necesitan les cubro las espaldas. Pero soy un artista, «eso» es lo que hago para ganarme la vida. No tráfico con armas, ni vendo drogas. Hago cuadros y pinturas y luego se los vendo a ricachones para que pueden presumir de mi «estilo primitivo» en sus fiestas. Aceptaré su dinero con una sonrisa, pagaré mis cuotas del club y después siempre volveré a casa contigo y con Izzy. Te quiero.

Cerré los ojos, saboreando las palabras. Nos conocíamos desde hacía mucho y habíamos pasado por tantas cosas... Painter siempre había estado ahí, incluso cuando no estaba. Mi vida llevaba girando seis años en torno a él, desde el encaprichamiento de una cría, al odio y a... esto.

—Yo también te quiero —admití lentamente. Abrí los ojos para perderme en él.

Ladeó la cabeza y estudió mi rostro.

—Normalmente la gente no parece tan triste cuando dice eso por primera vez —comentó.

—Normalmente la gente consigue dormir algo, pero llevo veinticuatro horas despierta —repliqué en voz baja—. Como te he dicho antes, estoy demasiado cansada para discutir, así que también podría estar diciéndote la verdad.

—¿Significa eso que en algún momento me dirás que todo ha sido una especie de alucinación por la falta de sueño?

Me quedé pensando en la pregunta que me planteaba y después hice un gesto de negación.

—No, llevo queriéndote desde hace mucho tiempo. Intenté seguir adelante pero no pude. Todavía me sigue cabreando, porque mira que hay cosas que no me gustan de ti... Pero es lo que hay.

—Algunos hombres se ofenderían ante una declaración como esa —dijo él—, sin embargo, creo que me lo voy a tomar como una victoria.

Le sonreí y después me aparté un poco y me puse a mirar toda la habitación. Había latas de pintura por todas partes, grandes y pequeñas. De diferentes colores.

—¿De dónde has sacado todo esto? —pregunté, señalando con la mano todo aquel desastre.

—De aquí y de allá. —Se encogió de hombros—. Llevo un tiempo planeando el mural. Anoche estaba muy enfadado y cuando me enfado, o peleo o pinto. Como esta semana ya he tenido pelea de sobra, decidí ponerme a pintar.

—¿Cómo te enteraste de que estaba trabajando?

—Por Jessica. La llamé.

Aquello sí que me pilló por sorpresa.

—Pero si Jessica te odia.

—Lo sé. Al principio no quería hablarme. Tuve que amenazarla un poco.

Abrí los ojos.

—¿Le hiciste daño?

Se rio por lo bajo y negó con la cabeza.

—No de ese tipo.

—¿De qué tipo entonces? —pregunté todavía estupefacta.

—La amenacé con llamar a alguien... y tal vez enviarle algunas fotos. Eso es todo. Hazme caso, no quieres saberlo.

—Tiene que ver con eso que pasó hace años, cuando tú y Jess...

—No —me interrumpió con firmeza—. No es nada de lo que preocuparse. Solo déjalo estar, cuando Jessica esté preparada para contártelo, lo hará. O no. En cualquier caso anoche lo utilicé en su contra y no me arrepiento. Por cierto, en ese momento todavía seguía cabreado contigo, pero después de unas horas pintando se me pasó. Y luego solo sentí un enorme alivio al saber que no estabas con ningún otro.

Contemplé su cara, embebiéndome de sus altos pómulos, los cristalinos ojos azules y la piel pálida.

—Hemos tenido suerte de que Izzy haya sacado mi piel. Nunca te pones moreno.

Volvió a reírse.

—Pues sí que estás grogui.

Me encogí de hombros y me senté. De acuerdo, más que sentarme, me cedieron las piernas, pero aterricé en el suelo de forma controlada. Painter se sentó a mi lado.

Miré las latas de pintura y no muy lejos vi una pequeña de color rojo. Estiré la mano y la alcancé.

—¿Te acuerdas de la noche que me enseñaste a pintar mariquitas?

—Perfectamente. Fue una de las mejores noches de mi vida.

—¿Crees que podría pintar una en el muro de Izzy?

Painter me miró pensativo.

—¿Sabes? Si se tratara de otra persona diría que sí, pero me asusta un poco que termines provocándole pesadillas. Mariquitas zombis mutantes o algo por estilo. ¿Y si lo hacemos juntos?

Arrugué la frente, pero tenía razón.

—De acuerdo, vuelve a enseñarme.

—Por supuesto. —Miró a su alrededor. Cerca de la pared había un montón de pinceles pequeños. Se agachó, agarró uno y volvió a sentarse. Después lo usó para hacer palanca en la tapa, abrió la lata y me entregó el pincel.

—Deja que encuentre algo donde puedas practicar primero.

Metí el pincel en la pintura y dejé que el intenso rojo goteara lentamente de las cerdas a la lata. Durante esos años habían pasado tantas cosas entre nosotros que me resultaba muy difícil asimilarlas todas ellas.

—¿Sabes? Volvería a hacerlo —dije de pronto.

Painter me miró con ojos interrogantes.

—Todo —aclaré—. Volvería a hacerlo todo otra vez. Lo nuestro. No me imagino la vida sin Izzy. Tenerla me ha hecho más fuerte, de no ser por ella no creo que hubiera llegado tan lejos. Ha valido la pena, incluso todas las peleas contigo.

Painter sonrió y después negó con la cabeza.

—Lo hubieras conseguido de igual modo.

Alcé el cepillo y contemplé la pintura. Painter tenía razón sobre las mariquitas. Si intentaba dibujar una en la pared, Izzy tendría todo tipo de pesadillas. Me mordí el labio y estudié su rostro. Entonces me incliné sobre él y tracé una brillante línea roja a lo largo de su nariz.

Painter me miró confuso.

—¿Por qué has hecho eso?

—Tú me pintaste. ¿Te acuerdas? Me usaste como lienzo hace años. Creo que ahora debería utilizarte para practicar mis dibujos.

Sus ojos ardieron y antes de que me diera cuenta estaba quitándose la camiseta.

—Todo tuyo, nena.

Contuve una carcajada y volví a mojar el cepillo en la pintura. Primero dibujé un círculo sobre su pezón, después sobre el otro. Luego seguí con un semicírculo a lo largo de su estómago.

—Mira, acabo de dibujar una cara sonriente.

Puso los ojos en blanco pero no me detuvo cuando metí de nuevo el pincel en la lata. Esta vez tracé una línea sobre el brazo. Me encantaban sus brazos; fuertes y musculosos. Si tenía que enamorarme de un capullo, por lo menos que estuviera bueno, ¿no?

—Me alegra saber que estoy bueno —dijo él.

Parpadeé un par de veces.

—No sabía que lo había dicho en voz alta.

Se inclinó y me besó despacio. Oh, aquello sí que estaba bien. Le devolví el beso, me agarró de la cintura y me sentó a horcajadas sobre él. Profundicé el beso, saboreándole. ¿Cómo pude convencerme de que era capaz de vivir sin esto? Entonces Painter me levantó la parte superior del uniforme y me lo quitó. A continuación bajó por la espalda y me desabrochó el

sujetador sin separar sus labios de los míos. En ese momento me abalancé sobre él con la fuerza suficiente como para empujarlo hacia atrás.

Nos echamos a reír, aunque aquello no impidió que me agarrara de los pantalones y me los bajara. Moví las piernas para quitármelos del todo y luego volví a sentarme y fui hacia su bragueta. Me ayudó a desabrochársela y su polla saltó libre, dura y bien dispuesta para entrar en acción.

Eso era lo que quería. Lo que tanto había echado de menos. A Painter. Admitirlo fue todo un alivio. Bajé la cabeza y lamí el borde de su glande, después tracé con la lengua toda su longitud.

—Jesús, cómo me gusta —masculló—. Pero...

Le lancé una rápida mirada.

—Menos charla. Mientras no hables no dirás ninguna tontería y no la cagarás.

—Entendido.

Cerró la boca y yo la abrí, succionándole el miembro mientras empezaba a masajearlo con la mano. Echó la cabeza hacia atrás y se cubrió los ojos con un brazo al tiempo que gemía. Con la otra mano me sujetó del pelo, guiándome para que me moviera más rápido.

Al final no fue suficiente; lo quería dentro de mí. No es que no disfrutara con los preliminares, pero en ese momento necesitaba montarlo rápido y con dureza. Me deslicé hacia arriba por su cuerpo... y golpeé algo con la rodilla que cayó con un ruido sordo.

—Mierda —exclamé en cuando me di cuenta de que se trataba de la lata de pintura roja—. ¡Oh, joder!

Painter intentó sentarse pero yo me eché hacia delante, empujándole y consiguiendo que ambos perdiéramos el equilibrio. Intenté aferrarme a su hombro; fallé estrepitosamente y terminé cayendo de costado sobre el brillante charco rojo.

Painter empezó a reírse.

Traté de incorporarme, pero la lona estaba muy resbaladiza y volví a caerme. Al ver que Painter se reía más fuerte recogí con las manos tanta pintura como pude y se le lancé a la cara.

En cuanto oí el húmedo sonido que hizo el líquido al salpicarle la cara llegó mi turno de reír. Trató de limpiársela. Recogí más y se la volví a tirar, dándole esta vez en el pecho. En ese momento se abalanzó sobre mí y grité, escabulléndome hacia atrás por todo el desorden del suelo. En un segundo lo tenía sobre mí. Nos pusimos a luchar. Él era más fuerte pero yo estaba resbaladiza y él tenía los pantalones arremolinados en las rodillas, así que no podía moverse con fluidez. Continúe recogiendo pintura e intentando frotarle con ella el rostro, hasta que al final me atrapó y me dio la vuelta para besarme intensamente.

Por desagracia, ni siquiera un beso tan ardiente como aquel fue suficiente para eliminar el sabor a pintura. Por otro lado, su pene todavía estaba duro y si me daban a elegir entre besar o follar los besos no serían mi primera opción. Me incliné hacia abajo, con la intención de deleitarme con su miembro. Lo quería dentro de mí...

Mierda.

Tenía toda la polla cubierta de látex, y no precisamente del que prevenía los embarazos.

—Preservativo —conseguí jadear—. ¿Tienes uno?

—Sí, en la cartera —respondió. Tomó un trapo y se limpió la mano. Luego sacó la cartera de cuero del bolsillo trasero, extrajo un condón y la tiró al otro lado de la habitación, seguramente para evitar que se llenara de pintura. Miré ansiosa cómo enrollaba la goma hasta la base de su erección.

En ese momento recordé algo.

—La otra noche volvimos a olvidarnos del preservativo —señalé—. Creo que ahora mismo no estoy ovulando, pero...

Painter me lanzó una mirada absolutamente decidida.

—Si te has quedado otra vez embarazada, nos casaremos.

Prácticamente se me cayó la mandíbula al suelo.

—¿Te casarías conmigo solo porque estoy embarazada?

Negó con la cabeza y esbozó una sonrisa que en teoría iba destinada a tranquilizarme. Sin embargo, con todo el rostro cubierto de pintura roja, se pareció más a la mueca de un zombi.

—No. Nos vamos a casar de todos modos —sentenció—. Pero si estás embarazada, deberíamos hacerlo mientras puedas entrar en un vestido de novia.

—Madre de Dios.

Se encogió de hombros, me tumbó y se colocó entre mis piernas. Cuando me embistió, solté un grito ahogado, saboreando la estocada, aunque me di cuenta de que está vez tendríamos que tomárnoslo con más calma, ya que todavía estaba dolorida por nuestro encuentro de la otra noche.

—Con cuidado —advertí—. ¿Sabes? Pareces un vampiro. La pintura de tu cara es como si fuera sangre.

—La habitación entera parece la escena de un crimen. —Me guiñó un ojo.

—Oh, Dios. Qué metáfora para describir nuestra relación.

Se rio.

—En cuanto terminemos con lo que estamos, no nos queda otra que ducharnos juntos.

—Ningún problema —repliqué, envolviéndole con los brazos y las piernas. Giró las caderas, penetrándome con lentitud.

Solté un suspiro.

Me sentía de maravilla. En la gloria. Lástima que hubiéramos tenido que destrozar la habitación de Izzy para llegar a este punto...

—¿Crees que la lona será suficiente para proteger la alfombra?

Salió de mí y volvió a penetrarme con ímpetu.

—Ni de broma —dijo alegremente—. Lo más probable es que tenga que tirarla y comprarle otra. Sin duda el esfuerzo habrá merecido la pena. Ahora, ¿te importa si nos dejamos de charla y nos concentramos en lo de follar, por favor?

—Hecho —susurré. Cerré los ojos y después de eso me dejé llevar por las sensaciones.

No estaba preparada para casarme con él... aún. Quería estar segura de que podíamos estar juntos más de una semana sin intentar matarnos. Pero la cosa prometía. Y no solo eso, ahora ya no volvería a tener ninguna cita a ciegas.

Aunque solo fuera por eso, perdonarle había valido la pena.

**

Painter

Entré al salón de puntillas. Solo llevaba puestos los calzoncillos, ya que tenía los *jeans* empapados. Todavía tenía todo el cuerpo lleno de pintura pero había conseguido limpiarme los pies. Ahora tenía como objetivo encontrar un rollo de papel absorbente.

De pronto se abrió la puerta de la calle e Isabella entró corriendo, seguida de Reese y London.

Los tres se quedaron petrificados.

—¿Qué has hecho? —preguntó London con un susurro ronco.

Fruncí el ceño, un poco de pintura tampoco era para tanto. Izzy gritó y empezó a llorar. London fue a por ella, abrazándola mientras me miraba horrorizada.

—¿Dónde está? —inquirió Reese con voz sombría.

—¿Mel? En la habitación. Ahora mismo iba a por un poco de papel para limpiar todo el estropicio. Aunque creo que tendremos que quitar la alfombra.

—No me jodas —dijo Reese—. Loni, llévate de aquí a la criatura.

Les miré confundido, entonces me miré el brazo... todavía goteaba pintura roja.

—¡Un momento! —espeté—. Esto es pintura, no sangre. ¿Qué coño pensabais? ¿Que la había matado?

London asintió lentamente. Me di cuenta de que lo decía en serio.

—No —señalé indignado—. Estoy enamorado de Mel. La quiero, nunca le haría daño.

—Teniendo en cuenta cómo la trataste la otra noche...

—No se te ocurra ir por ahí —repliqué alzando la voz—. Puede que me saque de mis casillas, pero nunca se me ocurriría matarla. Mel, ven un momento. Izzy está en casa y necesita ver que te encuentras bien.

—Dame un segundo —gritó.

Vi cómo Loni se relajaba al instante. Entonces Mel entró en el salón, envuelta en un albornoz. Se había enjugado los pies, pero seguía cubierta de pintura. Tenía machando hasta el pelo. Deberíamos habernos desplazado a una zona limpia de la lona.

—Hola —dijo con una débil sonrisa.

Reese soltó un sonoro suspiro y miró a Izzy.

—Vamos a tomarnos un helado. Creo que mamá y papá necesitan un poco más de tiempo.

Mel asintió. Creí verla sonrojarse, aunque dadas las circunstancias no podía asegurarlo a ciencia cierta.

—Eso sería perfecto —se limitó a decir.

—Sí, definitivamente necesitamos un helado. Y tal vez un buen desayuno con un cóctel mimosa —anunció London—. Volveremos en una hora. Eso debería daros el tiempo suficiente para recoger todo esto. Me gustaría... no volver a ver algo así en la vida.

Se dio la vuelta y fue hasta la puerta con Izzy que no dejaba de mirarnos boquiabierta por encima del hombro.

Reese volvió a suspirar.

—Que os divirtáis, chicos —dijo, siguiendo a su dama.

Mel se rio y yo negué con la cabeza. En cuanto se enteraran en el club iban a martirizarme.

Supongo que tuve suerte de que el presidente no se pusiera a hacer fotos.

Capítulo 23

Octubre.

Melanie

—**E**stás adorable —dijo Duck, arrodillándose frente a Isabella, que iba vestida de princesa (¡cómo no!) con un bolsito lleno de caramelos.

Estábamos en el arsenal, en la fiesta familiar anual que daban en Halloween y que dentro de unas horas se convertiría en la fiesta anual de Halloween «para adultos» (tenía la sensación de que los disfraces serían mucho más ligeros). Por ahora, sin embargo, estábamos rodeados por una multitud de niños adorables que iban enloqueciendo poco a poco mientras se atiborraban de dulces.

—Soy una princesa motera —señaló Izzy con orgullo—. Igual que la de mi pared. Papi me ayudó a pintarla.

—Muy bien, aquí tienes, princesa —dijo Duck, antes de sacar un dólar del bolsillo y dárselo.

Izzy me miró y se encogió de hombros.

—Al tío Duck se le ha olvidado comprar caramelos.

 **335**

—Bueno, tampoco es que haya mucha escasez de dulces —comenté con tono seco, mirando alrededor del patio.

El aire era fresco, pero hacía una de esas tardes perfectas de octubre; soleadas y con el olor de la caída de las hojas impregnando el ambiente. Varias filas de mesas estaban llenas de comida y ya habían encendido una hoguera. No pude evitar notar que había un número desproporcionado de pequeños moteros con sus propios chalecos del club. Painter se acercó por detrás, me rodeó la cintura con un brazo y me dio un beso en la nuca.

—¿Estás intentando ligarte a mi chica? —preguntó a Duck.

El hombre mayor se encogió de hombros.

—Tal vez —replicó—. Aunque todavía no he decidido cuál. Mel es guapa, pero esta pequeña princesa tuya seguramente lo será todavía más cuando crezca.

—Si me esperas, me casaré contigo —dijo Izzy muy seria—. Pero solo si me dejas llevar mis unicornios a tu casa. Y esta semana van a operarme, así que también tienes que traerme helado. Mi papá ha dicho que puedo tomar todos los que quiera.

Duck me miró. «Amígdalas», articulé con los labios. Fingió considerar su petición y después asintió.

—Trato hecho —dijo, ofreciéndole la mano para darse un apretón—. Ahora mismo voy a ponerme manos a la obra para construir un establo para tus unicornios.

—¡Melanie! —gritó London. Alcé la vista y la encontré haciéndome gestos con la mano desde la zona de mesas. Estaba como pez en el agua, supervisando a todo el mundo mientras preparaba la comida—. ¿Puedes echarme una mano? Necesito que alguien corte las tartas.

—Claro —respondí, también con un grito. Después miré a Izzy—. Echa un vistazo a papá por mí, ¿de acuerdo? Encárgate de que se porte bien.

Painter me dio un ligero mordisco en la nuca. Le di un manotazo y fui hacia London, que me pasó un cuchillo.

—¿Esto es para las tartas o para Painter?

—Todavía no le he perdonado. Creo que podría servir para ambas cosas —dijo, guiñándome un ojo—. Corta cada una en ocho trozos, menos las grandes de Costco. De esas podemos sacar doce porciones.

Empecé con las tartas normales y me di cuenta de que una de ellas era de arándanos. ¿Quién la habría traído? Necesitaba hacerme amiga de esa persona lo antes posible.

—¿Puedes pasarme ese paño? —preguntó alguien. Alcé la vista y me encontré con una chica con la piel un poco más morena que la mía y de cabello negro y lleno de bucles—. Quiero limpiar esta cacerola.

—Sí, toma —dije con una sonrisa—. Soy Melanie. ¿Y tú cómo te llamas?

—Deanna. Soy nueva, acabo de mudarme.

—Oh —repliqué. Me preguntaba si estaría con alguien del club.

—Mel, ¿me ayudas a traer las bandejas de verduras? —preguntó Loni.

Me despedí de Deanna y seguí a Loni por la puerta trasera hasta la cocina, donde fue directa hacia uno de los frigoríficos. Sacó tres grandes bandejas llenas de verduras, me las pasó y luego se hizo con una caja de cartón de la encimera que llenó con paquetes de pan para perritos calientes.

—Tenemos palos para que los niños puedan asar los perritos por su cuenta —explicó.

—Son demasiados perritos solo para los niños.

Se rio.

—Sí, en cuanto los críos empiecen los mayores se les unirán. Normalmente odio los perritos, pero hasta yo disfruto asando alguno en el fuego de vez en cuando.

—¿Quién es Deanna? —pregunté—. La acabo de conocer fuera, nunca la había visto por aquí.

—Es una nueva zorra del club —dijo sin rodeos—. Parece bastante simpática. Reese dice que apareció hace unas semanas. Duck le ha dejado un lugar para vivir.

Alcé ambas cejas.

—¿Duck y ella?

Asintió.

—Por lo visto.

—Vaya, ¡bien por Duck!

***

Una hora más tarde, Izzy se subió a mi regazo y empezó a bostezar. El sueño empezaba a apoderarse de ella.

—¿Lista para llevarla a casa? —preguntó Painter.

Hice un gesto de asentimiento.

—Creo que sí. Ha sido un día muy largo. ¿Te quedas en la fiesta?
—No dejaba de llegar más gente; a algunos los conocía, a muchos no. Entre ellos demasiadas chicas con disfraces del tamaño de un sello.
—No, me voy a casa con vosotras —respondió.
Sonreí. «Melanie: 1. Fulanas de Halloween: 0.»
—¡Joder! —gritó alguien. Alcé la vista para a ver a un grupo de hombres reunidos alrededor de algo cerca de la hoguera—. ¡Llamad a emergencias!

Painter y yo intercambiamos una mirada y le pasé inmediatamente a Izzy. La pequeña protestó soltando un chillido, pero no le hice caso, corrí hacia el fuego e intenté abrirme paso a empujones entre la multitud que se agolpaba.

Duck estaba en el suelo con los ojos cerrados.
—¿Qué ha pasado? —inquirí con brusquedad.

Me arrodillé a su lado y le tomé el pulso. Nada. Y tampoco respiraba.
—Dijo que le dolía el pecho —explicó Reese—. Le sentamos en una silla y se desplomó.
—Reese, llama a emergencias —ordené. Todos se quedaron parados. Me di cuenta de que no estaban acostumbrados a que una mujer se dirigiera en esos términos a su presidente. Coloqué a Duck sobre su espalda y grité—: Soy enfermera y trabajo en urgencias, lo que significa que ahora mismo estoy a cargo de la situación. Llamad a emergencias y que alguien me traiga a Painter. Necesito mi llavero. ¿Tenéis un desfibrilador?
—No —dijo Horse—. Nunca nos ha ocurrido nada parecido.

Por supuesto que no.

Me elevé un poco y palpé con los dedos el pecho de Duck hasta encontrar la parte inferior del esternón. Justo encima de ese punto coloqué el centro del talón de la palma izquierda, después puse la palma derecha encima y empujé hacia abajo con todo mi peso.

Oí un fuerte sonido proveniente de su esternón y en cuanto comencé con las compresiones sentí el crujido de sus costillas. Una. Dos. Tres... Así hasta llegar a treinta y a un ritmo rápido.
—¿Dónde está mi llavero? —grité, mirando alrededor.

Painter cayó a mi lado y me lo dio. Tomé la pequeña bolsa que siempre llevaba atada a él, saqué una pequeña mascarilla de reanimación y la puse sobre la boca de Duck para protegerme de cualquier enfermedad que pudiera tener. Entonces insuflé dos profundas respiraciones, pendiente de si su pecho bajaba y subía.

Hora de empezar con otra tanda de compresiones. Miré a Painter.

—Vas a tener que ayudarme —le dije—. Haré treinta compresiones y entonces tú le darás dos respiraciones. Observa cómo lo hago la próxima vez y haz exactamente lo mismo. Después de cinco tandas, intercambiaremos los puestos. De lo contrario nunca lo lograremos.

Asintió con la cabeza.

Uno. Dos. Tres. Cuatro...

Podía sentir el cansancio. Lo que no me sorprendió en absoluto, la reanimación cardiopulmonar no resultaba tan fácil como nos hacían ver en la televisión y si querías que las compresiones funcionaran tenías que apretar con fuerza. Los órganos de Duck necesitaban oxígeno y cada minuto que pasaba más músculo cardíaco se perdía.

Cuando Painter me relevó, me dolían los brazos y la espalda. Volví a tomarle el pulso. Todavía nada.

—¿Viene ya la ambulancia?

—Sí —dijo Reese—. Pero tardará otros diez minutos por lo menos.

Joder. Aquel viejo tonto había decidido que le diera un infarto en medio de la nada. De pronto Duck vomitó. Me eché hacia atrás y sujeté el brazo de Painter.

—Tenemos que darle la vuelta, si no se ahogará con su propio vómito.

Puse a Duck de costado y dejé que el asqueroso líquido mezclado con trozos de perrito caliente saliera de su boca. Después volví a colocarlo de espaldas. Todavía no estaba a salvo.

—Muy bien. Puedes volver a empezar.

A continuación solo recuerdo una neblina de interminables tandas de comprensiones, respiraciones y comprobaciones de pulso. Intercambiamos puestos una y otra vez hasta que tomé su pulso por enésima vez y...

—¡Detente! —grité—. Percibo algo...

Painter se dejó caer sobre el suelo, jadeando mientras yo intentaba escuchar el aliento de Duck. Ahí estaba. Me senté, exhausta pero con una intensa sensación de triunfo.

—Está vivo —dije, un tanto mareada por el alivio.

—Por aquí —gritó la voz de un hombre.

Reese abrió paso para que los técnicos de emergencia llegaran hasta nosotros con su equipo.

—Soy enfermera —dije—. Ha estado en parada unos...

Maldición. No tenía ni idea de cuánto tiempo había pasado.

—Veinte minutos —intervino Reese con voz sombría.

—¿Tiene antecedentes de ataques al corazón? —preguntó el técnico.

—Ni idea —respondió Reese—. Últimamente ha ido mucho al médico, pero no le ha dicho a nadie por qué.

Sentí que alguien me agarraba del brazo, apartándome del cuerpo de Duck. Painter.

—Buen trabajo —dijo en voz baja.

Asentí. Tenía razón, lo habíamos hecho muy bien. Me rodeó la cintura con un brazo y me llevó hacia la hierba, donde me tumbé, tapándome los ojos con un brazo. Se recostó a mi lado. En ese momento Izzy vino corriendo y se metió entre ambos.

—¿Está muerto el tío Duck? —Se notaba que estaba aterrada. La acurruqué contra mí.

—No, cariño. Pero su corazón está enfermo. Se lo van a llevar al hospital para ver si se lo pueden curar.

—¿Qué posibilidades tiene? —preguntó Painter.

Me quedé pensando.

—Depende —admití después de un rato—. No sé lo fuerte que ha sido el ataque y ni siquiera por qué lo ha tenido. Si lo llevan al hospital a tiempo (y deberían hacerlo) le meterán un catéter desde la ingle y le echaran un vistazo. Si encuentran alguna obstrucción se la limpiarán y le pondrán un *stent*. Es un procedimiento ordinario, podría volver a casa mañana mismo. Todo eso en el mejor de los casos. Aunque le va a doler bastante. Lo más probable es que le haya roto varias costillas.

—¿Siempre es así? —pregunté.

—¿Así cómo?

—Tan... violento.

Me eché a reír.

—¿La reanimación cardiopulmonar? Sí. No es algo que hagas por gusto.

—Estoy cansada —anunció Izzy.

Ambas lo estábamos.

—Casi todo el club va a ir al hospital —explicó Painter—. Pero creo que nosotros deberíamos marcharnos a casa. Estoy reventado.

—Me parece estupendo. En cuanto lleguemos haré unas llamadas por si necesitan que les proporcione algo de información. ¿Podrías dejar la moto aquí y conducir por mí?

—Sí. —Se apoyó sobre un codo y me miró—. Todos van a querer agradecértelo. Eres toda una heroína, Mel.

Esbocé una débil sonrisa y negué con la cabeza.

—No, solo soy enfermera. Pero esta noche piensa en la próxima vez que tengamos una pelea, porque conozco cien formas diferentes de matarme mientras duermes, reanimarte y volver a dejarte fuera de combate.

Abrió los ojos como platos. Izzy rio y se puso a aplaudir.

Sin duda era la mejor hija del mundo.

***

Tres días después.

Painter

—¿Qué coño estás haciendo aquí? —pregunté.

Acababa de aparcar en el arsenal para asistir a una misa de urgencia cuando me encontré con Duck. Le había visto el día posterior a su ataque al corazón, así que sabía que se estaba recuperando, pero me asombró verlo tan pronto por allí.

—Tenemos misa —respondió él con el ceño fruncido mientras caminaba con torpeza hacia el edificio—. Siempre vengo a las reuniones. Aunque tenga que conducir una puta lata para llegar.

—Mel dijo que no quería verte montando en moto durante un par de semanas —le recordé—. Nada de hacer esfuerzos, ¿recuerdas?

—Lo sé —gruñó Duck—. Y eso me está matando. Pero esa nueva chica que tengo me está cuidando muy bien. Aunque me sigue pareciendo un poco injusto que cuando me ayuda a bañarme y me enjabona con la esponja no pueda tener mi final feliz.

—No hace falta que te bañes, puedes darte una ducha —indiqué con tono razonable.

Duck sonrió.

—Pero eso ella no lo sabe. Venga, vamos dentro, Pic ha dicho que es importante. Mejor oír de su propia boca lo que tiene que decirnos.

***

—He recibido una llamada desde Hallies Falls —dijo Picnic mirando a todos los de la mesa—. Malas noticias. A Gage le han atacado esta mañana. Todavía no sabemos mucho, pero su dama se lo ha encontrado en el salón medio muerto, estaba deshecho y lleno de cortes. Ahora mismo le están operando de urgencia.

—¿Está relacionado con el club? —preguntó Ruger.

—Cord cree que sí —dijo Bolt. Él y Pic intercambiaron una mirada—. Se han llevado sus colores. Alguien quiere empezar una guerra.

Las palabras cayeron como losas sobre la mesa. No sabía el resto de asistentes, pero yo ya había empezado a hacer una lista mental de posibles sospechosos y no me salían muchos. ¿Quién era lo suficientemente fuerte en este momento como para desafiarnos tan abiertamente?

—¿Podría ser el cártel? —inquirió Horse.

—Probablemente —repuso Pic—. Las cosas se han vuelto a calentar en la frontera. Creo que deberíamos ir allí y ver cómo está el asunto con nuestros propios ojos. Rance ya va de camino. Le han llegado rumores por su parte y hay posibilidades de que esté relacionado con aquella mierda del sur de Vancouver. ¿Qué pensáis?

—Estoy contigo —opinó Ruger—. Podemos ir hasta allí, presentar nuestros respetos a Gage y aprovechar para hacer nuestras propias indagaciones. Todavía son una sección pequeña, tal vez duerman mejor esta noche si saben que cuentan con nuestro respaldo.

—¿Alguien en contra? —preguntó Pic. Nadie—. Muy bien entonces. Duck, tú te quedas aquí. Necesitamos un par de hombres que permanezcan en Coeur d'Alene para protegernos.

—Yo tengo que quedarme —anuncié—. Mañana operan a Izzy de amígdalas. En principio no tiene por qué producirse ninguna complicación, pero tienen que anestesiarla. Le prometí que estaría allí cuando despertara.

Esperé a que alguien protestara, que se metiera conmigo por no querer ir con ellos.

—Es comprensible —dijo Pic—. Dejaremos a los aspirantes a tu cargo. Pueden quedarse en la armería y asegurarse de que nadie intenta jodernos en nuestro propio territorio. Os quiero a todos en marcha en una hora. Si tenéis que ir a casa a recoger vuestras cosas, este es el momento. Vamos a dar por sentado que el asunto se puede torcer, así que id bien armados. Si alguien necesita un arma adicional o más munición que hable con Ruger.

Dicho esto dio un golpe en la mesa con el mazo y se puso de pie. Lo seguí afuera y le agarré del brazo.

—Siento no poder ir.

—No, es mejor que te quedes aquí —replicó—. No necesitamos a un hermano en la carretera que no esté centrado en lo que tiene que estar. Y aunque tampoco es bueno dejar a los aspirantes solos, quien más me preocupa es Duck. Le dije que no viniera a la misa, pero se ha presentado de todos modos. Está exigiéndose demasiado, detesta mostrar cualquier señal de debilidad. Los aspirantes y Deanna no tienen la más mínima oportunidad de mantenerlo a raya.

—Jesús, ¿y crees que yo sí? —Reprimí una carcajada—. Duck hace lo que le da la gana. Siempre lo ha hecho.

—Sí, y en dos semanas podrá volver a hacerlo —repuso Pic—. Pero el médico ha dicho que si no se lo toma con calma, podría reventar la arteria de su ingle derecha; aquella por la que le pasaron el catéter. Y una vez que empiezas a sangrar por ahí la hemorragia no se detiene hasta que estás muerto. Mel se esforzó mucho en salvar su feo trasero para que ahora lo perdamos por una tontería.

—Cierto, ¿y qué crees que puedo hacer para detenerlo? —dije, negando con la cabeza—. El muy cabrón se cargó a más hombres en Vietnam que los que hay en todo el club. No me va a hacer caso.

Pic resopló.

—Cada vez que nos cuenta sus batallas aumenta el número de hombres a los que mató en Vietnam —ironizó—. Si te toca mucho las pelotas, supongo que puedes pedirle a Mel que le ponga algún calmante. O átalo... No sé. Solo échale un ojo, ¿de acuerdo?

—Me estás encargando algo imposible. —Me había dado cuenta poco a poco. Picnic enarcó una ceja—. Vosotros lo único que tenéis que hacer es averiguar quién le ha hecho eso a Gage y pararle los pies. Yo tengo que controlar a Duck.

—Bueno, yo no he sido el que se ha presentado voluntario para quedarse en Coeur d'Alene —contempló con aires de suficiencia—. Que tengas buena suerte.

—¡Painter, mueve tu puto trasero de aquí ahora mismo! —gritó Duck desde el bar—. Vamos a hablar con los aspirantes y a asegurarnos de que entienden lo que se espera de ellos.

—¿Tenías pensando que me quedara aquí? —pregunté con un repentino destello de intuición—. ¿Por Mel?

Pic se encogió de hombros.

—Eso es algo que me reservo para mí. Y ahora, ya le has oído, mueve tu puto trasero. Duck te está esperando.

Dicho aquello, se despidió de mí tan contento.

Yo le saqué del dedo corazón a modo de respuesta. Que le dieran.

Capítulo 24

Melanie

—¿Quieres ver la televisión? —pregunté a Izzy acurrucándome con ella en mi cama. «Nuestra cama», mía y de Painter. Todavía me resultaba raro, incluso después de llevar más de un mes viviendo juntos.

—Sí —respondió Izzy con su vocecita.

La operación había ido bien y ahora estaba sorbiendo un helado como si su vida dependiera de ello. Ya se había comido dos, pero los niños son como los abogados y se había tomado la cláusula de «todos los que quieras» demasiado en serio. En algún momento tendríamos que restringírselos un poco, no quería que terminara con dolor de estómago. Alcancé el mando a distancia y encendí la pequeña televisión que tenía encima de la cómoda. Izzy suspiró de placer y yo le di un beso en la frente.

—Mira quién ha venido a verte —dijo Painter desde la puerta.

Detrás de él estaba Sherri con otra caja de helados. London le había traído otras cuantas y Painter, por supuesto, le había comprado cientos.

Por lo visto Isabella había conseguido que todos le prometieran lo mismo.

 345

—¿Cómo estás? —preguntó Sherri.

Izzy, hipnotizada con la televisión, levantó un pulgar hacia arriba. Sherri enarcó una ceja y me encogí de hombros. Se rio.

—Supongo que será mejor que meta esto en el congelador.

El teléfono de Painter sonó y se marchó a responder. Me acurruqué más cerca de mi hija y cerré los ojos un momento. La noche anterior no había dormido nada. Sabía perfectamente que una operación de las amígdalas no era nada grave, pero cuando se trataba de tu pequeña tendías a preocuparte más de lo necesario.

—¿Mel? ¿Puedes venir un segundo al salón? —preguntó Painter, asomando la cabeza por la puerta—. Tenemos que hablar.

Volví a dar un beso a Izzy y le seguí fuera.

—¿Qué sucede? —pregunté.

—Duck —dijo con tono serio—. Por lo visto está empeñado en ponerse a barrer hojas. Me ha llamado Deanna. Pic le dijo que me llamara si intentaba hacer cualquier cosa que no debía.

—¿Me estás tomando el pelo? Ha pasado muy poco tiempo desde su ataque. No solo tiene las costillas dañadas sino que la arteria de su ingle no puede soportar ese tipo de presión. Si se rompe, se desangrará en cuestión de minutos. No nos daría tiempo a salvarle.

—No me digas —dijo con sarcasmo. Después soltó un suspiro—. Voy para allá a echarle un vistazo. Ten siempre el teléfono a mano por si necesito ayuda médica.

—Por supuesto. ¿Sabes? Si es así de tonto, tal vez deberías dejar que hablara conmigo. He visto a gente desangrarse y no es nada agradable. El cuerpo humano tiene un montón de sangre y si empieza a salir de una arteria terminas convirtiéndote en un arroyo salvo que tengas mucha suerte. No puede tomarse esto a broma.

—¿Qué ocurre? —preguntó Sherri, saliendo de la cocina.

—Duck.

—¿Duck?

—Uno de los hermanos del club —aclaró Painter—. El que tuvo el ataque al corazón. Está empeñado en hacer de jardinero.

—¿En serio? —preguntó—. ¿Hace cuánto tuvo el ataque? ¿Tres días?

—Sí, lo sé —replicó Painter, levantando las manos en señal de rendición—. De acuerdo, voy para allá. Mantente pegada al teléfono.

—Llámame en cuanto le veas. Quiero asegurarme de que está bien.

—Lo haré.

Me dio un beso en la frente, tomó sus llaves y salió por la puerta, Segundos después oía cómo se ponía en marcha el motor de su moto.

—Es una locura —espetó Sherri—. Los hombres son tan estúpidos. Solo las costillas deberían bastar para hacer que se lo tomara con calma.

—Qué me vas a contar. Voy a ver cómo está Izzy.

Entré al dormitorio y me encontré a Isabella profundamente dormida en el centro de la cama. El helado de color azul se le había caído a un lado y se derretía sobre la sábana. Parecía un pitufo atropellado. Tomé varios pañuelos de papel, lo recogí lo mejor que pude y lo llevé a la cocina.

—Se ha quedado frita —le dije a Sherri—. ¿Te apetece una taza de café?

—¿Cuándo no? —respondió ella—. Y tenemos que hablar. Tengo un nuevo cotilleo, ¿recuerdas que se suponía que íbamos a tener un nuevo cardiólogo? Bueno, pues he oído que...

***

Una hora después resulta que sabía más del nuevo cardiólogo de lo que me hubiera gustado, incluso su grupo sanguíneo. Literalmente. Era O negativo —donante universal—, algo de lo que, según parecía, le gustaba vanagloriarse.

De lo que no tenía ni idea era de cómo se encontraba Duck. Painter tenía que haber tardado, como mucho, quince minutos en llegar a su casa.

—Voy a llamarle.

—¿Al cardiólogo? —preguntó Sherri—. Está bien, su número es...

—No. A Painter —indiqué con los ojos en blanco—. Aunque tú sí que deberías llamar al doctor Macizo. Está claro que te tiene obsesionada.

Me sacó el dedo corazón mientras alcanzaba el teléfono móvil; gesto que le devolví por costumbre. Marqué el número de Painter y esperé a que respondiera.

Nada.

¡Qué raro!

Colgué y le mandé un mensaje para que me dijera si había pasado algo. Después volví a echar un vistazo a Izzy, que seguía dormida. Para cuando regresé a la cocina, Sherri estaba buscando algo de comer en el frigorífico y me di cuenta de lo tarde que se estaba haciendo, eran casi las siete.

—Tengo un mal presentimiento —le dije—. Painter debería haberme llamado ya. Me prometió que me diría cómo estaba Duck. Me preocupa que haya podido pasarle algo.

Sherri asintió despacio.

—Si es tan tonto como para ponerse a recoger hojas secas, es posible —admitió—. ¿Quieres ir hasta allí a ver qué pasa?

Volví a mirar el teléfono, pero entonces pensé en mi hija.

—No quiero dejar sola a Izzy, aunque estoy preocupada.

—Deberías ir a ver a ese Chuck.

—Duck.

—Lo que sea. Deberías ir a verle. Yo me encargo de Izzy.

—No debería dejarla, la han operado esta misma mañana.

—¿Recuerdas que soy enfermera y que también trabajo en urgencias? —dijo Sherri—. Y no solo eso, llevo conociéndola la mitad de su vida. Está tan segura conmigo como contigo. Tal vez más, porque yo estoy más distanciada emocionalmente. Si se asusta, me acurrucaré con ella. Si se produce cualquier complicación, me haré cargo. Lo más seguro es que ni siquiera se despierte mientras estás fuera.

Volví a llamar a Painter.

De nuevo nada.

—Sí, creo que iré —decidí finalmente—. Painter ya debería haberme llamado.

—Fuera —me dijo, agitando la mano—. Largo de aquí. Sal pitando. Lo tengo todo controlado.

***

Duck vivía de camino a Rathdrum, en una antigua casa que había visto días mejores. Disponía de unas ocho hectáreas, en su mayoría campo. Conseguí su dirección gracias a London, que me dijo que la llamara en cuanto supiera algo.

Como esa mañana había llovido (¡qué suerte la mía!) el camino de entrada era un auténtico lodazal. Painter había aparcado la moto cerca de la puerta de entrada, al lado de la vieja y oxidada Chevy que Duck conducía cuando no podía ir en moto. Mirando todo el barro que había, decidí hacer lo mismo y me detuve en el mismo lugar.

Cuando salí, mis descoloridas Converse se hundieron en la tierra mojada. Puaj. Painter me las iba a pagar.

Igual que Duck.

La casa estaba lo suficientemente lejos de la puerta de entrada como para tardar diez minutos en llegar allí, incluyendo el tiempo que perdí al resbalar y caer sobre el trasero, intentar levantarme y volver a caer, esta vez de cara. Miré el teléfono, seguía sin saber nada. Como cuando llegara allí me encontrara a Painter y a Duck sentados en el porche, tomando una cerveza, no iban a tener que volver a preocuparse por si moría desangrado.

Lo mataría yo misma con mis propias manos.

Por fin divisé la casa. Cuando estaba a unos seis metros de ella, oí unos gritos.

—Cuando llegue el momento de matarle, ¡quiero ser yo! —chilló una voz de mujer.

¿Pero qué...?

¿Esa era Deanna?

La voz de un hombre que no reconocí respondió desde la parte posterior de la casa, aunque no entendí lo que dijo. Mierda. Saqué el teléfono y mandé un mensaje a London a toda prisa.

> Yo: Algo pasa en casa de Duck. Todavía no sé exactamente qué, pero deberías llamar a Reese.

Puse el teléfono en modo silencio y me lo metí en el bolsillo. Después empecé a rodear la casa hacia la parte posterior. No tardé mucho en encontrar una ventana. Gracias a Dios estaba entreabierta. Me tumbé en el suelo y me arrastré por la tierra mojada. A continuación levanté muy despacio la cabeza para echar un vistazo.

Oh, joder.

Aquello era malo. Muy malo. Tan malo como mearse en los pantalones. Painter estaba sentado en el centro de la cocina de Duck en una silla de madera, con las manos esposadas a la espalda y las piernas atadas a las patas de la silla. También le habían metido en la boca un pañuelo andrajoso a modo de mordaza. A unos metros de él estaba Duck, tirado en el suelo, con los ojos cerrados y un enorme cardenal en la cara. Y lo que era aún peor, una mancha oscura cerca de la ingle.

Sangre u orina.

Tenía la sensación de que era sangre, aunque no la suficiente como para desangrarse. Todavía. Aunque aquello podía cambiar en cualquier momento. Volví a mirar a Painter. Esta vez sus ojos se encontraron con los míos. En cuanto me vio, sacudió rápidamente la cabeza y alzó la barbilla hacia mí. El mensaje no podía ser más claro. Quería que me marchara de allí. Me llevé la mano a la oreja, fingiendo tener un teléfono para hacerle saber que había llamado para pedir ayuda. Volví a tumbarme en el suelo y le mandé otro mensaje a London, con copia para Reese.

> Yo: A Painter lo tienen atado en casa de Duck. Estoy viéndolo desde fuera. Duck está en el suelo. Enviad ayuda YA.

De pronto la puerta de la cocina se abrió de golpe y por ella entró un hombre enorme a quien no reconocí, seguido de Deanna. Una Deanna que ahora parecía distinta... más dura. Andaba con más fanfarronería y llevaba un arma en la mano. Cuando llegó a la altura de Duck, le propinó una patada en los testículos.

Contemplé la mancha conteniendo la respiración, esperando que se hiciera más grande. ¿Cuánto daño podría soportar la artería?

—Llevo un montón de tiempo queriendo hacer esto —dijo ella.

El hombre enorme se acercó y tiró de ella para abrazarla.

—Lo siento, Talía —dijo—. Sé que no ha sido fácil, pequeña.

—Dios, le olía tan mal el aliento por las mañanas, Marsh —se quejó ella poniendo una voz que me recordó a la de una niña pequeña haciendo pucheros—. Te juro que me resultaba más fácil hacerle una mamada que besarle.

—Ya ha terminado todo —repuso él. Le dio otro abrazo y la soltó. Después se dirigió hacia Painter. Nada más ponerse frente a él le propinó una bofetada con tanta fuerza que la silla se tambaleó—. Me jodiste a base de bien, «Levi». Por tu culpa he pasado cinco putos años sentado en una celda. Ya he matado a tu amigo y ahora voy a hacer lo mismo contigo. No tienes ni idea de lo mucho que disfruté cortándole. Ahora me lo voy a pasar en grande contigo.

Dicho aquello, sacó una navaja del bolsillo y la abrió. A continuación empezó a cortar lentamente a Painter en la frente, a lo largo del nacimiento del cabello. La sangre empezó a manar, cayéndole por la cara.

«¡Joder, joder, joder!» De ninguna manera iba a quedarme de brazos cruzados, observando cómo le mataban.

—Creo que voy a empezar arrancándote la cabellera.

Deanna soltó un gruñido de aprobación y yo volví a tirarme al suelo, preguntándome qué narices podía hacer. Sabía que Reese enviaría ayuda, ¿pero cuánto tardarían en llegar? La mayoría de los hombres se habían marchado de la ciudad durante unos días. ¿Debería quizá llamar a la policía?

No. A Painter no le gustaba la poli. Pero estaba a punto de morir. Además, aunque llamara a los agentes de la ley, ¿cuánto tardarían en llegar y salvarlo? Si en ese momento dispusiera de algún tipo de arma... «Como la que tiene escondida en la moto.» ¿Podría salvarlos a él y a Duck con ella? No lo tenía muy claro pero sí que sabía una cosa; no los salvaría si no hacía nada.

Gateé por el lateral de la casa, resbalándome cada pocos metros, y en cuanto estuve a una distancia segura me puse a correr en dirección a la puerta de entrada, donde estaban nuestros vehículos. Tenía el calzado lleno de barro y me caí un par de veces, pero no me importó. El tiempo transcurría demasiado rápido y no tenía ni idea de si a esas alturas estaría muerto. Después de lo que me pareció un año, conseguí llegar a la moto. Me detuve frente a ella con un patinazo. Al principio no conseguí encontrar el pestillo porque tenía los dedos entumecidos por el frío y llenos de barro. Entonces sentí cómo se abría y agarré el arma. Con manos temblorosas quité el seguro. Menos mal que había ido a clases de defensa personal después del ataque de Todger.

«Puedes hacerlo», me dije.

Me hice también con el cargador extra y regresé a la casa, rezando para que no fuera demasiado tarde. A esas alturas estaba cubierta de barro de la cabeza a los pies y había perdido una de las Converse. Me dio igual, lo único que importaba era llegar a tiempo.

Salvarlos.

¿Pero cómo?

Cuando llegué a la casa me obligué a disminuir la velocidad y me arrastré hasta la ventana sin hacer ningún ruido. No fue fácil. La adrenalina hacía que el corazón me fuera a mil por hora y tenía los pulmones a punto de estallar. Cada respiración parecía más fuerte que la anterior. Intenté calmarme. Centrarme.

«Imagina que estás en urgencias, en medio de un código. Tienes que estar tranquila. Eres una profesional. Nada puede afectarte.»

Funcionó.

Me asomé lentamente por la ventana. Oh, Dios mío. Painter tenía la cara llena de sangre. «Las heridas en la cabeza sangran un montón, ¡no tengas un ataque de pánico!» Marsh estaba sobre él, estirándose como lo haría un hombre después de un duro día de trabajo. A continuación miró a Deanna.

—¿Quieres hacer el siguiente? —preguntó.

Ella se encogió de hombros. Intenté leer su expresión. Parecía más aburrida que otra cosa.

—Creo que deberías dispararle y punto —dijo. Sacó la pistola—. Sé que te gusta jugar con ellos pero no tenemos tanto tiempo. Tarde o temprano su putita le echará de menos. Tenemos que salir de aquí cuanto antes, nos están esperando en la frontera.

—Cinco años, Talía. Llevo cinco años esperando este momento. Deja que me entretenga un poco con él, ¿de acuerdo?

—Lo que quieras. —Hizo un mohín—. ¿Te apetece una cerveza?

—No —respondió antes de volverse hacia Painter—. Lo que quiero es cortarle la cara.

Apreté el arma con fuerza. ¿Debería dispararle? Pero ellos eran dos y Deanna —no, Talía—, también tenía un arma. ¿Si me enfrentaba a ellos, haría más mal que bien?

Cuando Talía se dirigió al frigorífico percibí un movimiento cerca de su pie.

Duck.

Ahora tenía los ojos abiertos y se arrastraba hacia ella. Contuve el aliento y contemplé cómo, con la misma rapidez que una serpiente, la agarraba por el tobillo y la tiraba al suelo. El arma también cayó y Duck se hizo rápidamente con ella. Después la levantó suavemente y disparó.

El sonido del disparo reverberó en toda la estancia y cuando quise darme cuenta Marsh había caído.

Y cuando digo caído me refiero a que le faltaba la mitad superior del cráneo.

Talía gritó, se incorporó y fue directa a por Duck. Empezó a darle patadas mientras luchaba por quitarle el arma. Observé horrorizada cómo la mancha de sus pantalones se hacía cada vez más grande.

Y demasiado rápido.

La sangre manaba de su pierna encharcando el suelo. Sangre roja, brillante, que salía directamente de la arteria. Ni siquiera se dio cuenta de que se estaba desangrando porque siguió luchando hasta que se

desplomó en el suelo, como un barco en medio de un mar rojo. Talía le arrancó el arma y la alzó con aire triunfal antes de dispararle en el pecho. Después se volvió hacia Painter, dispuesta a volver a apretar el gatillo.

Pero yo fui más rápida y disparé la mía.

La primera bala atravesó la ventana en medio de una explosión de cristales y le dio en el hombro. La segunda se desvió y la tercera impactó en su pierna. La cuarta perforó el suelo, a unos diez centímetros del pie de Painter. Ahí casi dejé caer el arma, horrorizada por lo fácil que hubiera sido matarle accidentalmente.

Talía estaba gritando y gimiendo, rodando sobre el suelo. Salí disparada por la parte posterior de la casa hasta la puerta, rezando porque no estuviera cerrada con llave. Gracias a Dios no lo estaba; ya era hora de que la suerte me sonriera un poco. Corrí hacia la cocina y me abalancé sobre Talía, golpeándole la cabeza contra en suelo con la misma fuerza que Todger hizo conmigo.

Se quedó callada.

Me puse de pie con cautela y busqué la pistola de Talía, que había caído al suelo cuando la disparé, deslizándose hasta llegar a la estufa. Fui a por ella y la lancé por la destrozada ventana en dirección al barro. A continuación me dirigí a Painter y le quité la mordaza.

—¿Estás bien? —jadeé, estudiando la herida de navaja que tenía en la cara. Afortunadamente no parecía nada grave.

—Sí, es solo un corte —respondió—. Has estado increíble, Mel.

—Tengo que soltarte, ¿sabes dónde están las llaves de las esposas?

—Átala primero a ella —dijo—. Podría tener otra arma. Después ve a ver qué tal está Duck.

Duck estaba muerto y bien muerto, no necesitaba verlo para saberlo. Había perdido cualquier oportunidad de salir con vida de allí en el momento en que se le rompió la arteria, pensé con frialdad profesional. Ya tendría tiempo más tarde de dejarme llevar por las emociones, ahora tenía trabajo que hacer.

—Duck ha muerto —declaré sin rodeos—. Se ha desangrado. Nadie sobrevive a una pérdida de sangre como esa. ¿Con qué la ato?

—Seguro que hay algún trozo de cuerda debajo del fregadero. Duck siempre guarda cosas de esas ahí.

Rodeé el charco de sangre de Duck, no sin antes arrodillarme durante un segundo para comprobarle el pulso, más por inercia que por otra cosa, pues sabía que era inútil. Nada. Y atravesé la cocina hasta llegar al fregadero.

Respiré hondo. Tenía que deshacerme de cualquier sentimentalismo y fingir que era un paciente más de urgencias de los que perdíamos a diario (si me hubiera desmoronado cada vez que aquello sucedía no hubiera terminado ningún turno).

Debajo de la pila había una lona, algo de cuerda, una gran caja con bolsas de basura negra, cinta adhesiva y una sierra. Parpadeé. «No lo pienses. Ahora no pienses en nada. Solo agarra la cuerda y átala.» Me hice con lo que necesitaba y fui hacia el cuerpo todavía inmóvil de Talía. Primero le até las manos, después las piernas y luego comprobé su pulso.

Débil, pero ahí estaba.

Le desgarré la camiseta y examiné la herida de bala del hombro. A continuación busqué algo para taponarla. Una toalla, un cojín... Cualquier cosa.

—Puede salir de esta —informé con voz tensa—, pero tenemos que llevarla al hospital lo antes posible. Va a ser difícil que la ambulancia llegue hasta aquí, aunque...

—No —sentenció Painter. Me detuve y me volví hacia él. Tenía la cara cubierta de sangre y su mirada era letal, como la de un monstruo en una película de miedo—. Mira lo que le ha hecho a Duck.

Seguí su mirada, en dirección al cadáver del motero mayor.

—Piénsalo —continuó—. No tenía suficiente con matarlo. Primero se lo tiró y lo usó para atraerme hasta él. Ya los viste, tenían pensando torturarme y admitieron haber hecho lo mismo con Gage. Si llamamos a la ambulancia tendremos que explicarles todo lo que ha pasado y no sé cómo terminará esto.

Volví a mirar a Talía. La herida seguía sangrando. Si no hacía algo pronto, moriría.

¿Podía quedarme de brazos cruzados mientras perdía la vida?

Duck se había sacrificado para salvarnos. Esa mujer quería disparar a Painter, le había «aburrido» su sufrimiento. Cerré los ojos e intenté pensar. Imaginarme qué debería hacer...

—Si sobrevive, volverá a por nosotros —señaló Painter con suavidad—. Y puede que a por Izzy.

No, en eso se equivocaba. No podía hacer daño a una niña inocente, ¿verdad?

Tal vez sí.

Me puse de pie lentamente y me alejé de ella.

—¿Sabes dónde están las llaves de las esposas? —Tragué saliva—. Ahora deberíamos soltarte.

—Seguramente en el bolsillo de Marsh —respondió con un gesto de dolor—. Vas a tener que ir a por ellas.

Pasé por encima del cadáver de aquel hombre enorme, me agaché y metí la mano en sus *jeans*. Olía a hierro y a carne, con un cierto tufillo a heces. Dios, ¿cuántas veces había olido ese hedor en urgencias?

Demasiadas.

Encontré un juego de llaves y las saqué.

—¿Podrían ser estas pequeñas de aquí?

—Sí, tienen pinta de ser esas —gruñó Painter. Gateé hasta él y segundos después le había quitado las esposas. Busqué alrededor, encontré la navaja de Marsh y se la pasé. Cortó las cuerdas que le ataban las piernas y por fin estuvo libre.

—Joder —masculló mientras se ponía de pie lentamente—. Anda, ven aquí.

Me sumergí en sus brazos, cubierta de sangre y barro. El torrente de adrenalina empezó a disminuir. Qué desastre. Qué enorme y repugnante desastre. Y no tenía la menor idea de lo que se suponía que teníamos que hacer ahora. Painter me acarició la espalda, tranquilizándome.

—Ya pasó todo. Lo has hecho muy bien —susurró—. Lo superaremos. Tengo que llamar al club.

—Ya lo he hecho —indiqué—. Bueno, más bien les he mandado un mensaje. A London y a Reese.

—Entonces ya habrán enviado a alguien. Salgamos fuera y esperemos. Todo va a salir bien, te lo prometo.

Poco a poco, atravesamos la casa y salimos al porche. Menos de cinco minutos después, vimos cómo un Jeep Wrangler salía de la carretera principal y empezaba a bajar por el largo de camino de entrada hacia nosotros.

—Es uno de los vehículos de Reese —dijo Painter—. Son ellos.

El Wrangler se detuvo frente a la casa y de él salieron los dos aspirantes de los Reapers portando sendas armas. Justo detrás de ellos apareció London. No la versión que conocía de ella, sino la de una mujer a la que nunca querrías tener como enemiga.

—¿Qué ha pasado? —preguntó con voz entrecortada.

—Duck está muerto —explicó Painter, sonando tan exhausto como me sentía yo—. Al igual que Marsh. Era el presidente en Hallies Falls y es

el que atacó a Gage. Es una historia muy larga. Su hermana, Talía, está dentro. No sé si está muerta o no. La zorra nos ha dicho que se llamaba Deanna; todo era un montaje. No la reconocí porque con toda esa piel oscura y el pelo rizado parecía una chica de color. No sé cómo coño lo ha hecho, pero era un disfraz cojonudo, hace cinco años era blanca y bien blanca.

—Voy a echarle un vistazo —dijo uno de los aspirantes. Intenté recordar su nombre, pero me había quedado en blanco.

Estaba aturdida, en estado de *shock*.

—Mellie, ¿estás herida? —preguntó Loni, acercándose a nosotros. Su voz ahora era más suave, más dulce.

Negué con la cabeza. Menos mal que tenía a Painter sosteniéndome.

—No, estoy bien. Pero creo que ahora soy una asesina. O tal vez no. Sea lo que sea, necesito una ducha.

Loni y Painter intercambiaron una mirada. Volvió a llamarme la atención la dureza en la expresión de London. La mujer que me había acogido como a una hija tenía una faceta que no había conocido hasta ahora. Mirándola en ese momento me di cuenta de podía ser tan dura como el que más.

—Boonie viene de camino —dijo London en voz baja—. Reese y los otros también. Nos encargaremos de esto. Painter, ¿puedes acompañarla hasta la puerta de entrada y llevarla a nuestra casa? Allí podréis limpiaros y luego volver a casa con vuestra hija.

—Puedo quedarme para echaros una mano con todo este lío.

London hizo un gesto de negación.

—No, ahora mismo Mellie e Izzy te necesitan más. Voy a contarle a Reese todo lo que ha pasado, seguro que querrá hablar contigo en cuanto vuelva. Quitaos toda esa suciedad. No os preocupéis por esto. Todo va a salir bien, os lo prometo.

Dios, ojalá tuviera razón.

***

Painter

Enterramos a Duck esa misma noche.

Lo quemamos, para ser más exactos. Reese y Boonie estuvieron discutiéndolo y al final decidieron que los cuerpos tenían que desaparecer

junto con cualquier prueba que nos incriminara. Dadas las circunstancias, era imposible que obtuviéramos un certificado de defunción para nuestro hermano y mucho menos enterrarlo en un cementerio.

Llevamos los tres cadáveres al bosque y los quemamos. Los enterramos en tumbas separadas. Talía y Marsh compartieron una tumba sin marcar y en la de Duck colocamos una gran roca a su lado, no sin antes derramar una buena cantidad de *whisky*.

Después llevamos sus colores a la sede del club y los colgamos en la pared de la capilla.

Supusimos que lo entendería.

Epílogo

Dos años y medio después.

Melanie

Elevé los brazos, intentando estirar la espalda. No me quedaba ninguna duda de que este embarazo me había pillado mayor; con el de Isabella no me habían crujido zonas que ahora sí lo hacían. Y no solo eso, tenía la mitad de energía que en el primero.

«Solo dos semanas más y tendrás tu cuerpo de vuelta.»

Sí, excepto por las tomas en mitad de la noche, la falta de sueño y una cantidad ingente de caca que limpiar. Agarré la tableta, fui al salón y me senté en el sofá. Izzy estaba con Reese y London, y Painter estaba pintando el mural de la habitación del bebé. Era un niño. Estaba convencida de que Painter ya le tenía preparado un diminuto chaleco de los Reapers. Hasta le había comprado una moto de juguete, y eso que le dije que todavía pasaría un año hasta que pudiera usarla, pero le dio igual. Estaba obsesionado. En serio. Incluso le había pillado leyendo *Qué esperar cuando estás esperando* y tomando notas.

Tuvimos una pequeña discusión después de aquello.

 359

Me senté y pinché en los titulares de las noticias locales. Habían abierto una nueva pizzería en Sherman Avenue. Se había aprobado el impuesto para seguridad ciudadana, pero la campaña para la recaudación de fondos para el espectáculo de pirotecnia del 4 de julio todavía no había alcanzado sus objetivos. Habían encontrado un vehículo en el lago con restos humanos dentro; estaban tratando de identificarlo, pero la policía no sospechaba que se tratara de ningún asesinato. Y el departamento de policía de Post Falls tenía un nuevo perro policía cuyo nombre era *Peaches*.

El bebé empezó a darme patadas, así que dejé la tableta y me acaricié el vientre despacio, admirando el diamante de mi anillo de casada. No había querido nada extraordinario, pero Painter insistió en que me merecía algo auténtico.

Ahora que su hijo estaba destrozándome los riñones no me quedaba más remedio que estar de acuerdo.

—¿Qué tal por ahí adentro? —pregunté al bebé—. ¿Ya empiezas a estar listo para salir y conocernos?

Me dio una patada más fuerte que las anteriores. Se notaba que iba a ser un niño persistente. Me puse de costado y cerré los ojos.

¿Por qué no disfrutar de una siesta... mientras pudiera?

***

Me despertó el timbre de la puerta.

Parpadeé mientras oía los pasos de Painter acercándose a la entrada para abrir.

—¿En qué puedo ayudarle? —preguntó con un tono un poco desafiante.

Volví a parpadear y me incorporé... justo para encontrarme a un policía en el umbral de mi puerta. Aquello fue más que suficiente para despertarme del todo. A mi mente acudió la imagen del cadáver de Duck junto con el cuerpo de Talía desangrándose hasta morir en el suelo de la cocina.

—Soy el agente Sam Grebil —informó—. Estoy buscando a Melanie Tucker.

—Soy su marido. —Painter seguía con actitud hostil—. ¿Por qué quiere verla?

—Solo puedo hablar con la señora Tucker —repuso el agente, observándome.

Mi enorme barriga y yo conseguimos sentarnos a duras penas.

—Soy Melanie —conseguí decir—. Ahora Melanie Brooks.

—¿Puedo entrar?

—¿De qué se trata?

El hombre soltó un suspiro.

—Señora Brooks, creo que tengo noticias sobre su madre.

Aquello consiguió captar mi atención al instante. Hacía casi nueve años que nos abandonó a mí y a mi padre y no había sabido nada de ella desde entonces. Me levanté del sofá y luché por ponerme de pie.

—¿Perdone?

—Es sobre su madre. Ya he hablado con su padre, pero me ha dicho que ustedes dos no mantienen el contacto.

—Es un cabrón —dije sin rodeos—. Llevamos años sin hablarnos.

—A principios de esta semana, un buzo aficionado encontró un vehículo dentro del lago —comenzó Grebil—. En su interior encontramos los restos de una mujer en avanzado estado de descomposición. La licencia de conducir y la documentación hallada en el bolso eran de Nicole Tucker. Las ventanillas estaban cerradas y encontramos restos de bolsas de comida en el asiento trasero: envases de yogures... cosas de esas. Todavía estamos investigando el asunto, pero todo apunta a que se salió de la carretera y cayó al lago. La maleza de la zona es lo suficientemente espesa para que nadie notara que allí se había producido un accidente. ¿Interpusieron alguna denuncia por desaparición?

Negué lentamente con la cabeza, tratando de asimilar sus palabras.

—No, se marchó sin más... Quiero decir, mi padre y ella no se llevaban bien. Él a veces la pegaba. Hasta que un buen día se fue... Supusimos que nos había abandonado.

—Nos gustaría obtener una muestra de su ADN —dijo. Percibí la compasión con la que me miraba—. Así podremos identificarla de forma fehaciente. Hasta entonces no podremos constatar que es su madre, aunque tengamos su vehículo y documentación y el peso y altura de los restos sean los correctos. Señora Brooks, no creo que se marchara y les abandonara. Creo que murió en un accidente.

Me tambaleé. Painter me rodeó con un brazo al instante, ofreciéndome su fuerza.

—No me lo puedo creer —susurré—. Ella... se marchó.

Grebil se quedó mirándome con expresión cansada pero compasiva.

—Como le acabo de decir no lo sabremos con seguridad hasta que no tengamos las pruebas de ADN.

—¿No hay ninguna posibilidad de que mi padre le... hiciera daño, de algún modo y...?

—No, no tenemos ninguna prueba que avale esa teoría. Al menos, no todavía. Seguimos investigando, pero no parece haber ningún indicio de que sufriera ningún trauma. El forense que ha examinado los restos cree que probablemente murió ahogada.

—¿Puedo verla?

El agente tosió y me miró un tanto incómodo.

—Señora Brooks, los restos son apenas un esqueleto. No creo que sea una buena idea.

—Soy enfermera, estoy acostumbrada a ver cadáveres.

—No como este —dijo con firmeza—. ¿Me permite tomarle una muestra?

Asentí despacio y me hice a un lado para dejarle entrar en la casa. A continuación me hizo una serie de preguntas sobre el día que se marchó mi madre —teniendo en cuenta que no se despidió ni dijo nada, tampoco tenía mucho que contarle— y me hizo un frotis bucal de la mejilla. Después me dio su tarjeta y se marchó.

Y eso fue todo.

Algo que duró menos de media hora y que sin embargo cambió mi vida para siempre. Mi madre no me había abandonado... había sido un accidente. Un acto ajeno a su control. Me sentí mareada, dividida entre la tristeza y una extraña sensación de alivio porque no me hubiera abandonado.

—¿Cómo te encuentras? —preguntó mi marido, mirándome con cuidado.

Estábamos sentados en el sofá. Me apoyé sobre él, sujetándome el estómago.

—No lo sé —admití—. Seguramente suene fatal, pero creo que me siento aliviada.

—¿Porque no te dejó?

—Sí. No me alegra que haya muerto, por supuesto. Pero... no se desentendió de mí. Fue un accidente... Eso cambia un montón de cosas.

Me acarició la mejilla y me dio un beso en la coronilla.

—Lo cambia todo.

Nos quedamos sentados un rato; él jugueteando con mi pelo y yo pensando en lo que me había dicho el agente. Entonces miré el reloj y vi la hora que era.

—Mierda —dije, incorporándome a toda prisa—. Se supone que ahora mismo teníamos que estar en el arsenal. Prometí a Loni que a las cuatro iríamos para recoger a Izzy. Tiene que organizar toda la comida para la fiesta.

—Le enviaré un mensaje y le contaré lo que ha pasado —dijo Painter—. Podemos pasar de la fiesta. Todo el mundo lo entenderá.

Medité la idea unos segundos. ¿Quería estar rodeada de gente esa noche? Em y Kit estaban en la ciudad... y Marie tenía una silla para el automóvil que me iba a prestar. No solo eso, había prometido a Dancer que luego llevaría a sus hijos a casa para que pudiera quedarse en la fiesta con Bam Bam.

—No —dije, negando con la cabeza—. Vayamos. Quiero ver a todo el mundo... estar acompañada.

—¿Estás segura? —preguntó—. Tienes que asimilar muchas cosas. Nadie te culpará por no ir.

—No se trata de que me culpen —repliqué despacio—. Y sí, que te suelten una bomba como esa da mucho que pensar. Era mi madre, mi familia... Pero Loni también ha sido una madre para mí. Y ahora tengo una nueva familia. No solo tú e Izzy, sino los demás. De verdad, creo que esta noche prefiero estar acompañada.

Se inclinó sobre mí y me besó.

—Muy bien —dijo—. Pero si necesitas un poco de espacio, dímelo.

Sonreí.

—Lo haré. Aunque creo que estoy bien. En serio. Ahora vosotros sois mi familia. Echaré de menos a mi madre y siempre lo haré, pero lo he superado. Y te quiero.

—Yo también te quiero.

Todo iba a ir bien. A ambos iba a irnos bien.

Y seguro que viviríamos felices para siempre.

Nota de la autora

El epílogo extra que viene a continuación tiene lugar en Hallies Falls, al día siguiente de la confrontación de Painter con Marsh en Ellensburg.

Epílogo extra

Tinker

—¿Estás sentada? —dijo Carrie, mi mejor amiga, a través del teléfono. Sonaba un tanto agitada—. ¿Tienes vino? Tengo algo que contarte. Algo muy gordo.

Detuve la mano al instante, de modo que la copa quedó a escasos centímetros de mi boca. Maldición, mi amiga me conocía demasiado bien.

«Te estás volviendo predecible con la edad.»

—Sí, estoy sentada en el porche con una copa de vino, como todos los domingos por la tarde —admití—. Aunque ya llevo media botella. He tenido una semana de locos, así que me la he ganado. ¿Voy a necesitar más?

—Puede. —De pronto se había puesto demasiado seria. Oh, oh—. ¿Sabes ese inquilino tan macizo que tienes? ¿Ese que te ha estado haciendo todas esas chapuzas y segándote la hierba del jardín con el torso desnudo?

—Sí, sé quién es —repliqué antes de beber otro sorbo de vino—. Soy la que te invitó a que vinieras a verlo conmigo, ¿te acuerdas?

 367

No era algo de lo me sintiera orgullosa, pero sentía una intensa debilidad por mi nuevo inquilino, Cooper Romero. Estaba viviendo en el apartamento que había justo detrás de mi casa, que daba al frente de un lateral del edificio de apartamentos con forma de «C» que mis padres habían poseído toda mi vida. Era un espécimen masculino magnífico, simpático, agradable y que tenía una novia que no solo era atractiva, sino también unos quince años más joven que él. Teniendo en cuenta que él debía de tener mi edad, o tal vez era algo mayor que yo, obviamente yo no era su tipo.

Pero eso no significaba que no pudiera disfrutar de la vista.

—Bueno, pues ayer pasó algo muy gordo en Ellensburg, en la prueba de automóviles. Sabes que ha estado saliendo un montón con los del club de moteros, ¿verdad?

—Sí, me he dado cuenta —comenté con voz resentida. No me gustaba nada aquel club, al menos en los últimos años. Siempre habían formado parte del pueblo, pero últimamente se habían descontrolado mucho. Hoy en día la gente les tenía miedo, y con razón.

—Pues protagonizaron una pelea enorme y destrozaron un bar. La policía los arrestó a todos. No solo a los tipos del club, sino a todos los que iban con ellos. Y Cooper estaba metido en el ajo.

—¿Qué? —pregunté, sentándome recta.

Cooper no parecía un hombre violento. Sí, era grande, musculoso y todo eso, pero siempre se había mostrado tan amable conmigo... Creía que pasaba tanto tiempo con los Nighthawk por esa novia que tenía, Talía.

Su presidente era un matón y un capullo de cuidado y su hermana —la odiosa novia, y sí, lo digo porque tengo muchos celos de ella— era completamente insoportable. En una ocasión me pilló mirándole y me amenazó. Sí, así como os lo cuento, me amenazó de verdad. Me sacó un cuchillo.

Dijo que me lo clavaría si tocaba a su hombre.

A pesar de todo, tenía la esperanza de que Cooper fuera distinto. Era cierto que era un motero, pero se había comportado fenomenal haciéndome trabajos ocasionales a cambio de una reducción de la renta. Había demostrado ser alguien de confianza. Amable. Habíamos cenado juntos unas pocas veces y una noche vimos una película. Si Talía no hubiera pasado cuatro o cinco noches por semana en su casa, incluso habría pensado que estaba interesado en mí.

Que se acostara con esa pequeña bruja flacucha ya era malo, pero que le arrestaran... era algo serio.

—Supongo que no lo conocía tan bien como pensaba —admití con el estómago revuelto—. Aunque a cualquiera le pueden pillar en medio de una pelea en un bar. Solo porque le hayan arrestado no significa que...

—Tenían drogas —añadió. Percibí auténtico pesar en su voz—. Un montón de drogas. Por lo visto metanfetaminas. Les pillaron con ellas a unos cuantos.

Tosí.

—¿Metanfetaminas?

—Sí. No me han dicho lo que harán con ellos, pero nada bueno. Puede que este sea el final del club aquí en Hallies Falls. Me pregunto si tendrá drogas en su apartamento. Deberías ir a comprobarlo. Si es un traficante, tienes que echarlo cuanto antes. No puedes confiar en un hombre solo porque está bueno y te corta la hierba del jardín sin camiseta.

Levanté la copa y me bebí de un trago lo que quedaba. Me picaba la nariz y me la sorbí. Mierda, ¿por qué me sentía tan molesta? Tampoco lo conocía tanto.

—Gracias por avisarme —dije—. Supongo que es un hombre de ensueño que ya puedo tachar de la lista.

—Lo siento —repuso ella—. Pero es lo mejor. Si es un mal tipo es preferible que lo sepas ahora para poder echarlo. Ese club ha ido de mal en peor y todo el mundo lo sabe.

—No puedo echar a nadie solo porque lo hayan arrestado. Es ilegal.

—Es un arrendamiento que vais renovando mes a mes, ¿no? —inquirió—. Entonces no necesitas ninguna razón. Solo dale el preaviso de treinta días y deshazte de él cuanto antes. Tinker, no necesitas a un despojo como ese en tu casa. Bastante tienes ya.

Carrie era una amiga estupenda, pero siempre había sido muy mandona, desde que íbamos juntas al jardín de infancia. Me había dado la información y le estaba muy agradecida por ello, pero ahora tenía que asimilarla por mí misma.

—Carrie, tengo que dejarte. Viene alguien. Otro de los inquilinos. Ya hablaremos más tarde.

Colgué el teléfono y miré a través del porche vacío hacia la acera también vacía. ¿Por qué las noticias sobre Cooper me habían afectado tanto?

¿De verdad había sido tan estúpida como para encapricharme de él?

Tal vez un poco.

Mierda.

Alcancé la botella de vino y me rellené la copa. ¿Debería echarlo? Era de sentido común querer deshacerse de una persona que podía traerte problemas, pero una de las razones por las que había dejado Fallies Halls diez minutos después de mi graduación fue por alejarme de las malas lenguas. El pueblo estaba lleno de gente de mente estrecha, que prejuzgaba y sentenciaba de por vida a cualquiera que hubiera tenido la mala suerte de cometer el más mínimo error.

No, no lo echaría.

A Cooper le habían arrestado, no condenado. Era inocente hasta que se demostrara lo contrario. Lo trataría con el mismo respeto con el que me habría gustado que me trataran a mí.

*** *** ***

Eran poco más de las diez de la noche. Estaba inclinada delante del espejo de mi habitación, echándome crema hidratante en la cara y preguntándome si las ligeras arrugas que tenía en las comisuras de los ojos eran más grandes que el día anterior. Por supuesto que no, era ridículo... pero no me cabía ninguna duda de que me estaba haciendo mayor.

Treinta y seis.

Solo me quedaban cuatro años para los cuarenta y entraría oficialmente en la madurez. No estaba preparada para entrar en esa etapa, pero si ni siquiera me sentía como una adulta la mitad de las veces. No era justo. El potente rugido de una moto captó mi atención. Atravesé mi dormitorio de la segunda planta y miré por la ventana.

Ahí estaba. Cooper.

Observé cómo aparcaba la moto y pasaba una pierna por encima mirando hacia mi casa. La luces de fuera que me había instalado hacía menos de una semana proyectaban largas sombras en la oscuridad. Ladeé la cabeza. Percibí algo diferente en él. Lo estudié durante unos segundos, intentando imaginar de qué se trataba. Llevaba sus habituales botas de cuero y *jeans* desteñidos. El pelo oscuro recogido en una trenza, el chaleco de cuero con... Espera. Aquel no era el que le había visto antes y que tenía un parche con una Harley Davidson a la espalda. No, este era del mismo estilo al que solían llevar los Nighthawk Raiders pero distinto.

Esperé a que fuera hacia la entrada de su apartamento, una pequeña puerta que había en la planta baja no muy lejos de donde había aparcado. Sin embargo, comenzó a rodear el edificio, directo hacía mi porche. Mierda, estaba claro que venía a hablar conmigo y yo sin maquillaje, con el pelo recogido en una coleta y en pijama. Y ni siquiera con un pijama sexi, solo un par de pantalones cortos y una camiseta vieja que había lavado tantas veces que ya se me había olvidado cuál era su diseño original.

En la planta baja sonó el timbre.

Durante un instante consideré la idea de fingir que no estaba en casa. «Brillante, Tinker. Tu automóvil está aparcado ahí y tienes las luces encendidas, pero seguro que no se da cuenta de que estás intentando esconderte de él.» Al final fui a por una bata larga de raso, me la puse encima del pijama y me la anudé con fuerza. Era una prenda que siempre me había recordado a la que solían ponerse las estrellas de cine de los cuarenta. Con un poco de suerte me daría la confianza necesaria para enfrentarme a él.

¿Me contaría lo del arresto? ¿Debería mencionarlo yo? Dios, qué situación tan embarazosa.

El timbre volvió a sonar, bajé las escaleras y abrí la puerta de golpe.

—Lo siento —dije casi sin aliento—. Estaba arriba y...

Mi voz se fue apagando a medida que me di cuenta de que algo andaba mal. Muy mal. La expresión de Cooper era dura y sus ojos ardían con una extraña intensidad. De alguna forma me pareció aún más grande, como si por primera vez lo viera con el porte completamente recto. Era el mismo hombre que conocía, pero diferente. Seguía siendo sexi como el pecado aunque rezumaba peligro; un peligro que nunca antes había observado en él.

Le miré a los ojos, preguntándome por qué estaba ahí y rezando para que no se hubiera dado cuenta de lo duros que se me habían puesto los pezones. Desde que se había mudado al lado de mi casa había tenido que comprarme unos cuantos sujetadores con un acolchado más grueso. Lástima que ahora no llevara ninguno puesto.

—Hola, es un poco tarde...

—Es hora de que hablemos, Tinker —dijo sin rodeos. Entró en mi casa, me agarró del brazo y me alejó de la puerta antes de cerrarla de golpe y echar la cerradura con un chasquido. Después se fue hacia el preciado salón delantero de mi madre como si fuera el dueño del lugar y se paró al lado de su antiguo aparador de caoba.

—¿Qué sucede? —pregunté. Hizo caso omiso de mi pregunta y se llevó la mano detrás del chaleco para sacar un arma que depositó sobre los tapetes hechos a mano de la abuela Garrett. Después se desabrochó el cinturón. Un momento. ¿Por qué hacía eso? Hablar no requería que uno se quitara el cinturón. Ni tampoco involucraba ningún arma. No, aquello tampoco era nada reconfortante.

Recordé lo que me había dicho Carrie. Aquello era un error, un error enorme. Tendría que haberla escuchado y cerrar la puerta a cal y canto. ¿Y qué si pensaba que me estaba escondiendo?

—Cooper, creo que...

—Gage —dijo con tono cortante. Se quitó el cinturón, sacando al hacerlo un cuchillo de tamaño considerable que hasta hoy no me había dado cuenta que llevaba. Lo dejó al lado de su otra arma.

—¿Gage? —pregunté vacilante. Tragué saliva. Mis instintos me gritaban que saliera corriendo de allí, pero me pareció una locura. Puede que no le conociera muy bien, pero si Cooper hubiera querido hacerme daño había tenido cientos de oportunidades antes de esa noche. Me fijé en la parte trasera de su chaleco. Llevaba un parche en el centro con una calavera. Sobre ella había otro parche que ponía «Reapers» y debajo un tercero en el que podía leerse «Idaho».

No sabía nada sobre los clubes de moteros, pero hasta yo había oído hablar de los Reapers MC.

Joder, ¿qué estaba pasando aquí?

—Me llamo Gage —dijo. Se dio la vuelta y empezó a acercarse a mí.

—¿Que te llamas Gage? —repetí débilmente mientras retrocedía—. Pero si vi tu carné con tu solicitud de arrendamiento.

—Falso —señaló rotundo—. Todo falso. Estos dos últimos días ha sucedido un montón de mierda. Pero ahora las cosas han cambiado y es hora de que hablemos.

Cooper —no, Gage—, se cernió sobre mí y me acorraló contra mi propia puerta de entrada. Alzó la mano y durante un instante me sujetó la garganta. Percibí la fuerza de su ruda y callosa mano y sentí un ramalazo de miedo. Por desgracia, vino acompañado de una oleada de lujuria porque en ese momento nuestros cuerpos se estaban rozando más de lo que nunca habíamos hecho. Se sentía tan bien como me lo había imaginado. A continuación deslizó la mano hacia arriba y me clavó los dedos en el pelo, soltándolo de la coleta. No del todo, solo lo suficiente para sostenerme por la parte trasera de la cabeza.

—Tengo mucho que contarte, pero ahora solo te voy a ofrecer la versión más corta —dijo con dureza, capturando mi mirada. Volví a tragar saliva cuando noté su muslo empujando entre mis piernas. Estaba alrededor de mí, usando más oxígeno del que le correspondía. Me estaba mareando—. Desde que vine aquí no he sido una persona libre. Ahora lo soy, y eso significa que voy a reclamar lo que es mío.

Solté un ligero chillido y parpadeé a toda prisa mientras intentaba decidir si estaba asustada o excitada. Se inclinó sobre mí, acariciándome la oreja con la nariz antes de tomar una profunda bocanada de aire.

—¿Qué quieres decir con eso de que vas a reclamar...?

Estaba tan confundida que no sabía qué preguntarle. Nada de aquello tenía sentido. Siempre me había tratado como si solo fuéramos amigos, ¿qué estaba pasando?

—Que te estoy reclamando —dijo con intensidad contenida.

Me separó las piernas con el muslo y al instante sentí algo largo y duro contra el estómago. Mis hormonas se revolucionaron porque sabía perfectamente de lo que se trataba. Y también sabía lo que quería.

Madre mía.

Aquello no podía estar sucediendo, ¿verdad? Había soñado tantas veces con él en los últimos dos meses... Tal vez estaba dormida. Sí, tenía que ser eso. En cualquier momento me despertaría y empezaría a reírme por lo tonta que había sido.

—Ahora eres mía —continuó, frotando la nariz contra mi pómulo. Entonces se echó hacia atrás y volvió a sostenerme la mirada—. Han pasado muchas cosas, pero ahora mismo la única información que debe importarte es que eres mía. Mi propiedad. No sabes lo que eso significa y no pasa nada. Te lo enseñaré. Pero cuando eches la vista atrás a este momento quiero que recuerdes que hubo un antes y un después de que te reclamara. Ahora es el después. ¿Entendido?

En toda mi vida había entendido menos. Tragué saliva de nuevo y me mordí el labio. No como un intento de coqueteo, sino para tratar de despertarme porque aquel sueño cada vez era menos sexi y más intimidante. ¡Ay! De acuerdo, con eso bastaría... Lo miré y me percaté de que seguía ahí.

No era ningún sueño. Estaba pasando de verdad.

—¿Qué pasa con tu novia?

—Antes de nada, Talía nunca ha sido mi novia. Esa zorra no significa nada. Mi club me envió aquí para ver qué estaba pasando con los

Nighthawk y ella era la forma más fácil de entrar en su círculo. Tirármela ha sido como follarse a una puta mantis. Se ha ido, o se irá pronto. En cualquier caso, he terminado con ella.

Fruncí el ceño y sacudí la cabeza. Eso que había dicho era bastante desagradable. Aunque nada más escucharlo sentí una extraña emoción por todo el cuerpo; por lo visto era muy mala persona. Aun así, aquello era demasiado, así que le di un empujón en el pecho para tener un poco más de espacio. Me agarró de sopetón de las muñecas y me las colocó por encima de la cabeza. Después las sujetó con una sola mano y volvió a enredar la otra en mi pelo, esta vez con la fuerza suficiente como para que me doliera. Entonces me volvió la cabeza hacia él. Se inclinó aún más, con los labios prácticamente pegados a los míos y dijo:

—Llevo viéndote balancear ese trasero que tienes desde hace mucho tiempo —susurró, lamiéndose los labios—. Te has estado sentando en ese bonito porche con todas tus amigas. Fingías no mirarme pero sé que lo hacías. Hace tiempo que ansías esto tanto como yo y ahora lo vas a tener.

Entonces su boca tomó la mía y me penetró con la lengua.

«Ahora eres mía», me había dicho. «Recuerda este momento.»

Mierda.

¿En qué lío me había metido?

PROPIEDAD PRIVADA

Lo último que necesita Marie es una complicación como Horse, acaba de dejar al gilipollas de su ex marido, un maltratador, y no está para pensar en hombres... Pero este motero enorme, tatuado e irresistible que aparece una tarde en la caravana de su hermano se lo pone muy difícil.

Horse es miembro del Reapers Moto Club, un hombre acostumbrado a conseguir lo que quiere. Y quiere a Marie, en su moto y en su cama. Ya.

Marie no está dispuesta a convertirse en la «propiedad» de nadie. Sin embargo, cuando su hermano roba al club se verá forzada a ofrecerse como garantía para salvarle la vida.

PROPIEDAD PRIVADA

REAPERS MC

JOANNA WYLDE

Libros de seda

REAPERS MC

SEDA ERÓTICA

LEGADO OCULTO

Hace ocho años, Sophie entregó su corazón y su virginidad a Zach Barret en una noche que no podría haber resultado menos romántica o más vergonzosa. El medio hermano de Zach, un motero tatuado y con brazos de acero que se hace llamar Ruger, les pilló in fraganti, llevándose consigo una imagen de Sophie que nunca olvidará.

Tal vez ella perdiera la dignidad aquella fatídica noche, pero Sophie ganó algo precioso para sí: su hijo Noah. Por desgracia, Zach acabó siendo un padre holgazán, lo que dejó a Ruger como único referente masculino para el niño. Cuando este descubre a Sophie y su sobrino viviendo casi en la indigencia, decide tomar las riendas del asunto con la ayuda de los Reapers para darles a ambos una vida mejor.

Pero vivir en un club de moteros no era precisamente lo que Sophie había pensado para su hijo. Sin embargo, Ruger no le da otra opción. Seguirá estando ahí por Noah, lo quiera ella o no. Y ella le quiere. Siempre le ha querido. Lo que descubrirá con el tiempo es que llevarse a un motero a la cama puede acabar convirtiéndola... en una mujer ardiente de deseo.

LEGADO OCULTO

REAPERS MC

JOANNA WYLDE

SEDA ERÓTICA

LIBROS de seda

REAPERS MC

JUEGO DIABÓLICO

Liam «Hunter» Blake odia a los Reapers. Ha nacido y se ha criado entre los Devil's Jacks y sabe cuál es su misión. Defenderá a su club de sus viejos enemigos utilizando los medios que haga falta. Pero ¿para qué emplear la fuerza cuando el presidente de los Reapers tiene una hija que está sola y a su alcance? Hunter la ha deseado desde la primera vez que la vio. Ahora tiene la excusa perfecta para llevársela.

Em siempre ha vivido a la sombra de los Reapers. Su padre, Picnic, el presidente del club, la sobreprotege. La última vez que se presentó en el club con un novio, Picnic le pegó un tiro. Pero entonces conoce a un atractivo desconocido que no tiene miedo de tratarla como a una mujer de verdad. Alguien que no teme a su padre. Se llama Liam y es el hombre de su vida. O eso cree ella...

JUEGO DIABÓLICO

REAPERS MC

JOANNA WYLDE

SEDA ERÓTICA

LIBROS de
seda

REAPERS MC

OBSESIÓN TOTAL

Como presidente del Reapers MC, Reese, «Picnic» Hayes ha dedicado su vida entera al club. Tras perder a su esposa, supo que nunca más volvería a enamorarse. Y con dos hijas de las que cuidar y un club que gestionar, las cosas le iban bien así, manteniendo siempre relaciones libres y sin compromiso. Por eso no le apetece nada perder el tiempo con una limpiadora con pretensiones como London Armstrong.

Pero lo malo es que está completamente obsesionado con ella.

Además de llevar su propio negocio, London tiene que ocuparse de la hija de su prima drogadicta: una muchacha de dieciocho años más insensata de lo que es normal para su edad. Desde luego, el presidente de los Reapers le parece atractivo, pero no es ninguna estúpida. Reese Hayes es un delincuente y un bruto. Sin embargo, cuando la hija de su prima se ve atrapada en las garras de un cruel cartel de la droga, se ve obligada a replantearse las cosas: tal vez Reese sea el único hombre que pueda ayudarla. Tendrá entonces que tomar una decisión difícil. ¿Hasta dónde será capaz de llegar con tal de salvar a alguien de su familia?

OBSESIÓN TOTAL

REAPERS MC

JOANNA WYLDE

SEDA ERÓTICA

Libros de
seda

REAPERS MC